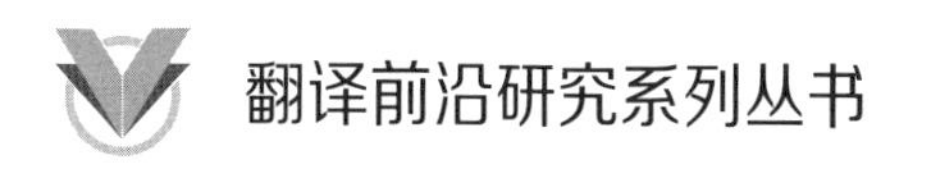

中国红色经典英译中的国家形象建构研究

On the Construction of National Image in the English Translation of Chinese Red Classics

李红满　倪秀华◎著

·广州·

图书在版编目（CIP）数据

中国红色经典英译中的国家形象建构研究／李红满，倪秀华著．--广州：中山大学出版社，2024.11.

ISBN 978－7－306－08191－9

Ⅰ．I206.7；H315.9

中国国家版本馆CIP数据核字第20245R0V98号

ZHONGGUO HONGSE JINGDIAN YINGYI ZHONG DE GUOJIA XINGXIANG JIANGOU YANJIU

出 版 人：王天琪
策划编辑：熊锡源
责任编辑：熊锡源
封面设计：林绵华
责任校对：魏　维
责任技编：靳晓虹
出版发行：中山大学出版社
电　　话：编辑部020－84110779，84110283，84111997，84110771
　　　　　发行部020－84111998，84111981，84111160
地　　址：广州市新港西路135号
邮　　编：510275　　传　　真：020－84036565
网　　址：http://www.zsup.com.cn　E-mail：zdcbs@mail.sysu.edu.cn
印 刷 者：广州一龙印刷有限公司
规　　格：880mm×1230mm　1/32　11.875印张　300千字
版次印次：2024年11月第1版　2024年11月第1次印刷
定　　价：45.00元

教育部人文社会科学研究规划基金项目“中国‘红色经典’英译中的国家形象建构研究”（编号：18YJA740021）的最终成果

目 录

第一章 绪论

第一节 研究对象与范畴的界定

在中国现当代文学史上，“红色经典”作为一个文学概念，通常是指新中国成立后“十七年”期间（1949—1966）出版的反映革命斗争历史和社会主义建设的文学作品。其中长篇小说以其种类多、发行量巨大而成为最显著、最有代表性的文体。红色经典是新中国文学发展史中的重要篇章，记录和反映了中国革命和社会主义建设的光辉历史，凝聚和升华了红色文化基因，在建构民族文化记忆与塑造国家形象方面具有极其重要的作用。

在红色经典这个概念的形成与发展过程中，国家出版社有计划、有组织的出版活动起到了非常关键的推动作用。新中国成立不久，人民文学出版社推出了“中国人民文艺丛书”，包括《李有才板话》《太阳照在桑干河上》《吕梁英雄传》《暴风骤雨》《白毛女》《种谷记》《高干大》《李家庄的变迁》等，同时还出版了“文艺建设丛书”，包括《平原烈火》《铁壁铜墙》《风云初记》等文学作品。1997 年 12

月，人民文学出版社再次重印20世纪50—60年代出版的一批反映中国革命和社会主义建设的优秀长篇小说，包括《暴风骤雨》《太阳照在桑干河上》《保卫延安》《林海雪原》《青春之歌》《新儿女英雄传》《野火春风斗古城》《三家巷》《上海的早晨》《山乡巨变》等文学作品，并将这套丛书命名为“红色经典丛书”，引起了巨大的社会反响。人民文学出版社所推出的这套题名为“红色经典”的系列丛书，为红色经典内涵的确立、红色经典形态边界的扩充，以及红色经典命名的权威性奠定了重要的基础[①]。

自20世纪90年代末期以来，红色经典文艺作品开始以各种形式重返舞台，这一独特的社会文化思潮迅速成为时代热点，也引发了人们对红色经典的重新认知和深入思考。目前，我国文学界关于“红色经典”概念的定义及其内涵一直众说纷纭、表述不一。例如，孟繁华在分析当代中国的文化现象时指出，“红色经典，是指1942年以来，在《在延安文艺座谈会上的讲话》指导下，文学艺术工作者创作的具有民族风格、民族做派、为工农兵喜闻乐见的作品。这些作品以革命历史题材为主，以歌颂中国共产党领导下的人民民主革命和社会主义建设为主要内容”[②]。孟繁华对“红色经典”概念的阐释，进一步扩大了人民文学出版社所命名的“红色经典”的基本内涵和研究范畴。在《红色经典导论》中，惠雁冰认为，“我们可以基本框定‘红色经典’的内涵，即从《讲话》（即《在延安文艺座谈会上的讲话》，以下均简

---

① 惠雁冰：《红色经典导论》，北京：高等教育出版社2016年版，第4页。

② 孟繁华：《众神狂欢：世纪之交的中国文化现象》，北京：人民文学出版社2018年版，第58页。

称《讲话》。——引注）之后到20世纪70年代初期，原创性地展现中国共产党领导下的民族独立解放和社会主义建设的历史过程，且在当时达到一定的高度、具有较为广泛影响的，以叙事性为主的革命历史题材文艺作品”[①]。在《“红色经典”的文学价值》里，阎浩岗更进一步拓展“红色经典”概念的含义和范畴：“所谓‘红色经典’，是上世纪90年代以来流行起来的一种称谓，有广狭两种含义。广义的指20世纪50—70年代文学、音乐、电影、美术等艺术领域里明显体现政治意识形态色彩而又曾产生广泛社会影响的作品，狭义的则专指产生于‘十七年’时期的一批长篇小说，其特点是发行量巨大，社会影响广泛，以毛泽东文艺思想为指导，创作方法类似。所谓‘三红一创、青山保林’是其主要代表。”[②]

在本研究中，我们将采用比较狭义的“红色经典”概念，把研究对象和范畴限定于1949—1966年出版的描写中国革命斗争历史和社会主义建设生活，并且引起较大的社会反响、具有较高文学价值的优秀长篇小说英译本，主要包括中国当代文学史上所谓的“三红一创，青山保林”，即《红日》《红旗谱》《红岩》《创业史》《青春之歌》《山乡巨变》《保卫延安》《林海雪原》等长篇小说的英译本；以及这一时期其他一些影响较大的长篇小说，如《新儿女英雄传》《铁道游击队》《野火春风斗古城》等文学作品的英译本。

---

① 惠雁冰：《红色经典导论》，北京：高等教育出版社2016年版，第8页。

② 阎浩岗：《“红色经典”的文学价值》，北京：人民出版社2009年版，第21页。

第二节 研究问题的缘起与提出

红色经典上承“延安文艺”，下启新时期文学，是中国当代文学史上不可或缺的关键环节，具有重要的文学史价值。自20世纪90年代末期以来，在“重写文学史”浪潮的影响下，红色经典已逐渐成为中国现当代文学和文化研究的热点。当代中国文学研究者以全新的文化视角和评价机制，重新审视和解读红色经典，掀起了新一波的学术研究热潮，产生了许多代表性研究著述，例如，阎浩岗（2009）首次试图在新世纪语境中正面而直接地回答红色经典文学价值何在、如何评估其文学史地位的问题。阎浩岗将红色经典置于文学史长河中，从“长篇小说美学”角度评估其文学史地位，认为评判红色经典文学价值的基本标准是建立在真实感基础上的艺术感染力及作品的思想启迪意义①。韩颖琦（2011）把红色经典放到“历史的现场”和“文学的现场”进行研究，在中国民间文化、大众文化和西方主题学三大文化系统下分析红色经典的人物模式、情节模式和场景设置，致力于探索红色经典与中国传统小说在叙事模式上的内在联系②。姜辉（2012）深入研究红色经典的模式化叙事现象，不仅对红色经典叙事模式形成的历史规律做了充分的挖掘，而且延展并连接了左翼时期、解放区时期以及新中国“十七年”时期的革命叙事，展现了红色经典与左翼文学、现实历

---

① 阎浩岗：《“红色经典”的文学价值》，北京：人民出版社2009年版，第3－4页。

② 韩颖琦：《中国传统小说叙事模式化的“红色经典”》，北京：人民出版社2011年版。

史、传统文学以及政治意识形态等构成的不同层次的复杂互文关系[①]。王宗峰（2013）基于“圣”与“凡”两个维度的变化，运用阐释学、叙事学、历史批评、知识谱系学等相关理论和方法，借助于“宏大叙事”“凡俗生活”“革命伦理”等诸多术语，对中国当代红色经典进行跨媒介的研究[②]。李杨（2018）虽然没有使用红色经典概念，但却明确地把包括“十七年”长篇小说在内的那批影响巨大的作品视为文学经典，肯定了红色经典的文学价值和地位。该书以重新解读20世纪50—70年代的红色经典为主，试图从红色经典的形式和修辞中找到解码历史的路径，所关注的不是“历史”如何控制和生产“文本”的过程，而是“文本”如何“生产”“历史”和“意识形态”的过程[③]。李茂民（2023）采用“文化诗学”方法对红色经典进行跨文本研究，把红色经典文学文本放在百年中国启蒙视域中考察，探讨其人物形象建构、叙事策略、审美特征等方面的独特之处，并以《白毛女》《青春之歌》《林海雪原》《红旗谱》《红岩》为个案，把文学文本和由其衍生的电影、电视剧文本放在历史语境和文化语境中，探讨其思想主题、人物塑造、叙事策略和语言修辞特点及其流变，致力于文本内部研究和外部研究的相互贯通，使红色经典的精神价值融入当代世界的意义建构，汇

---

① 姜辉：《革命想象与叙事传统：“红色经典”的模式化叙事研究》，北京：人民出版社2012年版。

② 王宗峰：《凡圣之维：中国当代“红色经典”的跨媒介研究》，合肥：安徽大学出版社2013年版。

③ 李杨：《50—70年代中国文学经典再解读》，北京：北京大学出版社2018年版，第358页。

入中华民族的精神长河[1]。这些论著主要集中于红色经典文本的文学价值研究、红色经典及其衍生文本的文化研究等方面，侧重以文本为中心来探讨“红色经典”文学文本的结构方式、修辞特点和意识形态运作的轨迹，揭示出历史文本背后的运作机制和意义结构，以及现存文本中被遗忘、被遮蔽、被涂饰的历史多元复杂性，力图彰显其本来的文学和艺术审美价值，为人们客观认识红色经典提供了较好的理论参照与思考基点。

相形之下，中国红色经典的文学外译与跨文化传播，却没有引起我国翻译界太多的关注和重视，只是近年来国内翻译研究领域的一些相关著述对这一主题有所涉及。例如，廖七一（2017）分析了“十七年”翻译批评话语与“红色经典”的建构，认为作为统一赞助系统的国家政治意识形态、出版发行机构及其引导规范下的读者批评，合力将苏联的一些革命作品引入成为红色经典译作，揭示了文化产品、规范，甚至文学典范的建构性，但是该文所谓的红色经典是指1949年之后国内影响广泛的苏联的翻译作品[2]；任东升（2017）关注作为新中国国家叙事重要文本的“十七年”红色作品及其翻译，从国家叙事视角分析和考察外来译家沙博理的翻译行为[3]。任东升、闫莉平（2018）分析《新儿女英雄传》《保卫延安》和《林海雪原》三部红色经典小说英译

---

① 李茂民：《“红色经典”的跨文本研究》，北京：人民出版社2023年版。

② 廖七一：《“十七年”批评话语与翻译“红色经典”》，载《中国比较文学》2017年第3期，第35－36页。

③ 任东升：《从国家叙事视角看沙博理的翻译行为》，载《外语研究》2017年第2期。

本中的乡土语言模因，研究译者沙博理的翻译策略及其中国文化立场等[①]；任东升、连玉乐（2019）运用定量统计、定性分析方法，研究《红岩》《苦菜花》两部译本的萃取、删减、语篇翻译技巧及其翻译效果[②]；任东升、朱虹宇（2021）采用认知叙事学理论，分析《平原烈火》沙博理英译本中的萃译现象，从目的语诗学、意识形态及政治环境层面探究译本呈现效果及依据[③]；任东升、李梦佳（2022）借鉴贝克的叙事建构理论，对比研究新中国红色小说《创业史》沙博理译本和《山乡巨变》班以安译本的再叙事[④]。此外，倪秀华（2020）从国家翻译实践视角深入探究红色经典外译及其历史意义与价值[⑤]；倪秀华、李启辉（2021）梳理和总结了新中国成立“十七年”红色经典作品的翻译、发行和海外传播路径，以及多样化的翻译效果[⑥]；倪秀华、焦琳（2023）聚焦“十七年”时期红色经典小语种翻译活动，探究红色经典小语种翻译生成模式，为当下“一带一路”背景

---

① 任东升、闫莉平：《中国当代乡土文学中乡土语言模因的传译——以三部长篇小说沙博理译本为例》，载《外国语文研究》2018年第4期。

② 任东升、连玉乐：《〈红岩〉、〈苦菜花〉萃译比较研究》，载《外语与翻译》2019年第1期。

③ 任东升、朱虹宇：《从认知叙事学看〈平原烈火〉沙博理英译本之萃译》，载《解放军外国语学院学报》2021年第4期。

④ 任东升、李梦佳：《红色小说英译叙事重构对比研究——以〈创业史〉沙译本和〈山乡巨变〉班译本为例》，载《外国语言与文化》2022年第2期。

⑤ 倪秀华：《国家翻译实践中的红色经典外译（1949—1966）》，载《中国社会科学报》2020年9月11日。

⑥ 倪秀华、李启辉：《1949—1966年红色经典的翻译与海外传播》，载《当代外语研究》2021年第4期。

下国家翻译实践中的文化经典互译提供历史借鉴①。

与此同时，国外的一些相关论著也涉及“十七年”期间的中国红色经典及其翻译研究。例如，2006 年，美国汉学家金介甫（Jeffrey C. Kinkley）在《中国文学（一九四九——一九九九）的英译本出版情况述评》一文中系统考察评述 50 年间中国现当代文学英译本出版与研究的情况，资料翔实，是不可多得的基础性文献②。2011 年，澳大利亚汉学家杜博妮（Bonnie S. Mcdougall）在《当代中国翻译地带》一书中深入考察了外文出版社近 60 年的对外翻译与出版历史，认为中国当代文学的对外翻译和传播存在两种重要的模式，分别是被称为“正式翻译”的“威权命令”模式和被称为“非正式翻译”的“礼物交换”模式③。2017 年，澳大利亚昆士兰大学的罗伯茨教授与美国丹佛大学的李力教授合编出版了《红色经典之原创及再造：政治、审美与通俗文化》④。这部英文论文集收录了田晓菲、沈揆一等多位知名学者的研究成果，深入探讨中国“红色经典”的创作、传播和接受问题，并对其各种衍生文本展开跨媒介的研究，然而该书中存在一些明显的意识形态偏见和过度阐释。

---

① 倪秀华、焦琳：《国家翻译实践视域下的“十七年”红色经典小语种翻译》，载《外语研究》2023 年第 1 期。

② ［美］金介甫：《中国文学（一九四九——一九九九）的英译本出版情况述评》，查明建译，载《当代文学评论》2006 年第 3 期。

③ B. S. McDougall, *Translation Zones in Modern China: Authoritarian Command versus Gift Exchange*. New York: Cambria Press, 2011, pp. 7 – 18.

④ R. Roberts, and L. Li, *The Making and Remaking of China's "Red Classics": Politics, Aesthetics, and Mass Culture*. Hong Kong: Hong Kong University Press, 2017.

目前国内外的相关研究显示，关于红色经典的学术研究主要在中国现当代文学的研究领域集中开展，在翻译研究领域相对比较薄弱。关于红色经典的翻译研究较为零散、碎片化，仅有部分的个案研究，尚无全面、深入的体系化研究。而且，现有研究主要集中探讨红色经典的英译策略及其出版、传播和影响等，对于红色经典的文学翻译在民族和国家形象建构中的重要作用关注不够，目前尚未形成系统化的学理分析和研究。因此，本研究将主要围绕以下问题展开论述：①文学翻译与国家形象建构两者之间究竟存在着怎么样的互动关系？在文学翻译中如何更好地实现国家形象的建构与传播？从学理上如何分析国家形象在跨文化传播和交流中的多维互释与意义生成？②冷战时期，西方国家对于中国红色经典文学作品如何进行译介、阐释和解读，如何描述和塑造中国形象？这一历史时期西方"他者塑造"的中国形象呈现出怎么样的多元化样态和图景？③"十七年"期间中国红色经典在国家翻译实践中建构了什么样的中国国家形象？参与国家翻译实践的英译者采用什么样的翻译叙事建构策略和方法？新中国的国家形象在英译文中究竟是如何被"自我塑造"出来呢？简而言之，本研究将深入剖析中国红色经典的英译作品如何参与新中国形象的建构和塑造，论述中国红色经典文学翻译对中国国家形象的文化表征实践及其话语意义，揭示中国国家形象在文学翻译中的意义生成逻辑和重构机制。

第三节　研究内容与章节结构

中国红色经典以恢宏磅礴的气势，全景式地展现了中国共产党带领广大人民群众争取民族解放而浴血奋斗的光辉历程，反映了我国革命斗争和社会主义建设的历史，塑造了光彩夺目的英雄人物形象，在塑造中国国家形象、建构民族文化记忆与集体认同、引领社会主流价值取向等方面都发挥了重要的作用。然而，目前我国翻译界对红色经典的英译及其与国家形象建构的关系研究尚为鲜见，因此，在本研究中，我们将中国红色经典的英译作品作为主要考察对象，综合运用翻译学、比较文学形象学、语言学、叙事学以及文化研究等多学科的理论和方法，通过对翻译作品个案的深入剖析和对翻译文本的取样性分析，探讨“十七年”期间中国红色经典的翻译动机、翻译策略和方法，从学理上分析中国红色经典英译中的国家形象建构和塑造，揭示中国国家形象在文学翻译中的意义生成逻辑和重构机制。本书共分为七个部分，具体内容如下：

第一章为本书的绪论部分，首先界定本书的研究对象与范畴，接着在文献综述的基础上提出研究问题，并简要地阐述本书的研究内容和章节结构安排，以及研究价值和意义等。

第二章主要论述本书的理论基础，追溯国家形象理论研究的历史渊源，剖析文学翻译与国家形象建构之间的错综复杂关系，探讨中国国家形象的历史建构与跨文化传播，从学理上深入研究国家形象在跨文化传播和交流中的多维互释与意义生成。

第三章梳理和考察 1949 年以来欧美国家对于中国红色经典文学作品的译介、阐释和解读，及其对新中国国家形象的“他塑”“重塑”和“误塑”等多元化样态和图景；分析欧美国家主流诗学和意识形态对中国红色经典的翻译选材、翻译策略的影响，以及背后隐藏的权力话语机制，探讨欧美国家对中国红色经典的“他者想象”，及其作品中呈现的对中国国家形象的塑造、传播等多维文化镜像。

第四章从宏观的视角研究“十七年”期间中国红色经典的国家译介行为与中国国家形象的自我建构。新中国成立后，中国政府通过外文出版社有组织、有计划地开展国家翻译实践，主动对外翻译中国红色经典文学作品，积极宣传我国社会主义建设的成就和革命经验，不仅改变了中国国家形象总是被动地由西方来表述的局面，消除和纠正了西方人心目中带有政治意识形态偏见的刻板印象，而且也促进了中国国家形象的自我塑造和传播。因此，本章将从国家翻译实践的视角深入探讨“十七年”期间中国红色经典作品的对外翻译、发行和海外传播路径，以及多样化的翻译效果，生动展现这一历史时期中国红色经典的文学翻译图景，以及由此建构的新中国形象。

第五章主要探讨中国红色经典英译本中的革命战争叙事与国家形象建构，对《保卫延安》和《红日》等有代表性的红色经典英译本进行个案研究，基于对翻译作品个案的深入剖析和对翻译文本的取样性分析，着重研究革命历史题材小说英译本的翻译策略和方法，及其与国家形象建构之间的话语互释与文化表征。在中国红色经典文学作品的构成中，革命历史题材小说占有极其重要的地位，成为新中国国家叙事不可或缺的重要组成部分。在“十七年”期间，外文出版社积极组织和开展国家翻译实践活动，将大量的革命历史题材小说进行翻译和国际传播，对外展现了中国人民在中国共产党的领导下为赢取革命胜利的事业中所做出的英勇斗争，塑造了一大批为了民族解放和国家独立而甘愿抛头颅、洒热血的革命英雄形象，积极向世界传递中国人民热爱和平自由的声音，通过文学翻译自我建构了一个崭新的现代民族国家形象。

第六章主要探讨中国红色经典英译本中的农村叙事与国家形象建构，选取《三里湾》和《创业史》等红色经典的英译本开展个案研究，着重分析这些农村题材小说英译本采用的翻译策略和方法，以及这些英译本与国家形象建构之间的互动博弈关系。新中国成立之后，农村题材小说运用社会主义现实主义的创作方法，描绘农村社会主义新生活、新风貌，书写和表现中国农村焕然一新的景象，致力建构农村社会崭新的意义秩序，从而构成了中国红色经典的重要组成部分。在“十七年”期间，我国外文出版社对外翻译和出版了大量农村题材小说英译本，积极促进我国红色文化的传播。这些农村题材小说英译本特色鲜明，富有时代特征，向世界展示了新中国社会主义农村发生的日新月异的历史性变化，成功地重塑了一批朝气蓬勃的社会主义“新人”农民形象，向西方读者多维度地展现了中国社会主义农村生活的新风貌。

第七章为本书的结论部分，主要从历史价值与当代启示意义等方面，对“十七年”期间中国红色经典的对外翻译与中国国家形象的建构和传播的关系及其影响进行总结和评价，倡导用英文讲好中国“红色故事”，传承“红色基因”，赓续“红色血脉”，从而促进新时代中国特色社会主义的建设，在国际社会树立良好的中国国家形象，增强中国的国际话语权，提升国家文化“软实力”。

从整体而言，我们将采用宏观研究与微观研究相结合的方式，深入研究“十七年”期间中国红色经典文学作品的翻译动机、翻译策略和方法，以展现中国红色经典文学英译中的革命历史图景和现代民族国家想象，探讨中国红色经典文学的对外译介在中国形象的域外建构和传播过程中发挥的重要作用和意义，为中国文化“走出去”的国家战略提供学术理论参考。

第四节　研究价值与意义

国家形象是国家文化“软实力”的重要标志，也是一个国家基于文化的生命力、创新力、传播力而形成的思想、道德和精神力量。塑造良好的国家形象，实施卓有成效的跨文化传播战略，对维护国家发展和安全、增强综合国力和竞争力、实现中华民族伟大复兴，都有着十分重要的意义[①]。随着中国综合国力的逐渐提升，中国在国际社会的形象建构也日益受到重视。近年来，中国形象研究已成为学术界的热门话题，该方面的研究多集中在国际政治、国际关系、新闻传播等领域。虽然文学翻译是跨文化形象构建和传播的重要手段之一，但是目前涉及红色经典翻译与中国国家形象建构和传播关系方面的研究成果尚为鲜见。有鉴于此，本书将中国红色经典的英译作品作为考察中心，从跨学科的理论视角深入探讨“十七年”期间红色经典英译作品对中国国家形象建构和传播的意义，为在域外建构、传播中国形象和提升国家文化“软实力”提供理论借鉴和参考。

研究中国红色经典的对外翻译与国家形象建构，不仅有助于深入探讨文学翻译活动的本质和意义，而且也有利于中国国家形象的域外建构和跨文化传播，在理论和实践上均具有重要的研究价值和意义。首先，本研究从学理上深入分析文学翻译和国家形象建构之间错综复杂的关系，探讨文学翻译对国家形象的表征实践及其话语意义，阐明红色经典翻译与中国国家形象建构之间的互动博弈关系，思考其中所涉及

---

① 孟建、于嵩昕：《国家形象：历史、建构与比较》，南京：江苏人民出版社 2019 年版，第 3 页。

的翻译策略、意识形态、语境影响等诸多因素的多维互动，积极推动中西翻译理论和实践的研究。

其次，本研究关注作为新中国国家叙事重要文本的“红色经典”文学翻译作品，分析文学翻译在塑造和建构中国国家形象的历史话语脉络，可以为研究“十七年”期间的中国文学翻译史提供丰富的史料和例证，加深认识文学翻译在跨文化传播和国家形象建构中所起的重要作用，在一定程度上拓展中国文学翻译史的研究内涵和范围。

最后，本研究总结和归纳“十七年”期间中国红色经典翻译作品在建构和传播国家形象方面的经验，倡导用英文讲好中国“红色故事”，向世界阐释和推介具有中国特色、蕴含中国智慧的优秀文学作品，以促进新时代中国文学、文化的对外传播，增强国家文化“软实力”，在国际社会中树立良好的中国国家形象。国家形象不仅是国家综合实力的体现，也是民族文化精神的外化。塑造和展现良好的中国形象，符合当前中国“和平发展、求同存异、负责任大国”国家形象建构的战略目标要求，能够丰富和促进国家形象的理论建构。

从总体而言，本研究旨在从跨学科角度深入探讨文学翻译与国家形象建构问题，从学理上揭示文学翻译与国家形象建构之间错综复杂的互动博弈关系，拓展中国文学翻译史的研究范畴，为新中国红色经典文学翻译研究挖掘丰富的史料和例证，推动中国文学、文化的对外传播，向世界推介和阐释具有中国特色、蕴含中国智慧的优秀文学作品，塑造和传播新时代中国积极正面的国家形象，增强国家文化“软实力”的建设，提升中国的国际话语权，支持中国文学、文化“走出去”的国家发展战略。

第二章 文学翻译与国家形象的建构

第一节 建构主义理论视角下的国家形象观

国家形象是一个古老的议题，但是现代学术研究意义上的国家形象探讨大致始于20世纪50年代。冷战时期，西方学界展开了对国家形象的系统化理论研究。据考证，较早进行国家形象研究的是美国学者肯尼思·博尔丁（Kenneth E. Boulding）。1959年，他发表了《国家形象和国际体系》（"National Images and International Systems"）一文，将国家形象定义为"一个国家对自我的认知以及国际体系中其他行为体对它的认知的结合，是一系列信息输入和输出的结果，是一个结构十分明确的信息资本"①。作为国家形象理论研究的奠基人，博尔丁在其著作《形象》（*The Image*）中提出，他者形象（image of other）和自我形象（image of self）是外交决策中的重要变量。类似的研究在国际关系领域逐步

① K. E. Boulding, "National Images and International Systems", *Journal of Conflict Resolution*, 1959, 3 (2), p. 121.

开展，形成了形象理论（image theory）。其后的研究者也沿着这一理论展开，如坎普洛维茨（Noel Kaplowitz）从心理－政治维度对国家形象进行了经典分析，指出国际行为不是由传统上认为的可触知因素（tangible factors）所决定的，国家的自我形象（national self-imagery）和对敌人的认知（perceptions of enemies），包括误解（misperceptions），是决定各种类型的国际冲突行为的关键性因素[①]。

自20世纪90年代中后期以来，随着中国国家实力的提升，国家形象逐渐成为学术界的研究热点。我国学者纷纷提出要重视中国国家形象的建设，国际政治学、国际关系学、新闻传播学等社会科学领域都出现了对国家形象的研究热潮。许多学者尝试从不同学科的视角对国家形象的概念及其内涵予以界定和分析，把国家形象作为多学科交叉的领域展开研究，具有跨学科的显著特征。例如，管文虎等认为，“国家形象是一个综合体，它是国家的外部公众和内部公众对国家本身、国家行为、国家的各项活动及其成果所给予的总的评价和认定。国家形象具有极大的影响力、凝聚力，是一个国家的整体实力的体现”[②]。张昆认为，“国家形象是指国家的各种客观状况在国际社会公众舆论中的投影，即国家行为表现、性状特征、精神面貌等要素特征在国际社会公众

① N. Kaplowitz, “National Self-Images, Perception of Enemies, and Conflict Strategies: Psycho-political Dimensions of International Relations”, *Political Psychology*, 1990, 1 (1), pp. 39－82.

② 管文虎主编：《国家形象论》，成都：电子科技大学出版社1999年版，第23页。

心目中的抽象反映和公众对相应国家的总体评价”[1]。孟建、于嵩昕指出，“国家形象是国内外公众对一个国家在世界体系中的总体认知与态度。它不仅表现为国内民众对该国的总体认知与态度，更表现为国外民众对这个国家的总体印象与评价。它是国家文化软实力的重要标志，也是一个国家基于文化的生命力、创新力、传播力而形成的思想、道德和精神力量”[2]，将国家形象上升到了国家文化“软实力”的高度，从而拓展了国家形象研究的纵深度和广度。

虽然国内外学者从不同的理论视角对国家形象概念作过多种定义和阐释，但目前仍然处于不断争论、不断深化的过程中，尚无统一的认识。为了准确理解和把握国家形象的基本内涵，我们将采用建构主义的研究范式来探讨和阐释国家形象。在建构主义的理论视域下，世界万物都是被建构的产物，事物通过社会的建构而有意义地相互关联地存在着，因而应当在交往互动的关系中促进事物的产生。在《国际政治的社会理论》一书中，美国著名的国际政治学者亚历山大·温特（Alexander Wendt）全面提出了建构主义国际关系理论体系，将国家形象的研究提升到至关重要的高度[3]。建构主义理论为国家形象提供了一个全新的宏观结构视角，它从国际体系文化结构而不是个体国家的单位层面来看待国家形象。作为国家身份表征的国家形象，既不是天然固有的本

① 张昆：《国家形象传播》，上海：复旦大学出版社 2005 年版，第 180 页。

② 孟建、于嵩昕：《国家形象：历史、建构与比较》，南京：江苏人民出版社 2019 年版，第 3 页。

③ ［美］亚历山大·温特：《国际政治的社会理论》，秦亚青译，上海：上海人民出版社 2008 年版。

体，也不是具有客观实在性乃至固定不变的实体，而是国家间基于社会互动而构成的一种相互认同的关系，是国家在国际社会中与其他国家交往互动而被对象国赋予的一种身份表达和折射。“从很大程度上，国家身份和形象的确立遵循的是文化（认同）逻辑而非物质逻辑，文化逻辑成为国家安身立命和寻求发展的主导逻辑。无论是国家身份的确立还是国家形象的构成，都不是自然选择的产物，而是人为地（社会地、集体地）选择的结果。”[①] 由此可见，国家形象具有以下几个基本特征：

第一，国家形象具有建构性。美国学者肯尼思·博尔丁认为，“国家形象”的建构中有地理、心理和实力等三个重要维度：其一，国家的地理空间，即一个国家的“地理形象”；其二，国家的“敌意”或“友好”态度；其三，国家的“强大”或“羸弱”程度[②]。由此可见，国家形象不是一个既定的、客观的事实，而是通过社会建构形成的。换言之，一个国家的形象不是内在的或本身所固有的，而是经过与国际社会或国际体系中其他国家行为体长期的、持续的互动建构而成的，是国家行为特点的反映。

第二，国家形象具有可塑性。美国学者肯尼思·博尔丁指出，国家形象是在带有意识形态倾向的价值观念下塑造而成的，强调价值体系在国家形象形成过程中的重要性。我国学者孙有中也持有相同的看法，指出，“国家形象在根本上取决于国家的综合国力，但并不能简单地等同于国家的实际

① 李智：《中国国家形象——全球传播时代建构主义的解读》，北京：新华出版社2011年版，第47页。

② K. E. Boulding, “National Images and International Systems”, *Journal of Conflict Resolution*, 1959, 3 (2), pp. 123－131.

状况，它在某种程度上是可以被塑造的”[1]。因此，作为形象塑造主体的国家应该积极参与国际社会互动，广泛对外传播信息，消弭“自塑”与“他塑”之间的差异，在国际社会建构起与本国传播目标趋于一致的国家形象。

第三，国家形象具有多样性。不同层次、不同背景的认知主体，对一个国家情况了解的深度和广度是不一样的。而且，即使人们得到的有关该国的信息是相同的，但由于他们和该国的价值关系不同，情感诉求不同，也可能导致他们对该国的认知和评价有所差异。肯尼思·博尔丁认为，国家形象是“存在于受众意识层面的、具有共享性的事件和体验的总和”[2]。他强调，国际体系中的行为体是对“形象”（image）而非“客观事实”（objective facts）做出反应，但是国家形象并不等同于国家事实[3]。客体内容的多样性和主体的主观性决定了国家形象是一个复杂的多元综合体。因此，这就必然导致在不同的认知主体和受众意识中，同一个国家有着不同的形象，即国家形象呈现出多样性的特征。

第四，国家形象具有相对稳定性。虽然国家形象存在着历史性和动态性的变化，但是一旦形成，不论其内在理念还是外在形象，都会在国际社会和公众中形成一种心理定式或“刻板印象”，很难在短时间内发生实质性改变。而且，一国的国家形象绝非凭一时一事的感受而形成的，它是评价主体

---

① 孙有中：《国家形象的内涵及其功能》，载《国际论坛》2002年第3期，第16页。

② K. E. Boulding, “National Images and International Systems”, *Journal of Conflict Resolution*, 1959, 3 (2) p. 123.

③ K. E. Boulding, “National Images and International Systems”, *Journal of Conflict Resolution*, 1959, 3 (2) p. 120.

在与形象塑造国的长期接触中逐渐形成的主观认知和评价。因此，国家形象作为对国家客观存在的认知和反映，具有相对的稳定性，不会轻易改变。

第二节 比较文学形象学与翻译研究的交融

除了建构主义研究范式的国家形象理论以外，比较文学形象学理论也为我们研究中国红色经典文学翻译中的国家形象提供了较好的研究方法和理论视角。作为比较文学的一个重要分支，形象学最初主要是由一批欧洲比较文学先驱开创的。法国比较文学形象学的奠基人卡雷（Jearl-Marie Carré）最早将形象学定义为“各民族间的、各种游记、想象间的相互诠释”[①]。他的开创性著作《法国作家与德国幻象，1800—1940》（*Les Ecrivains francais et le mirage allemande, 1800—1940*）将法国的比较文学引向了一个全新的研究领域。德国比较文学的领军人物狄泽林克（Hugo Dyserink）于1977年发表了《比较文学形象学》一文，明确指出“比较文学形象学主要研究文学作品、文学史及文学评论中有关民族亦即国家的‘他者形象’（hetero image）和‘自我形象’（auto image）。形象学的研究重点并不是探讨‘形象’的正确与否，而是研究‘形象’的生成、发展和影响；或者说，重点在于研究文学或者非文学层面的‘他者形象’和‘自

① ［法］让-马克·莫哈：《试论文学形象学的研究史及方法论》，孟华译，载孟华主编：《比较文学形象学》，北京：北京大学出版社2001年版，第19页。

我形象’的发展过程及其缘由”[1]。他认为，“比较文学形象学的首要追求是，认识不同形象的各种表现形式以及它们的生成和影响。另外，它还要为揭示这些文学形象在不同文化的相互接触时所起的作用做出贡献”[2]。狄泽林克率先将“形象学”这个学科分支的名称引入比较文学，使欧洲比较文学形象学研究取得了突破性发展。

自20世纪80年代以来，法国学者莫哈（Jean-Marc Moura）、巴柔（Daniel-Henri Pageaux），德国学者贝勒（Manfred Beller）、荷兰学者利尔森（Joep Leerssen）等众多西方学者借鉴社会学、历史学、民族学以及文化研究等学科理论，对比较文学形象学进行更加深入的跨学科研究，有力地促进了比较文学形象学理论的体系化和学科化发展。关于比较文学意义上的“形象”概念，莫哈认为，“文学形象学所研究的一切形象，都是三重意义上的某个形象：它是异国的形象，是出自一个民族（社会、文化）的形象，最后，是由一个作家特殊感受所创作出的形象”[3]。巴柔指出，“如此设计出的‘文学形象’被视为在文学化，同时也是社会化的过程中所得到的关于异国看法的总和”[4]。他强调，“异国形

---

① ［德］狄泽林克：《比较文学形象学》，方维规译，载《中国比较文学》2007年第3期，第153页。

② ［德］狄泽林克：《比较文学导论》，方维规译，北京：北京师范大学出版社2009年版，第129页。

③ ［法］让－马克·莫哈：《试论文学形象学的研究史及方法论》，孟华译，载孟华主编：《比较文学形象学》，北京：北京大学出版社2001年版，第25页。

④ ［法］达尼埃尔－亨利·巴柔：《从文化想象到集体想象物》，孟华译，载孟华主编：《比较文学形象学》，北京：北京大学出版社2001年版，第120页。

象应被作为一个广泛且复杂的总体——想象物的一部分来研究。更确切地说，它是社会集体想象物的一种特殊表现形态：对他者的描述（représentation）”[①]。因此，比较文学形象学“绝不限于研究对简称为‘现实’的东西所做的文学置换。它应该研究的是形形色色的形象如何构成了某一历史时期对异国的特定描述；研究那些支配了一个社会及其文学体系、社会总体想象物的动力线”[②]。贝勒认为，“文学形象学，尤其是比较文学形象学，主要研究文本尤其是小说、戏剧、诗歌、游记、短文中其他国家和民族特征的起源及功能”[③]。由此可见，比较文学意义上的形象学主要研究一国文学对异国形象的塑造或描述，其目的是研究一国形象在异国的流变，即它是如何被想象、被塑造、被流传的，并深入分析异国形象产生的深层社会文化背景，找出折射在他者形象中的自我形象，以便于反省自己，促进不同文化间的交流[④]。

异国形象在目标语文化语境中的塑造或描述通常都是通

① ［法］达尼埃尔－亨利·巴柔：《从文化想象到集体想象物》，孟华译，载孟华主编：《比较文学形象学》，北京：北京大学出版社2001年版，第121页。

② ［法］达尼埃尔－亨利·巴柔：《从文化想象到集体想象物》，孟华译，载孟华主编：《比较文学形象学》，北京：北京大学出版社2001年版，第156页。

③ M. Beller, “Perception, Image, Imagology”, in M. Beller and J. Leerssen (eds.). *Imagology: The Cultural Construction and Literary Representation of National Characters — A Critical Survey*. Amsterdam and New York: Rodopi, 2007, p. 7.

④ 姜智芹：《文学想象与文化利用——英国文学中的中国形象》，北京：中国社会科学出版社2005年版，第10页。

过翻译实现的，翻译因此成为异国形象建构的重要途径和手段。随着世界学术研究领域对民族和国家形象建构的广泛关注，翻译在民族或国家形象建构/重构过程中的重要作用，也成为国际翻译学界的重要研究话题[1]。早在20世纪90年代初，比利时翻译学者勒菲弗尔（André Lefevere）从描述翻译学的视角详细考察和研究了不同时期的圣经译本如何改变欧洲大陆的民族国家形象，指出翻译“不仅投射出原作及原作所代表的文化和社会形象”，而且具有保护或改变目标语文化形象的功能[2]。以色列翻译学者伊文－佐哈尔（Itama Even-Zohar）和图里（Gideon Toury）深入研究了不同历史时期的翻译对希伯来民族文学、文化形象产生的影响。图里将18世纪以来，希伯来文学和文化通过不同语言的翻译促进自身形象不断变化的过程划分为“德化”“俄化”和“英化”时期。翻译“通过填补希伯来文化的空白和引进新的文学和文化模式”[3]，对希伯来民族文化的自我形象不断想象、书写和更新，最终建构了独具特色的希伯来民族文化形象。在《美洲的翻译与身份：翻译理论的新方向》中，当代美国翻译学者根茨勒（Edwin Gentzler）详细分析了翻译在塑造美国、加拿大以及拉丁美洲各国的文化身份认同中所扮演的重要角色及其影响，加深了人们对翻译建构国家和民族身份的

---

① 谭载喜：《翻译与国家形象重构——以中国叙事的回译为例》，载《外国语文》2018年第1期，第2页。

② A. Lefevere, *Translating Literature: Practice and Theory in a Comparative Literature Context*. London & New York: Routledge, 1992, pp. 125－127.

③ G. Toury, *Descriptive Translation Studies and Beyond*. Amsterdam & Philadelphia: John Benjamins Publishing Company, 2012, p. 23.

认识。他认为，美洲的翻译史是民族和国家身份建构的历史，翻译以显性或隐性方式存在于每一位美洲人的灵魂之中[1]。在《翻译之耻》中，美国翻译学者韦努蒂（Lawrence Venuti）通过考察不同历史时期的多个翻译项目，深刻揭示了翻译在民族文化身份的塑造过程中产生的“双刃剑”作用和功效：翻译不仅以巨大的力量建构异国文化的形象，同时也塑造着本土的主体。他指出，“翻译能够缓慢制造出异域文化的刻板形象，而把那些看上去无助于服务本土日程的诸种价值观、争论与分歧都排斥出去。翻译也可能对特定民族、种族以及民族群体表现出尊重或蔑视，从而塑造出不同的刻板形象。这显示出对文化差异的尊重，或对基于我族中心主义、种族歧视或爱国主义的仇恨。最终，通过建立起外交的文化基础，翻译将在地缘政治关系中，起到强化国家间的联盟、敌对和霸权的作用”[2]。随着后现代主义文化思潮的逐渐兴起，后殖民翻译研究学者也关注到翻译塑造他者形象的强大力量，将形象赋予各种二元对立特征，如殖民地与宗主国、野蛮与文明、落后与先进等，用以分析后殖民语境中的翻译建构他者形象的重要功效。例如，印度学者尼南贾纳（Tejaswini Niranjana）在《为翻译定位：历史、后结构主义和殖民语境》一书里分析了西方译者在翻译印度文学作品时，如何通过翻译塑造了愚昧落后、逆来顺受的印度人形

---

① E. Gentzler, *Translation and Identity in the Americas: New Directions in Translation Theory*. London & New York: Routledge, 2008, p. 180.

② ［美］劳伦斯·韦努蒂：《翻译之耻：走向差异伦理》，蒋童译，北京：商务印书馆2019年版，第106页。

象，从而彰显了"'高等'欧洲文明的风尚"①。

形象学和翻译研究的发展历史均源于描述性和历时性研究，反对在文化及其实践中使用静态方法和本质主义观点，因此这两门学科之间的交汇与融合存在着良好的基础②。近年来，随着全球化的迅速发展，越来越多的西方翻译学者借鉴和运用形象学的理论，研究翻译在国家和民族形象建构中的重要作用及其影响。例如，2007 年，弗兰克（Helen T. Frank）出版了《儿童文学译作中的文化碰撞：法译本里澳大利亚形象》（*Cultural Encounters in Translated Children's Literature*：*Images of Australia in French Translation*），全面地考察儿童文学法译本中的澳大利亚国家形象，深入分析译者如何在翻译中重塑澳大利亚野蛮落后、荒芜人烟的他者形象。通过文本选择和对译本的语言文体特征等多方面的操纵和调整，这些法文译本极大地弱化了澳大利亚城市文明与土著文化多元交织的现代形象，无法真正呈现出具有现代异域风情的澳大利亚国家形象。2016 年，比利时鲁汶大学多斯拉尔（Luc van Doorslaer）、弗林（Peter Flynn）与荷兰阿姆斯特丹大学的利尔森（Joep Leerssen）等西方学者共同编撰了《翻译研究与形象学》（*Interconnecting Translation Studies and Imagology*），收录了 16 篇有关翻译研究与形象学的研究论文，包括"翻译与形象学的历史轨迹""翻译与他者形象的

① T. Niranjana, *Siting Translation*: *History*, *Poststructuralism*, *and the Colonial Context*. Berkeley, CA: University of California Press, 1992, p. 22.

② L. van Doorslaer, P. Flynn, and J. Leerssen, *Interconnecting Translation Studies and Imagology*. Amsterdam & Philadelphia: John Benjamins Publishing Company, 2016, p. 2.

建构”“翻译与他者形象的重构”，以及“翻译与自我形象”等四个主题。该论文集从形象学视角切入研究翻译问题与现象，主要探讨国家、民族及特定族群形象在不同历史时期翻译活动中的各种呈现形式及其相应的解决途径，聚焦翻译活动与他者形象、自我形象塑造相互涉入的多个层面的问题，将形象作为一个重要的研究范畴推向翻译研究发展的前沿[①]。

与此同时，我国翻译研究学者也紧随国际翻译学的最新前沿动态，展开了形象学视角下的翻译研究，积极探索文学翻译在民族和国家形象的建构与发展过程中的重要作用。例如，张晓芸（2011）以“垮掉派”作家凯鲁亚克及其代表作《在路上》在中国的形象作为个案研究的对象，分析了翻译活动中的形象建构过程，揭示文学翻译在塑造国家形象及异国形象方面所起到的重要作用。该研究发现，无论译入语文化对原语文化如何塑形，翻译政策如何要求，译者在具体的翻译活动中仍有发挥其主体性的空间[②]。陈吉荣（2012）将翻译学与形象学结合起来，对澳大利亚现当代中国文学翻译展开跨学科的翻译研究，揭示翻译在建构当代中国形象的过程中所起的重要作用和影响[③]。姜智芹（2014）基于对新中国成立以来中国当代文学海外传播的历时性研究，指出中国当代文学在海外的传播是中国形象塑造的一个维度。中国形象和中国文学海外传播之间具有同构性，也因文学传播的

① 王运鸿：《〈翻译研究与形象学〉介评》，载《北京第二外国语学院学报》2019 年第 2 期，第 127 页。

② 张晓芸：《翻译研究的形象学视角——以凯鲁亚克〈在路上〉汉译为个案》，上海：上海译文出版社 2011 年版，第 250 页。

③ 陈吉荣：《翻译建构当代中国形象：澳大利亚现当代中国文学翻译研究》，北京：中国社会科学出版社 2012 年版。

多样性具有复杂性[①]。马士奎、倪秀华（2017）深入研究了从晚清和民国时期到改革开放以前的中国对外文学翻译现象，详细分析了文学对外翻译与中国自我形象塑造之间的关系，指出文学对外翻译是一种主动在异文化中塑造自我文化形象的重要手段[②]。梁志芳（2017）从形象学的理论视角，深入分析了美国著名女作家赛珍珠《大地》（*The Good Earth*）四个中译本中的中国形象建构，并对《大地》中译与现代中国的民族建构、民族国家建构之间的关系进行了探讨[③]。谭载喜（2018a）以梁志芳的《文学翻译与民族建构：形象学理论视角下的〈大地〉中译研究》一书所探讨的主题为出发点，对翻译与民族形象重构、形象学与翻译研究、中国叙事作品所涉“中国形象”的具体内涵、“翻译与形象建构”之关系，以及《大地》中译的“文化回译”特质等重点问题展开讨论和理论阐发[④]。在《翻译与国家形象重构——以中国叙事的回译为例》一文中，谭载喜（2018b）继续深入地探讨了“民族/国家形象和身份认同”以及“翻译过程中民族/国家形象重构”的基本问题，对将外文书写的中国叙事翻译成中文的“文化回译”现象展开研究。他指出，作为文化特殊表述形式的翻译，往往在这一民族或国家

---

① 姜智芹：《中国当代文学海外传播与中国形象塑造》，载《小说评论》2014年第3期，第4页。

② 马士奎、倪秀华：《塑造自我文化形象——中国对外文学翻译研究》，北京：中国人民大学出版社2017年版，第6页。

③ 梁志芳：《文学翻译与民族建构：形象学理论视角下的〈大地〉中译研究》，武汉：武汉大学出版社2017年版。

④ 谭载喜：《文学翻译中的民族形象重构：“中国叙事”与“文化回译”》，载《中国翻译》2018年第1期。

形象建构及发展的过程中发挥着不可或缺的作用[①]。王运鸿（2019）基于对沙博理英译《水浒传》内部文本形象分析，并结合《水浒传》在西方译介和传播过程中形象流变的纵轴与沙博理英译本特定的社会历史语境的横轴，从文本、互文和语境三个层面剖析翻译如何构建出有差异的形象，揭示翻译与形象构建之间多维度的关系，探索经典文学外译与中国文学、文化形象塑造之间的相互作用机制[②]。

从以上的文献综述可知，文学翻译有助于建构国家和民族形象，塑造民族文化身份，这已经逐渐成为中西方翻译研究学者的共识。同时，这些研究结果也表明，“形象学与翻译研究的结合可促使翻译研究者从‘个体—群体—整体’的动态链中来考察不同层面的形象的形成过程，关注翻译生产、传播和发挥功能的整个过程，为翻译产品、过程和功能研究提供多维度的观察视角，有助于揭示翻译产品、过程和功能三位一体的关系，促进形象学理论在翻译研究领域的应用，丰富翻译研究的理论分析工具”[③]。

第三节　中国形象的历史建构与跨文化传播

德国哲学家瓦尔特·本雅明曾指出，在翻译过程中，翻译者将面临两难处境——“忠实地再生产意义的自由，并在

① 谭载喜：《翻译与国家形象重构——以中国叙事的回译为例》，载《外国语文》2018 年第 1 期，第 2 页。

② 王运鸿：《形象学视角下的沙博理英译〈水浒传〉研究》，载《外国语》2019 年第 3 期。

③ 王运鸿：《形象学与翻译研究》，载《外国语》2018 年第 4 期，第 92 页。

再生产的过程中忠实于原义”，唯此才能同时给予译者以及文本原义两方面都发声的空间；因此原文与译文的差异成为了必需，而原文也只有通过翻译才能被“更充足地照耀”[①]。本雅明关于翻译的哲学思考对中国形象的跨文化传播研究具有一定的现实意义。在现代民族国家体系扩张的历史中，中国不可避免地与世界其他国家发生频繁的接触和联系，构成了由西方现代性思想参与的一个世界性的跨文化形象网络。假设中国形象是本雅明笔下的“原文”，那么在跨文化传播的过程中，其意义必然会因为各种不同“翻译者”的“解读”和“阐释”而不断地被重新建构。

自20世纪中叶以来，西方视野里的中国形象研究已经逐渐引起海内外学者的关注和重视。例如，美国学者哈罗德·伊萨克斯（Harold Isaacs）从历时的角度对美国的中国形象进行了研究。他通过大量的访谈分析，把18世纪以来至20世纪中叶美国人心目中的中国形象进行了阶段划分，认为美国的中国形象经历了六个演变阶段：崇敬时期（18世纪）、蔑视时期（1840—1905年）、仁慈时期（1905—1937年）、钦佩时期（1937—1944年）、幻灭时期（1944—1949年）、敌视时期（1949— ）。他进一步指出，“我们不应认为上述每一个时期都始终如一地反映出该观念。而是每一种想法都始终贯穿于其他时期，与其他时期的许多看法共存，并直至今日”[②]。英国学者雷蒙·道森（Raymond Dawson）在《中国变色龙》

---

① ［德］瓦尔特·本雅明：《翻译者的任务》，陈永国译，载陈永国、马海良编：《本雅明文选》，北京：中国社会科学出版社1999年版，第286－289页。

② ［美］哈罗德·伊萨克斯：《美国的中国形象》，于殿利、陆日宇译，北京：时事出版社1999年版，第87页。

中分析了欧洲人眼中的中国文明观念的变迁，指出中国的形象随着欧洲不断变化的历史文化语境而不断发生变化，就像变色龙一样，却与中国的现实没有呈现对应的关系[①]。再如，在《天朝遥远：西方的中国形象研究》一书里，我国学者周宁从学理的高度对西方的中国形象进行了系统的研究，不仅分析了西方视野中的中国形象演变的意义和过程，而且探讨了中国形象作为西方现代性自我的“他者”参与建构西方现代性经验的过程与方式，解释中国形象生成的潜在动机与意向结构。他以1250年前后为起点对西方的中国形象开展研究，指出在不同的历史时期，西方社会对中国形象的认知一直处于不断的变化之中。他们时而肯定中国、赞美中国，时而又贬抑中国、指责中国，甚至“妖魔化”中国。13世纪中叶至18世纪中叶的中国，在西方被视为“大汗的大陆”“大中华帝国”和“孔夫子的中国”。然而，到18世纪中叶前后，随着西方现代工业革命和殖民扩张的兴起，西方的中国形象便急转直下，在启蒙运动的后期形成了“停滞的帝国”形象，之后便是“东方专制的帝国”形象，到了18世纪末19世纪初，更是演变为“野蛮的帝国”形象。

东方主义（Orientalism）这一概念，所关涉的是“西方”表述“东方”的理论和实践。这种表述，有长久的历史和其内在的逻辑结构。后殖民主义文化思潮的代表人物萨义德（Edward W. Said）在其代表作《东方学》中曾犀利地指出，“东方是欧洲最深奥、最常出现的他者（the Other）形象之一”。他认为，东方主义“是一种思维方式，在大部分时间里，‘the Orient’（东方）是与‘the Occident’（西

① ［英］雷蒙·道森：《中国变色龙：对于欧洲中国文明观的分析》，常绍民、明毅译，北京：中华书局2016年版。

方）相对而言的，东方学的思维方式即以二者之间这一本体论和认识论意义上的区分为基础。有大量的作家，其中包括诗人、小说家、哲学家、政治理论家、经济学家以及帝国的行政官员，接受了这一东方/西方的区分，并将其作为建构与东方、东方的人民、习俗、‘心性’（mind）和命运等有关的理论、诗歌、小说、社会分析和政治论说的出发点”①。在阐释东方主义的基本涵义时，萨义德强调，我们不能忽视西方中心主义的历史文化观念，以及西方强加于东方的想象和政治控制。“如果将18世纪晚期作为对其进行粗略界定的出发点，我们可以将东方学描述为通过做出与东方有关的陈述，对有关东方的观点进行权威裁断，对东方进行描述、教授、殖民、统治等方式来处理东方的一种机制：简言之，将东方学视为西方用以控制、重建和君临东方的一种方式。”②

周宁运用了萨义德的东方主义、福柯的权力话语等理论来分析西方近代以前的中国形象的历史变迁，指出，“西方的中国形象是西方文化投射的一种关于文化他者的幻象，是西方现代文化自我审视、自我反思、自我想象与自我书写的形式，表现了西方现代文化潜意识的欲望与恐怖，指向西方文化‘他者’的想象与意识形态空间”③。作为一种权力话语，西方的中国形象已构成殖民主义、帝国主义和全球主义意识形态的重要成分，参与构筑西方现代性及其文化霸权的

① ［美］爱德华·萨义德：《东方学》（第3版），王宇根译，北京：生活·读书·新知三联书店2019年版，第4页。

② ［美］爱德华·萨义德：《东方学》（第3版），王宇根译，北京：生活·读书·新知三联书店2019年版，第4页。

③ 周宁：《天朝遥远——西方的中国形象研究》，北京：北京大学出版社2006年版，第3页。

过程与机制。西方世界通过对中国形象的建构和表述，使自我身份和自我意识得到界定和强化，自我认识空间得到相应的延伸和扩展，从而使西方世界最终获得对自我认同的肯定，强化了其在国际政治格局中的权力和地位。西方对中国形象的建构，并非为了真正认识中国，而是通过对“他者”的想象和再现，西方所要解释、说明和论证的是其自身的时代关注。事实上，20 世纪西方的中国形象的每一次反复，都牵涉中西关系、世界地缘政治格局以及西方社会内部文化思潮的变动，自由主义传统、左翼文化思潮或新保守主义政治哲学的兴衰，直接决定着中国形象的表征[①]。

研究显示，中国国家形象的历史生成和建构呈现出严重的“他塑”现象。在西方主导的国际话语格局中，中国很多时候只能作为一个被言说和被阐释的“他者”而存在，中国国家形象处于“被塑造”的不利境地。中国国家形象的建构与跨文化传播研究不能以西方为逻辑起点，更不能强调西方的中国形象对中国自我想象的“单方面”影响。从宏观而言，中国形象的建构和传播主要有“拿”和“送”两个双向的渠道：“外方作为主体的‘拿’和中方作为主体的‘送’。‘拿’是外方基于自身的欲望、需求、好恶和价值观，塑造多少带有某种偏见的‘他者’形象；‘送’是中国基于宣传需求传播的具有正向价值的‘自我’形象，是对西方塑造的定型化中国形象的矫正和消解。”[②] 我们应该积极主动译介中国的本土思想资源和文化传统，对中国形象进行

① 周宁：《天朝遥远——西方的中国形象研究》，北京：北京大学出版社 2006 年版，第 17 页。

② 姜智芹：《中国当代文学海外传播与中国形象塑造》，载《小说评论》2014 年第 3 期，第 4 页。

自我建构和塑造，同时“对西方的中国国家形象做出本土化诠释，而不是任其在既有的知识语境中自由驰骋”[①]，从而建构出一个动态的、双向互动的跨文化“对话”空间。中国本土思想家、哲学家、作家、翻译家等对中国的众多描述理应成为中国形象建构的重要文本依据，其翻译文本是中国形象的自我建构，这些翻译文本及其在海外的发行有利于改变中国形象总是被动地由西方来言说和塑造的局面。通过自我形象建构的主动作为和积极对外宣传，才能充分展现中国作为富强、民主、文明、和谐的社会主义现代化国家的形象，向世界传播真实的中国声音，提升中国在国际社会的话语权和影响力。

巴柔曾指出，“形象就是一种对他者的翻译，同时也是一种自我翻译”[②]。中国文学的对外翻译是一种主动在异域文化中建构和塑造中国形象的重要途径。在新中国成立后的“十七年”期间，我国外文出版社对外译介了数量可观的中国红色经典文学作品，“反映中国的革命斗争和社会主义建设”[③]，成为国家形象自我建构和传播的一个重要维度。中国红色经典文学作品的英译在国家形象的建构过程中发挥着不可或缺的作用，承载着在目标语文化中建构和传播新中国形象的重任。中国红色经典文学作品的对外翻译不仅改变了

① 周云龙：《西方的中国国家形象：源点还是盲点——对周宁“跨文化形象学”相关问题的质疑》，载《学术月刊》2012年第6期，第16页。

② ［法］达尼埃尔－亨利·巴柔：《从文化想象到集体想象物》，孟华译，载孟华主编：《比较文学形象学》，北京：北京大学出版社2001年版，第164页。

③ 周东元、亓文公：《中国外文局五十年史料选编》（1），北京：新星出版社1999年版，第363页。

中国国家形象总是被动地由西方来表述的局面，在一定程度上纠正了西方人心目中带有政治意识形态偏见的刻板印象，而且促进了中国国家形象的自我建构和传播。因此，中国红色经典文学英译作品中的国家形象建构，是本课题研究的主要内容，旨在揭示中国国家形象在文学翻译中的意义生成逻辑和重构机制，积极促进“中国故事”的跨文化传播，塑造良好的中国国家形象，为中国文化“走出去”的国家战略提供学术理论支持和策略参考。

第三章

“他者”的镜像：冷战时期欧美国家对中国红色经典的译介研究

法国比较文学学者巴柔曾指出，“一切形象都源于对自我与‘他者’，本土与‘异域’关系的自觉意识之中，即使这种意识是十分微弱的。因此，形象即为对两种类型文化现实间的差距所作文学的或非文学的，且能说明符指关系的表述”①。无论在哲学还是文学研究领域，“自我”与“他者”均是一对相互依存、相互映照的概念范畴。“他者”凭借其文化上的参照意义，成为建构“自我”想象和认同不可或缺的重要元素。在现代世界体系中，不同民族国家的自我想象与自我认同总是在与特定他者的镜像关系中完成的。文学翻译作品是异国形象产生的重要场域，然而目标语言文化中的异国形象却从来都不是现实的单纯复制式描写，因此应该将文学翻译置于“自我”与“他者”、“本土”与“异域”的互动关系中进行研究。

① ［法］达尼埃尔－亨利·巴柔：《形象》，孟华译，载孟华主编：《比较文学形象学》，北京：北京大学出版社2001年版，155页。

第一节　冷战时期海外中国现当代文学研究概述

在第二次世界大战结束之后，随着以美国为首的“北大西洋公约”组织（北约）和以苏联为首的“华沙条约”组织相继成立，世界进入了严峻的冷战时期。为了遏止全球范围的社会主义潮流，压制世界各国的民族解放革命运动，以美国为首的西方阵营积极推行“冷战”政策，激化政治意识形态的对立。随着美苏两个大国地位的形成和巩固，两国之间意识形态的对立日益尖锐。在全球性冷战的历史语境中，美苏两个大国以及以它们为首的两大政治集团在政治、经济、文化、外交和军事等各领域形成了全面对峙的状态。从根本上来说，以美国为中心的资本主义阵营与以苏联为中心的社会主义阵营之间的对峙就是两种意识形态的对抗。

随着“二战”的结束，国际力量的对比发生了根本性的变化，德、意、日被彻底击溃，英、法的力量也被严重削弱，原有的欧洲中心体系也走向了崩溃。因此，西方汉学研究的中心逐渐由欧洲转到美国，主要的研究机构也大多设在美国。一直以来，欧洲都是西方汉学的研究中心，重点研究中国传统社会的政治、经济与思想文化。西方来华传教士、外交官和汉学家不仅翻译了大量的中国优秀传统文化典籍，如《论语》《孟子》《道德经》等，而且把《好逑传》《三国演义》《赵氏孤儿》《聊斋志异》等中国古典文学作品译为欧洲语言和文字，在西方世界广为阅读和流传。20 世纪中叶以来，随着新中国国际地位的日益巩固，美国越来越重视对当代中国问题的研究。美国政府以及一些重要的基金会，如福特基金会、洛克菲勒基金会等不断加大对中国研究的投入，研究重点也由古代中国转向当代中国，而中国现当代文学亦是其重点考察的一个方面，成为区域研究的重要组成部分。

在《中国现代文学指南》（*A Companion to Modern Chinese Literature*）的英文版中，美国加州大学文学系张英进教授将英文学界的中国现代文学研究分为三个阶段：创立阶段（1951年至1963年），成长初期（20世纪60年代至70年代），发展盛期（20世纪90年代至今）[①]。自20世纪50年代以来，欧美国家相继出现了一批研究中国现当代文学的汉学家，如普实克（Jaroslav Prusek）、佛克马（D. W. Fokkema）、包华德（Howard Boorman）、白之（Cyril Birch）、谷梅（Merle Goldman）、夏志清（C. T. Hsia）、夏济安（T. A. Hsia）等。他们经常在各种国际学术刊物上发表英文文章，对中国现当代文学作品进行译介和研究，包括小说、戏剧、诗歌等各种体裁。其中以小说为主，试图借此了解新中国社会发展的现状。在毛泽东《在延安文艺座谈会上的讲话》发表二十周年之际，数十位知名的西方汉学家于1962年8月聚集在英国牛津附近展开学术研讨会，对“中国共产主义文学”及其发展进行深入探讨。次年，《中国季刊》出版“中国共产主义文学”研究专辑，选登了与会代表提交的重要论文。在冷战时期，西方学界先后出版了一批中国现当代文学研究的论著，主要包括夏志清的《中国现代小说史》（*A History of Modern Chinese Fiction*）、佛克马的《中国的文学与苏联的影响（1956—1960）》（*Literary Doctrine in China and Soviet Influence, 1956—1960*），谷梅的《共产主义中国的文学异

---

① ［美］张英进：《五十年来海外中国现代文学的英文研究》，载《文艺理论研究》2016年第4期，第41页。

己》(*Literary Dissent in Communist China*), 白之的《中国共产主义文学》(*Chinese Communist Literature*), 博罗维茨(Albert Borowitz) 的《共产主义中国的小说(1949—1953)》(*Fiction in Communist China, 1949—1953*), 黄胄(Joe C. Huang) 的《共产主义中国中的英雄与坏人形象:作为生活反映的中国当代小说》(*Heroes and Villains in Communist China: The Contemporary Chinese Novel as a Reflection of Life*), 蔡梅曦(Mei-Hsi Tsai) 的《中国当代小说中正面典型的塑造》(*The Construction of Positive Types in Chinese Contemporary Fiction*), 戈茨(Michael Louis Gotz) 的《中国当代小说中的工人形象(1949—1964)》(*Images of the Worker in Contemporary Chinese Fiction, 1949—1964*) 等。

在国际冷战的语境中,大部分西方汉学家基本都是遵循二元对立的冷战思维逻辑译介和解读中国现当代文学作品,对中国形象进行"他者"的想象与建构。正如巴柔所指出的那样,我在"注视"他者,但是他者的形象也传递了我自己的某个形象:

> 在个人(一个作家)、集体(一个社会、一个国家、一个民族)或半集体(一种思想流派、一种"舆论")的层面上,他者形象不可避免地同样要表现出对他者的否定,对我自身、对我自己所处空间的补充和外延。我想言说他者(最常见的是由于专断和复杂的原因),但在言说他者时,我却否认了他,而言说了自我。[1]

---

[1] [法] 达尼埃尔 - 亨利·巴柔:《从文化想象到集体想象物》,孟华译,载孟华主编:《比较文学形象学》,北京:北京大学出版社 2001 年版,第 123 - 124 页。

由于中西方意识形态对峙的严峻政治氛围，加上本身固有的西方中心主义的文化价值观念，西方学者对中国现当代文学，特别是延安时期以后的文学，基本上持否定的态度。在他们看来，这一历史时期的中国当代文学作品是政治意识形态话语的产物，缺乏真正的文学艺术性。“西方学者有着种种政治、文化、美学的偏见。每位批评家所采取的研究途径往往在很大程度上决定于他们的世界观、政治、思想、美学价值、学术修养、研究动机等主观因素，其中有很多还是非文学的因素。每位批评家的研究途径又往往进而指导并约束着他的研究方法。这样，文学研究中的所谓‘学术客观性’就颇成问题了”①。事实上，由于受到冷战思维和意识形态偏见的影响，这些西方学者所译介和阐释的往往并非新中国的当代文学作品本身，而是他们自己的政治意识形态，或者文学、文化艺术价值标准。

另一方面，在冷战的语境中，西方汉学家研究中国现当代文学，遵循西方重形式轻主旨的文学观，同时也试图从文学作品中发掘出符合西方艺术审美趣味的某些构成因素。因此，他们对中国现当代文学作品的译介和阐释，大多是片面浮泛的、不切实际的，甚至是歪曲事实的。在评价和解读中国当代文学作品时，西方学者往往倾向于把文学文本作为独立的存在物加以细读，采用“新批评”的方法分析语言、文体、叙事等形式因素。当然，也有少数西方学者超越了政治意识形态的制约，对新中国文学的审美特征、艺术价值进行了较为客观的评价，积极发掘这些文学作品中所蕴含的马克

① ［美］迈克尔·戈茨：《西方对中国现代文学研究的发展》，尹慧珉译，载《中国现代文学研究丛刊》1983年第1期，第209页。

思主义文艺理论价值。20 世纪 70 年代之后，随着中美关系的解冻，大部分西方学者的政治文化立场发生了较大的转变，其中有一些人发表或出版了一批比较客观公正、学术价值较高的研究论著。因此，从整体而言，西方学者对中国现当代文学的译介和研究呈现出了比较纷繁驳杂的面貌。

第二节 《在延安文艺座谈会上的讲话》的海外译介与阐释

《在延安文艺座谈会上的讲话》是毛泽东文艺思想的重要组成部分，也是中国共产党的文艺政策和路线的纲领性文件，奠定了中国新文艺的发展方向。毛泽东《在延安文艺座谈会上的讲话》包括 1942 年 5 月 2 日和 5 月 23 日的两次讲话内容，1943 年 10 月 19 日在《解放日报》正式发表，1953 年收入人民出版社出版的《毛泽东选集》第三卷，成为新中国文艺政策的理论基础和指导方针。中国文联原主席周扬曾指出，“毛泽东同志的《在延安文艺座谈会上的讲话》，把新文艺推进到了一个新的历史阶段。假如说‘五四’是中国近代文学史上的第一次文学革命，那么《在延安文艺座谈会上的讲话》的发表及其所引起的在文学事业上的变革，可以说是继‘五四’之后的第二次更伟大、更深刻的文学革命”①。在毛泽东的《在延安文艺座谈会上的讲话》发表之后，中国新文艺有了正确的理论指导，找到了正确的发展方向，结出了累累硕果。其中的优秀作品，揭示了中国革命胜利和社会主义建设的历史规律，呈现了过去未曾呈现的广大

---

① 周扬：《坚决贯彻毛泽东文艺路线》，北京：人民文艺出版社 1952 年版，第 72 页。

劳动人民的生命经验和情感体验，显示出了中国作风和中国气派，为人民群众喜闻乐见，因而被称为“红色经典”。

自1942年发表以来，毛泽东《在延安文艺座谈会上的讲话》已成为引导中国文艺创作和批评及文化思想建设的经典历史文献，在国内外具有重要的历史价值和当代意义。毛泽东这篇纲领性的经典文献已被翻译成多种外语，在世界范围内得到了广泛的传播，进一步发展和丰富了全球化的马克思主义文艺理论，产生了深远的国际影响。因此，本节将简要地追溯20世纪西方汉学界对毛泽东《在延安文艺座谈会上的讲话》的译介与海外传播历程，深入探讨毛泽东这篇经典文献在西方社会文化语境中的译介、阐释及其影响，进一步厘清“他者”视域下《在延安文艺座谈会上的讲话》的海外译介与接受的发展脉络，重点分析西方汉学家杜博妮对毛泽东《在延安文艺座谈会上的讲话》（1943年解放社版本）的英译和阐释，揭示翻译与文化政治、意识形态以及国家形象等多重元素之间错综复杂的博弈关系，使人们更好地认识毛泽东《在延安文艺座谈会上的讲话》作为中国化马克思文艺理论的世界价值，积极推动和促进毛泽东文艺思想在海外的译介与传播。

一、冷战时期西方学者的碎片式译介

从20世纪40年代末期以来，毛泽东的文艺思想已经开始受到西方国家汉学家的关注和重视。例如，美国著名的汉学家费正清在1948年出版的《美国和中国》（*The United States and China*）一书就已提及毛泽东的文艺思想和政策①。

---

① J. K. Fairbank, *The United States and China*. Cambridge: Harvard University Press, 1983, p. 298.

然而，在 20 世纪 60 年代的冷战时期，夏志清、夏济安、佛克马、包华德、谷梅等西方汉学家对毛泽东《在延安文艺座谈会上的讲话》基本都持有一种对峙性，甚至敌对性的政治文化立场和否定态度，倾向于从意识形态层面对其进行过度的阐释和解读，认为那是对中国文艺创作活动的意识形态控制和思想规范，完全忽略其对于马克思主义文艺理论的重要价值和意义。

1961 年，美国华裔学者夏志清在耶鲁大学出版社出版了研究专著《中国现代小说史》(*A History of Modern Chinese Fiction*)，从西方文学批评理论的视角翔实论述了自“五四”运动以来中国现代小说的发展、流变与传承史，“从而为西方学院内现代中国文学的研究奠定基础”[①]。在论及抗战期间及抗战胜利以后的中国文学发展史时，夏志清深入分析了毛泽东《在延安文艺座谈会上的讲话》的主要内容及其影响。他写道，“毛泽东于 1942 年 5 月召开文艺工作者座谈会，说明共产党文学和艺术的目的，制定出他们实行这些目的的方法。他在座谈会上所发表的言论，立即以小册子形式出版，名为《在延安文艺座谈会上的讲话》，成为共产党区域所有文艺工作者的新经典”[②]。作为中国现代文学史的研究专家，夏志清反对将文学作为政治革命的宣传工具，推崇文学作品本身独特的美学价值和语言修辞。他在《中国现代小说史》初版的序言中曾开诚布公地写道，“文学史学家的

① ［美］王德威：《重读夏志清教授〈中国现代小说史〉—— 英文本第三版导言》，载［美］夏志清：《中国现代小说史》，刘绍铭等译，上海：复旦大学出版社 2005 年版，第 31 页。

② ［美］夏志清：《中国现代小说史》，刘绍铭等译，桂林：广西师范大学出版社 2014 年版，第 237 页。

首要任务是优秀作品的发现和评审。如果他仅仅将文学视为一个时代文化、政治的反映，他其实已放弃了对文学及其他领域的学者的义务了”[①]。囿于自身的学术研究立场和政治意识形态，夏志清对毛泽东《在延安文艺座谈会上的讲话》进行了政治性解读和阐释，并对其基本内容作了比较负面的否定评价。他写道，“在毛泽东《讲话》中最主要的一点，就是所有的艺术标准，都要以政治为依归，只要思想纯正就可以了”[②]。夏志清对毛泽东《在延安文艺座谈会上的讲话》的批判言论很快在当时的西方汉学界引发了一系列的学术论争，其甚至与捷克斯洛伐克汉学家普实克（Jaroslav Prusek）在西方知名的汉学期刊《通报》（*T'oung Pao*）上展开了激烈的笔战。

1961 年底，夏志清的《中国现代小说史》刚出版不久，普实克在《通报》公开发表了一篇长达 48 页的书评文章，深入论述了中国现代文学史撰写中存在的根本问题，强烈批判夏志清歪曲了毛泽东《在延安文艺座谈会上的讲话》蕴含的马克思主义文艺思想本质，没有正确认识这篇重要讲话对抗战时期解放区的重要影响及其意义。他写道，“关于战争期间解放区的意识形态问题和毛泽东的观点，尤其是对毛在 1942 年发表的《在延安文艺座谈会上的讲话》，夏志清做了完全歪曲的描述。他视而不见为在政治上和文化上正在觉醒，而大多数仍是文盲的广大民众创造一种新文学艺术的紧迫需要。没有一种能为人民提供娱乐和教育的真正的大众文

① C. T. Hsia, *History of Modern Chinese Fiction*. New Haven: Yale University Press, 1961, p. vi.

② ［美］夏志清：《中国现代小说史》，刘绍铭等译，桂林：广西师范大学出版社 2014 年版，第 239 页。

学艺术，就不可能将这场极带毁灭性的持久战坚持到底，就不可能开创新的、高度民主的政治生活，也就不可能在直至那时都是全中国最落后的地区成功地进行一次可谓文化革命的运动”①。普实克认为，毛泽东这篇重要讲话极大地激发了人民群众的创造力，具有划时代的重要意义。他指出，“人民群众的创造力大概在任何其他地方和时候都没有像在解放区那样得到如此程度的激发，并产生出如此富有价值的成果。尽管夏志清极力贬低这一切事实的意义，发生在解放区生活各个方面的种种变迁也许是中国人民历史上最光辉的一页”②。在这篇公开发表的书评文章中，普实克对夏志清的著述及其观点进行了比较严厉的批判，他认为，“这种令人费解的歪曲评价不仅说明夏志清缺少任何国家之国民所必有的思想感情，而且向我们表明他没有能力公正地估价一个特定时期文学的作用和使命，并正确地理解和反映这一时期文学的历史意义”③。对于普实克发表在《通报》的长篇书评，夏志清特意撰写了《论对中国现代文学的“科学”研究》一文予以回应。然而，非常遗憾的是，在这篇答复普实克教授的文章中，夏志清坚决否认自身的政治偏见，仍然坚持原有的观点，对毛泽东《在延安文艺座谈会上的讲话》持

---

① ［捷］普实克：《中国现代文学史的根本问题——评夏志清的〈中国现代小说史〉》，载《普实克中国现代文学论文集》，李燕乔等译，长沙：湖南文艺出版社1987年版，第222页。

② ［捷］普实克：《中国现代文学史的根本问题——评夏志清的〈中国现代小说史〉》，载《普实克中国现代文学论文集》，李燕乔等译，长沙：湖南文艺出版社1987年版，第223页。

③ ［捷］普实克：《中国现代文学史的根本问题——评夏志清的〈中国现代小说史〉》，载《普实克中国现代文学论文集》，李燕乔等译，长沙：湖南文艺出版社1987年版，第215页。

有一贯的批判态度。张英进教授认为，普实克和夏志清“两人激烈的跨大西洋的争论可算作是东方正统的马克思主义和西方的资产阶级自由主义之间意识形态对峙在文学界的一个早期范例”①。

1963年3月，美国华裔学者夏济安在英国伦敦大学亚非学院主办的《中国季刊》(*The China Quarterly*) 第13卷发表了《延安文艺座谈会后的二十年》(Twenty Years After the Yenan Forum) 的英文文章，深入分析了延安文艺座谈会召开20年以来其对中国现当代文学创作和发展所产生的影响。在这篇论文中，夏济安首次比较详细地向英文读者介绍了毛泽东《在延安文艺座谈会上的讲话》的相关历史背景、基本内容及其影响，认为“延安文艺座谈会的召开是整风运动不可或缺的一部分”②，并向西方读者明确指出这篇经典文献的重要意义，“1942年的延安文艺座谈会在很大程度上决定了未来中国共产主义文学的方向和性质，这是有史以来中国共产党制定出第一项针对文学艺术的政策”③。然而，在冷战期间中西方严峻的政治对峙形势下，夏济安与其他的西方汉学家一样，不可避免地都倾向于从政治意识形态上解读和阐释《在延安文艺座谈会上的讲话》，将其视为实施中国文艺创作的意识形态控制手段和政策纲领。他认为，“毛泽东只关心文艺的政治作用，却忽略了许多包括想象、美感和创

① ［美］张英进：《五十年来海外中国现代文学的英文研究》，载《文艺理论研究》2016年第4期，第42页。

② T. A. Hsia, “Twenty Years After the Yenan Forum”, *The China Quarterly*, 1963, 13 (3), p. 233.

③ T. A. Hsia, “Twenty Years After the Yenan Forum”, *The China Quarterly*, 1963, 13 (3), p. 232.

造性在内的艺术问题。尽管这些方面无关革命，然而却是艺术家反复琢磨的重要课题”[①]。囿于自身的政治意识形态和文化立场，夏济安也无法正确认识和理解毛泽东文艺思想的内容及其价值。

1965年，西方汉学家佛克马（Douwe W. Fokkema）在荷兰海牙出版了《中国文学与苏联的影响（1956—1960）》（*Literary Doctrine in China and Soviet Influence, 1956—1960*），对这一历史时期中国文学的发展状况进行了深入的研究。他沿用当时冷战时期的西方文学批评范式，探讨了毛泽东《在延安文艺座谈会上的讲话》的主要内容及其影响。佛克马指出，“《在延安文艺座谈会上的讲话》所阐述的共产主义的文学规范，既是中共领导曾对延安根据地小部分自由主义作家的要求所做出的回应，也预示了50年代中国文化政策的走向”[②]。他考察了毛泽东《在延安文艺座谈会上的讲话》对“文学”这一概念的定义和阐释，指出“这一阐述关注的只是文学作品产生的方式，除了从观念形态的角度强调外，文学的特性与功用几乎没有被提及”[③]。然而，佛克马自己承认，“毛泽东似乎也意识到文学作品有艺术性的特殊面，他区分了文学批评中的政治标准和艺术标准”[④]。但是，他表示遗憾的是，“毛泽东并没有进一步解释他所说的‘艺

---

① T. A. Hsia, “Twenty Years After the Yenan Forum”, *The China Quarterly*, 1963, 13 (3), p. 246.

② ［荷］佛克马：《中国文学与苏联影响（1956—1960）》，季进、聂友军译，北京：北京大学出版社2011年版，第19页。

③ ［荷］佛克马：《中国文学与苏联影响（1956—1960）》，季进、聂友军译，北京：北京大学出版社2011年版，第4页。

④ ［荷］佛克马：《中国文学与苏联影响（1956—1960）》，季进、聂友军译，北京：北京大学出版社2011年，第4页。

术科学的标准’是什么意思，只是附带说了一些与美学有关的话，如‘形式’与‘内容’的问题，并且他把这些概念看作相互独立的统一体”①。显然，佛克马承袭了冷战时期西方汉学界的“意识形态控制论”，无视其对于马克思主义文艺理论的重要价值和意义。

毛泽东《在延安文艺座谈会上的讲话》所包含的文艺从属于政治、为政治服务的观点，确实比较侧重和强调文学的政治效用。然而，我们必须联系具体的时代背景来评价毛泽东文艺思想的历史价值。毛泽东《在延安文艺座谈会上的讲话》产生于民族危机的抗日战争时期。在这种特定的历史环境中，包括文学在内的一切工作都应该同仇敌忾、救亡图存、共赴国难，为抗日战争服务。毛泽东这篇重要的讲话正是从特定的历史语境出发，站在文化战略的高度，提出了相应的文艺方针和政策。毛泽东所倡导的“文艺为工农兵服务”“创造人民群众喜闻乐见的文艺形式”等思想，使人民群众真正成为文艺舞台的主角，促进了解放区群众性的文艺发展，如秧歌剧、黑板报等活动，也催生了诸如赵树理的《李有才板话》、李季的《王贵与李香香》等一大批优秀作品，形成了特有的解放区文学传统。正如周扬在《新的人民的文艺》中指出的那样：“文艺座谈会以后，在解放区，文艺的面貌、文艺工作者的面貌，有了根本的改变。这是真正新的人民的文艺。”② 因此，毛泽东《在延安文艺座谈会上的讲话》是在特定的历史文化语境下的必然选择，具有重要

---

① ［荷］佛克马：《中国文学与苏联影响（1956—1960）》，季进、聂友军译，北京：北京大学出版社 2011 年版，第 5 页。

② 周扬：《新的人民的文艺》，北京：新华书店，1949 年 11 月，第 1 页。

的历史价值和意义。

事实上，毛泽东《在延安文艺座谈会上的讲话》具有极强的现实针对性。毛泽东在引言中开诚布公地指出，这次座谈会的目的是："要和大家交换意见，研究文艺工作和一般革命工作的关系，求得革命文艺的正确发展，求得革命文艺对其他革命工作的更好的协助，借以打倒我们民族的敌人，完成民族解放的任务"①。因此，为了建立一个现代民族国家，毛泽东要求文学艺术帮助其实现民族的全员动员。这一明确的目标诉求，使延安时代的革命文艺，一开始就不曾是一个独立的领域，而是被纳入了政治文化的范畴。所谓政治文化，"是一个民族在特定时期流行的一套政治态度、信仰和感情。这个政治文化是本民族的历史和现在社会、经济、政治活动的进程所形成。人们在过去的经历中形成的态度类型对未来的政治行为有着重要的强制作用。政治文化影响各个担任政治角色者的行为、他们的政治要求内容和对法律的反应"②。既然政治文化规约了民族群体的政治心态和主观取向，那么，文学生产者作为群体的一部分，也必然会受到政治文化的规约和影响。即便在已经形成多元文化格局的西方，类似的看法也被一些学者所坚持。英国学者伊格尔顿（Terry Eagleton）就认为，利用文学来促进某些道德价值，它不可能脱离某些思想意识的价值，"而且最终只能是某种特定的政治形式"。那种认为存在"非政治"文学的看法只

① 毛泽东：《在延安文艺座谈会上的讲话》，载《毛泽东选集》（第三卷），北京：人民出版社1991年版，第847页。

② ［美］阿尔蒙德、［美］鲍威尔：《比较政治学：体系、过程和政策》，曹沛霖等译，上海：上海译文出版社1987年版，第29页。

不过是一种神话，“它会更有效地推进对文学的某些政治利用”①。

在冷战时期中，大部分西方汉学家站在欧洲中心主义的文化立场，对毛泽东《在延安文艺座谈会上的讲话》进行碎片式的译介，从意识形态的视角对毛泽东文艺思想进行政治性阐释和解读，割裂了毛泽东文艺思想与特定的历史文化语境之间的联系，使得他们无法认识和理解毛泽东文艺思想真正的历史价值及其意义。我们应对这一点加以清醒地辨别。

二、杜博妮对《在延安文艺座谈会上的讲话》的译介

随着20世纪70年代中西方的冷战局势有所缓解，中美两国正式建交，国际文化政治局势有所改变，西方汉学界对《在延安文艺座谈会上的讲话》的译介和研究也悄然发生了微妙的变化，重新发现和认识到这篇经典文献对于马克思主义文艺理论的历史意义和当代价值。例如，佛克马对于毛泽东《在延安文艺座谈会上的讲话》的学术研究立场和视角发生了明显的转变，不再从意识形态的视角对其予以政治性解读和阐释，而是积极挖掘文本中所蕴含的文艺理论价值。1977年，佛克马与易布思两人合作撰写了《20世纪文学理论》，在第四章深入探讨了中国对于马克思主义文学理论的接受，并将毛泽东的《在延安文艺座谈会上的讲话》视为20世纪马克思主义文学理论的重要组成部分。佛克马与易布思在书中指出，“毛泽东《在延安文艺座谈会上的讲话》是在战争年代构思而成的，那时候很自然地要把文学当作支援

① ［英］伊格尔顿：《当代西方文学理论》，王逢振译，北京：中国社会科学出版社1988年版，第299－300页。

战争的一种手段”①；“如果忽略了历史环境，我们就不能充分理解毛泽东文艺理论中的有关的概念和价值观。毛泽东文艺理论既是对传统的（儒、道、释）文学观念的反拨，也是对五花八门的外来影响（自然主义、象征主义、表现主义、‘意识流’小说、社会主义现实主义）的抗衡。毛泽东的《讲话》使现代的中国知识分子摆脱正在低落的各种新思潮的困扰。毛泽东选择的是主要经过瞿秋白和周扬这些理论家解释的苏联模式。毛泽东并不准备写一部完整的诗学，而是要提供一个作为中心的思想体系”②。

20 世纪 70 年代初期，西方汉学家和翻译家杜博妮（Bonnie S. Mcdougall）也开始对毛泽东《在延安文艺座谈会上的讲话》产生浓厚的兴趣，开始在海外四处搜集和整理各种中英文版本，对毛泽东这部重要历史文献展开深入的研究。自 1976 年起，杜博妮在美国哈佛大学费正清主持的东亚研究中心担任专职研究员，开始着手翻译《在延安文艺座谈会上的讲话》，并且对其进行详细的注释和评论。经过 4 年的辛勤耕耘，杜博妮全新的英译本《毛泽东在延安座谈会上的讲话：基于 1943 年版本的翻译与评论》（*Mao Zedong's "Talks at the Yan'an Conference on Literature and Art": A Translation of the 1943 Text with Commentary*）终于由美国密歇根大学出版社在 1980 年正式出版，引起西方汉学界的广泛关注，后又在 1992 年、2020 年两度重版。

杜博妮英译本基于的中文底本是 1943 年 10 月延安解放

---

① ［荷］佛克马、［荷］易布思：《二十世纪文学理论》，林书武等译，北京：生活·读书·新知三联书店 1988 年版，第 119 页。

② ［荷］佛克马、［荷］易布思：《二十世纪文学理论》，林书武等译，北京：生活·读书·新知三联书店 1988 年版，第 126 页。

社出版的毛泽东《在延安文艺座谈会上的讲话》，被称为1943年版本。据考证，该版本是毛泽东《在延安文艺座谈会上的讲话》最早出版的单行本，后来收入《毛泽东选集》第三卷时，被重新修订和补充，在1953年5月正式出版，因此后者常被称为1953年版本。我们常见的大部分英译本一般都是根据1953年版本的《在延安文艺座谈会上的讲话》中文本进行翻译的，而杜博妮的英译本是第一个把1943年版本的《在延安文艺座谈会上的讲话》完整地翻译为英文的全译本。这个英译本不仅有《在延安文艺座谈会上的讲话》（1943年版本）完整的英译文和相关的评注，而且还包括对这篇重要文献的众多中英文版本进行认真的比较分析和研究，用表格详细列举了从1943年版本演变到1953年版本两者主要的差异之处，在当代西方汉学研究界的引用率比较高，具有重要的学术研究价值。

在进行翻译和评注《在延安文艺座谈会上的讲话》之前，杜博妮曾经做了大量的历史研究、版本考证和文本分析工作。她首先搜集了1943年至1980年出版的《在延安文艺座谈会上的讲话》的各种中英文版本，对这些不同的版本进行了仔细的比较和研究，发现《在延安文艺座谈会上的讲话》这篇历史文献主要存在两个中文版本，分别是1943年的版本和1953年的版本。在认真对比分析这两个中文版本的异同之后，她认为1943年的版本比1953年的版本更好地体现和反映了毛泽东的文艺思想本质。根据杜博妮的调研结果，当时西方社会以《在延安文艺座谈会上的讲话》1953年之前的版本作为底本进行翻译和出版的仅有四个英译本，其中两个为节选本。第一个节选本的英译者为斯图尔特·施拉姆（Stuart R. Schram）。1969年，施拉姆在美国纽约出版了《毛泽东的政治思想》（*The Political Thought of Mao Tse-*

tung）的英文著述，其中节选了《在延安文艺座谈会上的讲话》的部分内容进行英译。他使用的底本为1943年10月的《解放日报》版本，并用注释标注了该版本与1953年版本的重要差异。第二个节选本的英译者为李又安（Adele Rickett）。美国哈佛大学出版社在1952年出版了由布兰特、史华兹、费正清等主编的《中国共产主义的纪实史》（*A Documentary History of Chinese Communism*），其中收录了《在延安文艺座谈会上的讲话》的节选英译，使用的底本源自1946年3月出版的《整风文献》。另外的两个英译本则为全译本，出版时间均在20世纪50年代，然而都已绝版了。更糟糕的是，这两个全译本没有具体注明译者的名字及其翻译所依据的底本，而且里面"包含很多各种各样的翻译错误，非常不适合开展深入的文本细读和研究"[①]。由于《毛泽东选集》的对外译介和广泛传播，1953年版本的《在延安文艺座谈会上的讲话》早已有多个英文译本出版。相形之下，1943年解放社版本的《在延安文艺座谈会上的讲话》在当时的西方世界却没有一个忠实且准确的英文全译本。因此，杜博妮决定将这个中文版本完整地翻译为英文，真实再现这篇重要讲话的1943年解放社版本的历史原貌，以便让越来越多的英语读者更加准确地理解毛泽东文艺思想的本质及其意义。

作为西方著名的汉学家和翻译家，杜博妮精通中英两种语言和文化，而且对毛泽东文艺思想颇有研究，因此她的英译本非常忠实于毛泽东《在延安文艺座谈会上的讲话》

---

① B. S. McDougall, *Mao Zedong's "Talks at the Yan'an Conference on Literature and Art": A Translation of the 1943 Text with Commentary*. Ann Arbor: University of Michigan Center for Chinese Studies, 1980, pp. 108 - 109.

（1943年版本）的原文，在翻译的准确性上要求比较严格，尽量如实地传递和再现原文的语气、神韵和精神，积极彰显原文的语言和文化特色，具有比较高的翻译质量。在这里试举例予以说明。

【原文】鲁迅的两句诗，“横眉冷对千夫指，俯首甘为孺子牛”，应该成为我们的座右铭。“千夫”就是敌人，对于无论什么凶恶的敌人我们决不屈服。“孺子”就是无产阶级和人民大众。一切共产党员，一切革命家，一切革命的文艺工作者，都应该学鲁迅的榜样，做无产阶级和人民大众的“牛”，鞠躬尽瘁，死而后已。①

【译文】Lu Xun's couplet,

Stern browed I coolly face the fingers of a thousand men,
Head bowed I'm glad to be an ox for little children,

should become our motto. The "thousand men" are the enemy, we will never submit to any enemy no matter how ferocious. The "children" are the proletariat and the popular masses. All Communist Party members, all revolutionaries, and all revolutionary workers in literature and art should follow Lu Xun's example and be an ox for the proletariat and the popular masses, wearing themselves out in their service

① 毛泽东：《在延安文艺座谈会上的讲话》，延安：解放社1949年版，第46页。

with no release until death. ①

上例的原文引用鲁迅的诗句彰显了毛泽东文艺思想的人民性和民族性，体现出毛泽东坚持无产阶级文艺为人民大众服务的方向，其指出“一切共产党员，一切革命家，一切革命的文艺工作者，都应该学鲁迅的榜样，做无产阶级和人民大众的‘牛’，鞠躬尽瘁，死而后已”②。杜博妮的英译文“All Communist Party members, all revolutionaries, and all revolutionary workers in literature and art should follow Lu Xun's example and be an ox for the proletariat and the popular masses, wearing themselves out in their service with no release until death”基本采用直译的翻译方法和策略，紧贴毛泽东《在延安文艺座谈会上的讲话》（1943年版本）的原文，严格遵循原文的表达形式，没有改变原文中的修辞格和形象，如“千夫指”（the fingers of a thousand men）、“孺子牛”（an ox for little children）、“做无产阶级和人民大众的‘牛’（be an ox for the proletariat and the popular masses）等，惟妙惟肖地再现了毛泽东讲话原文的话语风格。

【原文】学习马列主义，不过是要我们用辩证唯物论和历史唯物论的观点去观察世界，观察社会，观察文学艺术，并不是要我们在文学艺术作品中写哲学讲义。马列主

① B. S. McDougall, *Mao Zedong's "Talks at the Yan'an Conference on Literature and Art": A Translation of the 1943 Text with Commentary*. Ann Arbor: University of Michigan Center for Chinese Studies, 1980, p. 85.

② 毛泽东：《在延安文艺座谈会上的讲话》，延安：解放社1949年版，第46页。

义只能包括而不能代替文艺创作中的现实主义，正如它只能包括而不能代替物理科学中的原子论、电子论一样。[①]

【译文】Studying Marxism-Leninism only requires us to observe the world, society, literature, and art from the point of view of dialectical materialism and historical materialism; it certainly doesn't require us to write lectures on philosophy in works of literature and art. Marxism-Leninism can include but not replace realism in literary and artistic creation, just as it can include but not replace theories of the atom or electron in physics. [②]

在英译本的附录中，杜博妮曾表示，毛泽东著作中的许多汉语表达目前都已有标准的英语翻译，达到了专业术语的地位。如上例中的“辩证唯物论”和“历史唯物论”等。然而，由于这个英译本的目标读者主要是那些不懂汉语的西方读者，而不是政治家，因此她在翻译时更倾向于选择比较接近原文的英语表达方式，并且只在出现政治术语的地方才会使用专业术语[③]。而且，杜博妮在英译本中尽量不改变原文本句子的数量和形式，但句子中的标点符号，均已更改为符合美国英语的标准用法。此外，她还在注释中详细指出各个

① 毛泽东：《在延安文艺座谈会上的讲话》，延安：解放社 1949 年版，第 41－42 页。

② B. S. McDougall, *Mao Zedong's "Talks at the Yan'an Conference on Literature and Art": A Translation of the 1943 Text with Commentary*. Ann Arbor: University of Michigan Center for Chinese Studies, 1980, pp. 82－83.

③ B. S. McDougall, *Mao Zedong's "Talks at the Yan'an Conference on Literature and Art": A Translation of the 1943 Text with Commentary*. Ann Arbor: University of Michigan Center for Chinese Studies, 1980, p. 109.

句子在1943年版本与各历史版本中存在的微妙差异。杜博妮的英译本原汁原味地保留了原文的话语和修辞特色，使广大的西方读者对毛泽东的文艺思想内容及其本质有了更深刻的认识和理解。2015年，杜博妮的译文入选施拉姆主编的十卷本英文版毛泽东著作集（*Mao's Road to Power: Revolutionary Writings, 1912—1949*）。这是国际学界公认的哈佛版“毛泽东选集”，也是目前英语世界毛泽东著作最为浩大的收集、整理与翻译工程。施拉姆是西方最重要的毛泽东研究专家，向来以对翻译精益求精的严苛态度享誉学术界，杜博妮英译的《在延安文艺座谈会上的讲话》能够入选施拉姆主编的哈佛版“毛泽东选集”，由此可见翻译质量之高。

三、马克思主义文艺理论价值的重新发现与彰显

杜博妮不仅把《在延安文艺座谈会上的讲话》的1943年版本翻译为英文，而且为英译本撰写了长达54页的“导言”，从当代西方文艺批评理论的视角对毛泽东这篇经典文献进行了全新的阐释和解读，其实质是一篇完整的英文学术论文，曾在1976年哈佛大学东亚文学研讨会上宣读。杜博妮在“导言”中开宗明义指出，过去对毛泽东《在延安文艺座谈会上的讲话》的解读是以意识形态控制论为导向的，遮蔽了该讲话内在的文学性和文艺理论价值，因而是不全面而有失偏颇的。她的翻译旨在呈现其中的文艺美学思想，唤起学界对该讲话的重新认识，追认其原有的文艺美学价值。[①]

---

① B. S. McDougall, *Mao Zedong's "Talks at the Yan'an Conference on Literature and Art": A Translation of the 1943 Text with Commentary*. Ann Arbor: University of Michigan Center for Chinese Studies, 1980, p. 3.

由于杜博妮对中西方的文学批评理论流派非常精通，因此她更加关注和重视毛泽东《在延安文艺座谈会上的讲话》蕴含的文学性，而不是政治性，积极发现和挖掘其中潜在的马克思主义文艺理论和美学元素，从以前政治意识形态层面的批判回归到对其本身应有的文艺理论价值的探索。基于深入的文本分析，杜博妮对毛泽东《在延安文艺座谈会上的讲话》的马克思主义文艺观进行了详细的阐释，认为毛泽东文艺思想立足于人民大众，在一定程度上继承和发展了西方马克思主义文艺理论，例如文艺首先应该为人民大众服务、文艺来源于人民的生活等。杜博妮的英译本彰显了毛泽东文艺思想的人民性、民族性、科学性和进步性，重新审视和评价了其中所蕴含的马克思主义文艺理论价值，非常便于广大的西方英语读者更好地理解和掌握这篇经典文献中的毛泽东文艺思想。作为专家型译者，杜博妮“借助密集丰厚的副文本还原《讲话》的历史语境和原初面貌，通过纵向的理论溯源和横向的旁征博引，展现了《讲话》对西方文学创作和文学批评话语的借鉴价值，提升两者的通约性，架起了中西文论沟通交流的桥梁，助推《讲话》在西方世界的又一次研究高潮，一定程度上扭转了冷战时期西方学界对《讲话》的庸俗化解读倾向”[①]。

毛泽东《在延安文艺座谈会上的讲话》是“我国革命文艺实践与马克思主义文艺理论相结合的产物，也是马克思主义文艺理论中国化的一座里程碑”[②]。作为毛泽东文艺理论思想的经典文献，这篇重要讲话始终坚持马克思主义的指

① 邓海丽：《杜博妮英译〈在延安文艺座谈会上的讲话〉的副文本研究》，载《文学评论》2021年第3期，第76页。

② 张炯：《论〈在延安文艺座谈会上的讲话〉的传播与影响》，载《兰州学刊》2017年第8期，第5页。

导地位，坚持政治和艺术的辩证统一，认为文艺来源于社会生活，文艺应该为人民大众服务，进一步丰富和发展了马克思主义文艺思想。例如，毛泽东《在延安文艺座谈会上的讲话》关于文艺表现对象和服务对象的论述，至今仍是一个值得讨论的理论问题。关于文艺的“工作对象”—— 服务对象，“就是文艺作品给谁看的问题”，毛泽东强调，“我们的文学艺术都是为人民大众的，首先是为工农兵的，为工农兵而创作，为工农兵所利用的”[①]。作为一种理论观点，这种主张与主张文学精英化、贵族化的观点具有平等存在的价值。毛泽东《在延安文艺座谈会上的讲话》对以“红色经典”为代表的“十七年文学”产生了重大而深远的影响。描写工农兵的生活与斗争，塑造理想化人物，体现革命乐观精神，这是毛泽东文艺思想的要求，也是新中国红色经典的共同特征。但“红色经典”的这些特征并非仅取决于理论权威话语的“规训”，它们的形成也有着文学自身发展的渊源。[②]

自从杜博妮将毛泽东的《在延安文艺座谈会上的讲话》（1943 年解放社版本）首次完整翻译为英文之后，西方汉学界对毛泽东文艺思想逐渐有了更加深入的认识和理解。“作为《讲话》在西方理论界第二次传播高潮的重要评说标准和参考文献，杜译的副文本为中国化马克思主义理论成果走向全球化提供了重要的文本资源和思想动力”[③]。然而，不可

① 毛泽东：《在延安文艺座谈会上的讲话》，载《毛泽东选集》（第三卷），北京：人民出版社 1991 年版，第 863 页。

② 阎浩岗：《“红色经典”的文学价值》，北京：人民出版社 2009 年版，第 231 页。

③ 邓海丽：《杜博妮英译〈在延安文艺座谈会上的讲话〉的副文本研究》，载《文学评论》2021 年第 3 期，第 77 页。

否认，冷战时期的负面历史影响仍然存在，并没有彻底清除。在20世纪下半叶，西方汉学界依然有一些学者从意识形态的层面对毛泽东《在延安文艺座谈会上的讲话》继续进行政治性的阐释，批评毛泽东文艺理论中的“文艺为政治服务”或文艺直接为宣传某种政策服务的论点。例如，在美国汉学家李欧梵为《剑桥中华民国史（1912—1949）》撰写《文学潮流：通向革命之路》一章时，仍然从政治意识形态的视角对毛泽东《在延安文艺座谈会上的讲话》的基本内容及其影响进行了译介和评述。虽然李欧梵在一定程度上同意杜博妮的观点，认为毛泽东文艺理论是一种新的马克思主义美学理论，详细阐述了一系列相互关联的辩证统一关系，如普及与提高、动机与效果、政治标准与艺术标准、政治内容与艺术形式等，然而，他仍然继续沿袭了冷战时期的政治性解读视角，在文末写道，“作为一种新的马克思主义美学理论，延安讲话比马克思和恩格斯的著作留下更多的空白。可以想象，对如何解释这个新的正统的准则，以及如何填补它的空白，仍然有相当大的意见分歧”①。

第三节 被凝视的“他者”：中国红色经典的域外译介与研究

对于中国而言，从1949到1966年的“十七年”是一个非常重要的历史转型期。随着1949年中华人民共和国的成立，中国从一个半殖民地半封建的旧社会转变为人民当家作

① ［美］费正清、［美］费维凯：《剑桥中华民国史（1912—1949）》（下卷），刘敬坤等译，北京：中国社会科学出版社1994年版，第478页。

主的社会主义国家。文艺创作、文化思想和意识形态等各领域也随之发生了翻天覆地的巨大变化。作为新中国文学的开端，以“红色经典”为主要代表的“十七年文学”描写社会主义革命建设，反映社会主义新社会、新生活，具有建设新国家的鲜明目的性和使命感，是社会主义意识形态话语建构的重要组成部分。20 世纪 60 年代，西方汉学界把新中国成立以后（甚至包括 1942 年以后）的文学称为“Chinese Communist Literature”，字面直译为“中国共产主义文学”。就文学领域而言，所谓的“中国共产主义文学”所涵盖的范围，应属于中国当代文学史的一部分，并与“十七年文学”存在一定重合[①]。

在《中国季刊》的“中国共产主义文学”专辑导言中，美国汉学家白之开诚布公地指出，“在思考‘他们’的观点之前，我们必须找到能够满足‘我们’观点的‘粒子’”[②]。对于白之而言，“我们”指的是西方，而“他们”则是指社会主义新中国及其文学。冷战时期，这些西方汉学家正是站在白之所谓的“我们”，即西方文化中心主义的立场上，将新中国文学视为一种异质的“他者”进行审视和解读。政治意识形态维度上的“我们”与“他们”构成了一种矛盾关系，一种展开言说的框架与思想逻辑。这种特有的“看”与“被看”的对立关系构成了冷战语境中的美英解读中国“十

---

① 翟猛：《20 世纪 60 年代美国对中国当代文学的研究》，载《华文文学》2017 年第 5 期，第 71 页。

② C. Birch, “The Particle of Art”, *The China Quarterly*, 1963, 13 (3), p. 5.

七年文学”的基本框架。[①]

在《东方学》的绪论中，萨义德曾如此描绘西方对“东方”的认识：“东方学的一切都置身于东方之外：东方学的意义更多地依赖于西方而不是东方，这一意义直接来源于西方的许多表述技巧，正是这些技巧使东方可见、可感，使东方在关于东方的话语中‘存在’。而这些表述依赖的是公共机构、传统、习俗、为了达到某种理解效果而普遍认同的理解代码，而不是一个遥远的、面目不清的东方”[②]。长期以来，西方社会存在着一种以自我文化为中心的观念，把中国放在“他者”或“异类”的位置上，习惯于以一种权威者的身份居高临下地审视、言说东方，有着强烈的东方主义倾向。在20世纪中叶的冷战期间，西方汉学家将“十七年文学”视为西方文化上的异质“他者”，而政治上的冷战思维又与这种东方主义观念纠缠在一起，共同作用于他们对“十七年文学”的译介与研究。

一、寻找“艺术的粒子”：《中国季刊》的研究专辑

《中国季刊》（*The China Quarterly*）于1960年正式创刊，由总部设在法国巴黎的“文化自由联盟”出资，哈佛大学费正清创立的东亚研究中心的麦克法夸尔（Roderick MacFarquhar）博士担任主编。“表面看来，‘文化自由联盟’是一个争取文化自由的组织，实际上其幕后操纵者正是美国

---

① 方长安、纪海龙：《1949—1966年美英解读中国“十七年文学”的思想逻辑》，载《河北学刊》2010年第5期，第113页。

② ［美］爱德华·萨义德：《东方学》（第3版），王宇根译，北京：生活·读书·新知三联书店2019年版，第29页。

中央情报局（CIA），是文化冷战的一个组成部分”[①]。创刊之始，当代中国就被确定为《中国季刊》的研究主题。《中国季刊》现由英国伦敦大学亚非学院主办，剑桥大学出版社出版和发行。该刊在紧密追踪并探讨当代中国的热门话题的同时，更重视从政治学、社会学、历史学等跨学科的视角分析中国问题，因而有助于读者更深入地了解当代中国的政治、经济、历史和社会问题，已成为国际上当代中国研究领域最具权威的英文杂志之一。1962 年 8 月，正逢毛泽东《在延安文艺座谈会上的讲话》发表二十周年，《中国季刊》在英国牛津附近组织召开了一次关于中国共产主义文学的学术研讨会，深入探讨《在延安文艺座谈会上的讲话》发表二十周年以来中国当代文学的发展状况。这次会议是西方学术界召开的第一个以中国共产主义文学为研究主题的会议[②]。白之（Cyril Birch）、包华德（Howard Boorman）、卫德明（Hellmut Wilhelm）、夏志清、夏济安等多位欧美汉学家齐集一堂，围绕着中国当代文学展开了热烈的讨论。

1963 年 3 月，《中国季刊》第 13 卷以这次会议的参会论文作为主体，出版了一期以“中国共产主义文学”为研究主题的专辑，发表了一系列相关的英文研究论文，其中包括白之的《艺术的粒子》（The Particle of Art）和《中国共产主义文学：传统形式的坚持》（Chinese Communist Literature: The Persistence of Traditional Forms）、夏志清的《残存的女性主义：中国共产主义小说中的女性形象》（Residual

① 管永前、孙雪梅：《麦克法夸尔与〈中国季刊〉的创立》，载《北京行政学院学报》2009 年第 2 期，第 108 页。

② 翟猛：《20 世纪 60 年代美国对中国当代文学的研究》，载《华文文学》2017 年第 5 期，第 71 – 72 页。

Femininity：Women in Chinese Communist Fiction）、夏济安的《中国共产主义小说中的英雄和英雄崇拜》（Heroes and Hero-Worship in Chinese Communist Fiction）和《延安文艺座谈会后的二十年》（Twenty Years after the Yenan Forum）、卫德明的《中国共产主义文学中的青年和老年人形象》（The Image of Youth and Age in Chinese Communist Literature）、时钟雯（C. W. Shi）的《中国共产主义小说的农业合作化和人民公社运动》（Co-operatives and Communes in Chinese Communist Fiction）、杨富森（Richard F. S. Yang）的《中国共产主义小说中的工人形象》（Industrial Workers in Chinese Communist Fiction）等。这些学术文章大多数基于英文版的《中国文学》或外文出版社翻译出版的中国红色经典英译文展开研究，但是却选择“站在西方资产阶级文学观一边”，“坚持用西方方法研究左翼的、社会主义的文学”，对《暴风骤雨》《太阳照在桑干河上》《红日》《林海雪原》《山乡巨变》《青春之歌》等红色经典作品进行比较深入的探讨，这固然是彼时冷战思维两极对立的意识形态和文学观念在“红色经典”接受上的集中体现，但客观上来看，《中国季刊》针对中国红色经典的研讨会在西方尚属首次，开启了西方学界研究包括“红色经典”在内的当代中国文学的先河[①]。同年，白之还将《中国季刊》这期“中国共产主义文学”研究专辑的系列论文编辑成书，同时在美国纽约和英国伦敦两地出版这部论文集《中国共产主义文学》（*Chinese Communist Literature*）。

白之于1954年在英国伦敦大学亚非学院获得中国文学

① 倪秀华、李启辉：《1949—1966年红色经典的翻译与海外传播》，载《当代外语研究》2021年第4期，第57－58页。

博士学位，主要从事中国传统小说、戏剧和中国现当代文学研究，曾留校担任中文讲师。20 世纪 60 年代初期，他在美国加州大学伯克利分校担任中国文学及比较文学副教授，后来成为该校的讲座教授和中文系主任。作为研讨会的主要组织者之一，白之亲自撰写了“中国共产主义文学”专辑的导言《艺术的粒子》（The Particle of Art）。他在文中引用了苏联斯大林时期著名作家帕斯捷尔纳克在《日瓦戈医生》小说中关于“艺术的粒子”的论述，指出此次研讨会旨在“寻找艺术的粒子”（search for the particle of art）[①]。在《日瓦戈医生》的第九章“瓦雷金诺”中，帕斯捷尔纳克通过小说主人公日瓦戈医生的日记表达了自己对于文学艺术的独特看法：

> 艺术不是包容了无数概念和派生现象的某个类别或领域的称呼。相反，艺术是狭窄而集中的，是进入艺术作品构成成分里面的原则的标志，是其中所运用的力量或者千锤百炼的真理的称呼。对我来说，艺术永不会是形式的产物或某一方面，而更像是内容隐秘的部分……
>
> 原始艺术、埃及艺术、希腊艺术，加上我们的艺术，这无疑是数千年来唯一存留的同一种艺术。这是某种思想，对生活的某种确认，由于它无所不包的宽宏而无法容纳在个别的词语之中。当它的力量有点滴进入到某种更复杂的混合物时，艺术成分就会超越其余部分的

① C. Birch, “The Particle of Art”, *The China Quarterly*, 1963, 13 (3), p. 4.

意义，成为所描写之物的本质、灵魂和基础。[①]

在帕斯捷尔纳克看来，在任何作品中都有艺术的粒子，它包含着其他一切东西，在意义上重于一切其他部分，表现为作品的本质、灵魂和中心。毋庸置疑，每一个成功的文学艺术作品都要有自己的灵魂和本质所在。读者在阅读或赏析批评中都需要找到这部作品的灵魂，才能与之发生共鸣，从而从本质上理解这个作品。帕斯捷尔纳克这一观点原本无可非议，但是他同时也指出，这里所说的“艺术”具有特定的含义。帕斯捷尔纳克写道，“对我来说，艺术永不会是形式的产物或某一方面，而更像是内容隐秘的部分”。在某种意义上，艺术的本质被视为一种意识形态，尤其是一种隐藏的意识形态，而艺术的粒子就是表达这种意识形态的细节所在。毫无疑问，白之和“中国共产主义文学”专题研讨会的其他学者对帕斯捷尔纳克这一观点非常认同，对中国共产主义文学的研究普遍都采用了“艺术粒子”方法论。“论文作者们的美学、政治观点和那个时期的冷战情绪汇合在一起，决定了这次研究的总的态度，就是想在各类体裁的共产党文学作品中寻找残留的‘艺术粒子’，‘抢救’那些和他们在政治上尚不抵触的艺术因素”[②]。在这些参会的西方汉学家看来，新中国文学创作活动受到严格的意识形态控制和思想规范，在一定程度上阻碍中国当代文学的发展。但是，他们同时相信，“即使是在中国，控制也不可能是全面的。生活

---

① ［苏］鲍利斯·帕斯捷尔纳克：《日瓦戈医生》，张秉衡译，北京：人民文学出版社2013年版，第278－279页。

② ［美］迈克尔·戈茨：《西方对中国现代文学研究的发展》，尹慧珉译，载《中国现代文学研究丛刊》1983年第1期，第212页。

中总是留有可逃遁的缝隙，从这里就产生未来的创作”[1]。因此，他们站在西方政治意识形态话语的立场上，有意识地对中国当代文学作品进行政治性阐释，经常引用作品中某一情节进行孤立的分析，而不考虑作品的整体倾向性。政治因素的主导致使他们的解读在很大的程度上变为一种政治化“误读”。“强调艺术、厌恶政治的态度也影响了他们的研究方法。他们在社会、政治、历史方面的分析既无创见也无结果，只能采取就事论事的批评方法，把研究限制在作品的文本范围以内，主要是分析语言和文体，如诗学、语言学、叙述技巧方面的形式分析，新旧形式的对比等，以求找到所需要的‘艺术粒子’”[2]。

在《艺术的粒子》一文中，白之也指出，无论我们能在中国共产主义文学中发现多少艺术成分，我们都应该对中国共产主义文学蕴含的能量和视野予以肯定。同时，如果我们是研究文学问题，那么，我们必须将注意力集中在艺术的本质或基础上面。只有在我们对艺术的本质做了充足的详细研究之后，才能对它的社会影响和政治意义进行研究。[3] 并且，白之以但丁创作《神曲》为例，明确指出意识形态对文学创作来说，并不一定意味着灾难。[4] 白之所谓的“艺术粒子”

---

① C. Birch, “The Particle of Art”, *The China Quarterly*, 1963, 13(3), pp. 7–8.

② ［美］迈克尔·戈茨：《西方对中国现代文学研究的发展》，尹慧珉译，载《中国现代文学研究丛刊》1983年第1期，第212–213页。

③ C. Birch, “The Particle of Art”, *The China Quarterly*, 1963, 13(3), p. 4.

④ C. Birch, “The Particle of Art”, *The China Quarterly*, 1963, 13(3), p. 3.

观点显然反映了他对艺术的理解持本质主义色彩的看法。然而，杜博妮认为，白之提倡的这种先研究艺术的本质，再研究其政治社会意义的做法，将会使“本质”成为“一种概念上的虚幻”（a conceptual of fantasy），最终将导致文学研究进入死胡同。[①]

白之用古希腊神话中的海妖斯库拉（Scylla）和卡律布狄斯（Charybdis）的典故，说明西方研究者在研究这一历史时期的中国当代文学时往往会陷入一个两难的困境，即要么不耐烦地认为中国共产主义文学就是一大堆大众宣传材料，要么认为它们都是一些水平很低的创作，并不值得阅读[②]。他认为，“十七年文学”的评价标准是注重“作品的党性、教育作用和行为模式”[③]。而西方则是“将作品作为本质和基础”，强调文学自律性和审美效应[④]。显然，白之这种解读无视新中国文学的审美追求，属于一种以西方文化为中心的想象性表述，流露出一种西方优于中国的文化心理。“十七年文学”的评价标准固然重视党性，关注作品的教育作用，但同样追求艺术审美性。而西方文学标准中同样包含着社会教育性诉求，其阐释并非事实的真实反映，而是加入了西方人的主观臆断，流露出西方中心主义的文化价值观。

---

① B. S. McDougall, *Mao Zedong's "Talks at the Yan'an Conference on Literature and Art": A Translation of the 1943 Text with Commentary*. Ann Arbor: University of Michigan Center for Chinese Studies, 1980, p. 7.

② C. Birch, "The Particle of Art", *The China Quarterly*, 1963, 13 (3), p. 5.

③ C. Birch, "The Particle of Art", *The China Quarterly*, 1963, 13 (3), p. 5.

④ C. Birch, "The Particle of Art", *The China Quarterly*, 1963, 13 (3), p. 4.

美国华裔汉学家时钟雯教授（C. W. Shi）在《中国季刊》的“中国共产主义文学”专辑中发表了《中国共产主义小说的农业合作化和人民公社运动》一文，对《三里湾》《山乡巨变》等多部新中国农业合作化和人民公社题材的小说进行了深入的探讨。她认为，《三里湾》如实地讲述了“农业合作化规模扩大过程中不断增长的苦与乐，反映了社会巨大变革时期中国农村社会的艰辛与兴奋”①。然而，她同时也指出，从艺术审美的角度来看，新中国的农村题材小说“非常公式化，题材狭隘，主要集中于阶级斗争和社会主义、共产主义建设。这些小说主要为工农兵而写，但是对于群众可能也有一定的教育意义。小说的人物形象单调而乏味，缺乏复杂的心理描写。从官方意识形态出发创造的正反面人物往往落入俗套”②。在她看来，这些小说所塑造的人物形象非常模式化和理想化，缺乏性格深度。党员干部“在领导合作化的过程中，对待农民非常耐心，在与资本主义、封建主义作斗争时有毫不妥协的勇气，完全献身于工作，但最重要的一点就是对中国共产党绝对忠诚”；而农民的典型形象则是“对于中国共产党给他们带来的新生活心存感激，努力工作，充满信心，准备战胜任何困难或灾难，欢欣而不抱怨，为了农业合作化和人民公社运动，愿意牺牲个人和家庭利益”③。时钟雯教授认为，从艺术的角度来看，新中国

---

① C. W. Shi, “Co-operatives and Communes in Chinese Communist Fiction”, *The China Quarterly*, 1963, 13 (3), p. 197.

② C. W. Shi, “Co-operatives and Communes in Chinese Communist Fiction”, *The China Quarterly*, 1963, 13 (3), p. 205.

③ C. W. Shi, “Co-operatives and Communes in Chinese Communist Fiction”, *The China Quarterly*, 1963, 13 (3), p. 207.

农业合作化小说的文学价值比较有限，但是这些作品却能向西方提供一些本来无法获取的、非常有价值的中国社会信息，具有一定的社会学价值，从中可以了解新中国社会面貌和人民生活的巨大变化。因此，她更多是把这些小说作为一种社会文本（social documents）进行研究，以便从中获取新中国农业合作化运动和人民公社运动的相关政策和信息。

毛泽东《在延安文艺座谈会上的讲话》在谈到“我们的文艺是为什么人”的时候，曾指出，“我们的文艺，第一是为工人的，这是领导革命的阶级。第二是为农民的，他们是革命中最广大最坚决的同盟军。第三是为武装起来了的工人农民即八路军、新四军和其他人民武装队伍的，这是革命战争的主力。第四是为城市小资产阶级劳动群众和知识分子的，他们也是革命的同盟者，他们是能够长期地和我们合作的。这四种人，就是中华民族的最大部分，就是最广大的人民大众”[①]。根据毛泽东《在延安文艺座谈会上的讲话》的指导思想，新中国文艺创作应该服从工农兵路线，并将“工”放在最前面。然而，当时的中国工人数量太少，即使新中国成立以后，成功描写工人生活的文学作品，尤其是长篇小说，仍然很少，以工人为主的小说还是落在以农民为题材的小说之后。“三红一创，青山保林”中，《红岩》写到许云峰、成岗等是工人出身，但在小说文本中他们主要是作为地下工作者出现的；《青春之歌》《林海雪原》以及《铁道游击队》《三家巷》等也涉及了人物的工人身份，可是这些小说作品也并未正面描写他们作为“工人”的日常生活而主要写他们的“革命斗争”。美国南加州大学的杨富森教授

① 毛泽东：《在延安文艺座谈会上的讲话》，载《毛泽东选集》（第三卷），北京：人民出版社1991年版，第855－856页。

(Richard F. S. Yang）在《中国季刊》的“中国共产主义文学”专辑中发表了《中国共产主义小说中的工人形象》一文。他指出，从20世纪50年代到60年代，关于工人题材的中国共产主义小说非常少。[①] 因此，他在文中深入分析青年作家雷加在1952年和1954年出版的《我们的节日》《春天来到了鸭绿江》，以及老作家艾芜在1961年出版的《百炼成钢》等小说中的工人形象。由于这三部文学作品涉及新中国工业建设发展中的各个方面，他希望通过对这三部小说的深入研究和分析，能够让西方学界对中国共产主义小说中的工人形象有一定的认识和了解。杨富森教授认为，新中国小说中的工人形象比较同质化和模式化。不同作家笔下的“工人英雄”（the labour hero）都有着基本相同的身份、经历和追求。这些工人形象完全是一种类型化或概念化的人物，大多性格雷同、单一，共性大于个性。他将这种共性特征概括为四点：“第一，必须出身于旧社会受压迫的无产阶级；第二，必须参加了反对帝国主义或反对封建主义（反对国民党属于此类）的革命或斗争；第三，必须是中国共产党党员；第四，必须做了某些不同寻常的工作，执行了一项困难的任务或工作，或者是打破了生产纪录”[②]。杨富森教授在文末总结道，假若将文学视为一种“精神食粮，它应当像食物一样，产生某种味道，或甜，或苦，或咸，或酸”，具有一种艺术审美的自我生成能力；然而，在他看来，阅读新中国的

① Richard F. S. Yang, “Industrial Workers in Chinese Communist Fiction”, *The China Quarterly*, 1963, 13 (3), p. 214.

② Richard F. S. Yang, “Industrial Workers in Chinese Communist Fiction”, *The China Quarterly*, 1963, 13 (3), p. 214.

工业题材小说“味同嚼蜡”[1]，毫无滋味。对于杨富森论文的这一结论，美国学者戈茨（Michael Louis Gotz）认为，“文学作品有无滋味的问题，却和预定的读者为谁直接有关。中国文学作品当然不是写给那些对社会主义意识抱反感的西方知识分子看的。至少在理论上，当代中国作品是为工人、农民、干部和进步知识分子而写的。这些读者对新文学中反映的种种冲突矛盾却是有兴趣，甚至休戚相关的。这些读者的世界和西方批评家的世界之间有着鸿沟之隔。西方批评家只有努力克服自己的文化偏见，才能越过这道鸿沟。否则，他就注定要饱尝‘蜡’味”[2]。

在《残存的女性主义：中国共产主义小说中的女性形象》中，夏志清以新中国文学中的女性人物为主要研究对象，深入分析小说作品中的女性角色和形象转变。他认为，“自从毛泽东于1942年提出工农兵的文艺路线，知识分子在小说中的分量便小得多了，但关于女教师、女医生、女护士的小说却还是屡见不鲜，毕竟她们在社会主义建设中的作用也都有目共睹。这部分小说中凡有意表现女性的故事，无一例外都会着重突出她们的无私奉献与敬业精神，绝不以个人幸福为先”[3]。在论文的篇首，夏志清开门见山地指出，“中国共产主义文学中，女性与男性首先同为工人，其次才有男女在性别、情感上的差异。女性跟男性一样，会因其社会主

---

① Richard F. S. Yang, “Industrial Workers in Chinese Communist Fiction”, *The China Quarterly*, 1963, 13 (3), p. 225.

② ［美］迈克尔·戈茨：《西方对中国现代文学研究的发展》，尹慧珉译，载《中国现代文学研究丛刊》1983年第1期，第213页。

③ C. T. Hsia, “Residual Femininity: Women in Chinese Communist Fiction”, *The China Quarterly*, 1963, 13 (3), pp. 172 – 173.

义热情与工作事业上的壮举而获得褒扬，也会因为游手好闲、怠于生产而受到谴责”①。他接着以赵树理的《小二黑结婚》《传家宝》，艾芜的《夜归》《新的家》，艾明之的《妻子》，茹志娟的《春暖时节》，以及李准的《李双双小传》等多部小说为例，展开文本的细读和分析，具体说明“十七年文学”中女性传统角色和爱情主题的转变。他写道，“表面上，这些故事好像并没有什么相通之处，但根本上所有的例子都在强调调整个体以配合社会主义建设，而最伟大的英雄往往也都是那些为了共产主义做出最多牺牲的人”②。在论文的结论中，夏志清写道，“在这些得到肯定和赞许的短篇小说里，女性角色无疑都是共产主义事业的坚定支持者，她们努力地避毁就誉，尽量在情感压抑与日夜操劳的生活中挤出一丝一毫的满足。在很大程度上，她们的人生都付与了这种生活”③。显而易见，他对这些小说作品中的女性形象的解读和阐释已经政治意识形态化了，而这正是冷战时期西方学者审视中国当代文学的普遍性倾向与特征。

在《中国季刊》的“中国共产主义文学”研究专辑中，夏济安总共发表了两篇论文，分别是《中国共产主义小说中的英雄和英雄崇拜》和《延安文艺座谈会后的二十年》。在《中国共产主义小说中的英雄和英雄崇拜》的篇首，夏济安直言不讳地批评新中国小说中的人物形象比较模式化。他写

① C. T. Hsia, “Residual Femininity: Women in Chinese Communist Fiction”, *The China Quarterly*, 1963, 13 (3), p. 158.

② C. T. Hsia, “Residual Femininity: Women in Chinese Communist Fiction”, *The China Quarterly*, 1963, 13 (3), p. 174.

③ C. T. Hsia, “Residual Femininity: Women in Chinese Communist Fiction”, *The China Quarterly*, 1963, 13 (3), p. 179.

道，“他知道小说中都有哪些人物：脸谱化的地主，嘴脸丑恶；意气风发的工人、农民和知识分子，他们团结一致跟着党走；再有一些动摇分子，他们必须在善与恶之间做出抉择”[①]。显然，冷战时期特殊的政治氛围导致夏济安无法对《红日》《青春之歌》《暴风骤雨》《山乡巨变》等多部中国红色经典作品做出公正客观的研究与评价。由于他无法跳出冷战思维的窠臼，这也导致其研究偏离了文学研究的轨道，在很大程度上影响了他的学术判断。夏济安的论文主要是基于我国外文出版社于1961年出版的《红日》英文版 *Red Sun* 对《红日》的英雄形象问题展开探讨。然而，由于无法摒弃意识形态的偏见，他甚至在一些细节上添加和改写了《红日》的英译文，因此在论文中出现比较多的错误解读和阐释。例如，在《红日》小说的第十二章，团长刘胜向战士们传达和解释上级领导部署的作战计划。《红日》的英文版把“叫我们变成老鹰”这一句话被省略了，并没有翻译出来。然而，夏济安在引用这段话时，不仅特意以斜体补充了这一句的英译文“They want to turn us into hawks”，而且带着明显的意识形态偏见对这一句话进行了错误的解读和阐释。在小说叙事中，团长刘胜后来在孟良崮战役中不幸受了重伤。在牺牲之前，他对战士邓海说，“……好好干！……听党的话！……革命到底！[②]”《红日》的英文版把这一句话翻译为“Fight a fight! ... Be loyal to the Party... See the revolution through

① T. A. Hsia, “Heroes and Hero-Worship in Chinese Communist Fiction”, *The China Quarterly*, 1963, 13 (3), p. 113.

② 吴强：《红日》，北京：人民文学出版社1958年版，第458页。

to the end!"[1]。其中，"听党的话"的英译文是"Be loyal to the Party"（对党忠诚）。然而，夏济安在引用这一句话时，却有意把"听党的话!"的英译文改写为"Be obedient to the Party"（顺从于党）。由于无法摆脱冷战的思维偏见，夏济安在阅读《红日》《暴风骤雨》《山乡巨变》等小说作品时，试图从诸多的细节中发现一些所谓的"非共产主义"的内容。对此，杜博妮明确指出，这种煞费苦心地想从共产主义小说中发现一些非共产主义，甚至反共产主义内容的研究方式，很快就在20世纪70年代时被摒弃了，取而代之的是一种不刻意区分意识形态（undiscriminating）的研究方法[2]。这也在一定程度上说明了这类极具意识形态偏见的研究方法的失效。

正如白之所倡议的那样，《中国季刊》1963年这一期专辑的主题是在中国共产主义文学中"寻找艺术的粒子"。白之在《艺术的粒子》一文中指出，中国共产主义文学作品"不是让读者提高他的敏感性，加深对生活的理解，而只是提供一种实践训练，使读者得以从中了解在新社会中应该采取什么样的生活态度"[3]。从《中国季刊》的"中国共产主义文学"专辑的导言和论文可见，冷战时期西方汉学家对新中国文学的艺术审美价值评价不高，批评人物形象的描写类

---

① Wu Chiang, *Red Sun*, trans. by A. C. Barnes. Peking: Foreign Languages Press, 1961, p. 626.

② B. S. McDougall, *Mao Zedong's "Talks at the Yan'an Conference on Literature and Art": A Translation of the 1943 Text with Commentary*. Ann Arbor: University of Michigan Center for Chinese Studies, 1980, p. 6.

③ C. Birch, "The Particle of Art", *The China Quarterly*, 1963, 13 (3), p. 5.

型化和公式化，共性大于个性，缺乏真正的性格魅力。他们普遍认为这一时期的中国当代文学政治性大于艺术性，社会学价值大于艺术审美价值。对于这些西方汉学家而言，新中国文学更多是一种政治意识形态化文本，艺术形式上没有多大的价值。他们对“十七年文学”为政治服务的特点大加指责，否认文学中政治的合法性；他们还经常引用作品中某个情节进行孤立的文本分析，不考虑作品整体的艺术价值倾向，得出的结论往往与原文旨意大相径庭。美国学者戈茨认为，“如果学者的世界观与美术价值观和所论的作品发生矛盾，如果学者坚持将作品的艺术形式从它的政治内容割裂开来，又怎能对作品的整体结构给以肯定的评价呢”①。因此，冷战时期欧美汉学家对“十七年文学”评价普遍不高，笼统地认为人物形象单一、缺乏心理描写深度等，有时甚至加以恶意贬损。在解读的过程中，他们标举文学艺术的绝对独立性，否认文学的政治功能，认为“十七年文学”因政治色彩过浓而沦为政治宣传教育的工具，具有浓厚的冷战思维倾向。

在冷战期间，社会主义新中国被西方视为政治上的“他者”，“十七年文学”自然亦被看作一种政治上异质的“他者”文学。在当时中西方政治意识形态对峙的严峻形势下，欧美汉学家基本上站在西方资本主义制度的立场，采用冷战思维对新中国红色经典进行“他者”的解读。他们从西方的文学价值观出发，对新中国文学的艺术价值评价过低，表现出一种西方文化中心主义的立场和态度。然而，他们的许多观点与文学书写的事实并不相符，存在着比较明显的曲解与

① ［美］迈克尔·戈茨：《西方对中国现代文学研究的发展》，尹慧珉译，载《中国现代文学研究丛刊》1983年第1期，第213页。

误读。这不仅与他们对新中国社会政治、文化语境不熟悉相关，更与他们对新中国社会主义制度的敌视态度分不开，同时还与西方长期以来对于东方的异域想象有着深刻的联系。正如萨义德所指出的一样，“西方为自己的经济、政治、文化利益而编造了一整套重构东方的战术，并规定了西方对东方的理解”[①]。在冷战时期，欧美汉学家受到西方资本主义意识形态的影响，倾向于从西方文化中心主义的视角来译介和阐释新中国的文学作品。这些西方汉学家传递出来的中国形象成了当时西方社会了解东方、想象东方异域的基本素材。在《东方学》的绪论中，萨义德曾写道，他有两个担忧：“一是扭曲（distortion），一是不准确（inaccuracy），或者不如说是那种由过于教条化的概括和过于狭窄的定位所带来的不准确”[②]。我国学者张弘教授曾谈到周立波的《山乡巨变》《暴风骤雨》，艾芜的《百炼成钢》等红色经典作品被西方学者误读的情况，认为其误读“很大程度上暴露的是这批西方汉学家对中国情况的隔膜”[③]。

在论述辩证唯物主义和文学史的问题时，法国马克思主义理论家卢西恩·戈德曼曾指出，“阐明一件文学作品的‘客观意义’，既要对它与当时社会整体中的一切关系做出社会学的说明，又要有对它的特殊结构的、内在的美学分

① 朱立元：《当代西方文艺理论》，上海：华东师范大学出版社1997年版，第419页。

② ［美］爱德华·萨义德：《东方学》（第3版），王宇根译，北京：生活·读书·新知三联书店2019年版，第12页。

③ 张弘：《中国文学在英国》，广州：花城出版社1992年版，第319页。

析”①。虽然冷战时期西方汉学家倾向于将中国红色经典视为一种政治意识形态化的社会文本，对其艺术审美价值评价不高，但是仍然有少数西方学者，如白之、李祁等对中国红色经典文学作品的叙事形式和艺术技巧产生了研究兴趣，对其进行了较为细致的探讨。在《中国季刊》的导言里，白之积极倡导寻找“艺术粒子”的同时，也强调“我们必须时刻提醒自己，这些作品并不是为美国学者写的，它的目标读者是中国大众，而且中国作家们正在接近广大的群众”②。除了撰写《艺术的粒子》这篇导言，白之还在《中国季刊》的专辑中发表了《中国共产主义文学：传统形式的坚持》一文。他在这篇论文中深入探讨了自1942年《在延安文艺座谈会上的讲话》发表以来中国共产主义文学对中国传统古典文学的继承，主要分析了赵树理的《灵泉洞》，李季的《王贵与李香香》，袁静、孔厥的《新儿女英雄传》，以及马烽、西戎的《吕梁英雄传》等文学作品。其中，白之对赵树理在1958年创作的《灵泉洞》的评价非常高，认为这本书是他“读过的最真实的、最激动人心的战争小说”③，因为它“尽可能多地借鉴、运用了旧小说的艺术技巧”④，通过制造故事悬念、保持情节紧张程度等方式将读者带入到旧小说的英雄世界里。他认为，赵树理的《灵泉洞》“并不是古代传奇

① L. Goldman, “Dialectical Materialism and Literary History”, *New Left Review*, 1975, July/August, No. 92, p. 42.

② C. Birch, “The Particle of Art”, *The China Quarterly*, 1963, 13 (3), p. 5.

③ C. Birch, “Chinese Communist Literature: The Persistence of Traditional Forms”, *The China Quarterly*, 1963, 13 (3), p. 79.

④ C. Birch, “Chinese Communist Literature: The Persistence of Traditional Forms”, *The China Quarterly*, 1963, 13 (3), p. 79.

故事的机械模仿，而是中国叙事文学传统的忠实继承，从中国北方农民的生活中汲取力量，而这种生活在别的地方是不会出现的"[1]。至于李季的《王贵与李香香》，白之指出，这首长篇叙事诗借鉴了陕北西部民间传统的"信天游"形式进行写作，但又以新的意识形态为立足点，进行了创造性发挥，因而提升了"信天游"传统民歌的表现力。他还指出，孔厥、袁静的《新儿女英雄传》，以及马烽、西戎的《吕梁英雄传》这两部小说，则是借鉴和继承了《西游记》《水浒传》等中国古代小说中常用的创作模式，符合中国大众读者的阅读口味，因此成为广为流传的文学作品。与白之一样，李祈在《共产主义战争小说》一文中也探讨了《新儿女英雄传》和《吕梁英雄传》等小说对于传统资源的开掘与继承。她深入分析了共产主义战争小说在人物形象塑造上对传统小说艺术的借鉴，指出这些战争题材小说中既有武松、李逵、张飞那类"忠诚、勇敢却有些鲁莽的形象"，也有"老骥伏枥，志在千里"式的战斗英雄。虽然中国的古今战争小说有着传承的关系，但同时也存在一些差异。例如，古代战争小说常以将军、勇士为中心人物，而共产主义战争小说里农民则成为主要的人物；古代战争小说通常以重新恢复和平结尾，而共产主义战争小说结尾却号召人们保持激情，投入新的战争。李祈认为，《吕梁英雄传》"在结构上最接近古代小说的章回叙事结构"，"在技巧上也大量借鉴了传统战争小说的手法，尤其是在愚弄敌人方面"，而对传统技巧应用

① C. Birch, "Chinese Communist Literature: The Persistence of Traditional Forms", *The China Quarterly*, 1963, 13 (3), p. 80.

得最充分的就是“传统小说中按照人物角色命名的技巧”①。由此可见，她对中国传统小说艺术有较为深入的研究，而且对新中国小说的叙事艺术也颇有兴趣，这些分析对当今的中国红色经典研究具有较大的启发意义。

二、冷战时期中国红色经典小说在欧美国家的代表性研究论著

在20世纪中叶，“绝大多数美国人认为，中国文学是反映中国社会和中国人的生活的一个窗口。它在改变中国人的生活和进行革命斗争中起着伟大的作用。然而，美国人对中国社会革命毕竟了解得还不太清楚，所以就更加迫切地要求通过所有渠道——而文学正是最深入透彻的渠道之一——去进行了解”②。因此，冷战时期西方学者的研究兴趣更多集中于新中国文学作品所描述的内容，以便借此了解和掌握当代中国社会发展的相关信息。除了《中国季刊》的“中国共产主义文学”专辑上所发表的论文，冷战时期中国红色经典小说在欧美国家的代表性研究论著还包括博罗维茨（Albert Borowitz）的《共产主义中国的小说（1949—1953）》、黄胄（Joe C. Huang）的《共产主义中国中的英雄与坏人形象：作为生活反映的中国当代小说》、蔡梅曦（Mei-Hsi Tsai）的博士论文《中国当代小说中正面典型的塑造》、戈茨（Michael Louis Gotz）的博士论文《中国当代小说中的工人形象（1949—1964）》等。博罗维茨的《共产主

① Chi Li, “Communist War Stories”, *The China Quarterly*, 1963, 13 (3), pp. 143 - 144.

② ［美］金介夫：《美国研究现代中国文学的概况》，载《现代外国哲学社会科学文摘》1980年第7期，第31页。

义中国的小说（1949—1953）》以 1949 年至 1953 年期间《人民文学》所刊登的小说为主要研究对象，重点考察了文学作品主题所揭示的新中国社会现实。黄胄的《共产主义中国中的英雄与坏人形象：作为生活反映的中国当代小说》也把中国当代小说视为新中国生活的反映，采用了社会学、政治学等跨学科的研究视角，比较全面系统深入地考察了新中国成立以来所出版的 25 部小说作品中的人物形象塑造问题，例如，英雄形象、坏人形象、党员干部形象和中间人物形象等。例如，在分析《红旗谱》中的人物形象时，他认为作为英雄人物的朱老忠“诚实、直率，具有普通农民不常有的慷慨、勇敢与钢铁般意志”，“中间人物”严志和较好地衬托了朱老忠的人物形象，他“逆来顺受，屈从压迫，缺乏意志力”，党员干部基本上都是和蔼可亲、乐于助人的形象，而地主作为反面人物则能有效地激起农村的阶级斗争①。黄胄的这部专著研究了抗日战争、解放战争、农村土改和合作化以及工业建设等各种题材的小说作品，聚焦于社会生活、文学艺术和意识形态三者之间的互动关系，试图通过小说作品来解读新中国社会生活的发展状况。对于中国红色经典文学作品，黄胄主要探讨了反映农业集体化的四部小说，包括赵树理的《三里湾》、周立波的《山乡巨变》、柳青的《创业史》和浩然的《艳阳天》。黄胄指出，《三里湾》《山乡巨变》《创业史》中的人物既非“英雄”，也非“坏人”，而是体现出“积极”与“消极”的不同，这反映出此时的中国

① J. C. Huang, *Heroes and Villains in Communist China: The Contemporary Chinese Novel as a Reflection of Life*. London: C. Hurst & Company, 1973, pp. 25 – 54.

突出农业革命而非阶级斗争[1]。他还专设一章深入探讨中国当代小说与传统叙事艺术的关系问题，肯定了新中国文学的艺术价值。他认为，《红旗谱》在创作上比较成功地继承和借鉴了中国古典文学的叙事传统。例如，朱老忠反抗压迫的动机与《水浒传》中的梁山英雄相似，“不仅为个人复仇，而且也是为社会公正”；朱老忠营救云涛类似梁山英雄一样慷慨重义；而驯马情节则借鉴了《三国演义》的相关故事，烘托出朱老忠大无畏的个性[2]。

20世纪70年代以后，美国学界关于中国当代文学研究的学科建设和发展也逐渐成熟，培养了不少中国当代文学研究的博士，科研成果日益丰硕。蔡梅曦（Mei-Hsi Tsai）于1975年毕业于美国加州大学伯克利分校，获得比较文学专业的博士学位。她的博士论文《中国当代小说中正面典型的塑造》详细分析了孙福田的《狼牙山五壮士》，马加的《开不败的花朵》，杜鹏程的《保卫延安》《在和平的日子里》，柳青的《创业史》，浩然的《艳阳天》，艾芜的《百炼成钢》，冯德英的《苦菜花》等多部新中国小说作品，着重探讨了中国红色经典小说中的正面典型塑造问题。她在论文的前言中指出，中国当代小说塑造了两类英雄的正面典型形象，即不

① J. C. Huang, *Heroes and Villains in Communist China: The Contemporary Chinese Novel as a Reflection of Life*. London: C. Hurst & Company, 1973, pp. 239 – 279.

② J. C. Huang, *Heroes and Villains in Communist China: The Contemporary Chinese Novel as a Reflection of Life*. London: C. Hurst & Company, 1973, pp. 239 – 279.

可战胜的英雄与不屈不挠的英雄（the Invincible and the Indefatigable）[①]。前者主要指“承担民族解放历史重任的革命英雄”，常见于抗日战争、解放战争和抗美援朝战争题材的小说中。这些英雄不惜以生命为代价，完成党交给的光荣任务，如《红岩》《野火春风斗古城》《苦菜花》中的英雄；后者指“在生产建设中涌现出的无私奉献、富有责任感、全心全意为工农服务”的英雄[②]，也就是工农业生产战线上的英雄，如《在和平的日子里》《创业史》《绿竹村风云》《百炼成钢》中的英雄等。蔡梅曦在论文中深入分析了这些小说作品的叙事和修辞手法，比如典型场景的烘托、对比、心理描写等艺术技巧，如何塑造不同的英雄形象。蔡梅曦认为，新中国小说是“政治说教与艺术的特殊混合体”，因此采用纯粹的社会学方法或形式主义方法等“都无法阐释中国当代小说的文学价值”[③]。她指出，政治教化的责任在一定程度上限制了新中国小说的思想深度，然而部分作家的艺术技巧却非常生动鲜活，有效地弥补了文学作品思想深度的缺陷。例如，杜鹏程的《保卫延安》以宏大的战争场面，衬托主人公周大勇的英勇及中共高层领导者的睿智；冯德英的《苦菜花》运用了象征手法，“苦菜花”不仅是现实生活中穷人的

---

① Mei-Hsi Hsai, *The Construction of Positive Types in Chinese Contemporary Fiction*. Unpublished PhD. Dissertation of University of California, Berkeley, 1975, p. 20.

② Mei-Hsi Hsai, *The Construction of Positive Types in Chinese Contemporary Fiction*. Unpublished PhD. Dissertation of University of California, Berkeley, 1975, pp. 20 – 27.

③ Mei-Hsi Hsai, *The Construction of Positive Types in Chinese Contemporary Fiction*. Unpublished PhD. Dissertation of University of California, Berkeley, 1975, pp. 252 – 253.

食物，也是苦难母亲的象征，同时也表现了“每一个中国人都相信的普遍真理：苦尽甘来”[①]。她发现，在新中国的小说中，“经常使用旭日东升、黎明破晓、光明战胜黑暗等文化意象和符号，以象征道德和意识形态上的胜利，或者使用道路的意象来象征社会主义进程或者未完成的革命进程。因此，红日、红旗、艳阳天、胜利的战斗歌曲等不同意象，成为许多中国当代小说的书名，因为它们揭示了中国当代小说的真正意义和精神”[②]。基于文本的细读和分析，蔡梅曦在论文的结论部分指出，“中国当代小说仍然是我们了解和认识新中国社会文化、新中国文学形式和方法的重要途径。除了其历史、传记和主题意义，中国小说还提供了艺术的可能性”[③]。

在博士论文研究的基础上，蔡梅曦对新中国成立25年来的小说文献目录进行整理和编撰，于1979年出版了《当代中国长篇和短篇小说（1949—1974）：注释的文献目录》[④]。哈佛大学东亚研究中心傅高义（Ezra F. Vogel）教授

---

① Mei-Hsi Hsai, *The Construction of Positive Types in Chinese Contemporary Fiction*. Unpublished PhD. Dissertation of University of California, Berkeley, 1975, pp. 214 – 215.

② Mei-Hsi Hsai, *The Construction of Positive Types in Chinese Contemporary Fiction*. Unpublished PhD. Dissertation of University of California, Berkeley, 1975, p. 39.

③ Mei-Hsi Hsai, *The Construction of Positive Types in Chinese Contemporary Fiction*. Unpublished PhD. Dissertation of University of California, Berkeley, 1975, p. 259.

④ Mei-Hsi Hsai, *Contemporary Chinese Novels and Short Stories (1949—1974): An Annotated Bibliography*. Cambridge: Harvard University Press, 1979.

为该书撰写了序言，指出，“在研究中国大陆的各种参考资料中，文学作品极少被用到，而长篇小说更是如此。虽然从文学作品入手研究一个国家也不是没有问题，但小说起码能带给读者关于时事政治及其影响的较为复杂的解释”①。因此，该书所设定的读者群包括想了解中国政治、经济、历史、社会各方面在小说中是如何被呈现的社会科学研究人员。同时，编者挑选文学作品的一个重要标准就是，西方读者是否能够从中了解到小说所反映的中国当代社会政治现实②，比较注重文学作品的政治与社会属性。蔡梅曦这部英文版的注释文献目录积极推进了中国当代文学在英语世界的译介和研究。

戈茨（Michael Louis Gotz）于1977年在美国加州大学伯克利分校博士毕业，研究方向为亚洲文学，长期担任美国的《现代中国文学通讯》（*Modern Chinese Literature Newsletter*）的主编，对美国的中国现当代文学研究起到了重要的推动作用。他的博士论文《中国当代小说中的工人形象（1949—1964）》挑战和质疑西方学者常用的中国文学批评思维逻辑，尝试采用新的研究视角和方法深入探讨中国当代小说中的工人形象。对于中国现当代文学的研究，戈茨认为，“最好的方法，应当把每件文学作品都看作内容和形式统一的整体结构。每件作品都是特定的历史时期和社会环境的产物，因

① Mei-Hsi Hsai, *Contemporary Chinese Novels and Short Stories (1949—1974): An Annotated Bibliography*. Cambridge: Harvard University Press, 1979. p. viii.

② Mei-Hsi Hsai, *Contemporary Chinese Novels and Short Stories (1949—1974): An Annotated Bibliography*. Cambridge: Harvard University Press, 1979. p. xi.

此，必须对写作它的那个时期的社会政治问题及时代潮流有所了解，方能了解作品。完全忽视‘外部’因素也如忽视必要的对作品本身的分析一样，是不完全的。因此，要想正确地阐明作品的整体，就必须将社会历史的内容分析和文字结构的形式分析互相结合起来。搞文学批评和写文学作品一样，决不容许过分强调某一方面而形成偏向”[1]。在论文的前言，戈茨指出中国无产阶级文学产生于与西方迥然不同的社会文化语境之中，而且中西方的艺术审美标准具有比较大的差异[2]。因此，他没有把中国当代小说视为了解新中国的社会历史材料，而是另辟蹊径，更多将其视为具有审美独立性、遵循艺术原则的严肃文学作品，分析和研究中国红色经典小说作品中的人物形象及其艺术特征[3]。戈茨在论文中详细探讨了草明的《原动力》、柯岩的《王青春的故事》、杜鹏程的《在和平的日子里》、艾芜的《百炼成钢》、唐克新的《沙桂英》、苗培时的《深仇记》等作品，认为这些作品展示了社会主义建设初期，中华人民共和国的工人阶级在第一个经济“五年计划”期间昂扬的革命精神和在党的领导下取得胜利的坚定信念。戈茨不完全同意杨富森的《中国共产主义小说中的工人形象》所概括的四个特质，认为这些工人形象虽然具有某些共同特征，但是每个人都是性格各异，

---

① ［美］迈克尔·戈茨：《西方对中国现代文学研究的发展》，尹慧珉译，载《中国现代文学研究丛刊》1983年第1期，第223页。

② M. L. Gotz, *Images of the Worker in Contemporary Chinese Fiction: 1949—1964*. Unpublished PhD. Dissertation of University of California, Berkeley, 1977, pp. 6–8.

③ M. L. Gotz, *Images of the Worker in Contemporary Chinese Fiction: 1949—1964*. Unpublished PhD. Dissertation of University of California, Berkeley, 1977, p. 33.

具有其独特鲜明的个性特征。虽然新中国的文艺政策为人物形象的塑造提供了一定的创作指南，然而仔细研究文本就会发现在意识形态范围之内仍然还有着很大的灵活性。例如，《原动力》中的老孙头“身为老一代工人，富有主动性、讲究循循善诱和坚持不懈的精神，有着与同事、农民融洽相处的突出能力”；《王青春的故事》中的王青春作为年轻一代工人，“鲁莽、无法处理好与同事的关系，后来在党的教育下接受批评，逐渐缓和了与同志们的关系”；《在和平的日子里》的阎兴是“革命时期锻造的经验丰富的传奇英雄，在和平时期坚定不移地进行社会主义建设”；《百炼成钢》中的秦德贵是“拥有大无畏勇气的年轻党员”；《沙桂英》中的女主角具有“坚忍不拔、无私奉献的精神”；《深仇记》中的杨宝山“勇敢、富有反抗精神”[①]。戈茨还专设一章讨论“中间人物”，包括《百炼成钢》的张福全、《沙桂英》的邵顺宝、《在和平的日子里》的常飞等，认为他们相对年轻，徘徊于社会主义与资本主义行为方式之间，常与英雄人物发生矛盾等。尽管有如此多的共同特征，但是每一位人物仍然各具特色。基于文本细读，戈茨深入分析新中国小说中的工人形象及其艺术特征，重点关注“革命式审美”的多样性特点，关注文学原则和创作实践之间的关系。戈茨还关注到中国当代小说和白话文传统的关系，认为这些作品明显受到明清文学作品的影响，但又和中国古典文学、“五四”时期的文学作品有着明显的意识形态区别。在论文的结论部分，戈茨对中国当代小说的艺术价值予以肯定，认为“我们所研究

① M. L. Gotz, *Images of the Worker in Contemporary Chinese Fiction: 1949—1964*. Unpublished PhD. Dissertation of University of California, Berkeley, 1977, pp. 298 – 299.

的每部长篇小说都成功地将艺术形式与政治内容相结合起来。每一位作家展现了自己独特的文学创作才华，精彩纷呈”①。

三、冷战时期中国当代文学的英译选集在欧美国家的出版和传播

除了这些学术研究论著和博士论文，这一时期英美国家还出版了一些中国当代文学的英译选集，包括英国汉学家詹纳（William J. F. Jenner）主编的《现代中国小说选》（*Modern Chinese Stories*，1970），美国汉学家白志昂（John Berninghausen）与胡志德（Theodore Huters）主编的《中国革命文学选》（*Revolutionary Literature in China: An Anthology*，1976），美国汉学家许芥昱（Kai-yu Hsu）主编的《二十世纪中国诗歌选》（*Twentieth Century Chinese Poetry: An Anthology*，1964）、《中国文学图景：一位作家的中国之行》（*The Chinese Literary Scene: A Writer's Visit to the People's Republic*，1975）、《中华人民共和国文学作品选》（*Literature in the People's Republic of China*，1980）等，都收录了一定数量的中国红色经典作品的英译文片段，包括小说、戏剧、诗歌等各种不同体裁，在英语学界产生了较大影响，对早期中国当代文学在英语世界的译介和传播具有重要的意义。

詹纳的《现代中国小说选》译介了“五四”以来中国现代短篇小说 20 部，包括鲁迅的《孔乙己》《故乡》和《祝福》，柔石的《为奴隶的母亲》，茅盾的《船上》和老舍

---

① M. L. Gotz, *Images of the Worker in Contemporary Chinese Fiction: 1949—1964*. Unpublished PhD. Dissertation of University of California, Berkeley, 1977, p. 317.

的《开市大吉》等。其中有8部短篇小说为“十七年文学”的作品，如孙犁的《铁木前传》，谷岩的《枫》，房树民的《霜晨月》，王杏元的《铁笔御史》，唐耿良的《穷棒子办社》和徐道生、陈文彩的《两个稻穗头》，以及高元勋口述的《二老渊》、郭同德口述的《旗杆镇》两部反映捻军的故事等。詹纳本人承担了这些小说的大部分翻译工作。例如，《二老渊》《旗杆镇》《铁木前传》《枫》《霜晨月》《铁笔御史》这六部小说均由詹纳完成翻译，另外两部小说选自北京外文出版社的英译文，译者为戴乃迭。詹纳选译这些中国当代小说的一个重要标准是“新奇性”，热衷于译介那些对西方读者来说既陌生又令人好奇的中国文学作品。由于喜欢中国古代的说书故事，詹纳在翻译中国作品时较好地传达出了其中蕴含的中国传统文化质素，尽可能贴切地翻译了小说原文中的俗语、谚语、歇后语，让英语世界的读者感受到异国情调。但詹纳的目的并非让西方作家、读者得到艺术上的借鉴和品味，而是着眼于小说所反映的中国社会现实。他认为中国当代小说的艺术性整体来讲并不突出，对其他国家的文学创作没有多少借鉴价值。在“引言”中，詹纳直言不讳地指出，“除了鲁迅之外，几乎所有现代中国作家在形式与技巧上都没有什么可提供给那些追求艺术创新和卓越的人们。这部选集的主要目的是展现中国人的生活，让西方读者看到中国人的世界观”[①]。美国《时代》的文艺副刊也将这部小说选集视为西方读者了解中国当代社会的重要媒介，认为“应该为所有那些想知道今日中国的现状，及其未来发展的

① W. J. F. Jenner, (ed.), *Modern Chinese Stories*. London & New York: Oxford University Press, 1970, p. vii.

人所读”[1]。中国当代小说成为向西方展示中国当代社会和生活的蓝本，在一定程度上体现了冷战时期西方读者对中国文化的猎奇心理，他们试图从新中国文学中寻找当代中国的有关信息，将新中国文学作为观察当代中国社会的主要窗口和途径，了解新中国的政治状况、社会关系与思想文化动态。

在《中国革命文学选》的前言，白志昂、胡志德指出，“中国革命最不为其他国家所了解、所赞赏的方面也许就是新文学和新艺术的成长。国外对中国革命文学和革命艺术的反应，从充满敌意到阿谀奉承，形形色色，无所不有，但一个比较典型的反应却是迷惑不解地耸耸肩膀”[2]。《中国革命文学选》并非以展示“十七年文学”为主要目的，而是试图反映“五四”以来中国革命文学发展的整个历程，以便让英语世界的读者更好地理解革命文学在中国的发展及其与现代中国社会、中国革命的关系。其中，“十七年文学”作为“革命文学”的第四阶段作品，选入了周立波的《新客》、秦兆阳的《沉默》、浩然的《初显身手 》三部小说。白志昂、胡志德认为，“1949 年之后最优秀的作家之一也许是农民出身的周立波。他 1964 年发表的小说《新客》成功地使生动活泼的语言、幽默感和令人可信的人物（如王妈、大喜）与这时的思想要求（即道德观）连接成一体。它可以

---

① W. J. F. Jenner, （ed.）, *Modern Chinese Stories*. London & New York：Oxford University Press, 1970, p. vii. the back cover.

② 周发详、陈圣生译：《中国革命文学》引言，载中国社会科学院文学研究所、国外中国学（文学）研究组编：《国外中国文学研究论丛》，北京：中国文联出版社 1985 年版，第 111 页。

说是中国解放后的革命文学在第四个阶段比较成功的作品之一”[①]。周立波和浩然的作品都“具有抒情般的描写，并配上农村俗语和地方土话的艺术运用”[②]。该选集没有一味指责新中国文学中的教化性，而是以同情和理解的态度，尽可能地将作品放在中国具体的历史文化语境中进行阐释。

许芥昱主编的《20世纪中国诗歌选》在1964年出版，是西方出版的第一部全面介绍中国现代诗的英译选集，分为六部分。第一部分“开拓者”收录了胡适、刘大白、朱自清、俞平伯、冰心、田汉、郭沫若、汪静之等中国现代文学先驱者的诗篇；第二部分“新月社”主要包括闻一多、徐志摩、朱湘、饶孟侃、陈梦家、孙毓棠、邵询美、朱大楠、方玮德的诗歌；第三部分“玄学派诗人”集中收录的是冯至和卞之琳的诗；第四部分“象征派诗人”收录了李金发、戴望舒、穆木天、王独清的诗作；第五部分“其他诗人”纳入了李广田、何其芳、杜运燮、臧克家、艾青、毛泽东、冯雪峰、胡风等人的诗篇；第六部分“新民歌”收录了天津、陕西、贵州、四川、山东、安徽、河北、青海、重庆、湖北、广西等地流传的新民歌。许芥昱主编的《20世纪中国诗歌选》包括新文化运动直至中华人民共和国成立后的近400首中国新诗，虽然只有42首是新中国成立以后的诗歌作品，但对于中国当代诗歌在国外的传播仍然起到了重要作用。特

---

① 周发祥、陈圣生译：《中国革命文学》引言，载中国社会科学院文学研究所、国外中国学（文学）研究组编：《国外中国文学研究论丛》，北京：中国文联出版社1985年版，第127页。

② 周发祥、陈圣生译：《中国革命文学》引言，载中国社会科学院文学研究所、国外中国学（文学）研究组编：《国外中国文学研究论丛》，北京：中国文联出版社1985年版，第128页。

别是选入的20首“新民歌”，绝大部分为1958年中国大陆“新民歌运动”中产生的诗歌，让西方读者领略到中国诗歌传统中的民歌魅力，赋予中国当代诗歌以民间的活力。

《中国文学图景：一位作家的中国之行》节选了杨沫的《青春之歌》、浩然的《金光大道》、郑万隆的《春潮滚滚》等当代小说作品。此外，还收录了一些中国当代诗歌、戏剧，以及文学家的创作谈和访谈。许芥昱的这部选集旨在向西方介绍当时新中国文学的发展状况，然而，他在该选集中对新中国文学的整体评价并不高。《中华人民共和国文学作品选》收录了1942年至1980年期间中国现当代文学作品200多篇的英译文，作品的体裁丰富多样，包括小说、诗歌、散文和戏剧等，是这一时期英语世界出现的收入新中国作家作品数量最多、规模最大的综合性选本，多达976页，试图全面展现新中国文学的整体面貌。该选集出版后在英语世界影响颇大，被视为译介中国当代文学的一部重要选集。该选集收录的“十七年”小说将近40部，包括丁玲的《太阳照在桑干河上》、周立波的《山乡巨变》、茹志鹃的《百合花》、周而复的《上海的早晨》、梁斌的《红旗谱》、杨沫的《青春之歌》、柳青的《创业史》、欧阳山的《三家巷》、李英儒的《野火春风斗古城》等小说的精彩片段。许芥昱的《中华人民共和国文学作品选》在章节编排上突出新中国文学与政治的关系，将文学视为新中国政治论争的反映，在每一个时段前面都有关于相应时期社会历史语境与文学发展情况的简介。然而，由于没有充分考虑文学自身的发展规律，这部选集未能从艺术角度客观、全面地反映出新中国文学的发展脉络。《中华人民共和国文学作品选》汇集了60多位译者，其中既有来自美国、加拿大、法国等西方国家的本土译者，也有来自中国各地的留美博士生和华裔译者。这些译者具有不同的文化身份，而且研究领域也不一致，既有来自中国古代文学研究领域的学者，亦有大量研究中国现当代文学的人员。此外，还有部分译者来自政治学、历史学、社会学等研究领域。文化身份、审美趣味和价值观念等各种差异，导致这部英译选集的整体翻译风格与质量并不统一，呈现出了参差驳杂的特点，无法在英译文中塑造和建构出积极正面的社会主义新中国形象。

第四章

“自我”形象的建构：中国红色经典的翻译与海外传播（1949—1966）

在毛泽东《在延安文艺座谈会上的讲话》精神的指引下，中国红色经典的文学创作和出版喷涌而出，承载着见证和书写“新中国诞生记”的重任，不仅反映了共产党带领广大人民群众为民族解放而浴血奋战的过程，而且表现了新中国想象对人民革命斗争和社会主义建设的感召力和促进作用。这些文学作品以昂扬的革命激情和英雄主义基调，记录了中国共产党领导下的中国人民所经历的革命斗争历程和所取得的伟大功绩，延续了20世纪上半叶中国文学建构现代性的传统。在新中国成立后的“十七年”期间，中国红色经典作品主要由外文出版社和国际书店主动对外翻译、出版和发行，积极宣传我国社会主义建设的成就和革命经验，向世界传递中国人民热爱和平自由的声音，消除中国在西方世界中的负面形象，重构社会主义新中国的积极正面形象。回顾中国红色经典文学翻译和海外传播史，其历史意义非比寻常，对当下建构中国特色对外话语体系具有重要的启迪作用与参考价值。

第一节 新中国的对外宣传与现代民族国家的想象

在《想象的共同体：民族主义的起源与散布》(*Imagined Communities*: *Reflections on the Origin and Spread of Nationalism*) 一书中，西方学者本尼迪克特·安德森 (Benedict Anderson) 深入地探讨了民族的概念和定义。他认为，民族本质上是一种现代的想象形式——它源于人类意识在步入现代性过程当中的一次深刻变化。“它是一种想象的政治共同体——并且，它是被想象为本质上是有限的，同时也享有主权的共同体”[①]。1940 年 1 月，毛泽东发表《新民主主义论》，提出要“建设一个中华民族的新社会与新国家，在这个新社会与新国家中，不但有新政治、新经济，而且有新文化”[②]，这是中国共产党人对“新中国”的第一次描绘。在此后的中共七大上，毛泽东致开幕词《两个中国之命运》，他用极富有号召力的语言描绘了一个光明的、独立的、自由的、民主的、统一的、富强的新中国。1949 年 9 月 21 日，中国人民政治协商会议第一届全体会议通过了《共同纲领》，再次重申要“建设一个独立、自主、和平、

① ［美］本尼迪克特·安德森：《想象的共同体：民族主义的起源与散布》(增订版)，吴叡人译，上海：上海人民出版社 2016 年版，第 6 页。

② 毛泽东：《新民主主义论》，长治：新华日报华北分馆 1940 年版，第 1 页。

统一和富强的新中国”[①]。9 月 22 日，《人民日报》发表了题为《旧中国灭亡了，新中国诞生了》的社论文章。1949 年 10 月 1 日中华人民共和国的成立，标志着中华民族从此走向现代化发展的历史新纪元。“中国已经比过去几百年甚至几千年经历了更重要的变化；旧面貌的中国正在迅速地消失，新的人民的中国已经确定地生长起来了。”[②] 在新的历史条件下，曾经建构于数代中国人想象中的现代民族国家在中国共产党人对中国道路的探索实践中逐渐变成了现实，一个全新的以社会关系公有化和社会生产现代化为主要特征的，科学、技术、教育、文化等百花齐放的新的中国“国家形象”就此诞生。这一全新的中国形象，区别于过去历史关于中国的所有想象，它隐含着对未来中国无限美好的期待与祝福；建设一个独立、自主、和平、统一和富强的新中国，标志着自鸦片战争以来，中华民族真正意义上的重建与复兴。

新中国成立时，以美国为首的资本主义阵营和以苏联为首的社会主义阵营已经在政治、经济、文化和军事等各领域形成了全面的对峙。在尖锐对峙的国际冷战形势下，面对西方资本主义阵营的强大压力，新中国面临的主要任务就是建设社会主义，发展社会主义经济和文化，为社会主义国家奠定坚实的物质文化基础。要完成这一历史性任务，就需要反对霸权主义的威胁，坚持奉行独立自主的和平外交政策，维护国家利益；同时，传递中国共产党和人民政府的声音，反

① 中共中央文献研究室：《建国以来重要文献选编》（第 1 册），北京：中央文献出版社 1992 年版，第 15 页。

② 周恩来：《周恩来选集》（下卷），北京：人民出版社 2004 年版，第 31 页。

映新中国的社会舆论，争取国际舆论的支持，塑造新中国在国际上的良好形象。“渴望摆脱近代以来被动挨打和贫穷落后的困境，迈向民族的独立、解放和建立新型国家的意识，不仅是确立现代性主体不可或缺的要素，而且它本身几乎就是现代性意识的唯一标记，由此生成的宏大叙事（Grand Narrative）一直都在为重构现代性，构筑最基本的认知空间和表现空间”①。因此，新中国的对外宣传是在新的历史时期，新的民族国家主体为求证合法性和制定建设新社会、新文化的发展任务，强调通过对新的民族国家风貌的想象来进行现代性重构的国家意志体现，突显了对现代化民族国家的想象和认同。

自新中国成立伊始，中央人民政府新闻总署就已充分认识到对外宣传的重要性，把对外宣传工作摆在了党和人民政府工作的重要议事日程中，设有统一管理对外新闻报道和外国驻华记者工作的领导机构——国际新闻局，主管对外宣传新闻报道和出版工作，致力于将毛泽东著作和中国革命理论翻译成世界上的各种不同语言，积极向外宣传我国的社会主义革命和建设的成就和经验。1949 年底，国际新闻局以“外文出版社”名义用英、法、俄、印度尼西亚文四种文字翻译和出版毛泽东思想、中国革命经验的著作共 8 种，其中有：《论人民民主专政》（英、法、印度尼西亚）、《三年解放战争》（英）、《政协文献》（英、法、俄）、《新中国妇

① 黄健：《重构现代性：国家意志与文学使命》，载吴秀明主编：《“十七年”文学历史评价与人文阐释》，杭州：浙江大学出版社 2007 年版，第 57 页。

女》（英）等外文图书[1]。在《1951年工作计划》（草案）中，国际新闻局明确阐述了新中国成立初期对外宣传工作的主要任务：

> 一、宣传中国人民在中央人民政府及中国共产党领导下彻底进行革命的斗争，巩固胜利的成果，恢复战争创伤，争取财政经济形势的根本好转和争取世界持久和平与人民民主的活动；宣传毛泽东思想在中国的伟大成就。
>
> 二、强调中国与苏联及新民主主义国家，在苏联领导下的亲密团结；强调中国与全世界反侵略人民的一致目标和中国作为世界和平一大堡垒的作用。
>
> 三、开展对亚洲国家的宣传，并在世界范围反映殖民地人民的斗争情况，以使这些情况通过我们达于欧美各国人民，同时也使殖民地人民通过我们互相了解，交换经验，鼓舞斗志。
>
> 四、开展对敌宣传，揭露美帝的侵略战争阴谋及其欺骗宣传，打击敌人士气[2]。

1952年7月，国际新闻局改组为外文出版社，有组织地开展对外翻译工作，促进中外友好交流。作为“国家对外宣

---

① 中国国际图书贸易总公司史料编写组：《中国国际图书贸易总公司40周年纪念文集：史论集》，北京：中国国际图书贸易总公司1989年版，第204页。

② 周东元、亓文公：《中国外文局五十年史料选编》（1），北京：新星出版社1999年版，第37－38页。

传的外文书刊统一的出版机构”[1]，外文出版社承担着党和国家的书刊对外宣传任务，负责对外广泛介绍新中国的建设成就、中国共产党与中央人民政府的政策，以及中国革命和建设经验，为塑造良好的新中国形象发挥了重要的作用。在1952年制定的《外文图书的宣传方针》中，外文出版社将自身定位为“一个政治、社会、文学、艺术的综合出版社，宣传任务是有系统地向国外读者介绍我国的革命经验、基本情况、现代（包括‘五四时期’）和古代文学艺术作品”[2]。次年3月该社又制定了《图书编辑部图书编辑工作暂行条例》，规定“图书编辑部的任务，主要是选择中国的优秀作品加以必要的编辑加工，以便译成外国文字出版”[3]。外文图书出版和发行的读者对象是以民族独立的和正在争取民族独立的亚非国家及拉丁美洲国家为主，同时也兼顾到兄弟国家的需要和一些资本主义国家的需要[4]。

新中国的成立，标志着中国对外宣传事业进入了崭新的历史时期。随着社会主义国家的建设和发展，对外翻译和文化交流事业也随之繁荣起来，外文书刊的出版呈现出欣欣向荣之势。“为打破帝国主义对新中国的封锁，向世界人民介

---

① 戴延年、陈日浓：《中国外文局五十年大事记》（1），北京：新星出版社1999年版，第26页。

② 戴延年、陈日浓：《中国外文局五十年大事记》（1），北京：新星出版社1999年版，第30－31页。

③ 戴延年、陈日浓：《中国外文局五十年大事记》（1），北京：新星出版社1999年版，第35页。

④ 周东元、亓文公：《中国外文局五十年史料选编》（1），北京：新星出版社1999年版，第152页。

绍人民共和国”[①]，中国外文局在20世纪50年代相继创办多种外文期刊，肩负起向世界讲述新中国故事的重任，塑造新中国的国家形象。1950年1月，新中国第一本外文期刊《人民中国》英文版创刊，新中国的声音由此传向世界。在英文版之后，又接连创办了俄、日、法、印度尼西亚文版。1950年5月，《人民中国报道》世界语月刊创刊。1951年1月，《人民画报》英文版创刊，是新中国出版的第一个外文画报。后来，该杂志又创办了英、俄等多种语言版本。1951年10月，《中国文学》英文版创刊，此后还有法文版问世。1952年1月，《中国建设》英文版创刊，该刊由宋庆龄副主席创办，并亲自选定刊名，之后还创办了西班牙文版、法文版、俄文版、德文版等，以便“使外国最广泛的阶层能够了解新中国建设的进展，以及人民为此所进行的努力”[②]。这些外文期刊是“冷战”时期西方了解中国当代社会屈指可数的窗口之一，承担着党和国家对外宣传的重大使命，塑造积极正面的新中国形象，以赢取国际社会的理解和认可。

新中国成立之后，我国政府通过外文版《中国文学》主动对外翻译和传播中国现当代文学的优秀作品，“让读者通过《中国文学》可以了解中国的文学，了解中国是支持和平、爱好和平的；可以看到过去灾难的中国现在怎样翻过身来，可以看到中国的新气象”[③]。1951年国庆节，英文版

---

① 杨正泉：《中国外文局50周年纪念文集序》，载《对外大传播》1999年第6期，第4页。

② 何明星：《中华人民共和国外文图书出版发行编年史》（1949—1979），北京：学习出版社2013年版，第13页。

③ 周东元、亓文公：《中国外文局五十年史料选编》（1），北京：新星出版社1999年版，第315－316页。

《中国文学》的第一辑以年刊形式出版，刊载了由沙博理（Sidney Shapiro）翻译的小说《新儿女英雄传》，由杨宪益、戴乃迭夫妇翻译的长诗《王贵与李香香》等文学作品；1952年，英文版《中国文学》的第二辑译载了赵树理的短篇小说《登记》和鲁迅的《阿Q正传》；1953年，《中国文学》又先后出版了两辑，其中刊载了由戴乃迭翻译的小说《太阳照在桑干河上》，以及贺敬之、丁毅的歌剧剧本《白毛女》等。据统计，在《中国文学》出版的50年期间，《中国文学》总共出版590期，译介的作品涉及作家和艺术家达2000多人次，刊载译作3200篇[①]。

《中国文学》成为新中国文学对外翻译和传播的官方外宣刊物，肩负着展现积极正面的国家形象的重任，为中国现当代文学作品的对外译介和传播做出了巨大的贡献。作为新中国文学西传的先驱，《中国文学》创办初期的主要翻译家有杨宪益、戴乃迭夫妇和沙博理三人。此后，《中国文学》的中外译者队伍不断壮大，包括叶君健、林戊荪、胡志挥、喻璠琴、唐笙等一批具有良好的中国文学修养且精通外文的国内译者，以及路易·艾黎（Rewi Alley）、詹纳（W. J. F. Jenner）、巴恩斯（A. C. Barnes）、葛浩文（Howard Goldblatt）等外国专家和译者，他们共同参与《中国文学》所选作品的译介与传播。不同文化背景的国内外译者因相同的志趣聚集在《中国文学》杂志，相互研讨切磋翻译的技巧与艺术，有力地推动了优秀的中国文学作品走向世界。

《中国文学》英文版一开始为不定期出版，1954年定为季刊，从1958年改为双月刊，次年改为月刊，并于1964年

---

① 徐慎贵：《〈中国文学〉对外传播的历史贡献》，载《大众传播》2007年第8期，第46页。

推出法文版季刊。改刊后，《中国文学》的刊物内容仍然以优秀的中国当代文学作品、“五四”及古典文学作品为主。各种作品所占的比例为：当代作品约占50%强；古典作品、“五四”以来作品占20%－25%；论文、文艺述评、文艺动态、新书报道占20%－25%[①]。从1953年开始，外文出版社开始有系统地编辑出版中国优秀的文艺作品，包括中国古典文学作品以及鲁迅、郭沫若、茅盾、丁玲等作家所创作的近现代文学作品。外文出版社在1953—1954年图书编译出版工作总结报告中指出，“我社出版的文艺著作的译本也受到广泛的欢迎，这些主要以英文翻译出来的文艺作品，在资本主义国家读者中，引起对中国人民热烈的同情和向往。通过近代作品的介绍，增进了读者对中国人民解放斗争的正义性和胜利的必然性的认识”[②]。1964年4月，国务院外事办公室副主任张彦在谈到文艺书籍的翻译出版问题时指出，“翻译出版的文艺书籍，应该以反映两个革命时代——民主革命和社会主义革命与建设的作品为主。对于古典的和‘五四’的作品可以和作协商量，精选出一批，定下来。选的原则是：最突出、有代表性、艺术性高。外国人看中国的古典作品的是少数”[③]。根据国务院外事办公室的指示，外文出版社于1964年5月重新修订1963年制订的《文学作品10年出版规划》。修订后的规划，古典文学拟翻译出版《桃花

① 戴延年、陈日浓：《中国外文局五十年大事记》（1），北京：新星出版社1999年版，第75页。

② 周东元、亓文公：《中国外文局五十年史料选编》（1），北京：新星出版社1999年版，第109页。

③ 戴延年、陈日浓：《中国外文局五十年大事记》（1），北京：新星出版社1999年版，第180页。

扇》《西厢记》《三国演义》《水浒传》《西游记》《红楼梦》等9个选题；“五四”文学作品拟翻译出版《骆驼祥子》《郭沫若文选》《洪深戏剧选》等9个选题；现代文学作品拟翻译出版《铁道游击队》《三家巷》《红岩》《苦菜花》《吕梁英雄传》等38个选题。作为新中国第一份面向海外读者，及时、系统地译介中国文学的国家级刊物[①]，《中国文学》外文版先后把一大批优秀的中国古典文学和现当代文学作品翻译为外文，传播到世界各地，积极弘扬中国文学和文化，有助于塑造积极向上的新中国形象。

1963年5月25日，外文出版社改为由国务院直属的外文出版发行事业局，成为党和国家对外宣传的一支重要方面军。它的基本任务是有组织有计划地开展对外译介活动，通过外文书刊，对外宣传我国社会主义建设成就和革命经验，塑造良好的新中国形象。经过多年的努力，我国在外文书刊对外宣传工作中取得了很大的进展。“在外文图书出版方面，从1949年开始到1965年，已用20多种文字，编辑出版图书3000多种。其中毛泽东著作536种，印行390万册”[②]。“在期刊方面，现有《北京周报》（英、法、西、日、德文版），《中国建设》（英、法、西、阿、俄文版），《人民画报》（俄、英、德、法、日、朝、越、印尼、印地、西、阿拉伯、斯瓦希里、瑞典、意大利和蒙、维吾尔等文版），《中国文学》（英、法文版），《人民中国》日文版，《人民中国》

---

① 姜智芹：《当代文学海外传播与中国形象建构》，南昌：江西教育出版社2020年版，第64页。

② 周东元、亓文公：《中国外文局五十年史料选编》（1），北京：新星出版社1999年版，第399页。

印尼文版和《人民中国报道》（世界语）等7种”[1]。

在“十七年”期间，尽管国际形势严峻，条件极端困难，但是我国的对外宣传和文化出版事业仍然得到了蓬勃发展，一个包括对外新闻通讯、广播电台和外文书刊等多种手段在内的、相对完整的对外宣传体系已经基本形成。随着我国外交工作的开展和对外文化交流日益频繁，对外宣传逐步向多渠道、多层次、多品种的方向发展，并在发展中不断地探索、总结和提高。这一历史时期的对外宣传为树立和捍卫新中国的国际形象起了积极的作用，向世界各国人民展现了一个朝气蓬勃、积极向上的新中国形象。

第二节 新中国翻译工作的“组织化”与“计划化”

1949年11月1日，中央人民政府出版总署正式成立，下设编审局、翻译局和出版局等机构。作为中央人民政府负责指导和管理全国出版事业的总机关，出版总署的主要工作任务和职能为：“（一）建立及管理国家出版、印刷、发行事业；（二）掌理国家出版物的编辑、翻译及审订工作；（三）联系或指导全国各方面的编译出版工作，调整公营、公私合营及私营出版事业的相互关系。”[2]出版总署成立后，采取了一系列举措加强对翻译和出版工作的有序管理，积极

① 周东元、亓文公：《中国外文局五十年史料选编》（1），北京：新星出版社1999年版，第399页。

② 《中央人民政府出版总署暂行组织条例（草案）》，载袁亮主编：《中华人民共和国出版史料（一九五〇年）》，北京：中国书籍出版社1996年版，第21页。

推动翻译工作的组织化和计划化。1950 年 7 月 1 日，《翻译通报》在北京创刊。这是新中国成立初期唯一的全国性翻译理论专刊，旨在加强翻译工作者之间的联系，交流翻译经验，展开翻译界的批评与自我批评。在《翻译通报》的发刊词中，时任出版总署翻译局的局长沈志远指出，“旧中国的翻译工作，正如旧中国的其他一切事业部门一样，完全是无组织、无政府的。每一翻译工作者，都把译书当作自己的私事来进行；每一出版家，也都把翻译书刊当作普通商品来买卖。译作者是为了生活，出版者是为了利润，私人的利益推动着一切。该翻译什么样的书，该怎样进行翻译工作，该采取怎样的方针来译书出书，哪类书该多译多出等等，这一切都是翻译者或出版者个人的私事，谁也不能去过问，市场的情况决定着一切”①。他在文中强烈呼吁，“我们的翻译工作必须来一个彻底的大转变：从散漫的盲目的状态转变为有组织有计划的状态”②。谷鹰在《翻译通报》的创刊号发表了《翻译与商品》一文，也严厉批评了新中国成立以前翻译工作的无组织、无政府状态。他写道：“过去的翻译工作，如像单纯商品生产一样，是独立的、零碎的、散漫的，各个工作者之间没有联系，也不知道读者和社会所需要的东西，大家只是拣自己要译的来译，不问这本书是否需要，是否有人在译，译出了就算数。……好像大家都生产同一种商品一

① 沈志远：《发刊词》，载《翻译通报》1950 年第 1 卷第 1 期，第 2 页。

② 沈志远：《发刊词》，载《翻译通报》1950 年第 1 卷第 1 期，第 2 页。

样，完全是自发的、无政府状态的”[1]。这种无序竞争的混乱现象不仅造成了人力和物力的浪费，更严重的是干扰了新时代所赋予翻译事业的新使命，“为新民主主义的国家建设而服务”[2]。因此，对处于社会主义计划经济初期阶段的新中国而言，翻译活动的组织性和计划性就成为了当时翻译工作建设的当务之急。1951 年 8 月，罗书肆在《翻译通报》的第 3 卷第 2 期发表了题为《翻译工作的计划与组织》的文章，指出“没有计划，组织便只是个有名无实的空架子；没有组织，计划便徒托空言而无法实行；翻译工作的计划与组织能很好地配合，一切其他的问题才比较容易解决，翻译工作才能有健全的发展”[3]。同年 11 月，出版总署召开了“第一届翻译工作者会议”，会议通过了《关于公私合营出版翻译书籍的规定草案》和《关于机关团体编译机构翻译工作的草案》。1954 年 8 月，中国作家协会与人民文学出版社联合召开了“第一届全国文学翻译工作会议”，会议把翻译工作的组织化、计划化和提高翻译质量作为中心议题，拟订出一个世界文学名著选题目录，制定了必要的审校制度，从而将我国的翻译工作真正纳入社会主义计划经济体制下有组织、有计划的运行轨道。

---

① 谷鹰：《翻译与商品》，载《翻译通报》1950 年第 1 卷第 1 期，第 20 页。

② 沈志远：《发刊词》，载《翻译通报》1950 年第 1 卷第 1 期，第 3 页。

③ 罗书肆：《翻译工作的计划与组织》，载《翻译通报》1951 年第 3 卷第 2 期，第 15 页。

一、全国第一届翻译工作会议

为了使全国翻译工作者能按照社会主义建设的需要有组织、有计划地进行工作，提高翻译工作质量，1951 年 11 月 5 日至 12 日，中央人民政府出版总署组织召开了全国第一届翻译工作会议。这次会议由时任中央人民政府出版总署署长胡愈之主持，并在会上致开幕词。时任中央人民政府政务院文化教育委员会马叙伦副主任、时任中央人民政府教育部曾昭抡副部长、时任中国科学院陶孟和副院长和社会科学家李达等都到会发言和致辞。全国各大出版机关、编译机构以及学术翻译界的主要代表共 165 人参加了会议。这次会议是新中国成立以来第一次召开的全国范围的翻译工作者大会，标志着新中国翻译事业有序化管理的发端。

在开幕词中，胡愈之首先肯定了我国自“五四”运动以来的 30 年间翻译工作对人民民主革命事业所做的巨大贡献，高度赞扬了鲁迅、瞿秋白、秦博古等诸多翻译界前辈在介绍外国先进的社会主义文化、发展我国新民主主义文化方面的严肃负责态度及其卓越贡献。接着他在发言中援引了毛主席在《新民主主义论》中说过的话，“中国应该大量吸收外国的进步文化，作为自己文化食粮的原料，这种工作过去还做得很不够”，指出目前的翻译工作仍然存在许多不足和问题，其中最严重的就是“翻译工作水平还低质量很差，还有很多重复浪费甚至错误、完全缺乏计划性”①。为了减少错误提高质量，必须“加强出版社的编辑机构，加强编辑计划。建

① 胡愈之：《胡愈之在第一届全国翻译工作会议上的开幕词》，载袁亮主编：《中华人民共和国出版史料（一九五一年）》，北京：中国书籍出版社 1996 年版，第 388 页。

立计划想逐步提高出版物质量，使出版社逐步走上计划化”[①]。因此，此次全国翻译工作会议的召开旨在“提高翻译工作水平，订立制度，避免重复浪费”[②]。在开幕词的最后，胡愈之向全国出版机构、编译机构及翻译工作者发出呼吁，号召大家共同努力，“使我们翻译工作提高一步，能逐步消灭错误，提高翻译质量，走向计划化道路”[③]。

在第一届全国翻译工作会议上，时任中共中央宣传部副部长、新闻总署署长胡乔木做了题为《制定译书计划，提高翻译质量》的会议报告，指出：“此次会议的目的有二：第一，计划化；第二，提高翻译质量。”[④] 为了“可以按政府和人民的需要来组织翻译工作”[⑤]，他最后号召“通过一种制度把翻译工作者团结起来”[⑥]。接着，沈志远做了题为《为翻译工作的计划化和提高质量而奋斗》的主题报告。他首先确立了翻译工作在社会主义建设初期的重要地位和作

---

① 胡愈之：《胡愈之在第一届全国翻译工作会议上的开幕词》，载袁亮主编：《中华人民共和国出版史料（一九五一年）》，北京：中国书籍出版社1996年版，第388页。

② 胡愈之：《胡愈之在第一届全国翻译工作会议上的开幕词》，载袁亮主编：《中华人民共和国出版史料（一九五一年）》，北京：中国书籍出版社1996年版，第389页。

③ 胡愈之：《胡愈之在第一届全国翻译工作会议上的开幕词》，载袁亮主编：《中华人民共和国出版史料（一九五一年）》，北京：中国书籍出版社1996年版，第389页。

④ 胡乔木：《制定译书计划，提高翻译质量》，载《胡乔木文集》（第三卷），北京：人民出版社1994年版，第2页。

⑤ 胡乔木：《制定译书计划，提高翻译质量》，载《胡乔木文集》（第三卷），北京：人民出版社1994年版，第1页。

⑥ 胡乔木：《制定译书计划，提高翻译质量》，载《胡乔木文集》（第三卷），北京：人民出版社1994年版，第7页。

用，指出“我们的翻译工作是比过去任何时期都更重要，也比任何时期都更需要用严肃认真的态度来对待了”①。接着，他在大会报告中全面总结新中国成立两年来全国翻译工作取得的成绩，并深入分析其中存在的一些问题。沈志远指出：

> 我们翻译界的工作基本上仍然没有消除无政府状态，抢译、乱译现象和粗枝大叶作风仍然相当普遍；粗制滥造、不负责任的恶劣译品，仍然充斥着市场；而翻译书的数量，还远不足以适应国家社会的需要；翻译书的质量，也还没有得到应有的提高。为了使翻译工作能够担当起人民中国所赋予它的时代任务，使它能够适合当前人民文化和国家建设所提出的迫切需要，我们必须以极严肃的态度来对待这一工作。翻译的水平必须提高，翻译的态度必须端正，而整个翻译界的优良的工作作风必须确实建立，无政府、无计划的盲目状态必须大加改进。我们如果想把这一在文化领域内占有极重要地位的翻译工作，从无政府、无计划的状态逐渐推进到有组织、有计划的状态，以适应新中国各部门建设事业的需要，就一定要明确规定我们今后工作的方针任务。②

---

① 沈志远：《为翻译工作的计划化和提高质量而奋斗》，载袁亮主编：《中华人民共和国出版史料（一九五一年）》，北京：中国书籍出版社1996年版，第391页。

② 沈志远：《为翻译工作的计划化和提高质量而奋斗》，载袁亮主编：《中华人民共和国出版史料（一九五一年）》，北京：中国书籍出版社1996年版，第404页。

为了克服翻译工作中存在的各种问题，他强调今后的翻译工作必须走上计划化和制度化的道路，“计划化和制度化便是今后我们在组织翻译工作上的中心任务”[1]。因为“没有计划而自发自流地乱译一通，则既难以贯彻用马克思列宁主义教育人民的方针，更不能实现按照国家建设需要以介绍外国经济建设经验和科学技术来武装全国建设干部的方针”[2]。因此，他在大会的报告中提出了今后翻译工作的七项重要任务：（一）制定全国翻译计划；（二）确立必需的工作制度；（三）逐步建立专门性的工作组织；（四）展开翻译界的批评和自我批评；（五）统一译名和编纂各科辞典；（六）研究和整理翻译经验；（七）培养专门的翻译干部。这七项任务主要从翻译工作的计划化、制度化、组织化和提高翻译质量等方面开展翻译工作，可以视为新中国成立初期我国翻译工作在组织化和制度化建设方面的重大突破和贡献，有效扭转了当时翻译界无组织无计划的混乱状态，使翻译工作成为“国家有计划的文化建设”[3] 的重要组成部分。

为了实现翻译工作的计划化，必须制订一个适合国家需要的全国性的翻译计划，以减少人力、物力的浪费，提高工作效率。因此，第一项重任就是“制订全国翻译计划”。沈

① 沈志远：《为翻译工作的计划化和提高质量而奋斗》，载袁亮主编：《中华人民共和国出版史料（一九五一年）》，北京：中国书籍出版社 1996 年版，第 406 页。

② 沈志远：《为翻译工作的计划化和提高质量而奋斗》，载袁亮主编：《中华人民共和国出版史料（一九五一年）》，北京：中国书籍出版社 1996 年版，第 406 页。

③ 茅盾：《为发展文学翻译事业和提高翻译质量而奋斗》，载中国翻译工作者协会《翻译通讯》编辑部编：《翻译研究论文集》（1949—1983），北京：外语教学与研究出版社 1984 年版，第 5 页。

志远指出："我们的计划既是全国性的，长期性的，适应全国范围内各方面需要的，分别先后缓急并作长远打算的，那末这样的计划，决不是凭少数人的主观可以拟得出来，必须通过群众路线，尽可能广泛地征求各方面的意见，经过反复的、慎重的讨论才能决定"[①]。《人民日报》上及时发表了相关的会议报道，"关于翻译工作计划化的问题，会议认为就目前情况而言，政府必须估计现有的人力、客观的需要以及出版的条件，订出初步的计划，将明年度各科急需翻译的书籍列入。会议修订了出版总署所提出的'一九五二年全国翻译选题计划'草案，还讨论了实现计划的具体办法"[②]。

关于翻译工作制度化和组织化的问题，沈志远认为，"树立各种健全的制度，是执行全国翻译计划的有力保证"[③]。执行全国翻译计划，如果没有各种健全的制度是不可能的。为了提高翻译书籍质量，加强计划性及清除翻译出版物的重复浪费、粗制滥造的现象，国家有必要制定一些管理翻译出版物的办法，确立一定的管理制度。沈志远指出，"目前翻译工作中的散漫、零乱和自流的现象，完全是无组织无分工的表现，这种无组织无分工的状态对于翻译工作的

① 沈志远：《为翻译工作的计划化和提高质量而奋斗》，载袁亮主编：《中华人民共和国出版史料（一九五一年）》，北京：中国书籍出版社1996年版，第407页。

② 《出版总署召开第一届全国翻译工作会议》，载《人民日报》，1951年11月29日第3版。

③ 沈志远：《为翻译工作的计划化和提高质量而奋斗》，载袁亮主编：《中华人民共和国出版史料（一九五一年）》，北京：中国书籍出版社1996年版，第407页。

进步是一个大障碍”①。他认为应该把现有各种专业翻译机构加强起来，使它们能更好地组织人力，制订计划，提高质量。也可以通过各种专业机构（包括编译机构、出版机关及学术研究机关），分别组织一些专业的委员会。例如，除已经设立的“学术名词统一工作委员会”“翻译通报编辑委员会”“俄华大辞典编纂委员会”应该予以加强和充实外，还可以设立“马恩列斯经典翻译审订委员会”“各种科学技术书籍，各科世界学术名著编译委员会”以及“中国翻译经验整理委员会”“各种外国语辞典编撰委员会”等。

关于提高翻译质量，沈志远认为应先从有组织的工作机构入手，一方面应加强公营出版社在出版翻译稿件之前的审校工作，另一方面还应加强各编译机构翻译稿件的审校制度。为了确保制度的贯彻和实施，本次会议确立了两个草案——《关于公私合营出版翻译书籍的规定草案》和《关于机关团体编译机构翻译工作的草案》，这两项草案的签署为提高翻译工作管理水平和翻译质量起到了重要推动作用，促进了翻译工作健康有序发展。

在第一届全国翻译工作会议上的总结报告中，叶圣陶指出，经过长达一星期认真严肃的反复讨论，全体会议代表达成了一致的共识，就是“适应国家建设需要，翻译工作必须加强领导，当前的中心任务是提高翻译作品的质量，使翻译

① 沈志远：《为翻译工作的计划化和提高质量而奋斗》，载袁亮主编：《中华人民共和国出版史料（一九五一年）》，北京：中国书籍出版社1996年版，第408页。

工作走向计划化”[①]。他认为，这次会议是有成绩有成效的，解决了翻译工作当前的主要任务，并且为翻译工作规定了发展的方向。叶圣陶强调，翻译工作必须在政府的组织和领导之下进行，只有这样才能符合社会主义文化建设的需求。他提出“应该从管理公营出版社和机关团体的翻译机构入手，应该从制定初步的全国全年的翻译计划入手”[②]。他认为要保证这项工作的顺利开展，国家必须对国营、公营及公私合营的翻译出版机构制定一整套有效的管理制度；同时，政府的翻译机构及国营出版机构必须被赋予更多的权力。

正如沈志远在主题报告中指出的那样，全国第一届翻译工作会议是“一个在中国翻译史上可算空前的会议，其目的是为了要把我们今后的翻译工作做好”[③]。该会议是对新中国成立以来翻译工作的一次全面总结，所通过的决议对新中国成立“十七年”期间的翻译活动产生了深远的影响。它不仅确立了翻译工作在社会主义建设中不可或缺的社会地位，而且总结了之前的翻译经验和教训，对推动新时期的翻译工作有重要意义。全国第一届翻译工作会议所制定的计划和政策成为新中国成立初期翻译工作的主要指导方针，翻译工作逐渐形成从散漫、盲目的状态走向有组织、有计划的状态的

① 叶圣陶：《叶圣陶在第一届全国翻译工作会议上的总结报告》，载袁亮主编：《中华人民共和国出版史料（一九五一年）》，北京：中国书籍出版社1996年版，第412页。

② 叶圣陶：《叶圣陶在第一届全国翻译工作会议上的总结报告》，载袁亮主编：《中华人民共和国出版史料（一九五一年）》，北京：中国书籍出版社1996年版，第412页。

③ 沈志远：《为翻译工作的计划化和提高质量而奋斗》，载袁亮主编：《中华人民共和国出版史料（一九五一年）》，北京：中国书籍出版社1996年版，第390页。

发展趋势。出版总署编译局对全国翻译图书开展调查，编印了1950年全国翻译图书目录，从1951年起，每月又编印了全国按月出版的翻译新书目录。《翻译通报》每月刊布各单位的翻译计划和翻译消息，以免其他出版社或译者重复翻译，造成人力、物力的浪费。此外，编译局还调查了全国翻译工作者，初步了解了全国翻译工作者的情况，积极促进了翻译工作的计划化和组织化。自《翻译通报》创刊以来，翻译界已经有了自己的专业性刊物，能够互相沟通消息，避免重复浪费；而且全国翻译工作者都可以通过它来充分发表自己的意见，交流翻译经验，对建立翻译理论，提高翻译水准，也起到了一定的作用。这一切为新中国翻译工作的组织制度化和计划化进程奠定了初步的基础。

经过这些努力，新中国成立后翻译数量和翻译质量在短期内都有了大幅度提高。根据出版总署编译局计划处不完全的初步统计，从翻译数量上来看，从1919到1949年，这30年间全国出版的翻译图书约计6680种，而仅在1950年这一年所出版的翻译图书就多达2147种，其中除新中国成立之前译的再版书以外，新译书实计1100多种，约为过去30年内出版数量的1/7强。从翻译的来源和性质方面来看，在新中国成立之前30年期间，译自英美等资本主义国家的翻译书籍占全部图书出版的67%，而译自苏联的翻译书籍仅占9.5%。而在1951年所出版的2147种翻译书籍中，从苏联翻译来的书籍跃居第一位，计1662种，所占的比例迅速上升到77.5%；从英文翻译的书籍在过去30年中一直居于首位，1951 年却退居第二位，仅有 382 种，占 18%[①]。与此同时，我国还大量出版了朝鲜、印度尼西亚、印度、土耳其、智利等亚非拉国家的文学翻译作品。

二、全国文学翻译工作会议

1954 年 8 月 19 日至 25 日，中国作家协会与人民文学出版社在北京召开了“全国文学翻译工作会议”，来自全国各地的翻译家 200 余人参会。时任作家协会主席的郭沫若发表了《谈文学翻译工作》的讲话，强调了文学翻译工作的重要意义和作用。他在致辞中开宗明义地指出，“文学翻译工作的重要性是尽人皆知的”[②]。他认为，“在今天来讲，翻译工作对保卫世界和平，反对新战争威胁，是起了很大作用的。国与国之间的文化交流，可以增进彼此之间的相互了解。特别是文学作品的翻译，因为是生活的反映，更能使这种相互了解深入。这样，就可以消除人为的障碍，人为的隔阂，所以翻译工作在保卫世界和平方面占有很重要的地位”[③]。时任文化部部长和中国文学艺术界联合会主席的茅盾作了题为《为发展文学翻译事业和提高翻译质量而奋斗》的主题报告，成为新中国成立后翻译工作的纲领性文件之一。茅盾的报告

---

① 沈志远：《为翻译工作的计划化和提高质量而奋斗》，载袁亮主编：《中华人民共和国出版史料（一九五一年）》，北京：中国书籍出版社 1996 年版，第 394－396 页。

② 郭沫若：《谈文学翻译的工作》，载中国翻译工作者协会《翻译通讯》编辑部编：《翻译研究论文集》（1949—1983），北京：外语教学与研究出版社 1984 年版，第 21 页。

③ 郭沫若：《谈文学翻译的工作》，载中国翻译工作者协会《翻译通讯》编辑部编：《翻译研究论文集》（1949—1983），北京：外语教学与研究出版社 1984 年版，第 21 页。

内容主要分为四个部分：一、介绍世界各国文学是光荣而艰巨的任务；二、文学翻译工作必须有组织、有计划地进行；三、必须把文学翻译工作提高到艺术创造的水平；四、加强文学翻译工作中的批评与自我批评和集体互助精神，培养新的翻译力量。

在大会的报告中，茅盾首先强调了文学翻译工作在社会主义建设中的重要地位和作用，指出“在进一步缓和国际紧张局势以及实现亚洲及世界各国的集体安全、和平共处的伟大事业中，国与国间的文化交流是一个重要的因素，而文学翻译工作，是文化交流中重要的一环”①。茅盾接着肯定了新中国成立以来在文学翻译上取得的成绩，但同时也指出“翻译工作中存在着不少的问题和缺点，而首先是翻译工作的无组织、无计划状态”。

> 由于译者是分散的、自流的进行翻译，出版者是分散的、自流的进行出版，译者和译者之间，出版者和出版者之间各自为政，互不相谋，因此一个译者一个出版社可以完成的工作，往往有两个三个甚至更多的译者和出版社同时或先后的去做，浪费了许多人力和物力。有的译者和出版者只是从本身利益出发，明知已有别的译本，自己又并无条件译得更好，仍旧作无意义的重复，不少复译本并不比原来的译本完善，甚至有反而较差的。更不好的作风是将同一原作的译本改换一个书名出版，以蒙混读者。有一些比较为读者所急需的书，译者

① 茅盾：《为发展文学翻译事业和提高翻译质量而奋斗》，载中国翻译工作者协会《翻译通讯》编辑部编：《翻译研究论文集》（1949—1983），北京：外语教学与研究出版社1984年版，第4页。

和出版者虽然明知别人已在翻译，却以粗制滥造的方法，抢先译出，以争取市场。[1]

茅盾严厉批评了翻译工作无组织、无计划的混乱状态，认为这是和国家有计划的文化建设非常不相适应的。目前我们的国家已进入社会主义建设和社会主义改造时期，一切经济、文化事业已逐渐被纳入组织化、计划化的轨道，文学翻译工作的这种混乱状态，决不能允许其继续存在。文学翻译必须在党和政府的领导下由主管机关和各有关方面，统一拟订计划，组织力量，有方法、有步骤地来进行[2]。茅盾在报告中详细阐述了文学翻译工作的组织性与计划性问题，并提出了一些切实可行的工作建议和计划。

为了有计划有组织地进行文学翻译工作，首先我们必须有一个全国文学翻译工作者共同拟订的统一的翻译计划，然后由国家及公私合营的文学出版社和专门介绍外国文学的“译文”杂志，根据现有的力量和可能发掘的潜在力量，分别依照需要的缓急、人力的情况，和译者的专长、素养和志愿，有步骤地组织翻译、校订和编

---

① 茅盾：《为发展文学翻译事业和提高翻译质量而奋斗》，载中国翻译工作者协会《翻译通讯》编辑部编：《翻译研究论文集》(1949—1983)，北京：外语教学与研究出版社 1984 年版，第 7 页。

② 茅盾：《为发展文学翻译事业和提高翻译质量而奋斗》，载中国翻译工作者协会《翻译通讯》编辑部编：《翻译研究论文集》(1949—1983)，北京：外语教学与研究出版社 1984 年版，第 7 页。

审出版的工作。[1]

茅盾希望通过出席这次会议的全体同志进一步了解和组织全国的力量，把许多翻译工作者的个人计划，集合而组成一个统一的计划，把分散的力量，组成一个步调一致的广大的队伍。在中央人民政府文化部、出版总署领导下，由作家协会、有关的文学研究机构、文学出版机关、刊物编辑部和全体文学翻译工作者共同来完成这一任务[2]。

除了翻译工作的组织性与计划性问题，茅盾认为目前文学翻译工作中所存在的另一个主要的问题，是提高翻译质量的问题。他再三强调文学翻译是一种艺术创作活动，提出重视文学翻译质量的提高，“必须把文学翻译工作提高到艺术创造的水平”[3]。在大会报告的最后部分，茅盾指出，“有组织有计划地进行文学翻译工作、和把文学翻译工作提高到艺术创造的水平，是我们今后要努力的一个目标，而加强文学翻译工作中的批评与自我批评和集体互助，培养新的翻译力

① 茅盾：《为发展文学翻译事业和提高翻译质量而奋斗》，载中国翻译工作者协会《翻译通讯》编辑部编：《翻译研究论文集》（1949—1983），北京：外语教学与研究出版社1984年版，第7－8页。

② 茅盾：《为发展文学翻译事业和提高翻译质量而奋斗》，载中国翻译工作者协会《翻译通讯》编辑部编：《翻译研究论文集》（1949—1983），北京：外语教学与研究出版社1984年版，第9页。

③ 茅盾：《为发展文学翻译事业和提高翻译质量而奋斗》，载中国翻译工作者协会《翻译通讯》编辑部编：《翻译研究论文集》（1949—1983），北京：外语教学与研究出版社1984年版，第9页。

量，是我们达到这个目标的具体步骤”[①]。他认为，“单靠文学刊物和国家出版社的有限的力量，是很不够的，必须由各有关方面（包括有修养的文学翻译者）共同努力，使得培养新生力量这一迫切而重要的工作能够有计划地、主动地进行”[②]。其他当时著名的作家和翻译家，例如老舍、丁西林、叶圣陶、葛宝权和郑振铎也在会议上分析了中国翻译工作过去和现在的情况，并为未来的工作发展做了规划。会议结束时，周扬在闭幕式作了总结发言。

此次全国文学翻译工作会议是新中国成立以来第一次在全国范围内召开的文学翻译工作会议，明确了文学翻译对社会主义建设的重要作用，建立了我国文学翻译工作的基本原则和规范，极大地推动了我国文学翻译实践和翻译理论建设工作，同时也为今后我国文学翻译工作者指明了方向，提出了更高的要求。这次会议把翻译工作的重要性上升到事关“社会主义建设”的政治高度，加快了翻译工作的计划化、组织化进程。“在这次会议的推动下，我国的外国文学翻译工作真正走上了计划化的道路。”[③]

新中国翻译政策和计划的制定，将文学翻译工作与整个民族国家建构现代性的思想文化诉求紧密地联系在一起。在文学翻译、出版等一系列活动被组织化、计划化之后，翻译

---

① 茅盾：《为发展文学翻译事业和提高翻译质量而奋斗》，载中国翻译工作者协会《翻译通讯》编辑部编：《翻译研究论文集》（1949—1983），北京：外语教学与研究出版社1984年版，第13页。

② 茅盾：《为发展文学翻译事业和提高翻译质量而奋斗》，载中国翻译工作者协会《翻译通讯》编辑部编：《翻译研究论文集》（1949—1983），北京：外语教学与研究出版社1984年版，第15页。

③ 孙致礼：《1949—1966：我国英美文学翻译概论》，南京：译林出版社1996年版，第192页。

文学作为服务于政治意识形态的工具性地位得以加强①。在新中国成立初期特定的文化语境中，文学翻译工作者必须与国家意识形态趋同一致，赋予新生的民族国家所确定的现代性意义，强调文学翻译应具有建设新国家的鲜明目的性和使命感，使文学翻译成为整个国家社会主义文化建设的重要组成部分，同时也成为国际政治斗争与文化交流的重要途径之一。一方面，新中国成立之后，政治的安定和经济的稳步发展保证了国内社会主义文化建设的顺利进行，广大读者对阅读国外文学作品的要求也更加迫切；另一方面，中国也需要和世界各国人民进行交流，介绍我国社会主义革命和建设的经验以及我国优秀的文学、文化遗产，让世界了解新中国，积极树立新的现代民族国家形象。

三、翻译出版的体制化与文化政治

翻译从来都不是在真空中进行的，不可避免地会涉及文化、政治、意识形态等多重因素。在《翻译的政治》（The Politics of Translation）一文中，美国印度裔学者斯皮瓦克（Gayatri C. Spivak）揭示翻译在殖民文化霸权的建构和解构中所扮演的重要角色，彰显翻译的政治和文化批判意义。阿尔瓦列兹和维达尔（Alvarez & Vidal）在《翻译：一种政治行为》（Translating: A Political Act）中也明确指出：“翻译绝非产生一个与原文对等的译作，而是一个十分复杂的改写

① 崔峰：《翻译文学与政治：以〈世界文学〉为例（1953—1966）》，南京：南京大学出版社2019年版，第49页。

过程……反映两种不同文化之间的互相影响以及权力平衡"[1]。在《翻译与冲突：叙事性阐释》(*Translation and Conflict: A Narrative Account*)，英国翻译学者蒙娜·贝克(Mona Baker)基于叙事性理论阐释的研究范式，深刻反思翻译在古巴、伊拉克、阿富汗和世界其他地区日益紧张的武装冲突中所扮演的角色，凸显翻译实践和翻译研究的政治参与性。"在这个意义上，翻译已不是一种中性的、远离政治以及意识形态纷争和利益冲突的行为。"[2] 这些当代西方学者将翻译置于目标语的社会文化脉络中，把翻译研究中的文本同政治、文化、历史语境等结合起来，深入分析翻译与文化政治、意识形态、帝国主义等多重元素之间错综复杂的关系，大大拓宽了传统翻译研究的范畴。随着当代西方后现代主义翻译理论的风起云涌，翻译已不再被视为简单纯粹意义上的语言文字转换行为，而是一种独特的文化政治活动，具有一定的政治和意识形态的文化批判意义。

早在1942年延安文艺座谈会上，毛泽东就深入地阐述了文艺与政治之间的关系，强调"文艺服从于政治"，确定了"文艺为工农兵服务"的政治方向。他指出，"在现在世界上，一切文化或文学艺术都是属于一定的阶级，属于一定的政治路线的。为艺术的艺术，超阶级的艺术，和政治并行或互相独立的艺术，实际上是不存在的。无产阶级的文学艺

---

① Román Alvarez, and M. Carmen-Africa Vidal, "Translating: A Political Act", in Román Alvarez and M. Carmen-Africa Vidal (eds.), *Translation, Power, Subversion*. Clevedon: Multilingual Matters Ltd., 1996, p. 2.

② 刘禾：《语际书写——现代思想史写作批判纲要》，上海：上海三联书店1999年版，第36页。

术是无产阶级整个革命事业的一部分，如同列宁所说，是整个革命机器中的‘齿轮和螺丝钉’”[①]。“文艺批评有两个标准，一个是政治标准，一个是艺术标准……任何阶级社会中的任何阶级，总是以政治标准放在第一位，以艺术标准放在第二位的”[②]。毛泽东《在延安文艺座谈会上的讲话》自发表以来，已成为指导新中国文艺发展的纲领性文件，引领新中国文艺的前进方向，并塑造了新中国文艺的基本品格，这其中也包括针对翻译的规范，强调翻译的政治性和思想性，以适应现代民族国家的建设与发展的需要。

在中华人民共和国即将成立的前夕，第一次中华全国文学艺术工作者代表大会（简称“文代会”）于1949年7月召开。在与会代表中，有不少是专职或业余从事翻译的文学翻译家，如潘家洵、曹靖华、董秋斯、罗念生、闻家驷、焦菊隐、李霁野、李健吾、卞之琳、姜椿芳、冯亦代、戈宝权等，总数不下60人。这次大会是我国文学艺术界前所未有的一次盛会，总结了“五四”以来的新文艺运动的性质和特点，热烈讨论了文艺工作如何配合新中国建设的问题，积极推动新中国文艺事业的迅速发展。大会宣言明确指出，“文艺工作者和劳动人民结合的结果，使中国的文学艺术的面貌焕然一新”，“今后我们要继续贯彻这个方针，更进一步地与广大人民、与工农兵相结合”[③]。周扬在大会上做了《新的

① 毛泽东：《在延安文艺座谈会上的讲话》，载《毛泽东选集》（第三卷），北京：人民出版社1991年版，第865－866页。

② 毛泽东：《在延安文艺座谈会上的讲话》，载《毛泽东选集》（第三卷），北京：人民出版社1991年版，第868－869页。

③ 转引自郭志刚主编：《中国当代文学史初稿》（上册），北京，人民文学出版社1980年版，第35－36页。

人民的文艺》报告，号召为建设新中国的人民文艺而奋斗。他指出，“《在延安文艺座谈会上的讲话》规定了新中国的文艺的方向，解放区文艺工作者自觉地坚决地实践了这个方向，并以自己的全部经验证明了这个方向的正确，深信除此之外再没有第二个方向了，如果有，那就是错误的方向”[①]。第一次全国“文代会”将毛泽东的文艺思想正式确立为新文艺的基本指导方针，明确了社会主义现实主义的文学创作与批评原则，进一步地强化了国家意识形态对文学的支配权，以确保具有国家文学形态的“新的人民的文学艺术”，真正地“代替了旧的、腐朽的、落后的封建阶级和资产阶级的文学艺术”[②]。在这次盛会上，来自全国各地的文艺工作者代表先后做了专题报告发言，虽然没有专门论述翻译工作的报告，但是包括翻译在内的文艺工作从此被纳入国家体制管理的运行轨道。而且，翻译工作的必要性和重要性在这次大会上也被经常提及。郭沫若在会议的总报告中为以后的文艺工作提出了三项具体任务，其中有一项便与翻译工作有关。他说：“我们要批判地接受一切文学艺术遗产，发展一切优良进步的传统，并充分地吸收社会主义国家苏联的宝贵经验，务使爱国主义和国际主义发生有机的联系”[③]。《中华全国文学艺术界联合会章程》也强调“加强中国与世界各国人民的

---

① 周扬：《新的人民的文艺》，载《周扬文集》（第一卷），北京：人民文学出版社 1984 年版，第 513 页。

② 周扬：《为创造更多的优秀的文学艺术作品而奋斗》，载《周扬文集》（第二卷），北京：人民文学出版社 1985 年版，第 235 页。

③ 郭沫若：《为建设新中国的人民文艺而奋斗》，载中华全国文学艺术工作者代表大会宣传处编：《中华全国文学艺术工作者代表大会纪念文集》，北京：新华书店 1950 年版，第 41 页。

文化艺术的交流，发扬革命的爱国主义与国际主义的精神，参加以苏联为首的世界人民争取持久和平与人民民主的运动”[①]。20世纪中国社会特殊的历史环境决定了现代化进程中翻译与政治的密切关系，翻译与新的民族国家建构现代性的思想文化诉求紧密地联系在一起。新中国成立初期所制定的一系列文艺政策和方针不仅会规范和管理文艺创作领域，而且在很大程度上影响和制约着翻译工作者及其翻译实践。在文学体制制度化的过程中，新的翻译政策被制定，翻译活动被计划化，译介择取标准直接受到意识形态的影响和制约[②]。

新中国成立以后，党和人民政府将翻译作为意识形态工作的重要一环来抓，加强了对翻译工作的统一领导、规划和管理。翻译工作者也自觉在翻译工作中将思想政治性放在第一位，将翻译工作视为“一个政治任务”[③]，以适应“新政治”“新经济”“新文化”[④]的需求。在《论翻译工作的思想性》一文中，翻译家金人曾指出，“我以为翻译工作重要不重要，应当从其思想性上来看。如果把这个问题提高到思想

① 《中华全国文学艺术界联合会章程》，载中华全国文学艺术工作者代表大会宣传处编：《中华全国文学艺术工作者代表大会纪念文集》，北京：新华书店1950年版，第573页。引文系《总纲》第四条第六款。

② 崔峰：《翻译文学与政治：以〈世界文学〉为例（1953—1966）》，南京：南京大学出版社2019年版，第20页。

③ 金人：《论翻译工作的思想性》，载中国翻译工作者协会《翻译通讯》编辑部编：《翻译研究论文集》（1949—1983），北京：外语教学与研究出版社1984年版，第64页。

④ 沈志远：《发刊词》，载《翻译通报》第1卷第1期，第2页。

性，也就是与政治结合起来"[①]。他认为，"翻译工作是一个政治任务。而且从来的翻译工作都是一个政治任务。不过有时是有意识地使之为政治服务，有时是无意识地为政治服了务"[②]。对于译书的选择，金人告诫翻译工作者"必须十二分的慎重"，"第一，要考虑我国政治与文化环境的需要，翻译哪一种书是最迫切需要的，哪一种是较次需要的，哪一种是现在不需要而将来需要的。其次就要考虑一本书的作者；他是哪国人，他是进步的，反动的，还是中间的。最后再把书的内容仔细看一遍，是否合于我们的需要，然后决定是否译出"[③]。金人在文末希望翻译工作者从思想上提高来认识翻译工作，使之与政治任务密切结合，以达到增强翻译工作的思想性，才能达到使翻译为政治、为人民服务的目的。

在新中国成立初期社会主义建设的历史语境下，政治意识形态成为选择翻译作品的首要标准。翻译工作者在选择译书时必然会关注翻译作品的政治意识形态及其思想内容。即使是被大多数人认为没有或较少政治倾向的自然科学著作，也要注意其思想政治性。叶圣陶这样提醒译者："翻译自然科学书籍应注意其阶级性 …… 一般翻译自然科学和校订自然科学的常因这些书是自然科学，而忽略其政治意义。……

---

① 金人：《论翻译工作的思想性》，载中国翻译工作者协会《翻译通讯》编辑部编：《翻译研究论文集》（1949—1983），北京：外语教学与研究出版社1984年版，第64页。

② 金人：《论翻译工作的思想性》，载中国翻译工作者协会《翻译通讯》编辑部编：《翻译研究论文集》（1949—1983），北京：外语教学与研究出版社1984年版，第64页。

③ 金人：《论翻译工作的思想性》，载中国翻译工作者协会《翻译通讯》编辑部编：《翻译研究论文集》（1949—1983），北京：外语教学与研究出版社1984年版，第65页。

遇到这一类书籍，译者校者一定要写一篇批判性的序文放在书前，对于这本书有什么可取之处或某些地方该批判都写清楚，必要的注释一定要加上去。尤其重要的一点，出版自然科学的书不但要经过学术的文字的校订，首先要经过政治方面的校订。这种校订工作不一定由精通原文的人做，不懂原文但是政治上修养好的人也可以做这一工作”[①]。由此可见，翻译书籍的政治意识形态已被提到了一个极高的高度。

新中国成立之初的“十七年”期间，由于受到当时的政治意识形态的影响，所出版的每一部翻译书籍中，尤其是文学译作中，几乎都会有译者序言或跋记，其中大部分的篇幅都会以国家意识形态为指导，运用阶级分析或社会反映论的方法来评价翻译作品的意识形态及其思想政治性。正如我国翻译学者王宏志教授所指出的那样，“翻译并不是一项‘单纯’（innocent）的工作，而是跟很多人的政治意识有极其密切的关系”[②]。新中国的翻译工作受制于当时特定的思想政治要求和社会文化语境，服务于当时的政治使命。政治标准成为检验外国作品是否适应、符合社会需要的主要标准。翻译工作成为巩固“一体化”意识形态下的文学、文化系统的工具，诸多无助于建构主流意识形态，以及从“诗学”、艺术审美层面能够丰富目标语文学话语的外国文学作品，皆被

---

① 叶圣陶：《叶圣陶在第一届全国翻译工作会议上的总结报告》，载袁亮主编：《中华人民共和国出版史料（一九五一年）》，北京：中国书籍出版社1996年版，第414－415页。

② 王宏志：《重释“信达雅”：20世纪中国翻译研究》，上海：东方出版中心1999年版，第33－34页。

抛弃在文学翻译的视野之外[①]。翻译的政治属性与国家意识形态决定了这一历史时期新中国翻译政策和制度的形成。翻译不仅仅是译者的个人兴趣或爱好的产物，而成为一种从属于国家意识形态的政治行为，并与新的民族国家重构现代性的诉求紧密联系在一起，以适应社会主义经济文化的建设和发展的需要。

1951 年召开的“全国第一届翻译工作会议”和 1954 年召开的“全国文学翻译工作会议”对新中国成立“十七年”的翻译活动产生了深远的影响，使全国翻译工作者能够按照国家的需要有组织、有计划地进行工作，有效地提高了翻译工作质量，使之适应社会主义计划经济建设和发展的需要。翻译工作的组织制度化和计划化运动，有效地确立了党对翻译和出版事业的领导，使翻译工作在党和人民政府的领导下有秩序有条理地进行；同时，也适应了当时社会文化资源紧缺的特殊状况。在这一历史时期，国家“一体化”的翻译出版体制逐步建立起来，包括翻译政策和计划的制定、翻译工作者的组织管理、翻译作品的出版和发行、翻译批评规范的确立与实施，它们共同构筑了新中国翻译工作的组织和管理制度。社会主义计划经济体制下的统筹管理使得翻译工作井然有序，我国翻译出版事业也逐渐走上组织化、计划化的有序发展阶段。经过政治思想和工作作风的整顿，在以人民文学出版社为首的国有出版机构的领导下，翻译界出现了前所未有的新气象，译作无论在数量上还是质量上都有了飞跃地发展。“新中国成立之初的五年间，翻译界提出了从分散到组织、从无序到有序的口号，译坛面貌很快就焕然一新。广

① 崔峰：《翻译文学与政治：以〈世界文学〉为例（1953—1966）》，南京：南京大学出版社 2019 年版，第 51 页。

大译者受到新形势的鼓舞，满怀豪情壮志，准备在中外文化与文学交流中大显身手"[①]。在一系列国家翻译政策和计划的指导下，我国这一时期的翻译工作有以下几个特点：（一）翻译工作者在党的领导下，有组织、有计划、有系统地进行工作，逐渐取代了抢译、乱译和重复浪费的现象；（二）翻译作品质量大大提高，逐渐克服了粗枝大叶、不负责任的风气；（三）翻译工作者为了更好地为社会主义建设服务，开展了批评与自我批评，逐渐消除了过去各种不良现象和无人过问的状况；（四）翻译工作者不仅肩负着外译汉的任务，同时为了宣传马列主义、毛泽东思想，介绍我国社会主义革命和建设的经验以及我国优秀的文化遗产，还肩负了汉译外的任务；（五）对翻译标准的认识日趋统一，有效地推动了我国的翻译工作[②]。

第三节 "十七年"期间中国红色经典的翻译与海外传播[③]

新中国成立之初的"十七年"期间，中国政府通过外文出版社有组织、有计划地开展国家翻译实践，对外译介了大量的中国当代文学作品，"反映中国的革命斗争和社会主义

---

① 周发祥：《二十世纪中国翻译文学史·十七年及"文革"卷》，天津：百花文艺出版社2009年版，第10页。

② 张培基：《英汉翻译教程》，上海：上海外语教育出版社1980年版，第5页。

③ 该节的部分内容曾发表于倪秀华等的《1949—1966年红色经典的翻译与海外传播》，载《当代外语研究》2021年第4期，第50-61页。

建设”[1]，对新中国国家形象的塑造发挥了至关重要的作用。在毛泽东同志《在延安文艺座谈会上的讲话》指引下产生的一批红色文学经典作品，如丁玲的《太阳照在桑干河上》，周立波的《暴风骤雨》，赵树理的《李家庄的变迁》，袁静、孔厥的《新儿女英雄传》，柳青的《铜墙铁壁》，欧阳山的《高干大》等，均被翻译成多种外国语言文字出版。新中国成立后所创作的一批红色经典小说，如《青春之歌》《红旗谱》《红日》《林海雪原》《创业史》《保卫延安》《红岩》等也被先后翻译和出版。中国红色经典小说以激昂的英雄主义和乐观主义基调，书写中国共产党领导下民族独立解放的历史进程，展现中国人民实践革命理想的心路历程，不仅在我国特定历史时期成为畅销书，而且还通过翻译广泛流传于海外，生动地塑造了中华儿女在党的领导下争取民族独立斗争的英勇形象，而且也树立了新中国良好的国际形象。

本节主要梳理新中国成立之初“十七年”期间红色经典作品的翻译、发行和传播路径，以及多样化的翻译效果，以期展示红色经典强大的域外生命力。以翻译发起力量来划分，红色经典主要由源语社会和目标语社会来翻译。前者指中国主动对外译介，为主要力量，部分红色经典经由英译本被其他一些国家转译为本土语言；后者主要是以苏联为首的社会主义阵营国家，以及亚洲的日本和其他第三世界国家。除了我国主动对外译介的方式，红色经典文学作品以其所展示的中国特有的革命和建设经验及其艺术魅力，还吸引着苏联等社会主义国家以及与新中国关系友好的日本等亚洲国家和地区主动译介。红色经典文学作品由此被译入英、俄、

① 周东元、亓文公：《中国外文局五十年史料选编》（1），北京：新星出版社1999年版，第363页。

法、德、日、捷克、波兰、罗马尼亚、保加利亚、印度尼西亚、朝鲜等多个语种，继而得以跨越时空，在世界范围获得了较为广泛的传播并产生持续性的影响。

一、中国红色经典的国家翻译实践与本地化译介

在新中国即将成立之际，袁静、孔厥创作的长篇小说《新儿女英雄传》于1949年5月25日至7月12日在《人民日报》的文艺版上连载发表，在国内外引起强烈反响。同年10月，《新儿女英雄传》的单行本由海燕书店正式出版发行。这部小说生动地表现了中华儿女在中国共产党的领导下坚持抗战、保家卫国的英勇事迹，塑造了一大批为民族大义而舍生忘死、英勇奋战的英雄人物形象。在《新儿女英雄传》的序言中，郭沫若写道，“这里面进步的人物都是平凡的儿女，但也都是集体的英雄。是他们的平凡品质使我们感觉亲热，是他们的英雄气概使我们感觉崇敬”①。1951年10月，《中国文学》英文版在创刊号发表了沙博理翻译的《新儿女英雄传》（*Daughters and Sons*）节选译文。1952年，《新儿女英雄传》完整的英译本由美国纽约的自由出版社出版，并作为该年度7月的最佳选读书目推荐给西方读者。因此，《新儿女英雄传》成了新中国成立后在美国出版的第一部红色经典小说。据1953年第二次“文代会”统计，《新儿女英雄传》发行100万册以上，有美、苏、德、印度等8种外译本。袁静在解释该书畅销的原因时说，“这是因为全国刚刚解放，国内外人民都迫切希望了解中国的农民，如何在

① 郭沫若：《序》，载袁静、孔厥：《新儿女英雄传》，北京：人民文学出版社1956年版，第1页。

中国共产党的领导下成长起来，成为击败日本帝国主义的英雄。小说在一定程度上，满足了人民群众的这种愿望”[1]。

为了让世界更好地了解真实的中国，消除社会主义新中国在西方世界中的负面形象，重塑新中国正面形象，外文出版社从20世纪50年代初期起开始组织国家翻译实践，主动用外文翻译和出版一批优秀的中国当代文学作品，使新中国红色经典小说的热潮也逐渐溢出了国界。《太阳照在桑干河上》《暴风骤雨》《李家庄的变迁》《铜墙铁壁》《高干大》《红旗谱》《红日》《保卫延安》《林海雪原》等，都出版了外文译本。如《青春之歌》被翻译成日、英、法、越、朝鲜、俄、希腊、阿拉伯、印度尼西亚、保加利亚、阿尔巴尼亚等十几国的文字出版，《野火春风斗古城》被译为日、英、俄、朝鲜、保加利亚等多种文字，《红旗谱》被译成英、法、日、朝鲜等多种文字；《铁道游击队》被翻译成英、俄、日、朝鲜等国文字。

在新中国成立“十七年”期间，中国文学的译介与传播主要采取了“国家翻译实践”的模式，由“国家对外宣传的外文书刊统一的出版机构”[2] 外文出版社有计划、有组织地开展对外翻译和传播，以便“打破帝国主义对新中国的封锁，向世界人民介绍人民共和国”[3]，塑造积极向上的新中

---

① 袁静：《关于〈新儿女英雄传〉的创作》，载《文艺报》编辑部编：《文学：回忆与思考》，北京：人民文学出版社1980年版，第422页。

② 戴延年、陈日浓：《中国外文局五十年大事记》（1），北京：新星出版社1999年版，第26页。

③ 杨正泉：《中国外文局50周年纪念文集序》，载《对外大传播》1999年第6期，第4页。

国形象。所谓“国家翻译实践”，是指主权国家以国家的名义，为实现自利的战略目标而实施的自主性翻译实践。其理念是，“国家”作为翻译行为的策动者、赞助人和主体[①]。国家层面的翻译实践是人类翻译行为在国家产生并具有主体地位后的集中体现，与国家战略、国家行为、对外塑造国家形象、强化对内意识形态等维护国家利益的国家行为密切相关[②]。国家翻译实践可分为对内型和对外型，前者指政党、政权、政府为了对内强化意识形态、树立文学标准而利用其行政机关通过自主媒体规划实施的工程；后者指国家为了对外建构政权形象、塑造国家形象、维护国家利益而策划的翻译工程。“对外型国家翻译实践”可以通过对外输出本国的意识形态和核心文化，维护其国际形象，提高国家的文化软实力[③]。在“十七年”期间，中国文学外译的主要力量是中国人民政府主管的外文出版发行事业局，其委托国家资助的外文出版社这一对外宣传机构负责策划和开展翻译工作，对外输出本国的主流意识形态和核心价值观，塑造新中国的国际形象。这是一次以国家为主导的对外文化传播，被视为新中国对外宣传和文化交流工作的重要组成部分。在这种情况下，国家不仅是翻译实践的发起者和赞助者，同时也是翻译实践的主体。由此可见，这是典型的“对外型国家翻译实践”。

① 任东升、高玉霞：《国家翻译实践初探》，载《中国外语》2015年第4期，第93页。

② 任东升、高玉霞：《国家翻译实践初探》，载《中国外语》2015年第4期，第93页。

③ 任东升、高玉霞：《国家翻译实践初探》，载《中国外语》2015年第4期，第95页。

在这一历史时期，中国红色经典主要由外文出版社及其旗下的英文杂志《中国文学》组织翻译并出版发表。“外文局及外文社根据国家外宣的需要制订选题计划，译前按‘政治正确’原则编辑原作，一般指定被认为相对可靠的本国译者翻译，要求译者恪守机构内部翻译规范，即‘忠实于原文’，由机构聘请的外国专家负责译文润色，由外文社出版，外文局下属的国际书店负责对外发行”①。对于代表“十七年”文学作品最高成就的红色经典，外文出版社和《中国文学》都在这一时期及时而且较为全面地对外译介。以革命战争题材的红色经典小说作品英译本为例，其中反映解放战争的中长篇小说包括柳青的《铜墙铁壁》（*Wall of Bronze*, 1954）、刘白羽的《火光在前》（*Flames Ahead*, 1954）、陈登科的《活人塘》（*Living Hell*, 1955）、杜鹏程的《保卫延安》（*Defend Yenan*, 1958）、吴强的《红日》（*Red Sun*, 1961）、曲波的《林海雪原》（*Tracks in the Snowy Forest*, 1962）等，短篇小说包括刘白羽的《无敌三勇士》（*Three Invincible Fighters*, 1953）、峻青的《黎明的河边》（*Dawn on the River*, 1953）和茹志鹃的《百合花》（*Lilies*, 1960）等；反映抗日战争的小说作品有徐光耀的《平原烈火》（*The Plains Are Ablaze*, 1955）、袁静和孔厥的《新儿女英雄传》（*Daughters and Sons*, 1958），以及知侠的《铁道游击队》（*The Railway Guerrillas*, 1966）等；反映第二次国内革命战争的中长篇小说包括高云览的《小城春秋》（*Annals of Provincial Town*, 1959）、梁斌的《红旗谱》（*Keep the Red Flag Flying*, 1961）、杨沫的《青春之歌》（*The Song of*

① 汪宝荣：《中国文学译介传播模式社会学分析》，载《上海翻译》2019 年第 2 期，第 3 页。

Youth，1964），短篇小说有王愿坚的《党费》（*Membership Dues*，1957）和《七根火柴》（*Seven Matches*，1961）等。此外，《中国文学》的英文版自创刊以来，也刊载了大量的新中国革命历史题材小说的英译文节选，包括《保卫延安》《铜墙铁壁》《火光在前》《平原烈火》和《林海雪原》等诸多作品。“选择当代小说作为对外翻译的重点，体现了外文出版社致力于向国外介绍反映中共领导的社会主义革命和社会主义建设的当代文学作品，让世界了解新中国的由来和现状，以确立和塑造新中国的合法地位和崭新形象”①。

外文出版社出版红色经典的目标语主要为英语，此外还包括法语、德语、西班牙语和印度尼西亚语等其他语种。英语作为主要目标语在红色经典翻译中发挥着极其重要的战略作用。首先，由于这一时期中西意识形态尖锐对立，英美等西方世界与中国的文化交流较前急剧减少。体现在文学翻译上，便是较少翻译中国文学。对于解放区时期以及1949年至1966年时期的文学，尤其是代表着彼时文学最高成就的红色经典，西方英语世界基本持否定批判态度，更谈不上主动翻译了。与此同时，针对新生的共和国，美国构筑了以中国香港和台湾为主要基地的文化外交网络和机构，译出美国文学作品，传播美国文化和意识形态，如从1952年起美国新闻处资助香港今日世界出版社开展大规模的翻译计划，将美国现当代文学作品翻译成中文，供香港和台湾的读者阅读；在台湾赞助英译台湾文学等。因此，由国家组织人力物力对红色经典加以译介，是时代必然的选择。其次，鉴于英

① 倪秀华：《新中国成立十七年外文出版社英中国文学作品考察》，载《中国翻译》2012年第5期，第28页。

语是国际交际语（vehicular language）[①] 或散播语言（language of dissemination）[②]，把红色经典翻译成英语，势必能进一步扩大红色经典的传播范围。事实上，由于外文出版社社内译者人数及其掌握的小语种有限，部分外文出版社出版的一些小语种译本也经由英译版译出。此外，相当一部分由外文出版社出版的英文版书籍和刊物，往往成为其他语种，尤其是小语种国家转译的蓝本，其影响力不可低估。如1956年印度本土译者努尔·纳比·阿巴西（Nur Nabi Abbasi）依据外文出版社英译本将《新儿女英雄传》转译成印地语[③]。印度尼西亚著名作家普拉姆迪亚·阿南达·杜尔（Pramoedya Anata Toer）在1958年将《白毛女》英译本翻译成印度尼西亚文版 *Dewi Uban*。类似情况还有保加利亚、阿尔巴尼亚、德意志民主共和国、荷兰等国的一些翻译家把《中国文学》上发表的作品转译出来，在其本国刊物上发表，或编辑成册出版[④]，其中包括众多红色经典短篇小说。为了配合国家外交政策，外文出版社根据翻译人员和时间等情况，还将部分红色经典作品译成法语、西班牙语、印度尼西

---

① É. Glissant, *Poetics of Relation* [orig. Poétique de la Relation], trans. by Betsy Wing. Ann Arbor: The University of Michigan Press, 1997.

② J. Lambert, "The Language of University and the Idea of Language Management: Before and Beyond National Languages. A Position Paper", in A. Boonen & W. Van Petegem (eds.), *European Networking and Learning for the Future: The EuroPace Approach*, Antwerp: Garant, 2007, p. 207.

③ 贾岩：《20世纪50年代中国现代文学在印度的译介与接受初探》，载解放军外国语学院亚洲研究中心编：《东方语言文化论丛（第35卷）》，广州：世界图书出版广东有限公司2016年版，第425页。

④ 唐梅：《中国文学在国外》，载《文艺报》1959年第19－20期，第88页。

亚语、德语、泰国语、印地语、阿拉伯语等语种，与第二种译介力量，也就是目标语社会主动译介的作品形成互补，客观上确保红色经典尽可能被广泛地传播到海外。

除了我国主动对外译介的国家翻译实践方式，红色经典还以其所展示的中国特有的革命和建设经验，吸引着苏联等社会主义国家、东欧民主主义国家和部分亚非国家，主动通过本地化译介方式引入。其中，苏联作为社会主义国家阵营的领袖，既注重对外翻译和传播俄苏文学，也大力译介其他社会主义国家的文学，新生的共和国文学也不例外。例如，1949 年苏联杂志《旗帜》分三次连载苏联女汉学家波兹德涅耶娃·柳芭翻译的《太阳照在桑干河上》，接着，苏联《矿工小说报》又全文译载了这部长篇小说。同年，莫斯科外国文学出版社和玛加达苏维埃摇篮出版社先后出版了两种俄译版本。仅一年间，《太阳照在桑干河上》就有了四种俄文译本。1952 年《太阳照在桑干河上》和《暴风骤雨》《白毛女》三部作品获得 1951 年度苏联"斯大林文学奖"，体现了苏联对代表新中国文学最高成就的红色经典的至高认可，也进一步推动了红色经典在苏联的译介。继俄译本后，《太阳照在桑干河上》又被翻译成苏联加盟共和国的多个民族语言，截至 1955 年，这部作品在苏联就拥有了 14 种版本（其中 8 种为少数民族语版本），堪称世界出版史之最①。除了这三部获奖作品，苏联在短短的十几年间还积极译介数十部其他红色经典作品，如《小二黑结婚》《林海雪原》《铁水奔流》《山乡巨变》《新儿女英雄传》《吕梁英雄传》《保卫延安》等。与此同时，借助苏联在社会主义阵营的领袖力量以

① 宋绍香：《丁玲作品在俄苏：译介、研究及评价》，载《现代中文学刊》2013 年第 4 期，第 89－93 页。

及中国政府通过友好机构签订文化合作协议等引领作用，许多红色经典也被东欧和亚洲的一些人民民主主义国家跟踪译介。1955年出版的《人民民主国家翻译出版之我国书籍》不完全记录了1949年至1954年间保加利亚人民共和国、罗马尼亚人民共和国、匈牙利人民共和国、捷克斯洛伐克共和国、波兰人民共和国、德意志民主共和国、阿尔巴尼亚人民共和国、朝鲜民主主义人民共和国、蒙古人民共和国、越南民主共和国十国翻译出版我国的书籍，其中不乏上述红色经典作品。如1951年罗马尼亚翻译出版了《太阳照在桑干河上》和《无敌三勇士》，1952年翻译出版了《政治委员》《暴风骤雨》《李有才板话》，1954年继续翻译出版《吕梁英雄传》《新儿女英雄传》《白毛女》《鸡毛信》等作品。

在亚洲，日本可以说是最为主动译介中国红色经典的国家。许多作品往往在中国出版后迅速在日本翻译出版，其中某些日译本也就自然成为最早的外译作品了。例如，饭塚朗翻译的《新儿女英雄传》于1951年由东京彰考书院出版，岛田政雄和三好一合译的《青春之歌》（共三册）在1960年由东京至诚堂出版，两部作品的日文版均早于外文出版社出版的外文版。有的红色经典作品还多次由不同的译者和出版社持续翻译出版，如1953年阪井德三与三好一合作翻译的《太阳照在桑干河上》由鸽子书屋出版后，河出书房在1955年12月出版了冈崎俊夫译本，1970年河出书房新社又出版了高畠穰译本。《林海雪原》在日本也出现了两种日译版，一种是冈本隆三译本（分两部），于1960—1962年由黑潮出版社出版，另一种则是饭塚朗译本（上下两册），分别收录于1962年平凡社出版的《中国现代文选选集》第十卷和第十一卷。《青春之歌》日译本在1960年出版后，又分别于1977和1978年由东京青年出版社出版上下两册译本，译者署名分别为岛田政雄和依藤克以及岛田政雄和三好一。日本得以及时乃至同步跟踪译介中国红色经典作品，一方面得益于中日一衣带水的地理因素以及两国源远流长的人文交往传统，但更关键的是民间外交所发挥的重要作用。“二战”后，尽管中日之间经历过长期的战争，并且两国分属于不同的社会制度，以致于20世纪50年代两国之间的官方交往几乎处于断绝的状态，但“日本民间却对中国非常关注。以日中友好协会为代表，包括左翼知识分子及产业工人、青年学生在内的知识分子阶层对新中国的革命斗争摸索及成功持赞同、憧憬的态度”①，因而1949年到1972年中日邦交正常化之前，两国关系处于“民间外交”时期②。岛田政雄曾在中国生活居住20余年，1945年日本战败后回到日本，并于1949年创办日中友好协会，担任协会常任理事，1954年任日中友好协会宣传部部长，曾翻译过多部中国文学作品，其中包括《青春之歌》和《白毛女》等红色经典作品。

新中国成立初期，国外的广大读者迫切想了解新中国，然而外文出版社当时却面临着翻译力量薄弱的问题。除英、日、俄、法等少数重要语言和文字有自己的翻译班子以外，其他世界通用语言和重要地方语言，都没有自己的翻译班子。亚、非、拉地区的一些重要语言，如印度的乌尔都文、泰米尔文、特鲁古文、孟加拉文，西非的豪萨文，东非的斯瓦希里文，巴西的葡萄牙文等语种的翻译人才非常欠缺。因此，1959年，外文出版社实行国内翻译出版和国外翻译出版

① 何明星：《中国当代文学的世界影响效果评估研究：以〈白毛女〉等十部作品为例》，北京：新华出版社2018年版，第41页。

② 梁云祥：《新中国成立以来的中日关系研究》，载《中共中央党校（国家行政学院）学报》2020年第2期，第87页。

同时并举的方针，以调度世界上的翻译和出版的力量为我国对外宣传服务，因此打算派人出国分别在印度、印度尼西亚、阿联酋、拉丁美洲四个地方设立翻译出版的据点。仿效苏联的办法，在当地和出版同行签订合同，翻译和出版中国的图书①。1963年，国务院外事办公室在《关于外文书刊出版发行工作的报告》中明确指出，外文图书出版工作应以政治理论书籍为重点。首先要集中主要力量，出好毛泽东著作和其他中央负责同志的著作、党和政府的重要文献和有关国际斗争的重要文章、小册子的主要外文版。要求必须从根本上改变目前外文出版社的各种外文翻译力量十分薄弱、十分不平衡的状况，立即着手加强外文出版社图书编辑部现有的英、法、俄、日等语文翻译组，充实和建立西、德、阿拉伯、印度尼西亚、泰、越、缅、乌尔都、印地、泰米尔、特鲁古、斯瓦希里、豪萨、葡萄牙等新的语文翻译组，并使之在三五年内达到能翻译重要著作和独立定稿的水平②。外文出版社解决翻译人才短缺问题的另一个办法是从国外聘请必要数量的专家。到1956年底，外文出版社除了聘有苏联籍专家4人，还聘有其他11个国籍的专家20人。他们在业务上主要担负各种外文译稿的文字改稿润色工作，并对外文书刊的编辑工作提出意见和建议；此外，还帮助提高中国干部的外文水平。自1956年至1967年，外文出版社共计划增聘

① 周东元、亓文公：《中国外文局五十年史料选编》(1)，北京：新星出版社1999年版，第141页。

② 周东元、亓文公：《中国外文局五十年史料选编》(1)，北京：新星出版社1999年版，第289页。

外国专家42人（包括11个国籍）[①]。

二、中国红色经典外文译本的海外发行与传播

红色经典外译作为典型的对外型国家翻译实践，主要由中国主动发起并组织翻译，由北京国际书店向外发行和传播，是“第一次以国家意识主导的文化传播行为”[②]。国际书店为目标语社会输送较大数量的红色经典作品，继而为影响目标语社会奠定了不容忽视的客观基础，并在一定程度上影响着红色经典的海外传播和接受。

1949年12月1日，国际书店总店在北京正式成立，主要以经营外文书刊的进出口业务为主。国际新闻局出版的外文书刊和小册子，均通过国际书店发行。1953年10月，中央人民政府出版总署对国际书店的性质、任务和图书进出口方针，做出了比较正式的书面规定：“国际书店是统一书刊进出口的贸易机构，其任务是输入各国书刊，以满足国家建设和人民文化生活的需要；输出中国出版的可以出口的书刊，以增进国际宣传。国际书店只应从事商业活动，通过贸易方式来达成上述政治任务”[③]。在20世纪50年代，国际书店作为外贸机构从事经营管理，积极地发展更多的国外贸易关系，建立我国外文图书的海外发行和传播网络。

---

① 戴延年、陈日浓：《中国外文局五十年大事记》（1），北京：新星出版社1999年版，第62页。

② 何明星：《新中国书刊海外发行传播60年（1949—2009）》，北京：新华出版社2010年版，第70页。

③ 中国国际图书贸易总公司史料编写组：《中国国际图书贸易总公司40周年纪念文集：史论集》，北京：中国国际图书贸易总公司1989年版，第37页。

从1955年起，国际书店成为唯一的负责图书进出口业务的外贸机构[①]。国际书店的国外发行网由各种类型的书刊出口批发商、零售商、代销户（包括一些友好团体组织）和读者（订户）组成。国际书店与一些外国（地区）的书刊发行机构建立直接贸易关系，贸易合作方多为亚非拉国家和西方国家的左派团体、各国共产党以及属于国际共运组织的党派所开办的书店（后来通常被称为“红色书店”），如由英国共产党员汤姆斯·罗素创办、专营中国书刊和艺术品的柯烈茨书店（Collets）、英国共产党所创办的中央书店（Central Books Ltd.）、法国共产党创办的巴黎文学社、美国共产党在纽约开办的“出版物和产品进口公司”（Imported Publications and Products）等。这种有限的贸易发行方式自然受制于当时两种社会制度尖锐对立的冷战形势，但也体现了国际书店在困境中主动拓展发行网的智慧和努力。

此外，国际书店还积极出访和派出常驻代表，开拓书刊发行渠道，书刊发行地区的数量有较大的增加。截至1957年底，国际书店已和超过59个国家的370家书商建立起稳定的代销关系，中国书刊发行到世界60多个国家和地区，1957年书刊发行量达到2000万册，比1951年增加24倍[②]。除了贸易发行，国际书店还通过非贸易，即赠送和交换的方式进入目标语社会，以“补充贸易发行的不足，并为贸易发

---

① 中国国际图书贸易总公司史料编写组：《中国国际图书贸易总公司40周年纪念文集：史论集》，北京：中国国际图书贸易总公司1989年版，第4页。

② 中国国际图书贸易总公司史料编写组：《中国国际图书贸易总公司40周年纪念文集：史论集》，北京：中国国际图书贸易总公司1989年版，第7页。

行打开新的出路”[1]，扩大译作和对外宣传的影响力（转译或翻印等）。如50年代国际书店通过印度尼西亚大使馆和领事馆，以及印度尼西亚共产党的附属机构传播包括红色经典在内的文学外译作品。同时，国际书店将很多中国出版物都作为礼物赠予了个人或者大学图书馆等，或依托领事馆送出[2]。在具体的推广方式上，国际书店针对不同国家和地区更是采取多种灵活的方式，如采取有计划、有组织的赊销、记账贸易等方式扶持一些南亚、东南亚国家的文化机构、中小书店经销中国书刊；利用民间交流、文化交流等方式在拉丁美洲打开新中国图书的发行渠道等[3]。这一切无不体现了作为译介主体的新生国家对彼时国际政治形势具有较清醒的认识，也彰显了其在两大政治阵营夹缝中求发展的努力。

1958年，文化部将国际书店划归新成立的对外文化联络委员会（简称“对外文委”）领导。对外文委党组在1962年的《关于改进外文书刊对外发行工作的报告》指出，国际书店的工作应以出口为主。对外发行要配合国家外交斗争。“国际书店的基本任务是输出我国可以出口的书刊，首先是外文书刊，通过发行书刊向世界人民宣传毛泽东思想；根据国家建设的需要和外汇的可能，有选择地进口适当数量的各国书刊。”[4] 出口总方针明确地规定为“配合国际革命运动

---

① 周东元、亓文公：《中国外文局五十年史料选编》（1），北京：新星出版社1999年版，第81页。

② H. Liu, *China and the Shaping of Indonesia, 1949—1965*. Singapore: NUS Press in association with Kyoto University Press, 2011.

③ 何明星：《新中国书刊海外发行传播60年（1949—2009）》，北京：新华出版社2010年版，第70页，第122页。

④ 周东元、亓文公：《中国外文局五十年史料选编》（1），北京：新星出版社1999年版，第266页。

的发展，经常地、系统地、千方百计地而又稳步地向世界各国，特别是亚、非、拉地区各国，发行我国书刊”[①]。20世纪60年代，中苏两党关系日趋恶化，国际政治形势也随之发生急剧的变化。新中国非常重视对外宣传和外文书刊的出版发行工作，提出对外书刊发行工作要实行“打出去”的方针。1963年2月，中央对国务院外事办公室的《关于加强外文书刊发行工作的报告》做了重要批示，决定成立外文出版发行事业局，将国际书店划归外文局，改变管理体制，加强对外出版发行的领导。该工作报告指出：“国际书店应采取一切可能的途径，尽快建立一个强大可靠的世界范围的发行网。坚决依靠各国革命进步力量，大力开展邮购业务，适当开展非贸易发行。”[②] 根据这一指示精神，国际书店加强了各项对外发行措施。例如，清理和整顿国际书店在国外原有的发行关系，依靠各国革命进步力量，在世界范围内建立一个新的、强大而可靠的发行网；在中国香港、阿尔及尔、哈瓦那、柏林等地方设立国际书店的驻外机构，建立起自己直接管理的发行中心，根据当地和邻近地区的情况开展外文书刊的对外发行工作；积极建立起同各国革命进步书店的联系，资助当地的革命进步力量在当地开设各种书店，通过他们代销和发行我国外文书刊；对一些愿意和我国进行书刊贸易的各国资产阶级书商，特别是一些规模大、联系广的书商，在他们保证履行业务合同的条件下，也要充分加以利

① 周东元、亓文公：《中国外文局五十年史料选编》（1），北京：新星出版社1999年版，第266页。

② 中国国际图书贸易总公司史料编写组：《中国国际图书贸易总公司40周年纪念文集：史论集》，北京：中国国际图书贸易总公司1989年版，第17页。

用；大力开展对读者直接供应书刊的邮购业务，加强同各国读者的直接联系，并且通过他们推销我国的外文书刊；适当开展非贸易的对外发行工作，对外国相应的团体、组织和有联系的人士，进行赠送。

经过多年的努力，我国外文书刊的发行地区有了比较大的拓展，由1953年的38个国家（地区）扩大到1961年的142个国家（地区），在亚、非、拉、欧各主要国家初步建立起一个拥有100多家发行中国书刊的代销网点[①]。在以美国为首的西方资本主义世界对新中国采取政治、经济和文化封锁的特殊历史时期，外文出版社和国际书店通过各种渠道和多种灵活方式，积极向海外发行和传播红色经典作品的努力，为红色经典进一步发挥影响作用打下了坚实的基础。据何明星（2018）统计，至今为全球图书馆所收藏的红色经典，主要是外文出版社翻译出版的译本，以及以其为基础的重印本和编撰本，其中英译版大都为欧美世界的图书馆所收藏，如《白毛女》《太阳照在桑干河上》和《暴风骤雨》这三部作品英译本在欧美图书馆收藏量依次为503家、189家和172家。

从1951年到1970年，我国外文图书海外发行册数基本呈逐年增长态势，1951年仅发行4万册，而到了1970年，发行量达到582万册。发行量最大的1968年，达773万册（见表1）。

① 周东元、亓文公：《中国外文局五十年史料选编》（1），北京：新星出版社1999年版，第263页。

表 1　我国外文图书的海外发行数量统计表（1951—1970）

（单位：万册）

年份	外文书籍发行册数	年份	外文书籍发行册数
1951	4	1961	105
1952	17	1962	58
1953	33	1963	326
1954	47	1964	266
1955	37	1965	284
1956	44	1966	358
1957	33	1967	617
1958	92	1968	773
1959	51	1969	613
1960	121	1970	582
合计	479	合计	3982

三、中国红色经典的翻译效应与多模态传播

政治或者意识形态是翻译产品在国际社会流通的一个重要因素。政治或者意识形态的影响作用在20世纪50—60年代红色经典的翻译效应上体现得尤其明显。但即便如此，翻译的接受或者翻译产生的效应问题仍不能简单化对待。据切斯特曼（Chesterman，1998）的定义，“翻译效应”（translation effects），即“翻译作品对读者的精神状态所产生的变化（情感、认知等方面）”因人、因时、因地而异。翻译效应可涉及个人层面或集体层面的；可直接观测（如因圣经翻译而皈依基督教），也可以是没那么容易观察到的（如美学经验、

知识的增长）。翻译效应可以是多样化的（对不同人产生不同效应）、变化的（可随着时间的变化而变化）、复合型的（可产生超过一种翻译效应）。[①]切斯特曼在2007年进一步将接受（reception）分为三个维度，即反应（reaction）、反馈（response）和反响（repercussion）。具体而言，首先是认知层面的，即读者阅读时精神和心理上的感受，例如文本可读性如何、译文是通顺还是拗口、是否存在误译等；接下来，部分读者会将这些感知落实到一些可见的行动上，比如做笔记、写书评；最后则是更深远的文化层面影响，例如文本的经典化、目标语语言的历时演变、翻译规范的发展、文化刻板印象的形成和变化等[②]。对于红色经典的接受和影响，我们大致可以从共时和历时两个维度，在不同社会语境进行多层次的梳理和考察。从共时维度来看，作为源语社会的中国与红色经典的目标语社会之间的关系，尤其是两者的意识形态契合性和两国关系，是红色经典作品被接受以及所产生的翻译效应的关键因素。这一点我们通过上文对翻译和发行传播的路径考察已部分得到证实。而从历时维度来看，红色经典文学作品内在的时代精神和艺术魅力借助翻译这一话语实践方式，在不同时期得到多方面的、层层深入的展现。

由于意识形态的契合，红色经典作品在20世纪50—60年代的苏联和东欧等社会主义阵营内的总体接受情况颇为正

---

① A. Chesterman, “Causes, translations, effects”, *Target*, 1998 (2), pp. 201 - 230.

② A. Chesterman, “Bridge Concepts in Translations, Sociology”. in M. Wolf & Fukari, A. (eds.). *Constructing a sociololgy of Transtation.* Amsterdam & Philadelphia: John Benjamins Publishing Company, 2007, pp. 171 - 183.

向，这一点可从上文提及的三部作品获苏联“斯大林文学奖”，以及其后在社会主义国家争相译介的盛况得以窥见。不难想象，这三部作品被积极译介的部分原因，是读者、研究界和评论界的密切关注。《太阳照在桑干河上》俄译本问世之后，在文学界和汉学界引起了巨大反响，苏联《真理报》《消息报》《文学报》《苏联文学》《新时代》《远东》杂志等数十家报刊争相跟踪报道，介绍作家，刊登读者来信，组织读者讨论会，发表读者和专家的评论文章。类似的情况同样体现在苏联对周立波及其《暴风骤雨》等作品的火热研究上，苏联评论和研究大都围绕着社会主义现实主义创作展开，并将《太阳照在桑干河上》《暴风骤雨》视为社会主义现实主义文学在新中国的发展，如波兹德涅耶娃称《太阳照在桑干河上》“对创建新民主的真正的现实主义文学做出了重大贡献”[①]。显然，来自中国的红色经典无疑是作为国际社会主义现实主义文学的重要组成部分被社会主义阵营所推崇的。

1949 年新中国取得民族独立，极大鼓舞了深受西方列强殖民统治的亚非拉第三世界国家，尤其是处于中国周边的一些亚洲国家，由此兴起了“学习新中国”的思潮，这为红色经典的传播和接受创造了得天独厚的条件。20 世纪 50 年代，国际书店大部分书籍和刊物销往亚非拉国家和地区，东南亚、南亚尤其突出，其中又以销往印度的发行量为最，印度尼西亚次之。印度是最早承认新中国的非社会主义阵营的国家之一。1949 年到 1958 年底是中印两国关系最为友好的融

① 转引自宋绍香：《丁玲作品在俄苏：译介、研究及评价》，载《现代中文学刊》2013 年第 4 期，第 92 页。

洽时期[1]。在此背景下，印度成为国际书店在南亚地区发行外文书刊最多的国家，包括红色经典在内的中国文学作品也颇受欢迎。印度有读者在谈到外文出版社翻译出版的《李家庄的变迁》时，称这个故事尤其能打动那些入不敷出的印度读者；这个故事使他想起在自己土地上的那些过着穷奢极欲的生活并任意吮吸民脂民膏的土地主的罪行；这些家伙带给他们的灾难和暴行就像地主李如珍和他的侄儿带给李家庄的一样。也有读者对该译本的艺术价值和译文质量大为称赞："从文学价值来看，这本小说也是值得赞扬的，译文朴素，那清新的体裁尤令人赞叹"[2]。印度一记者提及对短篇故事集《早晨六点钟》的看法时，认为"在这本集子里，我们真实地感到并看到典型的解放军战士阶级意识的成长"[3]。从这些反馈不难发现，红色经典所展现的革命精神和艺术价值为这部分印度读者所认同，他们甚至将其内化为自身价值取向。

红色经典所产生的重大反响在于促使目标语作家的创作乃至目标语社会的文学思潮发生转变，进而影响目标语的文学体系。这一点在印度尼西亚著名作家普拉姆迪亚·阿南达·杜尔（Pramoedya Anata Toer）身上得到集中体现。20世纪50年代至60年代上半叶期间，苏加诺总统领导的印

---

① H. Passin, *China's Cultural Diplomacy*. New York: F. A. Praeger, 1963, p. 22.

② 办公室通联组：《外国读者对于我社出版的图书的意见》，载外文出版社办公室编印：《业务简报》（内部刊物）1954年第18期，第8页。

③ 办公室通联组：《外国读者对于我社出版的图书的意见》，载外文出版社办公室编印：《业务简报》（内部刊物）1954年第18期，第13－14页。

度尼西亚与中国、北越、朝鲜等社会主义国家建立了较密切的关系。对于彼时经济迅速增长并且充满生机的现代化新中国，印度尼西亚更是无限向往。在文学方面，为了寻求自身发展，印度尼西亚作家努力从外部，尤其是第三世界寻找灵感，印度尼西亚一些著名的文学评论杂志也广泛报道外国文学的发展。正是在这一背景之下，诸如鲁迅、丁玲、茅盾等人的作品及其文学理论获得了广泛的介绍[①]，其中也包括众多红色经典作品。在中印友好关系的推动下，普拉姆迪亚通过与中国及其作家的密切交往、广泛阅读外文出版社和《中国文学》出版刊登的文学理论和作品，实现从一名“中间派”作家向左翼文学运动旗手的转变。其文艺创作也相应地从人道主义转向社会主义现实主义，继而引领了印度尼西亚的左翼文学运动[②]。然而，意识形态以及两国关系既是促使20 世纪 50—60 年代红色经典作品在社会主义阵营和亚非拉第三世界国家获得好评的推动力，也是阻断红色经典在这些国家和地区的传播接受的关键因素。60 年代后随着中苏决裂、东欧事变，以及中国与印度、印度尼西亚的政治外交关系交恶，红色经典的影响进入低潮期。

文学作品通过被改编成不同的艺术形式不断被推广、评价、接受的过程，不仅见证了文学生命力的延续，也是文学经典化的过程。在这一方面，红色经典为我们提供了绝佳的实例。部分红色经典作品在 20 世纪 60 年代后期即开始被改编成现代京剧、舞剧、影片等不同艺术形式演出，而随着中

① 刘宏：《写在“民族寓言”以外：中国与印度尼西亚左翼文学运动》，载《文艺理论与批评》2001 年第 2 期。

② 刘宏：《写在“民族寓言”以外：中国与印度尼西亚左翼文学运动》，载《文艺理论与批评》2001 年第 2 期。

国在国际社会的影响力不断增强以及社会文化语境的变迁，红色经典也逐步引起海外，尤其是西方的关注。20 世纪 70 年代，西方英语世界对中国当代戏剧表现出极大的兴趣，在短短的 5 年时间内就有 4 种英译中国现代戏剧作品集在美国出版，其中大部分为红色经典作品。1970 年，纽约大学出版社出版的《共产主义中国现代戏剧选》（*Modern Drama from Communist China*）收录了《白毛女》和《红灯记》；1972 年，兰登书屋出版了《舞台上的中国：一位在中国的美国女演员》（*China on Stage: An American Actress in the People's Republic*），内容主要涉及革命样板戏，包括《沙家浜》《红色娘子军》《智取威虎山》和《红灯记》；1973 年，波士顿戈尔丁出版社出版了《红梨园：革命中国的三部伟大戏剧》（*In the Red Pear Garden: Three Great Dramas of Revolutionary China*），其中收录了《智取威虎山》；1975 年纽约的约翰·戴出版公司出版了《中国共产主义戏剧五部》（*Five Chinese Communist Plays*），收录了《白毛女》《红色娘子军》《智取威虎山》《红灯记》和《杜鹃山》[①]，这些译文同样是以外文出版社的英译本为基础。与此同时，国外也掀起了革命戏剧研究热潮，革命红色经典的影响力可见一斑。

相比剧本译本而言，戏剧演出的传播辐射作用无疑更为直接，传播力也更强，接受面更广。例如，《白毛女》通过歌剧、电影、芭蕾舞剧等西方观众易于接受的艺术表演形式，在海外影响较大，其中中国官方主动传播的推动不容忽视。据有关统计，电影《白毛女》曾在 30 多个国家和地区

① 刘江凯：《西洋镜下看戏——中国当代戏剧的英译》，载《中央戏剧学院学报》2010 年第 4 期，第 17 页。

放映[①]。1951 年 7 月，中国政府派出中国青年文工团参加在柏林举办的“第三届世界青年和平与友谊联欢节”。代表团有 216 人，演出内容涉及歌舞、杂技、京剧，是新中国阵容最为强大、水平最高的艺术团。演出剧目之一的《白毛女》同时还在苏联、东欧等 9 个国家和维也纳等地巡演，历时一年有余，赢得广泛好评。1952 年 10 月，亚太和平会议在北京隆重开幕，这是在以美国为首的西方国家企图“遏制、孤立、封锁”新中国时期首次主办的规模最大的国际性会议。来自世界各地的 37 个国家的 400 名代表出席会议，观看了歌剧《白毛女》，给与会代表留下了深刻的印象。此外，中国戏剧团于 1955 年访问法国演出，法国文艺评论界对《白毛女》跨越古今中外的艺术性做了高度评价，认为“《白毛女》的成功来自于形式与内容的有机结合、完美的协调”，作品不仅“是旧戏剧里的爱情故事，还有现实主义的内容，兼备激情与柔情，同时还有丰富的内容结构和鲜明的人物形象”，并认为该剧“是希望的象征，让全世界人民都能够接受的象征。……如果不具备民族精神、人性的关怀，那么《白毛女》对我们来说只是一个可怜的女孩儿而已。”[②]

在日本，《白毛女》更是成就了一段中日文化交流的佳话。如上文所提，1949 年新中国成立后，日本政府虽然没有立即与新中国建立外交关系，但大部分日本民众因对侵华战争深感内疚，而且为了复苏战后日本经济，日本民间与新中国发展友好关系的呼声非常强大，《白毛女》在日本的传播

① ［日］山田晃三：《〈白毛女〉在日本》，北京：文化艺术出版社 2007 年版，第 24 页。

② ［日］山田晃三：《〈白毛女〉在日本》，北京：文化艺术出版社 2007 年版，第 26 页。

即是中日民间友好关系的典型例证。1952 年 5 月，帆足计、高良富、宫腰喜助三位政治家冲破日本政府的重重阻挠，绕道欧洲国家经过莫斯科来到北京，并与中方签订了《第一次中日民间贸易协定》，战后中日民间往来正式开启。在帆足计等离开中国之时，中方赠送了电影《白毛女》拷贝，以期将“正确的新中国形象传达给日本”①，同时更是“向不认可中国共产党领导下的中华人民共和国的日本政府宣示自己政权的正当性和合法性”②。帆足计等回国后，电影《白毛女》在日本各地小规模地放映，并引起日本观众的“强烈共鸣”③。据相关统计，从 1952 年秋天到 1955 年 6 月，观看电影《白毛女》的日本观众多达 200 万人。1955 年 12 月 6 日，电影由“独立映画株式会社”正式发行，由此得以公映，观众范围进一步扩大。1952 年，松山芭蕾舞团团长清水正夫及其知名芭蕾舞艺术家妻子一起观看电影版《白毛女》后，决定将其改编为芭蕾舞版，改编的母本仍为歌剧版。改编以大春与喜儿的爱情作为叙述线索，弱化了原歌剧及电影中着重表达的阶级斗争色彩。1955 年 2 月，松山芭蕾舞团的芭蕾舞版《白毛女》在日本公演，取得巨大成功。尤为值得一提的是，松山芭蕾舞剧自 1958 年到 2011 年间十三次访华演出《白毛女》，日方顺应中国不同时期的社会形势以及中国观众的情感需求，对舞剧进行相应的调整，主要从早期增加人物

---

① ［日］山田晃三：《〈白毛女〉在日本》，北京：文化艺术出版社 2007 年版，第 102 页。

② 何明星：《中国当代文学的世界影响效果评估研究：以〈白毛女〉等十部作品为例》，北京：新华出版社 2018 年版，第 41－42 页。

③ ［日］山田晃三：《〈白毛女〉在日本》，北京：文化艺术出版社 2007 年版，第 102 页。

的阶级反抗精神到后期表现以喜儿为代表的穷苦人民在恶劣环境中永不妥协、抗争到底的精神[①]。

以《林海雪原》改编的现代京剧《智取威虎山》和京剧的电影版在20世纪60—70年代同样获得中国官方大力传播。据相关统计研究，20世纪60—70年代，《智取威虎山》京剧、电影在国内外为外宾表演、放映达89次之多，观赏的国家和地区包括马里、阿尔巴尼亚、阿富汗、刚果、澳大利亚、几内亚、日本、新西兰、瑞典、柬埔寨、朝鲜、罗马尼亚、南也门人民共和国、苏丹民主共和国、智利、英国、越南、蒙古、法国、苏联、捷克、加拿大、哥伦比亚、尼日利亚、挪威、索马里、老挝、古巴、秘鲁、匈牙利、埃塞尔比亚、南斯拉夫、锡兰、波兰、圭亚那、布隆迪共和国、奥地利、希腊、西班牙。进入21世纪，由香港电影导演徐克导演的3D电影《智取威虎山》，更是将这部红色经典继续推向新的传播热潮。影片在2014年上映后，陆续在海外多个国家，如美国、新加坡、丹麦、意大利、法国、巴西、德国与日本等上映，影片还入选国际影展，参加电影节，发行DVD等。影片上映近一年后，在受众较多且由较高影响力的互联网电影资料库IMDB评分处于中等以上水平[②]，进一步见证了《林海雪原》在异域强大的生命力和艺术魅力。

① 何明星：《中国当代文学的世界影响效果评估研究：以〈白毛女〉等十部作品为例》，北京：新华出版社2018年版，第44－45页。

② 曹莉莉：《〈林海雪原〉及其改编作品在海外的传播研究》，北京外国语大学硕士论文，2017年。

第五章 中国红色经典英译本中的革命战争叙事与国家形象建构

第一节 中国红色经典中的革命历史题材小说及其国家翻译实践

“革命历史题材”这一小说分类概念的出现，最早可以追溯到1949年7月周扬在第一次中华全国文学艺术工作者代表大会（“文代会”）上所做的报告。在题为《新的人民的文艺》的大会报告中，周扬首先肯定的就是那些“反映抗日战争、人民解放战争与人民军队”的文艺作品，“直接反映了人民解放军战士的无比的英雄气概和对革命事业的无限忠心”[①]。他在报告中指出：“革命战争快要结束，反映人民解放战争，甚至反映抗日战争，是否已成为过去，不再需要了呢？不，时代的步子走得太快了，它已远远走在我们前头了，我们必须追上去。假如说在全国战争正在剧烈进行的时

① 周扬：《新的人民的文艺》，载《周扬文集》（第一卷），北京：人民文学出版社1984年版，第513－515页。

候，有资格记录这个伟大战争场面的作者，今天也许还在火线上战斗。他还顾不上写，那么，现在正是时候了，全中国人民迫切地希望看到描写这个战争的第一部、第二部以至许多部的伟大作品！它们将要不但写出指战员的勇敢，而且要写出他们的智慧、他们的战术思想，要写出毛主席的军事思想如何在人民军队中贯彻，这将成为中国人民解放斗争历史的最有价值的艺术的记载。"[①] 此后，周扬在1953年、1960年举行的第二次和第三次文代会上所做的报告中也是对革命历史题材小说推崇备至。在其所列举的重要作品"清单"中，像《铜墙铁壁》《平原烈火》《开不败的花朵》《红旗谱》《青春之歌》《三家巷》《苦菜花》《铁道游击队》《红日》《林海雪原》等这样的革命历史长篇小说占绝大多数。1960年，茅盾在中国作家协会第三次理事会（扩大）会议上正式提出了"革命历史题材"这一概念。在茅盾的报告里，"革命历史"所指的时间可以上溯到鸦片战争时期，包括整个旧民主主义革命和新民主主义革命。我国当代学者黄子平在《"灰阑"中的叙述》中指出，"'革命历史小说'，在当代中国的文学史话语中，专指1942年《在延安文艺座谈会上的讲话》以后创作的，以1921年中共建党至1949年中华人民共和国成立这段历史为题材的小说作品"[②]。而洪子诚教授在《中国当代文学史》中则明确写道，革命历史题材小说主要"讲述的是中共发动、领导的'革命'的起源，

---

① 周扬：《新的人民的文艺》，载《周扬文集》（第一卷），北京：人民文学出版社1984年版，第529页。

② 黄子平：《"灰阑"中的叙述》，上海：上海文艺出版社2001年版，第20页。

和这一‘革命’经历曲折过程之后最终走向胜利的故事”①。因此，综上所述，我们在这里讨论的革命历史题材小说主要指描写由中国共产党领导的、经历了无数的艰难曲折、最终取得胜利的革命战争小说。

在中国红色经典文学作品的构成中，革命历史题材小说占有极其重要的地位。20世纪50年代初，孙犁反映抗日战争的长篇小说《风云初记》开始在《天津日报》上连载，柳青写于新中国成立前的反映解放战争的长篇小说《铜墙铁壁》也由人民文学出版社正式出版，但此时这类题材的作品数量并不算多。到了50年代后期和60年代初期，新中国革命历史题材长篇小说的创作进入空前高潮期，出现了一大批广受人民群众欢迎的优秀作品。在“十七年”期间创作和出版的革命历史题材长篇小说主要有：徐光耀的《平原烈火》(1951)、柳青的《铜墙铁壁》(1951)、杜鹏程的《保卫延安》(1954)、知侠的《铁道游击队》(1954)、高云览的《小城春秋》(1956)、袁静和孔厥的《新儿女英雄传》(1956)、吴强的《红日》(1957)、梁斌的《红旗谱》(1957)、曲波的《林海雪原》(1957)、冯德英的《苦菜花》(1958)、杨沫的《青春之歌》(1958)、雪克的《战斗的青春》(1958)、刘流的《烈火金钢》(1958)、李英儒的《野火春风斗古城》(1958)、冯志的《敌后武工队》(1958)、欧阳山的《三家巷》(1959)，以及罗广斌和杨益言的《红岩》(1961)等。“这些作品在既定意识形态的规限内讲述既定的历史题材，以达成既定的意识形态目的。它们承担了将刚刚过去的‘革命历史’经典化的功能，讲述革命的起源

① 洪子诚：《中国当代文学史》(修订版)，北京：北京大学出版社2007年第2版，第94页。

神话、英雄传奇和终极承诺。”[①]

革命历史题材小说的兴起出于新生的共和国的历史记忆重构和国家叙事的迫切需要。“以对历史‘本质’的规范化叙述，为新的社会、新的政权的真理性作出证明，以具象的方式，推动对历史既定叙述的合法化，也为处于社会转折期中的民众，提供生活、思想的意识形态规范——是这些小说的主要目的。”[②] 随着共和国的成立，新中国需要文学艺术作品为它书写宏大的奋斗史，建构新国家的光辉历史和革命功绩，以巩固新政权的现实地位，证明自己存在的合法性和合理性，同时也需要文学为它提供对人民进行革命传统教育的范本，使人们能够从那些可歌可泣的斗争的感召中获得对社会主义建设的更大信心和热情，以支持探索中的社会主义革命事业。新中国文学经过了解放区时期的酝酿和中华人民共和国成立初期的准备，已经进入需要有厚度、有力量、有影响的鸿篇巨制来展现其成就、彰显其实力的阶段。而革命历史题材小说作为对历史的书写，往往在内容的深广、人物的众多、场面的宏大等方面有形成长篇的先天优势，“在对历史的重新想象和追忆中，不仅再现了革命历史的辉煌和波澜壮阔，而且形象地阐述了历史发展的合理性”[③]。选择这一题材进行创作的作家通常都是历史事件的亲身经历者，他们本身就具备了还原这段“光荣历史”的必要条件和强烈愿

---

① 黄子平：《“灰阑”中的叙述》，上海：上海文艺出版社 2001 年版，第 2 页。

② 洪子诚：《中国当代文学史》（修订版），北京：北京大学出版社 2007 年版，第 95 页。

③ 孟繁华、程光炜：《中国当代文学发展史》（修订版），北京：北京大学出版社 2011 年版，第 102 页。

望。杜鹏程曾经表示，“我写《保卫延安》的时候，没有什么能耐。我就是忘不了战士们，忘不了人民群众，忘不了那一场壮烈的战争，忘不了战斗生活对自己的教育，忘不了几千年来中华民族流血斗争的历史。今天看来，它不过如实地把那场伟大的斗争点滴地记录下来罢了”[①]。这种英雄史诗般的宏大叙事以文本化的方式重新建构有关中国共产党领导下的中国革命斗争的历史记忆，一方面缅怀革命时期的战友，一方面告诉人们新社会是无数革命先烈用鲜血和生命换来的，使人们建构起中国共产党领导中国革命走向胜利并获得改天换地般伟大业绩的历史意识，进一步在全国树立共产党的形象，把党的利益与国家根本利益统一起来，使人们坚信共产党是人民的真正代表，也是建立人民国家的政治保障。因此，我国学者洪子诚、孟繁华在《当代文学关键词》中认为，“革命历史小说是典型的党性文学，它不仅以中国共产党作为历史叙事的主体，也就是以中国共产党党史为题材，而且全力以赴地表现中国共产党的思想理念乃至方针政策。于是整个革命历史小说构成了一个中国共产党从成立到发展再到夺取政权的‘宏大叙事’，具体的革命历史小说作品则成为这一宏大叙事的一个组成部分，犹如交响乐中的一个乐章”[②]。

在重构现代性的历史进程中，“十七年文学”的创作通过赋予叙事对象以新的民族国家主体理念，将各种现代性思潮（如民族主义、理想主义、集体主义等）投射于文学作品

---

① 杜鹏程：《保卫延安·重印后记》，载《保卫延安》，北京：人民文学出版社 1956 年版，第 436 页。

② 洪子诚、孟繁华：《当代文学关键词》，桂林：广西师范大学出版社 2002 年版，第 117 页。

之中的革命历史叙事，比如杜鹏程的《保卫延安》、吴强的《红日》、梁斌的《红旗谱》、曲波的《林海雪原》等革命历史题材小说，以恢宏的篇幅重现了中国革命战争的艰辛历程以及中国人民在共产党的领导下的觉醒、成长与抗争。革命历史长篇小说的创作追求“史诗性”，竭力再现革命历史波澜壮阔的面貌和曲折多变的历程，为历史发展提供合理的证明。这种“史诗性”追求主要源自19世纪欧洲现实主义小说和20世纪苏联无产阶级文学，尤其是那些反映社会变迁或革命战争的长篇小说。洪子诚教授在其《中国当代文学史》中以专节的形式论述中国当代小说的“史诗性”追求，并对其特点进行了概括，即“揭示‘历史本质’的目标，在结构上的宏阔时空跨度与规模，重大历史事实对艺术虚构的加入，以及英雄‘典型’的创造和英雄主义的基调”[①]；陈思和教授注意到了中国当代战争小说的“史诗性”艺术追求，这里的“史诗性”指“以宏大的结构和全景式的描写展示出战争的独特魅力”[②]。《保卫延安》《红日》《红岩》《红旗谱》等革命历史长篇小说都因具有这样的艺术品格而备受推崇。

关于“史诗”的概念和基本特征，黑格尔曾以希腊的《荷马史诗》为典范进行了深入的探讨。他认为，“作为这样一种原始整体，史诗就是一个民族的‘传奇故事’，‘书’或‘圣经’。每一个伟大的民族都有这样绝对原始的书，来

① 洪子诚：《中国当代文学史》（修订版），北京：北京大学出版社2007年版，第96页。

② 陈思和：《中国当代文学史教程》，上海：复旦大学出版社1999年版，第61页。

表现全民族的原始精神”[①]。但是，他同时也注意到了这些特征在近代出现的新的文学体裁小说中的延续，甚至小说被他视为史诗的一种新的形态而得以描述：小说“像史诗叙事一样，充分表现出丰富多彩的旨趣，情况，人物性格，生活状况乃至整个世界的广大背景”，“正式小说也和史诗一样，也要求有一个世界观的整体，其中多方面的题材和内容意蕴也要在一个具体事迹的范围之内显现出来，这个事迹就对全部作品提供了中心点”[②]。黑格尔认为，“一般来说，战争情况中的冲突提供最适宜的史诗情景，因为在战争中整个民族都被动员起来，在集体情况中经历着一种新鲜的激情和活动，因为这里的动因是全民族作为整体去保卫自己，这个原则适用于绝大多数史诗”[③]。中华人民共和国是在硝烟炮火中诞生的，中国革命的历史本身就是一部壮丽的史诗。因此，“‘史诗’是建构革命历史的重要形式，在对历史的重新想象和追忆中，不仅再现了革命历史的辉煌和波澜壮阔，而且形象地阐释了历史发展的合理性。对历史叙述隐含的是作家对时代精神把握的诉求，它被认为是一个作家的崇高理想和抱负，在揭示‘历史本质’的过程中，弘扬了革命的理想主义和英雄主义”[④]。在这样的意义上，可以将革命历史长篇小说的史诗体式视为现代民族国家想象的经典体式。革

① ［德］黑格尔：《美学》（第三卷）下册，朱光潜译，北京：商务印书馆 1982 年版，第 108 页。

② ［德］黑格尔：《美学》（第三卷）下册，朱光潜译，北京：商务印书馆 1982 年版，第 167 – 168 页。

③ ［德］黑格尔：《美学》（第三卷）下册，朱光潜译，北京：商务印书馆 1982 年版，第 126 页。

④ 孟繁华、程光炜：《中国当代文学发展史》（修订版），北京：北京大学出版社 2011 年版，第 101 – 102 页。

命历史长篇小说在体式上的巨大规模、全景式的视角、网络状的结构、波澜壮阔的画面、丰富多彩的人物，其本身就是伟大新中国的符号化。换言之，革命历史题材小说不仅是新中国想象的工具或手段，它们本身就是新中国国家品格的形象化①。

在新中国成立之后，外文出版社承担着党和国家对外宣传的重大使命，肩负着向世界宣传中国革命斗争经验和输出国家意识形态的重任，力图在国际上树立新中国积极正面的形象。由于革命历史题材小说是新中国的革命历史记忆与国家叙事不可或缺的重要组成部分，符合国家意志和主流意识形态，因此在新中国成立“十七年”期间，外文出版社遵循新中国文学发展的潮流，积极组织和开展国家翻译实践活动，将大量的革命历史题材红色经典小说翻译为英文，在新中国红色文学作品的对外翻译和国际传播中起了重要的推动作用（见表2）。

表2　外文出版社出版的革命历史题材小说英文版单行本一览表（1949—1966）

作者	原著	译著	译者	出版年份
柳青	《铜墙铁壁》	*Wall of Bronze*	Sidney Shapiro	1954
徐光耀	《火光在前》	*Flames Ahead*	Not Indicated	1954
陈登科	《活人塘》	*Living Hell*	Sidney Shapiro	1955
徐光耀	《平原烈火》	*The Plains Are Ablaze*	Sidney Shapiro	1955

① 杨厚均：《革命历史图景与民族国家想象：新中国革命历史长篇小说再解读》，武汉：湖北教育出版社2005年版，第21页。

续表

作者	原著	译著	译者	出版年份
杨朔	《三千里江山》	*A Thousand Miles of Lovely Land*	Yuan Ko-chia	1957
杜鹏程	《保卫延安》	*Defend Yenan*	Sidney Shapiro	1958
袁静、孔厥	《新儿女英雄传》	*Daughters and Sons*	Sidney Shapiro	1958
高云览	《小城春秋》	*Annals of a Provincial Town*	Sidney Shapiro	1959
吴强	《红日》	*Red Sun*	A. C. Barnes	1961
梁斌	《红旗谱》	*Keep the Red Flag Flying*	Gladys Yang	1961
马加	《开不败的花朵》	*Unfading Flowers*	Not Indicated	1961
陆柱国	《上甘岭》	*The Battle of Sangkumryung*	A. M. Condron	1961
曲波	《林海雪原》	*Tracks in the Snowy Forest*	Sidney Shapiro	1962
杨沫	《青春之歌》	*The Song of Youth*	Nan Ying	1964
知侠	《铁道游击队》	*The Railway Guerrillas*	Not Indicated	1966

自1951年10月创刊以来，《中国文学》英文版也向西方读者译介了大量的革命历史题材的红色经典长篇小说，对外宣传中国人民在民族解放事业中所做的英勇斗争、为社会主义建设事业和世界和平所做的辛勤努力，积极主动建构新中国良好的国家形象。例如，《中国文学》英文版在1951年的创刊号刊载了沙博理翻译的《新儿女英雄传》（*Daughters and Sons*），栩栩如生地再现了青年农民牛大水、杨小梅等一批具有民族正义感的“新儿女英雄”群像；1954年第2期译介了柳青的革命历史小说《铜墙铁壁》（*Wall of Bronze*）；同年第3期译介了刘白羽的革命历史小说《火光在前》（*Flames Ahead*）；1955年第2期译介了徐光耀的红色小说《平原烈火》（*The Plains Are Ablaze*）；1956年第1期译介了杜鹏程的革命战争小说《保卫延安》的第五章《长城线上》（At the Great Wall），对外展现了中国人民为独立自由、国家统一而浴血奋战的革命英雄形象。此外，1958年第3期还译介了高云览的长篇小说《小城春秋》（*Annals of a Provincial Town*）；同年第6期节译了曲波的革命历史传奇小说《林海雪原》（*Tracks in the Snowy Forest*）；1959年第1期至第5期连载了梁斌的长篇小说《红旗谱》的英文版（*Keep the Red Flag Flying*）；1960年第3期至第6期连载了杨沫的小说《青春之歌》英文版（*The Song of Youth*）的部分章节；同年第7期译介了吴强的长篇小说《红日》（*Red Sun*）的多个章节，包括第3、4、5、7、10、11、15、16、17、21章；同年第9期节译了陆柱国的小说《上甘岭》（*The Battle of Sangkumryung*）；1961年第5期至第6期连载了欧阳山的小说《三家巷》英文版的部分章节，包括第1章至第15章；1962年第5期至第7期连载了罗广斌、杨益言的长篇小说《红岩》英文版的部分章节，包括第4、14、18、20、29、

30 章；1963 年第 8 期和第 9 期译介了孙犁的小说《风云初记》（*Stormy Years*）的节选，译者为戴乃迭；1965 年第 11 期和第 12 期译介了李英儒的长篇小说《野火春风斗古城》（*In an Old City*）的部分片段，译者亦为戴乃迭；1966 年第 4 期至第 6 期连载了冯德英的长篇小说《苦菜花》英文版（*Bitter Herb*）的章节片段，译者为吴雪莉（Shirley Wood）。

《中国文学》英文版不仅刊载了大量的革命历史题材长篇小说的章节片段，还译介了不少革命历史题材的短篇小说，以便“增进读者对中国人民解放战争之正义性和胜利之必然性的认识”[①]。例如，1959 年第 2 期茹志娟的《百合花》（*Lilies*）、1959 年第 3 期王愿坚的《七根火柴》（*Seven Matches*）。此外，《中国文学》英文版中也积极对外译介和传播革命历史题材相关的戏曲、话剧和电影文学剧本等作品，成功塑造了中国人民在共产党的领导下为获得民族解放、国家独立而不畏艰险、奋起抗争的英勇顽强形象，生动展现了中华民族百折不挠、自强不息的民族魂。通过有组织、有计划地开展国家翻译实践和国际传播，新中国革命历史题材小说的英译本对外展现了中国人民在中国共产党的领导下为赢取革命胜利的事业中所做出的英勇斗争，塑造了一大批为了民族解放和国家独立而甘愿抛头颅、洒热血的革命英雄形象，积极向世界传递了中国人民热爱和平自由的声音，在国际社会上自我建构了一个崭新的现代民族国家形象。

---

① 周东元、亓文公：《中国外文局五十年史料选编》（1），北京：新星出版社 1999 年版，第 109 页。

第二节 《保卫延安》英译本中的革命战争叙事与英雄形象重塑

一、《保卫延安》与沙博理的国家翻译实践

《保卫延安》是我国当代文学史上第一部大规模正面描写解放战争的优秀长篇小说，被誉为“英雄史诗”和“我国描写现代战争的长篇小说的里程碑”。这部小说以英雄连长周大勇及其带领的英雄连在战斗中的英勇事迹为主线，全景式地描绘了人民解放军浴血奋战、誓死保卫延安根据地的动态历史画卷，成功刻画了一批光辉而生动的英雄人物形象，书写了人民革命战争的壮丽诗篇，成为我国当代军事文学的奠基之作。

《保卫延安》这部革命历史题材小说取材于1947年3月至9月国共双方围绕陕北革命根据地延安展开的战事。国民党一战区司令官胡宗南指挥国民党军队大举进犯延安。在敌我力量对比悬殊的情况下，毛泽东、彭德怀等领导人从战略角度考虑，果断命令部队主动撤离延安。此后，经过青化砭、蟠龙镇、沙家店等一系列战役，人民解放军成功扭转局势，最终顺利收复延安，实现了解放军由战略防御阶段转向战略进攻阶段的重大历史转折。在新中国成立之后，杜鹏程作为延安保卫战的亲历者，历经数年，几易其稿，终于完成了《保卫延安》的创作。这是新中国建立后第一部全景式再现共产党及其领导下的人民军队与国民党部队大规模作战的革命历史题材长篇小说。1954年6月，《保卫延安》被解放军总政治部列入“解放军文艺丛书”，由人民文学出版社正式出版，首印近百万册，是新中国成立初期引起巨大反响的

长篇小说之一。同年7月，著名的文艺评论家冯雪峰在《文艺报》上发表了近两万字的长篇评论文章，对《保卫延安》的文学价值和成就予以高度的评价。

> 这本书的很大的成就，我觉得是无疑的。它描写出了一幅真正动人的人民革命战争的图画，成功地写出了人民如何战胜了敌人的生动的历史中的一页。对于这样的作品，它的鼓舞力量就完全可以说明作品的实质、精神和成就。
>
> 这部作品，大家将都会承认，是够得上称为它所描写的这一次具有伟大历史意义的有名的英雄战争的一部史诗的。或者，从更高的要求说，从这部作品还可以加工的意义上说，也总可以说是这样的英雄史诗的一部初稿。它的英雄史诗的基础是已经确定了的。①

在冯雪峰看来，《保卫延安》这部小说以恢宏壮阔的场景、气势磅礴的笔触和朴实无华的文字，真实地展现了延安保卫战的全过程，准确地把握了这次战争的精神及本质，描绘出一幅波澜壮阔的人民革命战争的历史画卷。同时通过英雄人物的塑造体现了强烈的英雄主义基调，始终洋溢着充沛的革命热情和乐观主义精神。因此，《保卫延安》可以被称为新中国“史诗性”革命历史长篇小说的开拓之作，在中国当代文学史上具有重要的价值和意义。这部小说自出版以来，已先后印刷近20次，总发行量达数百万册，其中《沙家店》《夜袭粮站》等章节被选编入中学语文课本。它还被

① 冯雪峰：《论〈保卫延安〉》，载杜鹏程：《保卫延安》，北京：人民文学出版社1956年第2版，第2页。

翻译成英、法、蒙古、俄、朝鲜、越南、维吾尔、哈萨克、藏等多种文字，在国内外广泛传播，产生了巨大的影响。

《保卫延安》的中文版刚出版不久，《中国文学》的英文版立即在1955年第2期介绍了杜鹏程及其长篇小说《保卫延安》，几乎与中文版同步。接着，在1956年的第1期刊载了沙博理翻译的《保卫延安》第五章《长城线上》（At the Great Wall）的英译文，主要描述了英雄连长周大勇带领人民解放军战士在长城线上多次突破敌人的重重包围，与敌人展开了紧张而激烈的战斗，真实展现了人民解放军艰苦卓绝、浴血奋战的战斗生活。1958年，外文出版社出版了沙博理翻译的《保卫延安》英文版的单行本，对外首发6000多册，向世界展示了中国共产党领导中国人民英勇斗争，最终走向革命胜利的光辉历程；成功地塑造了周大勇、王老虎、李诚等一批为共产主义理想而奋不顾身、视死如归的人民英雄群像，歌颂了人民解放军的革命英雄主义气概和革命乐观主义精神，塑造了崭新的现代民族国家形象。

《保卫延安》的英译者是新中国国家翻译实践中的“外来译家”沙博理（Sidney Shapiro）。沙博理1915年生于美国纽约，就读于圣约翰大学法律系。第二次世界大战期间，沙博理应征入伍，服役于美国陆军部队。1942年，沙博理被派去美国康奈尔大学学习中文9个月，这成了他人生的重要转折点。战争结束之后，沙博理在美国哥伦比亚大学和耶鲁大学继续学习中文，成了一名“中国文化迷”。1947年春天，沙博理只身来到上海，从此他与中国结下了不解之缘。他爱上了中国姑娘凤子，并于1948年与凤子结婚。新中国成立初期，沙博理在对外文化联络局做英文翻译，将袁静和孔厥刚出版不久的《新儿女英雄传》翻译为英文，积极对外宣传和传播新中国形象。他的英译本于1952年在纽约出版，成为美国图书市场出现的第一部“红色”中国小说。1951 年英文版《中国文学》创刊后，他与叶君健和杨宪益、戴乃迭夫妇等人一起担任杂志的翻译，积极对外译介和传播中国文学和文化，让世界了解真实的中国。沙博理在翻译选材方面表现出较为明显的倾向性，即叙事性强、且有着较为强烈的斗争性、生动性和现实感的文学作品[①]。在《我的中国》一书中，沙博理曾回忆自己在《中国文学》工作时期的情况。他写道：

> 我的工作主要是翻译当代作品，尤其是那些战争题材的、战斗的、斗争中孔武有力、粗野而莽撞的。我是在阅读暴力小说中成长起来的，那几乎是每个血气方刚的美国少年的特权。因此我似乎还具备所需的词汇和想像力。
>
> 事实上，我很喜欢翻译它们，对其中的许多人物感到亲切。不论是在战场上与敌人搏斗，还是在公社的田地里与自然灾害作斗争，中国的男女英雄都有那么一股勇气和闯劲，强烈地使人联想到美国的拓荒精神。[②]

在新中国成立“十七年”期间，沙博理积极投身参与新中国的国家翻译实践，对外译介了大量的革命历史长篇小说，包括柳青的《铜墙铁壁》（*Wall of Bronze*，1954）、陈登科的《活人塘》（*Living Hell*，1955）、徐光耀的《平原烈

---

① 何琳、赵新宇：《沙博理与〈中国文学〉》，载《文史杂志》2010 年第 6 期，第 36 页。

② 沙博理：《我的中国》，宋蜀碧译，北京：北京十月文艺出版社 1998 年版，第 118 页。

火》(*The Plains Are Ablaze*, 1955)、杜鹏程的《保卫延安》(*Defend Yenan*, 1958)、高云览的《小城春秋》(*Annals of a Provincial Town*, 1959)、曲波的《林海雪原》(*Tracks in the Snowy Forest* , 1962)等,积极对外宣传中国革命和社会主义建设,以便让世界了解和认识真实的中国。沙博理于 1963 年申请加入中国国籍,经周恩来总理批准成为中国公民,连续担任了第 6 至第 11 届全国政协委员。2014 年 10 月在北京逝世,享年 99 岁。自 1947 年来华参加中国革命以来,沙博理在中国生活和工作了 60 多年的时间,一生致力于中外文化交流工作,为中国革命和社会主义建设做出了突出的贡献,尤其是为中国的对外翻译和国际传播事业做出了杰出的贡献。沙博理于 2009 年获得了中国外文出版发行事业局颁发的“国际传播终身荣誉奖”;2010 年 12 月他获得了中国翻译协会颁发的“中国翻译文化终身成就奖”;2011 年 4 月还获得了“影响世界华人终身成就奖”等诸多荣誉。

二、翻译与战争:《保卫延安》英译本中的革命历史叙事建构

自 20 世纪 80 年代以来,翻译与武装冲突研究的发展比较迅速,不仅涌现了形式多样的研究成果,也覆盖了过去和当今的多场主要战争和武装冲突,使这一领域中的翻译研究逐渐显形[1]。越来越多的翻译学者关注战争与武装冲突中的译者和翻译活动,从不同的视角展开深入的研究,开拓了翻译研究的新领域。西方著名的翻译学者蒙娜·贝克教授(Mona Baker)在 2006 年出版了研究专著《翻译与冲突:叙

① 徐珊珊、韩子满:《翻译与武装冲突研究现状与趋势(1982—2018)》,载《外语研究》2020 年第 5 期,第 60 页。

事性阐释》(*Translation and Conflict*: *A Narrative Account*)，将包括武装冲突在内的翻译与冲突研究推上高潮，使其成为近年来国际翻译研究的热点之一[①]。在《翻译与冲突：叙事性阐释》一书中，贝克教授开门见山地指出，“这世界充满了冲突，而所有冲突方要将自己的行为合法化，翻译是必不可少的重要手段”[②]。她强调，翻译不是社会和政治发展的副产品，也不是人与文本物理运动的副产品。相反，翻译正是使社会、政治运动发展得以发生的那个进程本身必不可少的组成部分[③]。她借助叙事理论审视翻译在充满冲突的国际舞台上如何运作，揭示叙事在政治冲突中的社会性建构作用，以及叙事与社会身份的形成之间存在的密切关系，并在这一背景下从“建构”的角度阐释翻译行为，解析翻译在冲突的叙事建构中的作用[④]。贝克的“建构”(framing)概念源自社会学与交际理论，提供了“一套机制，通过该机制个人得以在意识形态上与运动目标发生联系，并成为运动的潜在参与者”[⑤]。基于此，贝克将翻译叙事学中的“建构”定义为“一种积极的斡旋策略，通过这种策略，人们有意识地参与

① 冯佳、王克非、刘霞：《近二十年国际翻译学研究动态的科学知识图谱分析》，载《外语电化教学》2014年第1期，第14页。

② [英] Mona Baker：《翻译与冲突：叙事性阐释》，赵文静主译，北京：北京大学出版社2011年版，第1页。

③ [英] Mona Baker：《翻译与冲突：叙事性阐释》，赵文静主译，北京：北京大学出版社2011年版，第8页。

④ 赵文静：《译者前言》，载 [英] Mona Baker：《翻译与冲突：叙事性阐释》，赵文静主译，北京：北京大学出版社2011年版，第21页。

⑤ [英] Mona Baker：《翻译与冲突：叙事性阐释》，赵文静主译，北京：北京大学出版社2011年版，第161页。

对现实的建构”。在贝克看来，叙事参与建构现实而非仅仅反映现实，因此任何人都无法置身事外绝对“客观”地观察叙事。译者、编辑和其他参与者在翻译过程中“共同运作，可以通过多种方法来强化、弱化或更改隐含在原文本或原话语中的某些叙事内容”①，并且在这个过程中参与对社会现实的叙事建构，引起政治、诗学或文化方面的强烈反响。因此，“无论是从字面意义还是比喻意义，翻译本身都可以被看作是一种建构”②。

贝克的翻译叙事学理论基于这样一个假设：译者并不仅仅是翻译任务的被动接受者，很多译者本人就是翻译活动的发起者，他们主动挑选文本，自愿担任翻译以参与建构某些叙事。译者不是超然的冷眼旁观者，也不是从头到尾都在进行简单的语码转换的技术人员。像社会上其他群体一样，译者也要对自己的工作负责，对自己译出的文本或话语负责。在翻译文本和话语的过程中，译者有意无意地参与了对社会现实的建构、磋商或质疑③。贝克认为，叙事视角下的翻译作为一种建构性的复叙事（re-narration），是译者利用建构策略在社会现实中斡旋的一种行为④。建构或重构（frame/

① ［英］Mona Baker：《翻译与冲突：叙事性阐释》，赵文静主译，北京：北京大学出版社2011年版，第159页。

② ［英］Mona Baker：《翻译与冲突：叙事性阐释》，赵文静主译，北京：北京大学出版社2011年版，第161页。

③ ［英］Mona Baker：《翻译与冲突：叙事性阐释》，赵文静主译，北京：北京大学出版社2011年版，第159－160页。

④ M. Baker, “Translation as Re-narration”, in Juliane House (ed.), *Translation: A Multidisciplinary Approach*. New York: Springer Publishing Company, 2014, pp. 158－159.

reframe）的过程可借助几乎任何语言或非语言手段，从超语言手段如语调、版面设计到可视资源如色彩、形象，再到诸多语言手段如时态转换（shift of tense）、指示语（deixis）、语码转换（code switch）、使用委婉语（euphemism）以及更多其他手段。贝克重点阐述用于形成原文文本或话语叙事的一些关键策略，例如时空建构（temporal and spatial framing）、标示式建构（framing by labelling）、选择性采用建构（framing by selective appropriation），以及对人物事件的重新定位（repositioning）等。本节拟采用贝克的翻译叙事建构理论，深入研究沙博理在《保卫延安》的英文译本中如何运用标示式建构、文本素材的选择性采用建构以及对人物事件的重新定位等策略来重构原文的公共叙事，从文本层面分析和评估翻译叙事对这部革命战争小说叙事和国家形象塑造等方面可能产生的影响，揭示新中国社会文化语境下革命历史题材小说叙事翻译与社会现实的互构关系。

1. 翻译中的标示式建构

译者通过使用与原文有所区别的词汇、用语或短语来识别人物、地点、群体、事件以及叙事中的其他关键元素，这样的话语过程被称为标示式建构[①]。比如，译者可能在选词方面进行“反向命名”，有意挑选与原文感情色彩不同的用语，将褒义表述转换为中性或贬义表达；也可能舍弃原文标题，别有用心地另立新标题。贝克认为，命名和标题都是非常有力的建构手段。在翻译过程中，文本和视觉产品如小说、学术著作和电影的标题可以用来有效地建构或重新建构

① ［英］Mona Baker：《翻译与冲突：叙事性阐释》，赵文静主译，北京：北京大学出版社 2011 年版，第 187 页。

叙事，以便引导和制约目标语读者对当前叙事的反应，以配合特定的叙事立场①。

杜鹏程的革命历史长篇小说《保卫延安》生动地描述了延安保卫战的全过程，重点呈现了在敌强我弱的情况下人民解放军的战略部署和人民军队的力量源泉之所在。这是一部表现现代战争艺术的铁血小说，具有明显的纪实性特征。从总体叙事格调上看，《保卫延安》由压抑开始到激扬止笔。开篇从解放军主动撤离延安写起，此时小说充满悲愤、压抑的气氛。解放军遵循的是中央所确立的“存人失地，人地皆存；存地失人，人地皆失”的大战略，先主动放弃延安，是为了让敌人背上包袱、难以机动。在兵力悬殊、看似被动的局面下，我军坚持打运动战，不断调动、迷惑敌军，使其按照我军意图行动，为最终彻底消灭敌军创造戎机。在不断调动敌人的过程中，战争的主动权已悄然易手，此时小说的格调越来越乐观、开朗。如果说青化砭战役、蟠龙镇战役是一盘大棋的初始布局的话，那么，沙家店战役则是这盘大棋的收官，具有重大的战略意义。

整部小说的情节发展按照延安保卫战的时间线索和空间转移来布局和展开。这部篇幅将近 40 万字的长篇小说，共由八章的内容构成。这八章的标题分别是：“延安”“蟠龙镇”“陇东高原”“大沙漠”“长城线上”“沙家店”“九里山”“天罗地网”。除了第八章以外，其中前七章全部用地名作标题。小说章节顺序的排列，恰好也是各个战役实际发生的先后顺序。小说行文中不断标注出具体的时间，故事时

① ［英］Mona Baker：《翻译与冲突：叙事性阐释》，赵文静主译，北京：北京大学出版社 2011 年版，第 188 – 198 页。

空与战役实际推进的时空是完全对应的。我军将领和战士们在时空变换和转移中相继取得了青化砭的伏击战，羊马河、蟠龙镇的攻坚战，长城线上的突围战，沙家店的歼灭战和九里山阻击战的胜利，展现了在解放战争期间人民解放军由战略防御转为战略反攻这一历史发展过程的全貌。沙家店战役作为延安保卫战的转折点，影响全局的是决定性的战役。在这个战役实施之前，我军不断制造主力要东渡黄河的假象，使敌人完全相信我军已准备并已有部分主力渡过了黄河。最后，在东临黄河、西邻无定河的狭窄地带，人民解放军布下了天罗地网，将敌人彻底击溃。

章节标题不仅是文学作品内容的凝练表征，也为读者解读文本限定了界域。在文学作品的翻译中，最为常见的就是利用标题为叙事的重构埋下伏笔[①]。沙博理在翻译《保卫延安》时，不仅合并了第三章和第四章，还合并了第六章和第七章，仅保留第三章和第六章的章节标题，着重呈现相对著名的战役，而将其他部分嵌入主要叙事框架，以便更有效地优化小说的叙事结构。最终《保卫延安》的英译本总共六章，其中前五章的章节标题均为延安保卫战中发生的一些重大战役的地理区域名称。在翻译《保卫延安》的章节标题时，沙博理基本采用了音译方法，例如将第一章的标题“延安”译为“Yenan”；将第二章的标题“蟠龙镇”译为“Panlungchen”；第六章的标题“沙家店”则被直接译为“Shachiatien”；然而对于第三章的标题“陇东高原”，沙博理没有采用音译“Longdong”，而是采用解释性译法，将“陇东

① 刘珍珍：《〈西游记〉节译本的叙事建构策略研究》，载《燕山大学学报》（哲学社会科学版）2017年第5期，第34页。

高原”译为“On the East Gansu Plateau”。由于“Gansu”是小说译文和地图中比较显著的地理位置，用相对位置关系描写清晰地表现了高原的具体位置，也清晰地体现了小说中的战事位置移动方向，这样更有利于广大读者的理解和接受。对于最后一章的标题“天罗地网”，沙博理将之翻译为“Enemy Debacle”（敌人溃败），生动形象地再现了“一幅真正动人的人民革命战争的图画”。

在《保卫延安》的第一章，延安保卫战即将开始，小说叙事中出现了大量激情昂扬的战斗标语、口号，营造了一个巨大的语言磁场，在一定程度上见证了新中国话语权的建构和巩固。例如：“全边区人民紧急动员起来！”“保卫共产党中央！”“保卫毛主席！”“保卫陕甘宁边区！”“保卫延安！”……“任何叙事策略和话语结构都不仅仅只是一种表达方式，而本身就是一种意识形态”[①]。正如罗兰·巴特曾说过的，“发出话语，这并非像人们经常强调的那样是去交流，而是使人屈服”[②]。因此，在翻译这些充满革命激情的战斗标语、口号时，沙博理特地选择了符合原文意识形态和感情色彩的措辞建构，通过标示式建构策略来重构原文的公共叙事，准确地体现了人民解放军“誓死收复延安”“誓死保卫党中央，保卫毛主席”的坚定信念，忠实地传达了战争时期的革命使命及其政治意义（见表3）。

---

① 王土根：《“无产阶级文化大革命”史/叙事/意识形态话语》，载《当代电影》1990年第3期，第38页。

② ［法］罗兰·巴特：《符号学原理》，李幼蒸译，北京：生活·读书·新知三联书店1988年版，第5页。

表3　《保卫延安》的革命标语及其英译

原文	英译
民主圣地延安是我们的，我们一定会回到延安！	Democratic, sacred Yenan belongs to us. We shall return!
坚壁清野，饿死敌人，困死敌人！	Conceal everything the enemy can eat or use! Hamper them, starve them to death!
不做亡国奴，不做蒋介石的奴隶！全边区的男女老少，武装起来，消灭敌人！	We'll never be slaves of a foreign master! Men and women, young and old of the whole border region, arm yourselves! Wipe out the enemy!

小说人物的命名承载着作者或译者对人物形象的价值判断与情感选择。整体来看，沙博理在翻译《保卫延安》的小说人物姓名时大部分采用音译法，但是翻译指称词和绰号等人物称谓语时，却灵活运用了不同的翻译方法，实现了不同的叙事重构效果。例如，在《保卫延安》中，担任一连连长的周大勇同志虽然年仅24岁，却是非常机智勇敢、多谋善断。陈兴允旅长对他非常欣赏，经常以幽默风趣的口吻把周大勇称为“年轻的老革命”，在言语交谈中掩饰不住陈旅长对这位英雄连长的一片喜爱之情。然而，当谈到革命工作任务时，陈旅长则会改变常用的称谓语，严肃地称呼他为“周大勇同志”。沙博理灵活运用命名建构策略，将周大勇不同的称谓语翻译为英文，在英译本中重塑甚至强化英雄人物的正面形象，从多方面展现了周大勇这位英雄人物忠诚质朴、英勇顽强的性格，使之成为千百万人民解放军战士光辉品质的真实写照。

青化砭伏击战是解放战争期间西北战场在主动放弃延安后打的第一场胜仗。小说遵照史实描写了西北野战军在彭德怀的总指挥下，采取拦头断尾、两翼夹击的战术，设计布袋阵型，将孤军冒进的敌人第三十一旅伏击在青化砭的山区。这次伏击战消灭了4000多名敌军，所缴获的武器装备为我军补充了大量重要物资。在小说中，战士们将“蒋介石”戏称为“运输大队长”，为我军送来了美国枪。沙博理灵活地将“运输大队长”这一绰号翻译为“our supply chief”，巧妙地重构原作极具讽刺意味的命名技巧，并通过标示式建构策略参与到原文的叙事重构，形象地再现了初战告捷后战士们喜悦的心情和高昂的斗志，同时也狠狠地打击了敌人的嚣张气焰。

《保卫延安》小说的原文中有大量的文化负载词，其中承载的陕北地域特色文化是原文叙事中的关键元素，有助于文化身份和民族国家形象的建构。“文化负载词是指具有特定民族文化内涵、在其原始意义或概念意义上，蕴含丰富社会文化意义的词语。中国文化负载词具有‘中国味道’，是标志中国文化特有事物的词、词组和习语，能直接反映中华民族独特的观念、习俗和中国人最真实的情感和生活。”① 例如，在小说的第八章中，游击队长李玉山说：“你看，那些婆姨女子们吵得多厉害。一个婆姨一面锣，两个婆姨一台戏，我对谁都有治法，就对她们没治法。”② “一个婆姨一面锣，两个婆姨一台戏”指女人们聚在一起，总喜欢东家长西

---

① 王振平、张宇：《〈林海雪原〉英译中“中国英语”的可行性和必要性》，载《外国语言文学》2018年第3期，第294页。

② 杜鹏程：《保卫延安》，北京：人民文学出版社1956年第2版，第414页。

家短地唠叨不休，就像唱戏打锣鼓一样热闹。沙博理将这句陕北谚语译为“One woman is a cymbal; with two, you've got a whole damn orchestra!”[①]“婆姨”为陕北方言，主要指“已婚妇女”。由于陕北方言比较难翻译，因此沙博理直接将“婆姨”译为“woman”。虽然译者没能保留陕北方言的地域色彩，但是在英译文尽量设法保留了“一面锣”和“一台戏”的中国文化意象。《保卫延安》运用了大量的民间谚语、俗语和歇后语等，加强了语言的形象性和生动性，使小说叙事更具民族特色和艺术感染力。例如，在第二章，游击队队长李玉山要和周大勇分小米，周大勇说：“老李，怎么分起你我来啦，反正煮肉烂在锅里！”[②]这里周大勇所说的“煮肉烂在锅里”是指军民一家亲，不用分彼此。沙博理把“煮肉烂在锅里”这句民间俗语直译为“The stew in the pot is ready to share”，还增译了一句“Aren't we all one family?”（我们不是一家人吗?）。再如，在青化砭战役前夕，当战友宁金山在战壕里急躁不安时，王老虎告诫他“心急吃不成熟饭”;[③]在长城线上的突围战时，王老虎心想“不是鱼死就是网破!”。沙博理在英译本中把“心急吃不成熟饭”译为“The impatient man always eats half-cooked rice”，恰如其分地反映了王老虎冷静沉着、不急不躁的性格；他将“不是鱼死就是网破”译为“Either the fish break the net or they die!”，

---

① Du Pengcheng, *Defend Yenan*, trans. by Sidney Shapiro. Peking: Foreign Languages Press, 1958, p. 391.

② 杜鹏程：《保卫延安》，北京：人民文学出版社 1956 年第 2 版，第 67 页。

③ 杜鹏程：《保卫延安》，北京：人民文学出版社 1956 年第 2 版，第 34 页。

也淋漓尽致地再现了王老虎英勇无畏、宁死不屈的英雄品格。通过采用标示式建构策略，沙博理在翻译中有意识地保留了原文中的文化意象和地域色彩，成功地对外传播小说叙事中的陕北传统特色文化和民族风俗。

2. 翻译中的选择性采用建构

在翻译《保卫延安》时，沙博理不仅运用了章节标题、人物命名和文化负载词等标示式建构策略，同时也对文本素材进行了选择性采用。根据贝克的翻译叙事学理论，所谓文本素材的选择性采用，是指译者有意识地通过省略或者添加的翻译方法，在译文中抑制、强调或者铺陈原文中隐含的叙事或更高一层的叙事的某些方面，使其符合特定的叙事立场[①]。这一建构策略通常表现为译文的文本内部有迹可循的种种省略和添加。当代美国历史学者海登·怀特（Hayden White）曾指出，“任何一个叙事，无论看起来是多么‘完整’，都是基于一系列本应包含在叙事之内、实际却被排除在叙事之外的事件构成的”[②]。因此，我们需要深入分析《保卫延安》小说英译本中被有意省略或过滤的原文本叙事，考察这一叙事建构策略背后隐藏的动机和深层原因，以实现译者特定的叙事目的。

沙博理在翻译《保卫延安》时，将小说原文的八章内容压缩为了英译本的六章，文本素材的删减处理比较频繁，一些次要的人物和故事情节在英译文中均被选择性地省略，只保留了原文的关键内容。例如，在小说的第一章，周大勇所

---

① ［英］Mona Baker：《翻译与冲突：叙事性阐释》，赵文静主译，北京：北京大学出版社2011年版，第173页。

② ［英］Mona Baker：《翻译与冲突：叙事性阐释》，赵文静主译，北京：北京大学出版社2011年版，第109－110页。

属的纵队接到保卫延安的命令后，西渡黄河，千里行军，昼夜奔袭，终于赶到甘谷驿镇以西的山沟集结待命，随时准备奔赴前线保卫延安。为了诱敌深入，歼灭敌人，党中央决定撤离延安，在运动战中牵制敌人，各个击破。当我军撤出延安的消息传来，周大勇和战士们全部都伤心痛苦，泪流满面，纷纷表示要誓死保卫延安，保卫党中央和毛主席，即使战斗到最后一个人也要收复延安！

【原文】战士们雷一样的声音爆炸开来：

"拼呀！拼呀！"

"我们豁出来咯！拼呀！"

"拼……拼……拼……"

"为党中央……我们……去收复延安……去……去……"

"为毛主席……"

"去呀！……去呀……"

"党中央……毛主席……毛主席……延安……"

"我……我就是战斗到死……我也要……要让我们党中央回到延安。我，我要是在战斗中牺牲了，你们收复了延安，替我写封信给毛主席，就说一个共产党员牺牲了……他呀，他没有保卫住延安 ……永远难过……"这是轻机枪射手李江国的喊声。

哭声变成喊声，喊声变成一片宣誓声。大风越刮越大，宣誓声也越来越高。①

【译文】Like a clap of thunder the men roared in

① 杜鹏程：《保卫延安》，北京：人民文学出版社 1956 年第 2 版，第 26 页。

unison:

"Fight! Fight!"

"We'll fight to the finish!"

The weeping changed to shouts, the shouts became battle vows, vows that swept higher than the rising gale. ①

沙博理在翻译这一故事片段时，对小说原文多处的语言描写进行了大幅度的压缩处理，仅保留了战士们主要的宣誓内容，其他次要的人物语言和对话均被删减，例如轻机枪射手李江国的大段誓言被直接省略了。通过对文本素材的选择性采用，沙博理用简约英语强化了故事的主旨，删减了冗繁的行文表达，避免了语义重复，使之符合英文叙事的表达习惯，具有比较顺畅通达的阅读效果。在论及中国文学外译时，沙博理曾指出，"如果原文重复太多，罗里罗唆，我以为可以允许压缩。这些做法对形式会稍有改动，不致改动根本的内容，有助于外国读者更加清楚的理解原意"②。因此，沙博理在英译《保卫延安》小说时，在不影响整体叙事框架和进展的基础上删减和萃取了一些次要人物和故事情节。例如，在第四章第八节中，周大勇到团部交材料给团参谋长卫毅，此时进来一个参谋，报告六连副指导员卫刚在战斗中牺牲了，并把两封血迹斑斑的遗书交给了卫毅。第一封信是写给团营党委的同志们，而另一封则是给他的哥哥卫毅的信。由于卫刚属于小说的次要人物，他两封遗书的删减并不会给

① Du Pengcheng, *Defend Yenan*, trans. by Sidney Shapiro. Peking: Foreign Languages Press, 1958, p. 31.

② 沙博理:《中国文学的英文翻译》，载《中国翻译》1991 年第 2 期，第 4 页。

读者造成故事情节的缺失感，影响读者对小说主要人物和故事情节的解读，因此，沙博理删减了卫刚两封遗书的内容，使小说故事情节变得更加紧凑，增强了英译本的文学性和有机性，也更加符合新中国的对外宣传要求。

作为新中国成立初期国家翻译实践的制度化译者，沙博理在接受采访时曾表示："我们当时翻译主要看政治的效果。我们是对外宣传，要保留最重要的东西，要有的放矢。搞翻译有责任也有权利，主观上为了达到目的，为了让外国读者更好理解中国历史文化的本质内涵。翻译也是创造，具体情况具体处理。向国外读者译介中国作品要考虑受众对象。若有些作品的内容外国读者看了没什么兴趣，或与作品最重要的主题脱离，可以翻译也可以不翻译"①。因此，沙博理在翻译时还会对小说中一些不适合对外传播的叙事内容进行删减或省略不译。革命历史题材叙事小说中通常会有血腥暴力场面的战争描述，以彰显小说人物威武不屈的革命英雄主义气概和精神。以《保卫延安》小说的战斗英雄王老虎为例。在《保卫延安》的第五章中，王老虎带领战士执行掩护任务，却不幸遇到敌人，于是展开了惊心动魄的白刃格斗，出现了一些比较血腥、暴力的搏杀描写场面。这本是一种原始的生命本能的强力爆发，同时也是高涨的革命战斗意志的尽情宣泄。然而，重笔渲染的暴力叙事会弱化"红色小说的叙事目标——崇高"②，而且有可能会有损革命英雄人物的高大形象，违背国家翻译实践对外译介革命历史小说的初衷，

① 洪捷：《五十年心血译中国——翻译大家沙博理先生访谈录》，载《中国翻译》2012 年第 4 期，第 63 页。

② 海力洪：《暴力叙事的合法性》，载《南方文坛》2005 年第 3 期，第 21 – 22 页。

因此译者需要对其删减或者净化，使其更适合新中国对外宣传的目的。

【原文】［王老虎］头不动，眼睛左右一扫，想："老子再放倒他两个！"胳膊上用足力气，握紧枪，用力拨过一个敌人的刀锋，反手一刺，刺中了那个敌人的咽喉；别的敌人一愣，他又回手刺倒另一个；第三个敌人招架了几下，也叫他一刀戳死在地上。他朝前蹦了几步，对准另一个敌人刺去，那敌人往后一退，仰面朝天跌倒在地，王老虎双手攥紧枪，刀尖朝下，猛扎下去，刺刀穿过敌人的肚子深深地插到地里面去了。他抢前一步，一只脚踏在敌人胸膛上，用力拔刺刀，不凑巧，刺刀脱离了枪！猛不防，他身后又扑上来一个身材高大的敌人，端着刺刀照他后心刺来。王老虎连忙侧身一躲，敌人扑了空。他着了急，把枪倒过来，右手抓住枪梢用力抡起枪，朝敌人脑袋上猛击，打得敌人的脑浆四溅。他连忙从地下摸起掉了的刺刀安在枪上。这时光迎面扑来一帮敌人；一个敌人端着刺刀，跑在前头。王老虎猛地扑过去，迅速地向为首的敌人胸脯虚刺一刀，敌人空拨了一下，不等敌人收枪，他猛地一个突刺，刺进敌人肚子。另一个敌人刚斜转身子，王老虎鲜红的刺刀又刺进那个敌人的左臂。其他的敌人慌乱地跑散了。[1]

【译文】He never moved his head but his eyes darted from left to right. Sweeping aside an enemy soldiers' bayonet, he plunged his blade into the man's neck. While the others

① 杜鹏程：《保卫延安》，北京：人民文学出版社 1956 年第 2 版，第 238－239 页。

stood petrified at his sudden move, he ran a second man through. ①

【原文】"我要起来！我要起来！"王老虎呼唤自己的力量。他浑身酥软，眼里冒火星。他紧咬牙，正要往起爬，突然从塄坎上跳下一个敌人。这个敌人不偏不倚地跳在王老虎身上。王老虎鼓起全身气力一翻身，用膝盖顶住那家伙的胸脯，腾出手来，狠狠地把两个指头戳进敌人的眼睛，那敌人像被杀的猪一样尖叫。王老虎死死地用双手掐住敌人的脖子，一直把那家伙掐得冰冷死硬。②

【译文】I've got to get up, thought Tiger. He was weak; there seemed to be stars floating before his eyes. Gritting his teeth, he tried to drag himself erect. Just then, an enemy soldier leaped from the mound on to his back. With a mighty wrench, Tiger twisted around and got his knees against the fellow's chest. Grasping the enemy's neck with both hands, Tiger choked the life out of him. ③

王老虎对于党的事业和人民群众无比忠诚；他平常寡言少语，性格比较内向腼腆，对连队的战士体贴入微，就像慈祥的父兄一样。但是，他对敌人却是横眉冷对、残酷无情，

① Du Pengcheng, *Defend Yenan*, trans. by Sidney Shapiro. Peking: Foreign Languages Press, 1958, p. 226.

② 杜鹏程：《保卫延安》，北京：人民文学出版社 1956 年第 2 版，第 239 – 240 页。

③ Du Pengcheng, *Defend Yenan*, trans. by Sidney Shapiro. Peking: Foreign Languages Press, 1958, pp. 226 – 227.

在战场上十分英勇，作战时犹如猛虎一般。在《保卫延安》的英译本中，沙博理将一些比较暴力的革命叙事描写都删减了，例如，王老虎“狠狠地把两个指头戳进敌人的眼睛，那敌人像被杀的猪一样尖叫”等。通过文本素材的选择性采用，英译者把这些革命暴力叙事基本过滤干净，简洁描述血腥场面，但又兼顾文化语境重构翻译叙事，尽量如实传达小说原作的精神实质，以便达到“净化”原文叙事的效果，使得译本符合对外宣传的要求。作为国家翻译机构的制度化译者，沙博理遵循主流意识形态的规范，在文学翻译中删减一些不适合对外传播的内容，这也是“一种文化自我过滤的行为，避免与主流意识形态不符的内容流传出去”①。

【原文】他们顺一条端南正北的大路朝南摸去，边走边爬，生怕弄出响声。突然，“啪嚓”一声，马全有摔了一跤。

周大勇脑子还没转过圈，就把腰里的驳壳枪抽出来了。

马长胜踢了马全有一脚，骂：“热闹处卖母猪，尽干些败兴事!”

马全有蹲在地下，低声骂：“哼，好臭！这些婊子养的国民党队伍，就在阳关大道上拉屎!”

周大勇脑筋一转，心里闪亮。他让马长胜、马全有再往前摸，看是不是还有屎。

马全有说：“嗨呀呀，这才是！要再摸两手稀屎，

① 倪秀华：《翻译新中国：〈中国文学〉英译中国文学考察(1951—1966)》，载《天津外国语学院学报》2013年第5期，第39页。

才算倒了八辈子霉!”

马长胜在马全有脊背上捣了一拳，瓮声瓮气地说：“摸！连长心里有谱儿。”

他们向前摸去，通向村子的路上都是牛、毛驴和骆驼拉的粪。

周大勇躺在路边的塄坎下，一声不吭。他折了一根小草用牙齿嚼着，仔细盘算。

马全有抓了把土在手里搓着，连长这股磨蹭劲，让他急躁。马长胜知道连长在思量事情，就不吱声地又向前摸去，想再找点别的“征候”。他这人表面上看是个粗人，可是素来心细。他摸到一块石头一根柴棒，脑子也要拧住它转几个圈。

周大勇筹思：这季节，牲口都吃的青草拉的稀粪，这稀粪定是今天下午拉的。天气挺热，要是牲口在中午拉的粪，早就干咯。下午打这里过去了很多牛、毛驴、骆驼。这是老乡运货的牲口？兵荒马乱的，老乡们会吆好多牲口赶路？也许，敌人强迫老乡们运粮；也许，前头这村子就是敌人的粮站？“是粮站就收拾它！”他心里这样说。打击敌人的想法，强有力地吸引他，使他兴奋、激动。①

【译文】The three men followed a highway directly south. They alternately walked and crept forward softly.

Stealing closer to the village, they found the road sprinkled with grain. Ta-yung halted at the foot of a bluff near the road. He pondered silently, a blade of grass in his

① 杜鹏程：《保卫延安》，北京：人民文学出版社 1956 年第 2 版，第 249-250 页。

teeth. Chang-sheng didn't want to interrupt his commander's thoughts, and he continued to creep forward. In spite of his rough exterior, Chang-sheng had a keen mind. He analyzed every stick and stone encountered in his path.

Why so much grain on the highway? Ta-yung wondered. Could there be an enemy grain station in the village? If there is, we'll destroy it! He was obsessed with the idea striking the enemy. The prospect excited him, stimulated him. ①

在第五章中，周大勇率领战士们掩护部队从榆林安全撤退，却不幸陷入了敌人的重重包围之中，与主力部队失去了联系。尽管敌众我寡，但是周大勇凭借无比的机智和沉着冷静指挥战士们与敌人巧妙周旋，浴血奋斗，最终冲出重围。在突围的过程中，周大勇在无意之中发现了敌人的粮站，最后率领战士们突袭了这个粮站。小说原文中对周大勇和战士们如何通过牲口的新鲜粪便意外发现敌人的粮站进行细致入微的描写。但是，为了避免引起读者的不适，沙博理在英译本中有意识地把这一片段中涉及牲口粪便的文字描写都省略不译了，还有马全有的摔跤、马长胜和马全有的对话等，甚至周大勇内心的心理活动全部都被大幅度删减了。沙博理对原文小说的叙事进行了大幅度的删减，对英译本的叙事内容进行了“净化”的处理，增强了小说故事的文学性，更符合西方读者的阅读兴趣和接受习惯。

① Du Pengcheng, *Defend Yenan*, trans. by Sidney Shapiro. Peking: Foreign Languages Press, 1958, pp. 235 – 236.

3. 翻译中的人物事件再定位

根据贝克的翻译叙事学，关联性（relationality）作为叙事的特征之一，涉及到交互活动参与者的自我定位、参与者相互之间以及与该事件局外人之间的定位关系。这些位置关系发生任何改变，必然引起当前叙事和上一级叙事动力格局的变化。因此，人物事件再定位的建构策略指翻译活动的参与者之间以及他们和读者或听众之间的位置关系，可以通过灵活运用表示时间、空间、指示、方言、语域、特征词以及各种识别自我和他人的语言手段来加以改变。这种再定位体现在两个层面：副文本中的重新定位和文本内重新定位。通过引言、序、脚注和词汇表之类的副文本，或是对文本内的语言参数进行微妙调整，译者均可以对原著中的人物事件进行重新定位，进而参与叙事建构①。

《保卫延安》小说的中文版中除了目录后出现的一张陕甘宁边区地图之外，文中并没有插图等副文本内容。然而，小说的英译版采用了副文本中的重新定位，不仅在英文目录前面出现了一张英文版的陕甘宁边区地图，而且还在第二、三、四、五、六章的小说文本内插入了六张与小说叙事相关的图画，分别描绘了如下场面：彭德怀将军与老百姓的三个小娃娃亲切地交谈；炊事班长孙全厚给正在睡觉的战士们送水；周大勇与战士们发现通信员中弹牺牲；战士们在沙家店战役中奋不顾身，英勇杀敌；解放军战士与敌人拼杀到弹尽粮绝，宁愿跳下悬崖，也永不屈服；周大勇与游击队长李玉山胜利重逢。毋庸置疑，这些插图对西方读者来说是直观了

---

① ［英］Mona Baker：《翻译与冲突：叙事性阐释》，赵文静主译，北京：北京大学出版社2011年版，第202页。

解和认识中国的有效视觉手段，有利于在小说与西方读者之间建构起共同的叙事想象空间，增加了小说叙事内容的趣味性，进而提升西方读者对小说叙事的接受与认同。虽然《保卫延安》的英文译本没有使用引言、序、脚注和词汇表之类的副文本，却通过插入多幅生动的图片，改变了翻译活动的参与者之间以及他们和英文读者之间的位置关系，对原著中的人物事件进行了重新定位，进而参与了小说叙事的建构。在《保卫延安》英译本中，这些副文本的使用在一定程度上介入了英文读者和原文叙事所涉人群之间关系的定位，同时也积极参与了新中国革命叙事的建构。

三、翻译与形象：《保卫延安》英译本中的革命英雄形象重塑

近年来，形象学视角（imagological approach）已逐渐成为翻译研究领域的重要发展方向之一[①]。越来越多的国内外翻译学者借鉴形象学的理论方法和视角开展翻译研究，对翻译中的“自我”和“他者”形象塑造问题进行深入探讨。因此，本节拟采用形象学的视角对《保卫延安》英译本中的革命英雄形象重塑与再现进行深入的研究，揭示文学翻译在民族国家的自我形象重构过程中所扮演的重要角色及其影响。

关于文艺作品中的人物形象塑造，毛泽东在延安文艺座谈会上曾指出：“文艺作品中所反映出来的生活却可以而且应该比普通的实际生活更高，更强烈，更有集中性，更典

① L. van Doorslaer, P. Flynn, and J. Leerssen, *Interconnecting Translation Studies and Imagology*. Amsterdam & Philadelphia: John Benjamins Publishing Company, 2016, p. 2.

型，更理想，因此就更带普遍性。革命的文艺，应当根据实际生活创造出各种各样的人物来，帮助群众推动历史的前进。”① 在毛泽东文艺思想的指导下，周扬在第一次文代会上指出：

> 我们是处在这样一个充满了斗争和行动的时代，我们亲眼看见了人民中的各种英雄模范人物，他们是如此平凡，而又如此伟大，他们正凭着自己的血和汗英勇地勤恳地创造着历史的奇迹。对于他们，这些世界历史的真正主人，我们除了以全副的热情去歌颂去表扬之外，还能有什么别的表示呢？即使我们仅仅描画了他们的轮廓，甚至不完全的轮廓，也将比让他们湮没无闻，不留片鳞半爪，要少受历史的责备。②

新中国成立后，第二次文代会正式确立了“表现新的人物和新的思想”为当时“文艺创作最重要的、最中心的任务”。周扬在大会上明确表示：“文艺作品之所以需要创造正面的英雄人物，是为了以这种人物去做人民的榜样，以这种积极的、先进的力量去和一切阻碍社会前进的反动的和落后的事物作斗争”③。因此，通过革命历史叙事来重构现代民族国家的历史记忆，塑造革命英雄形象成为文学创作的主要

---

① 毛泽东：《在延安文艺座谈会上的讲话》，载《毛泽东选集》（第三卷），北京：人民出版社 1991 年版，第 861 页。

② 周扬：《新的人民的文艺》，载《周扬文集》（第一卷），北京：人民文学出版社 1984 年版，第 516 页。

③ 周扬：《为创造更多的优秀的文学艺术作品而奋斗》，载《周扬文集》（第二卷），北京：人民文学出版社 1985 年版，第 251 页。

任务和基本特征。冯牧、黄昭彦在总结新中国成立后十年来长篇小说的成就时曾指出："我们的长篇小说最突出的特色，是反映了伟大的时代精神和鲜明的时代特点，描绘出时代生活广阔而丰富多彩的画面，创造了体现时代精神的人物形象"①，而"这些人物形象，无论在思想上和艺术上，都远远超过解放前一般作品所达到的成就。在这个基础上，又产生了具有典型意义的新英雄人物的光辉形象"②。

20 世纪 50—60 年代，反映新中国成立前抗日战争和人民解放战争的革命历史题材小说成为中国当代文学的主流之一。《保卫延安》《红日》《红旗谱》等长篇小说都是直接反映革命战争年代由中国共产党领导的军事斗争和政治斗争生活，塑造了一批革命英雄形象。这些革命历史长篇小说以爱国主义、英雄主义、集体主义为叙事的意义指归，强调通过对革命历史的讲述达到教育人民和鼓舞人民的目的。具有坚定的革命信念与坚强的革命意志的英雄形象是这些作品着力刻画的中心人物，而革命浪漫主义与革命乐观主义则是这些作品共有的叙事基调与精神风貌③。这些作品用史诗一般的语言追忆着旧中国是如何在战火纷飞中一路艰辛、步履蹒跚地走向新生的历程，基本上都是以宏大叙事来再现革命斗争的历史，成为中国现当代民族国家叙事不可或缺的一部分，

---

① 冯牧、黄昭彦：《新时代生活的画卷——略谈新中国成立十年来长篇小说的丰收》，载牛运清主编：《长篇小说研究专集》（上），济南：山东大学出版社 1990 年版，第 3 - 4 页。

② 冯牧、黄昭彦：《新时代生活的画卷——略谈新中国成立十年来长篇小说的丰收》，载牛运清主编：《长篇小说研究专集》（上），济南：山东大学出版社 1990 年版，第 13 页。

③ 郭剑敏：《当代红色叙事作品中的中国革命历史形象》，载《理论与创作》2011 年第 3 期，第 23 页。

开启了对“新中国”形象塑造的新浪潮。

《保卫延安》是以革命英雄人物形象为核心的一曲英雄主义赞歌，是对革命英雄人物所创造的丰功伟绩的深情缅怀和崇敬。“激昂高亢的英雄主义，是小说贯穿始终的情绪。”[①] 这部革命历史长篇小说从英雄主义的审美原则出发，成功塑造了一系列光辉的英雄人物形象，包括刚直爽快的旅长陈兴允、舍生忘死的团参谋长卫毅、认真严肃的团政委李诚、英勇善战的英雄连长周大勇、淳朴忠厚的战斗英雄王老虎、大义凛然的战士马全有、性情刚烈的战士李江国，以及兢兢业业、默默无闻的炊事员孙全厚等。“这些近于完美的英雄形象并不是靠空洞的赞美词树立起来的，而是通过战争的惨烈、环境的残酷、生死的考验，用力刻画出英雄人物摧枯拉朽、九死一生的传奇色彩”[②]。通过对这些英雄人物栩栩如生的描写，《保卫延安》生动地体现了我军广大指战员对共产主义崇高理想的不懈追求，对党和人民事业的无限忠诚，对祖国和人民的深切热爱，和不怕流血牺牲的革命英雄主义气概。冯雪峰在《论〈保卫延安〉》一文中指出，“他所描写出来的人物的性格，都是深刻的、丰满的、生动的”[③]，“这部作品确实成功地、辉煌地创造了像周大勇、王老虎、李诚、卫毅等这样的人民英雄的典型。关于彭德怀将军的这一幅虽然还不够充分，然而已经传达了人物的真实精

---

① 孟繁华、程光炜：《中国当代文学发展史》（修订版），北京：北京大学出版社2011年版，第101页。

② 陈思和：《中国当代文学史教程》，上海：复旦大学出版社1999年版，第59页。

③ 冯雪峰：《论〈保卫延安〉》，载杜鹏程：《保卫延安》，北京：人民文学出版社1956年第2版，第7页。

神的生动的肖像画，是我们文学上一个重要的成就”[1]。在1960年7月召开的第三次文代会上，时任国家文化部部长茅盾在题为《反映社会主义跃进的时代，推动社会主义时代的跃进》的报告中，对《保卫延安》的人物塑造也给予了高度的评价：“他的作品中的人物好像是用巨斧砍出来的，粗犷而雄壮；他把人物放在矛盾的尖端，构成了紧张热烈的气氛，笔力颇为挺拔。”[2]《保卫延安》充分展现了革命战争文学的英雄美学特征，成为“十七年文学”中最为光彩夺目的长篇小说之一。

塑造英雄人物形象是新中国革命历史题材小说创作的原始动机和诉求。杜鹏程曾说：“这一场艰苦卓绝的斗争以及无数英雄人物所表现的自我牺牲精神，给予我的教育是永世难忘的。因而，部队抵达祖国边陲，还在硝烟弥漫中继续追缴残敌时，我便着手来写这部作品了。……我，焦灼不安，苦苦思索，终于下了决心：要在这个基础上重新搞；一定要写出一部对得起死者和生者的艺术作品。要在其中记载：战士们在旧世界的苦难和创立新时代的英雄气概，以及他们动天地泣鬼神的丰功伟绩。…… 我想，塑造为人民造福、使大地生辉的一代英雄的形象，不正是革命文艺工作者的起码的职责吗?”[3] 在《解放军文艺》的创刊号上，陈荒煤在

---

① 冯雪峰：《论〈保卫延安〉》，载杜鹏程：《保卫延安》，北京：人民文学出版社1956年第2版，第8页。

② 茅盾：《略论杜鹏程的风格》，载陈纾、余水清编：《中国当代文学研究资料·杜鹏程研究专集》，福州：福建人民出版社1983年版，第121页。

③ 杜鹏程：《重印后记》，载《保卫延安》，北京：人民文学出版社1956年第2版，第431－436页。

《创造伟大的人民解放军英雄典型》一文中明确指出："在中国人民解放军完成其伟大的胜利时，无数英勇的指战员以其惊天动地的战绩，完成了作为一个革命战士的优秀品质的光辉的表现。这也是新中国艺术形象工作中从所未有的新英雄主义的典型。…… 文艺如果能很好地表现了我们部队的新英雄主义，就是集中反映了部队的本质。…… 新的革命的英雄，在文艺作品中，现在与将来都应该是主人翁；因为他们是作为一个新生的、强大的、革命的阶级的代表出现在作品里的，他们代表着一股不可阻止的、前进的力量，是创造历史的主人翁"[①]。

周大勇是《保卫延安》小说作品的主人公，也是作者浓墨重彩塑造的革命英雄人物形象之一。他是一个"浑身汗毛孔里都渗透着忠诚"的人，对党、对人民具有无限的忠诚。当党中央撤出延安时，他十分伤心难过并发誓一定要收复革命圣地。他对人民充满了热爱和同情，当看到群众倒在血泊中时，他内心感到急剧的痛苦和愤怒。他在战斗中奋不顾身，英勇杀敌，总是主动请求最危险、最艰巨的任务。在青化砭战役中，他冲锋陷阵，将个人生死置之度外；在蟠龙镇战役中，他出色地完成了诱击敌人的任务；在榆林，他掩护主力部队撤退，陷入敌军重重包围中，他凭借无比的机智和沉着冷静率领战士冲出重围；在沙家店战役中，他带领战士潜入被包围的数万敌军之中，插进敌人的心脏，对敌人进行分割和阻击；在九里山，他率领三个连战士与数万敌军周旋，击退敌人的轮番进攻。"哪里打得激烈，哪里就能听到他威严、坚定的喊声。他充满感情的声音，像闪电一样划过

① 陈荒煤：《创造伟大的人民解放军的英雄典型》，载《解放军文艺》1951 年第 1 卷第 1 期。

夜空，振奋着战士们。哪里打得激烈，哪里就看到他矫健的身影。有时候他被烟火吞没了，眨眼，他又出现了，连战士们也觉得自己的连长有点神奇！”① 随着延安保卫战的进程，周大勇这个革命英雄人物的形象也越来越鲜明丰满。在整部小说作品中，周大勇带领他的连队总是战斗在最前线，始终置身于敌众我寡的紧张激烈战斗之中。周大勇是在无数艰苦卓绝的残酷战斗和生死考验中千锤百炼出来的人民英雄。通过一系列战斗和细节描写，作者把周大勇的英雄性格塑造得真实感人而又可歌可泣，成为千百万人民解放军战士光辉品质的真实写照。

正如冯雪峰在《论〈保卫延安〉》中所说：“在周大勇身上，普通的然而英勇非凡的战士的特色尤其鲜明，他是我们人民战士的一个典型。他的性格的成长，体现着一个普通的勇敢的战士怎样成为一个英雄和出色的指挥员的成长，而尤其体现着一个普通人怎样成为一个不能摧毁的坚强的革命战士的成长。周大勇成长的具体历史，反映着人民革命的一长段艰苦斗争的历史。”② 周大勇出身在一个贫苦的家庭，从小受到地主的压迫无法生活。在他“一支马枪高”的时候，跟着工农红军经过两万五千里长征来到了陕北，当过机枪手、武工队长，是战斗英雄，被称为“年轻的老革命”。在小说的第五章“长城线上”，周大勇带领连队完成掩护任务之后，却与主力部队失去了联系，在途中不幸遭遇敌军三十六师，陷入了重重的包围之中，与敌人展开了无比激烈的

① 杜鹏程：《保卫延安》，北京：人民文学出版社 1956 年第 2 版，第 229 页。

② 冯雪峰：《论〈保卫延安〉》，载杜鹏程：《保卫延安》，北京：人民文学出版社 1956 年第 2 版，第 14 – 15 页。

战斗。面对数倍于己的敌人，周大勇率领战士孤军奋战，转战于敌人腹地，先后经历了沙包突围、村庄苦斗、固守山洞、突袭粮站等惊心动魄的斗争。这一章的多个精彩片段描写使周大勇英勇顽强、多谋善断的革命英雄人物形象和气概得到了充分的表现。例如：

【原文】周大勇站在阵地前沿跟战士们并肩射击。他身上涌起狂潮般的力量，脸像锅底一样黑，眼睛喷火，满身泥土。枪弹在他头上嗖嗖地飞过，他连头也不低。他的耳朵让炮弹震得轰响，听不清子弹叫。猛地，五六颗重炮弹落在围墙边爆炸了，墙被打倒，气浪把周大勇掀在一边。他被深深地埋在土中，可是他从土中钻出来一跃而起，喊："同志们，共产党员们，坚持打呀！"

战士直起身子投弹，有的跳出工事端着轻机枪向敌人扫射。

"寸步不退！杀死敌人！"周大勇的一切情绪、想法，都紧紧地凝结在这一点上，危险的感觉，完全消失了。①

【译文】Ta-yung stood in the front line with his fighters. His face was as black as the bottom of a pot, his body was covered with mud. Bullets whistled by very close; he never even lowered his head. His ears were ringing so with exploding shells, he couldn't hear the bullets. Suddenly, five or six heavy shells struck a section of the village wall and blew it

① 杜鹏程：《保卫延安》，北京：人民文学出版社 1956 年第 2 版，第 225 页。

over, the blast flinging Ta-yung down and burying him in the earth. A moment later, he climbed out.

"Comrades! Communists!" he shouted. "Hit 'em hard!"

Fighters stood up and threw their hand grenades. Some leaped out of the trenches with tommy-guns spitting at the enemy.

"Don't give an inch! Wipe 'em out!" Every one of Ta-yung 's thoughts and emotions was centered on this one point. Any consciousness of danger had been swept away. ①

在坚守村庄的战斗中，周大勇在敌机的疯狂扫射、炮弹的猛烈轰炸、子弹的密集射击中依然坚持站在阵地前沿跟战士们并肩射击，指挥战斗。除了省略“他身上涌起狂潮般的力量”“眼睛喷火”等一些句子，沙博理基本按照小说原文进行翻译，真实地再现了英雄连长周大勇沉着冷静、忠诚质朴的性格，顽强刚毅、不屈不饶的战斗精神，以及他机智灵活、英勇善战的指挥才能，英译文忠实地重构了具有典型意义的革命英雄人物的光辉形象。当周大勇带领战士冲破敌人的重围，终于回到部队见到旅首长的时候，小说写道，

【原文】陈旅长和旅政治委员从头到脚打量周大勇，像是第一次看见他。

周大勇头上缠着绷带，脸又黑又瘦，两腮陷落，眼窝、鼻眼里尽是沙土，让火燎过的黑眉毛变成黄的了，

① Du Pengcheng, *Defend Yenan*, trans. by Sidney Shapiro. Peking: Foreign Languages Press, 1958, p. 216.

眼睛倒是显得更大了。他身上的衣服花里胡哨的，有泥巴有血迹，有火烧的洞，有子弹穿的孔。衣袖打肘子往下都被火烧去了；裤子从膝盖以下撕破几绽。那光脚丫子有血有泥又肿，看起来格外厚、大。

他直挺梆硬地站在首长们面前，微微抖动嘴唇，想说什么，可是那干燥发肿的嘴唇不听使唤。

陈旅长和旅政治委员互相望了望，默默不语。

变了！大变了！可是周大勇那双眼睛还闪着无穷无尽的顽强的光。它像是在说，残酷的战斗并没有熄灭青年的英气；也像在说，艰难和痛苦并不能折服为理想而斗争的人。①

【译文】When Ta-yung entered, Chen and the commissar looked Ta-yung over from head to foot, as if seeing him for the first time.

Ta-yung's head was swathed in bandages, his cheeks were sunken in his thin, dirty face. Sand filled his nostrils and the corners of his eyes. His eyebrows had been singed yellow, making his eyes look enormous. His uniform, spattered with blood and mud, was pitted with powder burns; one sleeve had been burned off to the elbow. His trousers, from the knees down, were in shreds. His feet, bloody and swollen, looked grotesquely large.

But he stood before them like a rock. His lips moved as if he wanted to speak, but they were so dry and swollen that it was difficult for him to make any intelligible sound.

---

① 杜鹏程：《保卫延安》，北京：人民文学出版社 1956 年第 2 版，第 314 页。

The commissar and Chen exchanged a silent glance.

He had changed, changed tremendously. But his eyes retained their old stubborn gleam. ①

上例中的小说人物描写生动地刻画了周大勇带领战士从长城线上的突围战归来的光辉形象。在纷飞的烈火中，周大勇身负重伤，依然坚持指挥战斗，经过多次艰苦卓绝的激烈战斗，最终率领战士冲出敌人的重重包围，追赶上了主力部队，重新归队。对于周大勇的英雄形象塑造，冯雪峰认为“这是真正的人民战士和英雄，是千锤百炼出来的英雄，而不是仅仅立了一两次功的英雄；这样的英雄，只要在内心上不失去和人民、和党、和自己部队的联系，不失去信仰力，是无论放到什么地方去都不会被毁灭的”②。沙博理在英译文中也栩栩如生地再现了周大勇的英雄性格本色。例如，“他直挺梆硬地站在首长们面前，微微抖动嘴唇，想说什么，可是那干燥发肿的嘴唇不听使唤”这一句，沙博理把“直挺梆硬地”这个词组转译为“like a rock”（像一块岩石），采用比喻修辞手法生动地再现了周大勇这位革命英雄人物的挺直军姿和钢铁意志。译者还采用增译法，把“可是那干燥发肿的嘴唇不听使唤”译为“but they were so dry and swollen it was difficult for him to make any intelligible sound”，在英译文中添加了“make any intelligible sound”（发出任何可以理解的声音）。当代形象学强调形象作为一个“社会文化构建”

① Du Pengcheng, *Defend Yenan*, trans. by Sidney Shapiro. Peking: Foreign Languages Press, 1958, p. 300.

② 冯雪峰：《论〈保卫延安〉》，载杜鹏程：《保卫延安》，北京：人民文学出版社 1956 年第 2 版，第 15 页。

的本质特征，形象或身份的建构本质是形象研究的核心[①]。沙博理通过灵活地综合运用多种翻译方法，在英译文中成功地重构了周大勇这位忠诚质朴、英勇善战的英雄连长形象，生动地体现了人民解放军指战员对祖国和人民的深切热爱，对敌人的无比仇恨，为新中国的建立而奋不顾身、视死如归的革命英雄主义气概和永不屈服的顽强战斗精神。

在小说的第六章中，旅长陈兴允曾说，“我们的战士把自己的全部生命、青春、血汗，都交给了人民事业。他们即使去赴汤蹈火粉身碎骨，也积极主动毫无怨言。一个人，望着他们就不知道什么叫艰难畏惧。一个人比比他们，就觉得自己贡献太少，就觉得自己站在任何岗位上都不应该有什么不满意”，“人面对他们，还有什么个人打算，那会羞愧而死”![②]《保卫延安》在小说叙事中注意突显解放军战士在战争中的重要作用。他们对共产主义不懈追求，对党和国家无比忠诚，对人民群众真挚关爱，对敌人满腔仇恨，拥有宁死不屈的英雄气概和永不熄灭的战斗热情。一班长王老虎是一个血肉丰满、个性鲜明的战士英雄形象。在蟠龙镇战役中，王老虎第一个冲上积玉峁，活捉敌军旅长，成为闻名陕甘宁边区的战斗英雄。他平时不善言辞、做事黏糊，但是在战斗中却动作利索、灵活敏捷；日常对战友关心爱护，体贴入微，对敌人却是横眉冷对，英勇无畏。以下是《保卫延安》

---

① J. Leerssen, “Imagology: History and Method”, in M. Beller and J. Leerssen (eds.), *Imagology: The Cultural Construction and Literary Representation of National Characters — A Critical Survey*. Amsterdam and New York: Rodopi, 2007, p. 24.

② 杜鹏程：《保卫延安》，北京：人民文学出版社1956年第2版，第321页。

小说描写王老虎在长城线上的突围战中与敌人白刃格斗的精彩片段：

【原文】王老虎平时黏糊糊稳晏晏的，看来不灵巧，可是现在他的任何一个动作都是敏捷而利索的。

他像一阵旋风似的，一口气捅死了两个敌人。突然，他像受到什么打击，倒在地上。他知道自己是负伤了，但是哪里负了伤，现在还感觉不出来，也不愿意去想它。他爬起来，跪在地上扔出最后四颗手榴弹。他鼓起全身力气，端着刺刀，趁着烟雾，左冲右杀。英雄的神勇吓昏了贪生怕死的敌人。

趁着不断升起的照明弹的光亮，王老虎扑到一挺吐着火舌的机关枪眼前，两个敌人机枪射手扔下机枪正要扭头逃走，他一脚踢开机抢反手刺死一个敌人，用枪托又打倒另一个敌人。敌人指挥官用枪逼着正在乱跑的士兵包围过来。王老虎独自个被十几个敌人裹住了。他的手榴弹和子弹都打完了，敌人十几把刺刀对准他，围成一个圈子。王老虎端着刺刀左右旋转，全身的仇恨全身的紧张，都集中在刺刀尖上。敌人恐怖地盯着他。他们有的是刺刀、手榴弹、子弹，但不能施展：刺刀不敢逼近，打枪又怕打中他们的人。王老虎刀尖指向哪里，哪里敌人便慌忙往后躲闪。敌人的指挥官喊叫着，朝天空放枪，威胁士兵，但是不生效。王老虎一直这样和敌人僵持了四五分钟。

在这四五分钟当中，王老虎左腿弓起，右腿蹬直，两手紧握住枪，胳肢窝紧紧地钳着枪托，像一个铁铸的人。一闪一闪的光亮，照着他铁一样沉着的脸相和炯炯的眼睛。

在这四五分钟当中，王老虎的生命力量发挥到最高度。他心头闪过了一种向来没有察觉到的感情：蔑视一切的骄傲。在前，自个儿没有当英雄的时候，口里不说，心里在鼓劲，还常常把想当英雄的想法带到梦里。待当了英雄，满身都是荣誉，可是跟别的英雄一比，自己简直算不了什么；在那伟大的集体行列中，自己也只是一小点，不比谁高一头也不比谁宽一膀。可是，目下，敌人和他面对面，用十几把刺刀对准他的胸脯时，过去那一件件的立功事迹都变成了最了不得的事。他有生以来第一次觉着，自己是个英雄是条好汉，像是比周围的敌人高大十倍。①

【译文】Ordinarily, Tiger gave the impression of being stolid and rather clumsy. But now his movements were sharply agile. Like a whirlwind, he killed two of the enemy in an instant. Then something hit him, and he fell. He knew he was wounded but he didn't know where, nor did he care. Rising to a kneeling position, he threw his last four grenades. Then, mustering all his strength, he stood up and plunged into the smoke, slashing left and right with his bayonet, boldly lunging at the enemy.

His wild dash carried him up to a flame-spitting machine-gun, terrifying the two enemy soldiers manning the gun so that they turned to flee. With one kick he knocked the gun over, dispatched one man with his bayonet, brought the other one down with his rifle butt. Threatening his

① 杜鹏程：《保卫延安》，北京：人民文学出版社 1956 年第 2 版，第 237－238 页。

frightened soldiers with a revolver, an enemy officer herded a dozen of them to surround Tiger. The PLA man had no more grenades or bullets. He faced a circle of bayonet points. With all the hatred that was in him, he whirled around, stabbed and hacked savagely. The enemy soldiers were afraid to come too close. They didn't dare shoot or use their grenades for fear of hitting one of their own men; any soldier Tiger pointed his bayonet at hastily drew back. The officer swore and fired his pistol into the air, but to no avail. His men didn't dare to close in. And so Tiger held the enemy at bay, his left leg flexed, his right leg straight, both hands gripping the rifle, its butt beneath his armpit. He stood like a man of iron.

For the first time he felt that he was a hero, a dashing fellow who towered high above the enemy soldiers surrounding him. ①

《保卫延安》小说“着力塑造周大勇、王老虎等无所畏惧的英雄形象，并为英雄们布置了苦战、退却、流血死亡的一系列‘检验’意志的逆境，使小说自始至终处于急促高亢的情绪基调之中”②。在长城线上的突围战中，一班长王老虎率领14个战士承担掩护的重任，与敌人浴血奋战，在枪林弹雨中展开白刃格斗。炮弹和手榴弹不间断的爆炸，把阵

① Du Pengcheng, *Defend Yenan*, trans. by Sidney Shapiro. Peking: Foreign Languages Press, 1958, pp. 225 - 226.

② 洪子诚：《中国当代文学史》（修订版），北京：北京大学出版社2007年第2版，第97页。

地烧成了火海，他和战士就在火海中和敌人拼刺刀。面对敌人的十几把刺刀，他没有丝毫怯弱，如同一尊杀气腾腾的铁狮，捍卫着英雄的荣誉。他傲视群敌，左冲右杀，拼命杀敌，即使身负重伤，仍然坚持战斗，在肉搏战中面对数倍于自己的敌人的时候拼尽了自己最后的一点力气，表现出坚强不屈的革命斗志。正如周大勇所说的，“这是个平时把勇敢装在荷包里，打仗的功夫才拿出来使的人”，王老虎这位从农民成长起来的战斗英雄简直就是敌人的克星，成为“人民战士的伟大典型”。

在原作者的文笔下，“王老虎左腿弓起，右腿蹬直，两手紧握住枪，胳肢窝紧紧地钳着枪托，像一个铁铸的人。一闪一闪的光亮，照着他铁一样沉着的脸相和炯炯的眼睛”。对于这一段战斗英雄王老虎的形象描写，沙博理的英译文是“his left leg flexed, his right leg straight, both hands gripping the rifle, its butt beneath his armpit. He stood like a man of iron.”。若对中英文进行仔细比较，可以发现译者比较忠实地翻译了原文的每一句话，但是他在英译文中却省略了这一段的最后一句“一闪一闪的光亮，照着他铁一样沉着的脸相和炯炯的眼睛”。此外，沙博理还对文本素材进行选择性采用，对王老虎在战斗中的大段心理描写进行压缩处理，但是萃取了小说原文的核心关键句，“他有生以来第一次觉着，自己是个英雄是条好汉，像是比周围的敌人高大十倍”。沙博理将之译为“For the first time he felt that he was a hero, a dashing fellow who towered high above the enemy soldiers surrounding him.”。通过对文本素材的选择性采用，沙博理生动地再现了王老虎这位具有鲜明性格的战斗英雄形象，彰显了人民解放军战士英勇顽强、威武不屈的革命英雄主义气概。

除了周大勇、王老虎等这些贯穿全书的主要英雄人物，《保卫延安》小说还塑造了其他一些次要的英雄人物，虽然着笔不多，却也写得轮廓分明，犹如画家所作的素描，抑或雕塑家所作的雕像。例如，团参谋长卫毅这个人物在小说作品中所占篇幅并不多，但是在决定沙家店战斗胜负及全旅指战员生死的千钧一发的关键时刻，卫毅却表现了突出的革命英雄主义气概和精神。

【原文】卫毅一条腿跪在地上，指挥，投弹，当他喊一声或投出一颗手榴弹的时候，胸脯的伤口就嘟嘟地冒血。他觉得头晕，天转地动，一团团的黑东西在眼前打转。身子不由自主地往上飘。他一只手支在地上，用另一只发抖的手射击。他喊，他觉得自己是用浑身力量在喊，但是这喊声连自己也听不清似的。头晕、飘摇，一切都在眼前消失了……但是他没有倒下。他一条腿跪着，一条腿撑着，两手扶地，头低在胸前，一动也不动。奋战中的侦察员们，觉得卫参谋长是在看自己胸前的什么东西。①

【译文】Resting on one knee, he flung grenades and gave his commands. But with every shout, every move, blood gushed from his chest wound. His head was spinning and black shadows whirled before his eyes. His body felt strangely light. He supported himself with one hand on the ground. With the other hand, although it was weak and trembling, he continued to fire. He tried to shout, but he

① 杜鹏程：《保卫延安》，北京：人民文学出版社 1956 年第 2 版，第 344 页。

couldn't hear the sound of his own voice. Dizzy and light-headed, he saw everything fading away. But even then he didn't fall. He remained kneeling on one knee, both hands propped against the ground, his head resting on his chest, motionless. In the heat of battle, the scouts had the impression that the chief of staff was looking at something on his chest.①

卫毅为阻止敌人进攻，率领战士浴血奋战，绝不后退，在张家坪南山抢夺制高点的战斗中身负重伤英勇牺牲。但他仍然“没有倒下”，仍然保持着战斗的姿势：“他一条腿跪着，一条腿撑着，两手扶地，头低在胸前，一动也不动”。卫毅在战斗中牺牲时的神态，就像一尊凝固的雕像艺术品，象征着英雄的忠诚、勇敢与坚强不屈，烙入人们的记忆，震撼着人们的灵魂。沙博理的英译文比较忠实于小说原文的精神和风格，在翻译中没有改变或增减原文的意思与事实，成功地重构了人民解放军指战员英勇无畏、舍生忘死的光辉形象。

此外，《保卫延安》还成功地刻画了团政治委员李诚这位共产党员的光辉形象，成为体现“党的领导”这一原则的象征性人物代表。冯雪峰在其《论〈保卫延安〉》一文中对李诚的人物形象塑造进行了高度的评价：“这是可以代表中国人民解放军中政治工作干部的艰苦卓绝精神的一个典型人物；是那些真正不知辛苦、不知疲倦地惊人地工作着的政治工作人员的一个生动的灵魂；是一个以特殊材料造成的——

① Du Pengcheng, *Defend Yenan*, trans. by Sidney Shapiro. Peking: Foreign Languages Press, 1958, p. 324.

然而完全可以了解的——真正的共产党员的一幅图影。从这个人物身上，人们能够最深切地了解到为什么党的政治工作是我们部队的生命和胜利的保证，以及怎样地使它成为部队的生活和胜利的保证。”[①]《保卫延安》是新中国红色经典小说中第一部比较集中地塑造我军思想政治工作者的文学作品，因此冯雪峰说李诚这样的英雄人物的出现是这部小说的一个重要成就。作为团政委，李诚对党和人民军队充满了无限的忠诚和热爱。他经常把铺盖搬到连队上去住，跟战士们生活在一块。他关心每个战士的任何一个小问题，甚至关心战士长久没给家里写信的小事情。李诚和他的战士们是一种血肉的关系、生死的感情；他是战士们的首长和教师，同时又是战士们的亲密的同志和朋友。虽然沙博理的翻译对《保卫延安》小说的文本素材进行了一定的提炼和萃取，却在他的英译文中忠实地重构了团政委李诚这位光辉的共产党员形象，歌颂了中国人民在共产党的领导下奋勇抗敌的革命英雄主义气概和精神。

【原文】只要有机会，李诚总愿意把铺盖搬到连队上去住。因为他跟战士生活在一块，就明显地感觉到他们的智慧、想法、要求、愿望，向他脑子里流来。这各种向他脑子涌流来的东西是复杂紊乱的，可是这一切很快就在他脑子里起了变化，有了条理。有时候，李诚装了满脑子问题一时抓不住要领，可是干部或战士的某一句话给他提起了头，一切立刻都明确了；事物的内涵或单纯的本质，也都立刻清楚地显示出来了。这当儿，他

① 冯雪峰：《论〈保卫延安〉》，载杜鹏程：《保卫延安》，北京：人民文学出版社 1956 年第 2 版，第 17 页。

得到别人意想不到的愉快。这种心情，让他工作精力更加充沛。[1]

【译文】Whenever he had the chance, Li Cheng liked to bring his bedding and spend the night in one of the companies; for it was when he was living together with the men that he could most clearly feel their intelligence and ideas, their demands and hopes, flowing into his brain. He could sort through these jumbled impressions and quickly put them in order. At times, when he was beset with problems, one remark from a soldier or junior officer provided the key to the solution of them all, and made him inordinately happy. [2]

人民群众是历史的创造者，是人民军队克敌制胜的基础。共产党解放战争的胜利离不开人民群众的支持。党领导中国革命战争的胜利，就是人民战争的胜利。毛泽东在《论持久战》中强调，“战争的伟力之最深厚的根源，存在于民众之中”[3]。在谈及《保卫延安》的创作问题时，杜鹏程也指出，“我想这场战争之所以能取得伟大的胜利，最根本的一条就是陕北军民对毛主席战略思想的正确理解与执行。歌

① 杜鹏程：《保卫延安》，北京：人民文学出版社 1956 年第 2 版，第 126 页。

② Du Pengcheng, *Defend Yenan*, trans. by Sidney Shapiro. Peking: Foreign Languages Press, 1958, p. 139.

③ 毛泽东：《论持久战》，载《毛泽东选集》（第二卷），北京：人民出版社 1991 年版，第 511 页。

颂人民战争思想的光辉胜利就是《保卫延安》的主旋律”①。为了突出和表现这一主旋律，《保卫延安》这部小说不仅塑造了周大勇、王老虎、卫毅等人民解放军各级指战员的革命英雄群像，还栩栩如生地描绘了以李振德老人一家为代表的陕甘宁边区人民英雄形象，深刻地阐明了人民革命战争取得胜利的力量之源是人民群众的支持。李老汉住在延安东川离青化砭南沟口不远的一个小村子里。由于战争即将打响，村子里的老乡们都跑光了。然而，李老汉却镇定自若，“手里提着像短棍子一样的旱烟锅，朝村里走去。他六十来岁，身材高大，肩膀挺宽，方脸上的颧骨很高，长长的眉毛快要盖住那深眼窝了，花白的胡子随风飘动”②。敌人搜索部队进了村，抓住了李老汉和小孙子栓牛，对他们拳打脚踢，逼问八路军和老百姓的去向。面对敌人的威吓，李老汉仍然面不改色，坚强不屈，倒下又爬起来，告诉小孙子栓牛就算是死也要站着死，表现出了革命根据地人民群众那种质朴忠诚、宁死不屈的英雄气质。

【原文】李老汉扶住墙想爬起来，但是两条腿软酥酥的不由自主。他爬起来又倒下去，头昏眼花，天也转地也动。他咬住牙，又强打精神站起来，扶住孩子的肩膀，说：“拴牛，死，也要站起死。拴牛，扶我一把……爷爷是黄土拥到脖子上的人了，旧社会新社会都

---

① 茅盾：《略论杜鹏程的风格》，载陈纾、余水清编：《中国当代文学研究资料·杜鹏程研究专集》，福州：福建人民出版社1983年版，第33页。

② 杜鹏程：《保卫延安》，北京：人民文学出版社1956年第2版，第36－37页。

经过了。拴牛！爷爷活够了！”他颤巍巍地站着。绷着嘴，嘴边一条条的褶纹，像弓弦一样紧；胡子颤动。他那很深的眼窝里射出的两股光是凶猛的，尖利的，冰冷的。站在他面前的几个敌人，在他的眼光威逼下，都不自觉地向后退了半步。①

【译文】Old Li tried to stand but his legs wouldn't support him. His eyes were blurred and his head was spinning. Gritting his teeth, he clutched his grandson's shoulder and put all his effort into trying to rise.

"When a man dies, Shuan Niu, he ought to die on his feet," he rasped. "Help me, Shuan Niu. Grandpa's a man with the yellow earth of the grave on his neck. He's seen the old society and he's seen the new. Shuan Niu, Grandpa's lived long enough."

Shakily, the old man dragged himself to a standing position. Deep lines framed his tightly clamped mouth. His beard trembled. His gaze was fierce, penetrating, icy. He looked so formidable that the enemy soldiers unconsciously fell back half a step. ②

沙博理的英译文真实地再现了李老汉这位英勇无畏、坚韧刚毅的人民英雄形象。作为普通劳苦百姓的一个典型代表，李老汉遭受妻离子散的苦难，与敌人有不共戴天之仇。

① 杜鹏程：《保卫延安》，北京：人民文学出版社1956年第2版，第42页。

② Du Pengcheng, *Defend Yenan*, trans. by Sidney Shapiro. Peking: Foreign Languages Press, 1958, p. 49.

他在青化砭战役中拒绝给敌人带路，抱着小孙子跳下了悬崖。在《保卫延安》小说中，彭德怀将军曾对旅长陈兴允谈到人民战争的优势："陕甘宁边区是个穷地方，但它是我们的铁打江山。这里的一百五十万人民，就是一百五十万战斗员，这个'兵力优势'，敌人永远赶不上。人民群众宁愿掉头，也不给敌人泄露我军的任何情况。他们把自己的一切都献给了革命事业。我们的部队好，不仅觉悟高、作战英勇，而且你在指挥上有漏洞，他们就主动积极地弥补了。这种力量是无法估量的。"[①] 毋庸置疑，人民群众支持的政治优势，与战士们不怕流血牺牲的拼搏精神，是夺取任何一场战争胜利都不可缺少的因素，而延安保卫战取得胜利的关键因素就在这里。沙博理的英译本对李老汉的人物形象及英雄事迹的重塑，不仅生动地再现了延安革命根据地人民的精神风貌，反映了陕甘宁边区军民之间的亲密团结关系，也增添了延安保卫战中的英雄人物群像的丰富性、生动性和形象性。

杜鹏程的革命历史长篇小说《保卫延安》是一部真正的"英雄的史诗"，再现了延安保卫战波澜壮阔的历史画卷，揭示了在中国共产党的领导下革命战争取得胜利的历史必然性。小说塑造了周大勇、王老虎、卫毅、李诚和李振德老人等无产阶级革命者的形象，彰显了共产党人的初心和使命，展现了中华民族的优秀传统和精神风骨。"这样的人，新的革命的英雄的人，无产阶级的战士们，就是生活中新的，生长与强大着、革命的东西；是代表人类光明与崇高理想的人。他们是革命阶级的代表人物，是广大群众学习的榜样，

---

① 杜鹏程：《保卫延安》，北京：人民文学出版社 1956 年第 2 版，第 299 页。

是生活中主导的方向。”[①] 在新中国的革命历史题材小说中，英雄人物具有强烈的象征性，经常表现为革命理想的化身、进步力量的代表。因此，英雄常常成为现代民族国家理想的集中代表者，在一定意义上说，它是现代民族国家的人格化形象[②]。通过对《保卫延安》人物形象的翻译与重构，沙博理的英译本不仅忠实地再现了现代民族国家想象中的英雄主体形象及精神风貌，而且成功地向世界展现了一个全新崛起的现代民族国家形象。

第三节　国家翻译实践视域下《红日》英译本的多维度研究

一、《红日》与巴恩斯的国家翻译实践

继杜鹏程的《保卫延安》之后，吴强创作的革命历史长篇小说《红日》堪称新中国军事文学史上又一座重要的里程碑。“它以 1947 年山东战场的涟水、莱芜、孟良崮三个连贯的战役作为情节的发展主线，体现出作者对战争小说的‘史诗性’的艺术追求，即努力以宏大的结构和全景式的描写展示出战争的独特魅力”[③]。这部史诗性战争小说取材于解放战争初期陈毅、粟裕指挥的华东野战军在山东战场粉碎敌人重点进攻的历史事实，以沈振新率领的一支英雄部队遭遇第

① 陈荒煤：《创造伟大的人民解放军的英雄典型》，载《解放军文艺》1951 年第 1 卷第 1 期。

② 杨厚均：《革命历史图景与民族国家想象：新中国革命历史长篇小说再解读》，武汉：湖北教育出版社 2005 年版，第 133 页。

③ 陈思和：《中国当代文学史教程》，上海：复旦大学出版社 1999 年版，第 61 页。

二次涟水战役失利为开端，再以莱芜大捷过渡，最后浓墨重彩描写孟良崮战役，人民解放军歼灭国民党“王牌军”七十四师，取得振奋人心的战争胜利，显示了共产党领导下的人民革命军队在战争中取得最终胜利的必然性，从而顺理成章地进入了“红色经典”的谱系。“作为一部文学作品，它并不只是写出了一个普通的战场，一支普通的军队，一次普通的战役，而是把这一切方面，一切生活场景以及一切身临其境的人们的思想和行动，都自然而细密地交织在一起，构成了一幅色彩斑斓的历史图卷，生动而真实地反映了我们宏伟卓绝的革命战争史诗当中的壮丽的一章。”① 《红日》这部“气魄宏伟的革命史诗”真实再现了解放战争初期我军由弱到强、由战略防御到战略进攻的历史性转折，体现了解放军无往不利、无坚不摧的革命英雄主义气概和乐观主义精神，以艺术的方式印证了中国共产党领导的革命战争经过了无数的艰难曲折，终将取得最后的胜利。因此，《红日》这部小说不仅是向人民英雄和革命烈士致敬的立体恢宏的画卷，更是向伟大的人民解放战争致敬的碑铭。

1957 年 7 月，《红日》经解放军总政治部文化部审定，正式被列为“解放军文艺丛书”，由中国青年出版社出版发行。自出版以来，《红日》就以高昂的革命热情和崇高的英雄主义精神受到了广大读者的欢迎，被誉为“革命的战歌，英雄的颂歌”②。《红日》先后被译成英、法、俄、日、德等多种外国语言文字在海外出版和发行。《中国文学》英文版

① 冯牧：《革命的战歌，英雄的颂歌——略论〈红日〉的成就及其弱点》，载《文艺报》1958 年第 21 期。

② 冯牧：《革命的战歌，英雄的颂歌——略论〈红日〉的成就及其弱点》，载《文艺报》1958 年第 21 期。

在1960年第7期刊载了吴强的《红日》多个章节的英译文，包括小说的第3、4、5、7、10、11、15、16、17、21章等。1961年1月，外文出版社很快出版了《红日》（*Red Sun*）英文版的单行本，对外首发1万多册。在《红日》英文版的序言中，吴强指出，“如果《红日》的外国读者们能够从《红日》一书对十年前的中国人民解放战争有所了解，并能意识到今天人民中国的光辉气象从何而来，并且多么来之不易，我将会感到无比的快慰”[1]。《红日》的英译者是英国汉学家阿尔奇·巴恩斯（A. C. Barnes）。巴恩斯于1931年出生于英国萨里郡，具有比较高的语言天赋，精通汉语、德语、法语、俄语、拉丁语和希腊语。17岁时，他通过了伦敦大学预科考试，进入伦敦大学亚非学院学习中文，1952年以第一名的成绩毕业。在德国和韩国服役后，他成为一名自由译者。在20世纪50年代末和60年代初期，巴恩斯曾多次应外文出版社的邀请，积极参与新中国的国家翻译实践，向英语世界的读者译介了多部中国现当代文学作品。在1960年，巴恩斯曾经来访过中国一次。自1961年起，他开始任教于英国杜伦大学（University of Durham），用英文讲授中国文学，直到1984年因健康原因提前退休。巴恩斯热爱中国语言文学，退休后曾编写了汉语学习教材《诗歌中的汉语》（*Chinese Through Poetry*: *An Introduction to the Language and Imagery of Traditional Verse*），旨在向英语读者介绍中国传统古典诗歌的语言和意象。2002年，巴恩斯在英国与世长辞。

巴恩斯的中国文学翻译作品涉及诗歌、戏剧和长篇小说等多种体裁，翻译字数累计接近两百万字，文学翻译的成果

---

① Wu Chiang, *Red Sun*, trans. by A. C. Barnes. Peking: Foreign Languages Press, 1961.

较为丰硕，包括：1958 年，巴恩斯与约翰·列斯特（John Lester）合作翻译了郭沫若的诗集《女神》（*The Goddesses*），与王佐良合作翻译了曹禺的话剧《雷雨》（*Thunderstorm*），还独自翻译了叶圣陶创作的长篇小说《倪焕之》（*Schoolmaster Ni Huan-Chih*）；1961 年，巴恩斯翻译了曹禺的话剧《日出》（*Sunrise*），段承滨、杜士俊的话剧《降龙伏虎》（*Taming the Dragon and the Tiger: A Play in Six Scenes*），郭沫若、周扬主编的《红旗歌谣》（*Songs of the Red Flag*），以及吴强的长篇小说《红日》（*Red Sun*）；1962 年，巴恩斯翻译了周而复的长篇小说《上海的早晨》（*Morning in Shanghai*）第一部。其中，他翻译的小说《红日》和《上海的早晨》的章节节选曾发表在《中国文学》的英文版。值得一提的是，巴恩斯所翻译的这些中国文学作品基本都是外文出版社的约稿，翻译完成后也全部由外文出版社负责出版和发行。换言之，作为国家机构的外文出版社是巴恩斯的中国文学翻译作品的背后推手或曰“赞助人”。由于巴恩斯的翻译活动是由外文出版社发起并赞助的翻译实践，因此属于典型的对外型国家翻译实践。所谓对外型国家翻译实践是指“国家为了对外构建政权形象、塑造国家形象，维护国家利益而策划的翻译工程”[①]，对于促进国际交往、维护国家形象、展现民族价值观、提升国家“文化软实力”等具有重要的作用。

在新中国成立初期，外文出版社组织的国家翻译实践在中国文学“走出去”的道路上扮演着重要的角色，是中国文学走向世界的重要推手。在 20 世纪 50 年代末和 60 年代初，

① 任东升、高玉霞：《国家翻译实践初探》，载《中国外语》2015 年第 4 期，第 95 页。

巴恩斯参与的国家翻译实践主要是由外文出版社组织、策划和赞助的。在对外型国家翻译实践中，负责对外宣传的国家机构作为翻译行为策划者、赞助者和监督者，以国家的名义为配合国家行为而组织实施系统性、规划性的对外翻译活动。翻译活动的各个环节均遵守国家对外宣传机构严格的管理制度，如翻译选题、翻译策略的选择，翻译作品的出版和发行等。对外型国家翻译实践下的文本选材是一种以满足国家政治诉求、服务国家对外形象良性建构、维护国家利益为目的的译事选择行为。因此，巴恩斯的翻译选材是受到一定的限制的，其所翻译的中文原作版本均由外文出版社选择和指定，需要尽可能符合新中国的国家意识形态、国家期待的对外形象展示的需要，其翻译活动始终与新中国的国家政治诉求保持着密切的呼应关系。

此外，外文出版社在 1954 年还制定了比较具体的“翻译守则”，使对外国家翻译实践工作变得有章可循，逐渐走上制度化的道路。该翻译守则规定，“信”是忠实，即忠实于原文的思想和政策，忠实于原句的意思和精神，忠实于事实、数字和时间，忠实于语气和风格，在翻译中不能改变或增减原文的意思与事实。“达”就是通顺，即词能达意，亦即是说以这种民族语言为母语的读者不费过多的思索和推敲便能够看懂译文，正确了解原意。“雅”就是优美，即文字易懂、简洁、明了、流畅，词汇丰富，大众化①。因此，巴恩斯接受外文出版社的约稿翻译中国文学作品时，需要严格遵守外文出版社在这一历史时期所制定的翻译守则。这意味着，巴恩斯在翻译选材以及翻译策略的选择等方面均受到外

① 倪秀华：《1949—1966 年中国文学对外翻译研究》，广州：广州出版社 2021 年版，第 44 页。

文出版社严格的制度管理。

巴恩斯是新中国国家翻译实践中的“外来译家”之一。新中国成立初期，为了更好地开展对外宣传新闻报道和出版工作，我国国家翻译实践中的“译者群”不仅包括本土译者，还有相当不少的外来译者参与其中，例如沙博理、戴乃迭、吴雪莉和路易·艾黎等。本土译者多为国家任命、聘请的国内相关领域的一流翻译家，而外来译者则多数为应我国的邀请、来自世界各国的专家。国家翻译实践中的外来译者并不是普通的外国译者，而是更高一级的“外来译家”。国家翻译实践中的“外来译家”是指：以外籍身份、持外语母语来华，以译者角色参与入驻国国家翻译实践，有数量影响和传世代表作且享有一定政治地位的翻译家[①]。新中国成立之际，世界正处于严峻的全球性冷战格局。对外翻译中国文学作品是“以一种较为隐蔽的、相对容易为人所接受的方式，向外展现新中国形象，确立中国共产党领导的中华人民共和国政府的合法地位，为自身的社会主义建设创造良好的国际环境”[②]。因此，在新中国成立“十七年”期间，外文出版社多次邀请巴恩斯参与中国文学的对外翻译和传播。巴恩斯热爱中国语言文学，欣然接受外文出版社的邀请，积极参与新中国的对外型国家翻译实践，将多部中国优秀的当代文学作品翻译为英文，包括《红日》《上海的早晨》等长篇小说经典，塑造了新中国积极向上的正面形象，为新中国的对外翻译和传播做出了不可忽视的贡献。

---

① 高玉霞、任东升：《从开放的复杂巨系统看国家翻译实践中的外来译家》，载《东方论坛》2017 年第 2 期，第 98 页。

② 倪秀华：《1949—1966 年中国文学对外翻译研究》，广州：广州出版社 2021 年版，第 36 页。

二、《红日》英译本中的隐喻话语与革命历史图景再现

英语“metaphor”（隐喻）一词来源于希腊语“metapherein”，“meta”意为“超越”，“pherein”意为“负载”，因此，隐喻整个词的意思是指“将东西从一个地方运送到另一个地方”，它所描写的是一个事物的动态过程[①]。隐喻的研究可以追溯到亚里士多德时期，起初隶属于修辞学范畴。传统上通常认为隐喻是一种特定的语言修辞类型，涉及语言文字层面的表达特征。20世纪80年代，当代西方隐喻研究发展迅速，进入了以认知为核心的跨学科研究阶段，出现了认知转向。至此，隐喻不再被认为是局限于语言文字层面的修辞格式，而是一种反映人类认知行为的思维方式。它依靠前后两个事物之间的相似性来感知、体验、想象和理解事物。在《我们赖以生存的隐喻》（*Metaphors We Live By*）一书中，西方认知语言学家莱考夫（George Lakoff）和约翰逊（Mark Johnson）深入分析了隐喻的本质属性及其认知价值。他们明确指出，“隐喻的本质是通过另一种事物来理解和体验当前的事物”[②]，“不论是在语言上还是在思想和行动中，日常生活中隐喻无处不在。我们思想和行为所依据的概念系统本身是以隐喻为基础”[③]。在莱考夫和约翰逊的“概念隐喻”

① 谢之君：《隐喻认知功能探索》，上海：复旦大学出版社2007年版，第30页。

② ［美］乔治·莱考夫，马克·约翰逊：《我们赖以生存的隐喻》，何文忠译，杭州：浙江大学出版社2015年版，第3页。

③ ［美］乔治·莱考夫，马克·约翰逊：《我们赖以生存的隐喻》，何文忠译，杭州：浙江大学出版社2015年版，第1页。

(conceptual metaphor) 的理论框架中，隐喻被看作一种存在于两个不同概念领域中的稳定而系统的关系，包括源域 (source domain)、目标域 (target domain)、恒定性 (invariance) 和映射 (mapping) 等重要组成因素。“概念是在以隐喻的方式建构，活动也是在以隐喻的方式建构，故此，语言也是在以隐喻的方式建构”①。人类的思维过程在很大程度上是隐喻性的，概念隐喻在文学语言和非文学语言中均普遍存在。通过使用概念隐喻连通基于相关经验的两个不同的认知领域，人们得以用熟悉的、具体的概念去理解和体会陌生的、抽象的概念。“这些概念建构了我们的感知，构成了我们如何在这个世界生存以及我们与其他人的关系。因此，这个概念系统在界定日常现实中扮演着举足轻重的角色。”②

在许多“红色经典”文学作品中，红色被人们赋予了许多特殊的隐喻意义，这些意义使得它富有更深层次的意蕴。在中国人看来，红色不仅代表喜庆、激情，它还象征着革命和战争。因此，“十七年”时期许多表现革命历史题材的文学作品都注重对红色意象的使用，如《红日》《红岩》《红旗谱》等，这些文学作品的书名中不仅带有“红”字，而且在小说文本中也喜欢用大量的红色隐喻来表现民族精神。这些红色隐喻不仅体现出“十七年”时期革命历史题材小说作家的红色情结，也反映出他们独特的隐喻思维和认知过程。

作为“十七年”时期反映革命战争记忆的一部力作，吴强的《红日》是一部将真实战争与艺术虚构相结合的“史

① ［美］乔治·莱考夫，马克·约翰逊：《我们赖以生存的隐喻》，何文忠译，杭州：浙江大学出版社2015年版，第3页。

② ［美］乔治·莱考夫，马克·约翰逊：《我们赖以生存的隐喻》，何文忠译，杭州：浙江大学出版社2015年版，第1页。

诗性”文学作品，成为新中国红色长篇小说经典之一，具有很强的艺术感染力。这部革命史诗以宏大的叙事结构对解放战争中的涟水、莱芜、孟良崮三次战役进行了全景式的立体描写，展现了一幅波澜壮阔的人民革命战争的历史画卷。《红日》这部小说在宏大的叙事视野中还使用了隐喻、象征、和拟人等各种语言修辞方法，紧张激烈的革命战争叙事和宁静祥和的日常生活场景来回切换，相互交织，构成了一个纷繁多样的解放战争图景。其中，具有隐喻性的意象和话语在《红日》小说中的使用比较突出。隐喻翻译作为一种体验式认知活动，是一个由阅读、识别、解构到重构的复杂认知过程，是文学翻译研究认知转向的重要方法与途径[①]。因此，本节拟从认知文体学的理论视角对巴恩斯的《红日》英译本进行多维度的研究，分析隐喻话语与革命历史图景在国家翻译实践中的再现与重构，揭示文学翻译在国家和民族形象建构中的作用及其影响。

1. “红日”的意象隐喻与翻译

“意象”一词很早出现在中国古代典籍中。刘勰的《文心雕龙·神思》中就有“独照之匠，窥意象而运斤”之语。隐喻一般借助意象来完成从源域到目标域的映射。莱考夫认为，意象隐喻是两种意象之间的映射，进而在读者脑海中形成两种心理表象[②]。视觉形象性是意象映射的重要特点，读者需要从认知层面理解隐喻意象的视觉效果。由于意象隐喻是通过两种意象的比较与映射完成意义的传递，因此，意象

① 邵璐、黄丽敏：《认知文体学视域中〈尘埃落定〉的概念隐喻翻译》，载《山东外语教学》2020年第2期，第93页。

② G. Lakoff, “Image Metaphors”, *Metaphor and Symbolic Activity*, 1987 (3).

隐喻翻译比较注重意象之间的形象化再现。源文本中意象在读者头脑中产生的视觉形象性，也应该在译文读者头脑中产生。译者在翻译意象隐喻时应该尽量保留意象，并且通过词汇、句式上的转换和操控，提高意象映射在目标语读者头脑中的形象性。

首先，从《红日》小说书名的意象隐喻说起。《红日》这部革命历史长篇小说的书名本身具有丰富的意象隐喻涵义。“红日”，顾名思义，即红色的太阳。太阳作为一个重要的自然意象，本身就具有丰富的隐喻意义。它是生命之源，不仅为世界万物带来生机，还象征着光明和希望。作者吴强以《红日》为书名，隐喻着即将到来的光明与希望。译者巴恩斯忠实地将小说《红日》的书名翻译为 *Red Sun*（红色的太阳），原汁原味地保留了原书名的意象隐喻，代表着革命充满了希望和光明，喻意着在红日的照耀下，革命必将取得胜利，革命精神必将永恒。

在 20 世纪中叶，巴恩斯接受了外文出版社的约稿，将中国当代文学作品《红日》翻译为英文。他在文学翻译的过程中，严格遵守外文出版社在这一历史时期所制定的“信达雅”翻译守则。巴恩斯的翻译非常忠实于小说原文的修辞话语，准确地传达了中文原作的思想和精神，英译文语言生动且流畅，便于广大的西方读者了解新中国及其当代文学作品的真实面貌。这里我们以《红日》小说英译本中的一些关于“红日”意象隐喻的翻译为例：

【原文】红日从东方露出殷勤和蔼的笑脸，向辛苦的战士们问安道好，闲云和昨夜的硝烟一起，随着西风遁去了。早晨的世界，显得温和而又平静。田野里的绿苗，兴奋地直起腰身，严冬仿佛在这个大战到来的日子告别了人间，人们从这个早晨开始闻到了春天的气息。[1]

【译文】A red sun showed its friendly smiling face in the east, greeting the toiling fighters with a "good morning," and the lazy clouds had fled on the west wind together with the powder smoke of the night before. The morning came up on a world of gentleness and peace. The green shoots in the fields straightened up elatedly and it seemed as if the stern winter was taking its leave on the very day that war was approaching, for on this morning the breath of spring could be smelled for the first time. [2]

上例的原文出自《红日》的第六章。此时华东人民解放军已经完成了对莱芜地区的敌人的包围，莱芜战役即将打响。原文通过对红日以及闲云、西风和田野里的绿苗等自然景物和意象的拟人化描写，隐喻着严冬即将结束，革命的力量在春天里不断地壮大，莱芜战役必将取得胜利。

《红日》小说的革命战争叙事将人民解放军革命力量的逐步壮大与冉冉升起的红日紧密联系在一起。巴恩斯在翻译时非常忠实于小说文本的意象隐喻和叙事风格。例如，他将“红日从东方露出殷勤和蔼的笑脸，向辛苦的战士们问安道好”翻译为“A red sun showed its friendly smiling face in the east, greeting the toiling fighters with a 'good morning'”。

---

① 吴强：《红日》，北京：人民文学出版社 1958 年版，第 127 页。

② Wu Chiang, *Red Sun*, trans. by A. C. Barnes. Peking: Foreign Languages Press, 1961, p. 171.

【原文】鲜艳的红旗，高擎在登上孟良崮高峰的英雄战士们的手上，在夏天的山风里招展飘荡，在红日的万丈光芒的照耀下面，焕发着骄傲的炫目的光辉。①

【译文】Resplendent Red Flags, held aloft by the heroic fighters, opened and fluttered in the summer mountain breeze in proud and dazzling splendor in the refulgent rays of a red sun. ②

这段话出现在小说末章的最后一节，孟良崮战役已经取得最终的胜利。这里的“红日”，已经与“鲜艳的红旗”一起成为了胜利的象征，隐喻着我党胜利的光辉已经如同那万丈光芒的太阳一般，照耀了整个祖国大地。

巴恩斯的英译文比较好地保留了原文的红日意象和修辞话语，成功地塑造了新中国积极向上的正面形象。巴恩斯创造性地使用英文中常见的押头韵修辞手法，将原文中的词组“在红日的万丈光芒的照耀下面”译为“in the refulgent rays of a red sun”，不仅较好地保留了小说原文的红日意象隐喻，而且英译文的语言表达流畅优美，读起来具有一定的音韵美，有利于中国文学翻译作品在英语世界的广泛阅读和传播。

“红日”作为自然环境中重要的意象，总是寓意着光明和希望，但它在《红日》小说文本中的每次出现都映射出独特的隐喻意义。红日不仅是一个自然物体，还隐喻着

① 吴强：《红日》，北京：人民文学出版社 1958 年版，第 490 页。

② Wu Chiang, *Red Sun*, trans. by A. C. Barnes. Peking: Foreign Languages Press, 1961, p. 670.

充满了光明与希望的新中国。在共产党的领导下，一批批英勇的革命战士前赴后继地加入到民族解放的革命斗争之中，像小说中出现的沈振新、刘胜、石东根这些革命英雄。在漫长的革命过程中，他们虽然也经历了暂时的失败，但在共产党的领导下，他们一次次取得胜利，正像那冉冉升起的红日的光辉，逐渐壮大，由弱变强，建立了新中国。至此，整部小说通过“红日”的意象隐喻力量逐步完成了思想的升华。除了“红日”的意象之外，《红日》的小说中还出现了各种的红色意象，寓意着战争的胜利，或喜庆的大事，例如，红色捷报上的红色大字、文件上的红色油墨、包着袖珍手枪的鲜红绸子，以及余老大娘家的大红被、红纸、红烛和红枣等。在文学作品中，意象隐喻往往包含着特殊的意义，可以提高文学作品的艺术审美价值，延长读者的阅读感受，对渲染气氛和推动故事情节发展起到了重要的作用。作为新中国国家翻译实践中的制度化译者，巴恩斯在《红日》的文学翻译中努力忠实于原文的思想和风格，较好地保留了小说的各种红色意象隐喻，积极向世界传递中国人民热爱和平自由的声音，在字里行间中映射出了一个崭新的现代民族国家形象。

2. 红色话语的概念隐喻与翻译

概念隐喻是人类在体验和认知世界过程中形成的，是用具体熟知的事物来理解和表达抽象新颖事物的方法，体现了人类社会认知的普遍性。《红日》在小说叙事和人物对话中出现了大量的概念隐喻，它们赋予了这部革命战争史诗不可忽略的红色隐喻力量。例如，“土地”一词可以用来隐喻“故土”“人民”“民族”和“阶级”等诸多概念，而且，小说人物与“土地”的亲密关系也可以映射出特定的阶级属性。在《红日》的第二章，当战士们从苏北行军即将进入山东省境时，新战士张德来说："让脚板子跟黄土地多亲几个嘴吧！眼看就没有得走啦。"[1] 在《红日》的英文版中，巴恩斯忠实地再现了小说原文中重要的概念隐喻，把这一句译为"Chang Te-lai said，'We'll let the soles of our feet kiss the loess a few more times！Soon we shan't have a chance to walk on it any longer.'"[2]，从而映射出解放军战士对故土的深厚感情及其阶级属性，同时也使新战士张德来的人物形象跃然纸上，呼之欲出。

文学作品中的隐喻可反映出特定人物的个体思维方式和心理感受，因此，分析隐喻有助于剖析叙事性文学作品中人物的思想和行为，从而更深入地解读作品。例如，在小说的第二章，被俘虏的敌军营长张小甫以自认为高人一等的姿态拒绝配合审问，并企图先发制人对我军的战斗力进行打击。此时，沈振新军长用铿锵有力的声音怒叱他："我们要你们把喝下去的血，连你们自己的血，从肚子里全都吐出来！"，以具有隐喻性的红色话语对张小甫给予了反击，充分表现了人民解放军指战员坚定的胜利信念和豪迈的革命英雄主义气概。

【原文】沈振新压抑着的怒火，突然地喷泻出来：

"你不说，我替你说！你以为我们对付七十四师是没有办法的！你错了！我们要消灭七十四师！只要蒋介石一定要打下去，我们就一定奉陪！就一定把他的三百

---

① 吴强：《红日》，北京：人民文学出版社1958年版，第46页。

② Wu Chiang，*Red Sun*，trans. by A. C. Barnes. Peking：Foreign Languages Press，1961，pp. 61 – 62.

万军队全部消灭！我们可以放你回去，让你再做第二次、第三次俘虏！”

沈振新的铿锵响亮的声音，在小屋子里回旋着，俘虏的身子禁不住地战栗起来。沈振新抽了一口烟，然后用力地喷吐出去，接续着说：

“你们胜利了吗？做梦！这不是最后的结局！我们要你们把喝下去的血，连你们自己的血，从肚子里全都吐出来！不信？你瞧着吧！”①

【译文】The volcano of Shen Chen-hsin's anger suddenly erupted as the effort became too great:

"If you won't say it I'll say it for you! You think that when it comes to dealing with the 74th we're helpless. But you're wrong! We're going to destroy the 74th Division! So long as Chiang Kai-shek insists on fighting we shall always be ready to oblige him! And annihilate his army of three millions! We can let you go back and be taken prisoner a second and a third time!"

Shen Chen-hsin's loud, ringing voice reverberated round the narrow room and the prisoner began trembling in spite of himself. Shen Chen-hsin inhaled from his cigarette and blew the smoke out violently before going on:

"You think you're winning? Don't kid yourselves! We haven't started yet! All the blood you've drunk, and your own too, we're going to have every drop of it out of you!

① 吴强：《红日》，北京：人民文学出版社1958年版，第25页。

You'll see soon enough if you don't believe me!"①

"概念隐喻是以民族文化认知体验为基础的，由此而来，隐喻翻译活动受隐喻所赖以发生的社会、民族文化、文学传统等因素潜在的影响。"② 巴恩斯在翻译《红日》时尽量保留源文本的隐喻，同时在对源文本隐喻进行意义解构的基础上，对隐喻进行补充和微观调整，完成概念隐喻的翻译。例如，他在忠实小说原文的基础上，灵活地将"沈振新压抑着的怒火"翻译为"The volcano of Shen Chen-hsin's anger"（沈振新愤怒的火山），使译文的语言变得更加生动形象，易于西方读者的理解。此外，巴恩斯把"我们要你们把喝下去的血，连你们自己的血，从肚子里全都吐出来!"翻译为"All the blood you've drunk, and your own too, we're going to have every drop of it out of you!"，几乎全部保留源文本中源域和目标域的映射关系，淋漓尽致地再现了沈振新在审讯俘虏时那些红色话语中的革命激情。

《红日》小说中具有隐喻性的红色话语也反映在战士们昂扬的战斗口号和嘹亮的军歌之中。自涟水战役的失败以来，"叫七十四师在我们的面前消灭!"，这已经成为这支部队"长久以来的战斗口号"。当得知要打七十四师时，全军上下立刻欢腾起来，战士们齐声哼唱起来新编好的军歌。"这支歌显示着英雄的气概，充满着无限的胜利的信心，发

① Wu Chiang, *Red Sun*, trans. by A. C. Barnes. Peking: Foreign Languages Press, 1961, p. 33.

② 肖家燕、李恒威：《概念隐喻视角下的隐喻翻译研究》，载《中国外语》2010 年第 5 期，第 106 页。

自战士们长久以来的心愿，也体现了战士们迫切的战斗要求”[1]。巴恩斯在翻译《红日》小说中充满革命激情的战斗口号时，尽可能地忠实于原文的语气和精神。例如，巴恩斯把“叫七十四师在我们的面前消灭!”译为“Make the 74th Division crumple up before us!”。他采用了“crumple up”（倒下、崩溃）的英文词组来翻译这句革命战斗口号中的“消灭”概念，译文语言生动形象，而且通顺流畅。

在翻译《红日》小说中的军歌时，巴恩斯也是努力保留歌曲原文的修辞手法和写作风格，例如，他把“愤怒的刺刀”译为“the angry bayonets”，把“仇恨的子弹”译为“the bullets of hatred”。隐喻翻译不仅是源语到目的语在语言符号层面上的转换，还是从一个心理空间到另一心理空间之间的转移。在这个复杂的认知过程中，译者需要连接不同的心理空间并用语言进行表征，将受到社会、历史、文化、知识结构和审美取向等诸多因素的交互影响。例如，在翻译歌曲中“消灭七十四师立奇功!”这一句时，巴恩斯运用自身的概念隐喻系统知识，在忠于原文的前提下，发挥了一定的译者主观能动性，将之译为“Destroy the 74th Division and make our name!”，其中把“立奇功”这个中文词组译为英语中常见的成语“make our name”（出名，成名），使译文变得通俗易懂，更加大众化，便于广大的西方读者理解和接受。由此可见，巴恩斯的中国文学翻译更多的是忠实于原句的意思和精神，忠实地传达作者的意图，尽可能地符合源语文化社会中的政治意识形态（见表4）。

---

① 吴强：《红日》，北京：人民文学出版社1958年版，第382页。

表4 《红日》的军歌翻译

原文	英译
端起愤怒的刺刀， 刀刀血染红！ 射出仇恨的子弹， 打进敌胸！ 人民战士个个是英雄， 飞跨沂蒙山万重。 打上孟良崮，活捉张灵甫， 消灭七十四师立奇功！ 红旗插上最高峰！ 红旗插上最高峰！①	Forward the angry bayonets, Every blade red with blood! Let fly the bullets of hatred Into the enemy's breast! The people's fighters are heroes to a man, Flying across the serried Yi-Meng Mountains. Fight our way on to Mengliangku, take Chang Ling-fu alive, Destroy the 74th Division and make our name! Plant the Red Flag on the highest peak!②

3. 红色仪式的空间隐喻与翻译

“革命历史长篇小说的革命想象的最高境界是使革命神圣化。这种神圣化是通过对参与革命的过程的仪式化操演来实现的。”③ 在《红日》小说中，在孟良崮最后攻击战的前夜，同时举行了两个庄严肃穆的仪式：追悼在战斗中牺牲的团长刘胜和加入中国共产党的新党员火线宣誓。在孟良崮的

① 吴强：《红日》，北京：人民文学出版社1958年版，第381－382页。

② Wu Chiang, *Red Sun*, trans. by A. C. Barnes. Peking: Foreign Languages Press, 1961, p. 521.

③ 杨厚均：《革命历史图景与民族国家想象：新中国革命历史长篇小说再解读》，武汉：湖北教育出版社2005年版，第107页。

决战打响之前，全体战士们在最接近孟良崮最高峰的石洞里为革命烈士举行追悼仪式，集体脱帽致敬，齐唱庄严的国际歌，化悲痛为力量。在这个黑沉沉的山洞里，战士们的歌声虽然“低沉到几米以外的地方听不到它”，但是在空间隐喻的层面上却“渐渐地奔流到洞外面去，奔流向整个沂蒙山的各个高峰大谷去”。通过空间隐喻，英雄们低沉的歌声超越了火线上隐蔽的山洞而获得了无限度的传播。在革命烈士的追悼仪式之后，12 名党员在山洞里举行了神圣的入党宣誓仪式。虽然“他们的语言也是低沉的”，然而在空间隐喻的层面上却是“发自他们的灵魂深处”，新党员的宣誓“庄严、豪壮而又坚定”，从而实现了革命意义上的“新生”。

【原文】为先烈们和忠诚勇敢的有十五年军龄、十二年党龄的共产党员刘胜同志默哀以后，无产阶级的战歌——《国际歌》的歌声，便在这个用鲜血换取下来的黑沉沉的山洞里回荡起来。

歌声低沉到几米以外的地方听不到它，但却好像煽动了整个沂蒙山似的，雄浑的音浪像海涛的奔腾汹涌，有一种无穷的不可抗拒的宏大力量。歌声悲痛，悲痛到使人泪珠欲滴，但是谁也没有滴下泪来，因为歌声里更多的感情成分是激昂慷慨，是最高最强的战斗胜利的信心，是对于未来的光明远大的希望。

……团结起来，

到明天，

英特纳雄耐尔……

就一定要实现！……

悲痛的、愤怒的、充满信心的、力量宏伟的、低沉雄浑的歌声，在这个黑沉沉的山洞里回旋萦绕了许久许久，才渐渐地奔流到洞外面去，奔流向整个沂蒙山的各个高峰大谷去。[1]

【译文】After the silence for those who had given their lives earlier and for Comrade Liu Sheng, a loyal and brave member of the Party with fifteen years' military service and twelve years in the Party, the strains of the battle-song of the proletariat, the *Internationale*, echoed round this gloomy cave that had been bought with blood.

The singing was so low as to be inaudible a few meters away, yet it seemed to rouse the whole of the Yi-Meng Mountains, so immense and irresistible was the vast power behind those strong voices, surging and rolling like the waves of the sea. The singing was sad, so sad that it made one want to weep, but no tears were shed, because there were in the singing even stronger elements of excitement, of unshakable faith in their coming victory, of hope for a long and splendid future.

... Then, comrades, come rally,

The last fight let us face!

The Internationale

Unites the human race! ...

The singing, sad, angry, confident, powerful, low and vigorous, echoed round the gloomy cave for a long time before gradually slipping away outside the cave towards every

---

① 吴强：《红日》，北京：人民文学出版社 1958 年版，第 465 页。

summit and valley of the whole of the Yi-Meng Mountains. ①

【原文】参加入党宣誓的有秦守本、李全、金立忠、张德来、安兆丰、夏春生、田原、周凤山等十二个人。

他们举起握紧拳头的臂膀，在红旗的光辉照耀下面，用他们内心的无限忠诚宣誓道：

“我们将永远地献身给中国无产阶级的革命事业，献身给全人类的共产主义伟大事业，不惜牺牲我们的一切以至生命，为党和无产阶级的利益，流尽我们最后一滴血！”

他们的语言也是低沉的，但它是发自他们的灵魂深处，它庄严、豪壮而又坚定。②

【译文】There were twelve men taking the oath of induction into the Party, including Chin Shou-pen, Li Chuan, Chin Li-chung, Chang Te-lai, An Chao-feng, Hsia Chun-sheng, Tien Yuan and Chou Feng-shan.

There, beneath the glowing splendour of the Red Flag, they raised their tightly clenched fists and took the oath with all the loyalty that lay within them:

“We dedicate ourselves for ever to the revolutionary cause of the proletariat of China and to the great cause of communism for all mankind, unstintingly sacrificing our all, even our very lives, shedding our last drop of blood for the Party and – the proletariat!”

---

① Wu Chiang, *Red Sun*, trans. by A. C. Barnes. Peking: Foreign Languages Press, 1961, p. 636.

② 吴强：《红日》，北京：人民文学出版社 1958 年版，第 465 页。

> Their words were as low pitched as the singing had been but they came from the bottom of the heart and were solemn and forceful and firm. ①

巴赫金认为，“加冕和脱冕，是合二为一的双重仪式，表现出更新交替的不可避免，同时也表现出新旧交替的创造意义”②。在孟良崮决战的最前线，“脱冕”的追悼仪式和“加冕”的入党仪式在最接近孟良崮最高峰的石洞里同时举行，从空间隐喻的层面上不仅映射了新旧交替的辩证法则，同时也表征了革命牺牲的新生意义，从而强化了革命的信仰：革命带来了新生，而新生本身又是革命的开始，前赴后继。虽然身处于战争的最前线，但是入党仪式的流程非常完整，并没有因为战争环境的恶劣而简化，反而通过空间隐喻渲染出一种神圣的气氛，具有一种特殊的肃穆感，具有强大的凝聚力。

空间隐喻属于概念隐喻，普遍存在于各种不同的语言文化中。空间隐喻以空间为始源域，构建其他非空间目标域。由于不同地域文化存在类似空间属性，不同语言生成相近的空间隐喻，涉及高低、远近、里外等不同维度。作为一种概念隐喻，空间隐喻具有意象形象性，可以扩大读者心理空间的听觉、视觉和想象维度。因此，空间隐喻的翻译涉及感受主体认知体验的传递，例如，巴恩斯把“悲痛的、愤怒的、充满信心的、力量宏伟的、低沉雄浑的歌声，在这个黑沉沉

---

① Wu Chiang, *Red Sun*, trans. by A. C. Barnes. Peking: Foreign Languages Press, 1961, p. 637.

② ［苏］巴赫金：《陀思妥耶夫斯基诗学问题》，白春仁、顾亚铃译，北京：生活·读书·新知三联书店 1988 年版，第 178 页。

的山洞里回旋萦绕了许久许久，才渐渐地奔流到洞外面去，奔流向整个沂蒙山的各个高峰大谷去”这一句译为“The singing，sad，angry，confident，powerful，low and vigorous，echoed round the gloomy cave for a long time before gradually slipping away outside the cave towards every summit and valley of the whole of the Yi-Meng Mountains.”。从中英文的对照比较可见，巴恩斯的英译文在忠实小说原著的思想和精神的基础上，通过增加空间方位表达和提高视觉形象性，增强了空间隐喻的文学表征含义，充分展现了人民解放军战士崇高的革命信仰和坚定的革命信念，成功地重构了一幅庄严肃穆的革命历史仪式化图景。

三、《红日》英译本中的正反面人物形象的重塑

作为新中国红色长篇小说经典，《红日》生动地描绘了解放战争时期华东战场上发生的一幅波澜壮阔的革命历史图景，成功地塑造了军长沈振新、副军长梁波、团长刘胜、连长石东根、班长杨军、神枪手王茂生等一系列光彩夺目的英雄人物形象，彰显了他们不畏牺牲、舍生忘死、英勇无畏的英雄气概和品质，表现出崇高的革命英雄主义和革命乐观主义精神，谱写了一曲壮丽的英雄史诗。在《革命的战歌，英雄的颂歌》一文中，冯牧对《红日》给予了高度的评价：“作者所力图完成的任务不是仅仅叙说一些引人入胜的故事，而是把一段值得大书特书的可歌可泣的革命战争历史通过艺术构思体现在有血有肉的文学形象里。作者在整个作品里都站得很高，因此作者在作品里就不仅仅描写了悲壮激烈的战斗生活，而且也描写了宏大雄伟的战略思想，不仅仅描写了生龙活虎的普通战斗员的形象，而且也描写了光辉睿智的高

级指挥员的形象；不仅仅描写了人民战士的气吞山河的革命英雄主义气概，而且也描写了革命军队中到处充溢着的深沉真挚的阶级友爱思想。”[①]《红日》这部文学作品构思于雄浑中见精微，结构严谨而有立体感，从战斗前线到后方医院，从野战军高级将领到普通百姓，小说有所侧重地将三次战役期间所有相关的人物活动进行了细腻的刻画，真实地展示了人民解放军当时的革命战争生活全貌。

在《中国社会各阶级的分析》中，毛泽东指出，“谁是我们的朋友？谁是我们的敌人？这个问题是革命的首要问题”[②]。作为一个现代的发问，它摆在了所有中国人的面前。它的目的在于找出“我们”的性质，而要找到“我们”的性质，就必须设定“他们”——“我们”的“敌人”。在某种意义上，《中国社会各阶级的分析》可以说是一篇真正拉开现代中国帷幕的文章。这篇文章以“阶级”这一现代性概念对中国社会进行了细致的分析，第一次全面地设定了“我们”与“他们”。“综上所述，可知一切勾结帝国主义的军阀、官僚、买办阶级、大地主阶级以及附属于他们的一部分反动知识界，是我们的敌人。工业无产阶级是我们革命的领导力量。一切半无产阶级、小资产阶级，是我们最接近的朋友。那动摇不定的中产阶级，其右翼可能是我们的敌人，其左翼可能是我们的朋友——但我们要时常提防他们，不要

---

① 冯牧：《革命的战歌，英雄的颂歌——略论〈红日〉的成就及其弱点》，载《文艺报》1958 年第 21 期。

② 毛泽东：《中国社会各阶级的分析》，载《毛泽东选集》（第一卷），北京：人民出版社 1991 年版，第 3 页。

让他们扰乱了我们的阵线。”[①]

郭冰茹教授认为，“概括地说，革命历史题材小说中的人物通常有两个基本类型：‘我们’和‘敌人’”[②]。她认为经典革命叙事中的人物与情节一样，也承载着意识形态的宣传功能。“我们”不论由何种身份的人承担，都表现出勇敢果断、坚韧忠诚、善良正直的性格特征，并且最终成为胜利者；而“敌人”则阴险狡诈、贪生怕死、见利忘义，最终成为失败者[③]。作为革命历史题材的红色经典小说之一，《红日》通过革命叙事，“把处于自然状态的社会组织到一个按照‘我们’与‘他们’的划分有序、层次分明的现代话语中去，在中国，这个话语表现为‘阶级’话语，‘中国’的本质就是从‘我们’阶级中生长起来，‘我们’的确认就靠不断地消灭‘他们’阶级”。[④] 换言之，小说文本只有形成一套由“自我”与“他者”相对立的人物形象和话语秩序，才能满足《红日》的叙事动机。从人物形象的塑造来看，《红日》既有正面的英雄形象，也有反面的敌人形象。作品不仅浓墨重彩地塑造了军长沈振新，团长刘胜，战士王茂生、秦守本、张德来、安兆丰等一系列性格鲜明、血肉丰满的正面人物形象，而且也刻画了张灵甫、张小甫、李仙洲、何莽等敌军反面人物形象，深刻地揭示了在共产党领导下的

① 毛泽东：《中国社会各阶级的分析》，载《毛泽东选集》（第一卷），北京：人民出版社 1991 年版，第 9 页。

② 郭冰茹：《论“十七年小说”的叙事张力》，载《当代作家评论》2006 年第 5 期，第 147－148 页。

③ 郭冰茹：《论“十七年小说”的叙事张力》，载《当代作家评论》2006 年第 5 期，第 148 页。

④ 李杨：《抗争宿命之路：“社会主义现实主义”（1942—1976）研究》，长春：时代文艺出版社 1993 年版，第 38 页。

革命力量的正义性，有力地印证了在中国共产党的领导下革命战争取得胜利的历史必然性。

形象构建过程是在不同历史时空下，不断地选择和利用各种文本和话语构建特定的刻板印象的过程，翻译也是其中之一[①]。在20世纪东西方冷战时期，巴恩斯应外文出版社之邀，积极参与到新中国的国家翻译实践，把反映中国共产党领导中国革命战争的小说《红日》翻译为英文，重塑了一系列令人可亲可敬的革命英雄人物形象，纠正西方社会对中国国家及民族形象的刻板偏见，重塑全新的中国文学、文化形象。巴恩斯通过国家翻译实践的修辞话语建构，对于《红日》的正反面人物进行了形象的重塑，积极彰显源语国家的主流意识形态，在翻译中正向加强了人民解放军的英雄形象，将反面人物建构为与“自我”割裂的“他者”形象，以达到纯化“自我”形象、确证“自我”形象的目的。由于文学翻译是形象构建或塑造的重要手段和途径，因此本节将聚焦《红日》小说的正反面人物形象在英译本中的多种呈现形式，分析巴恩斯的文学翻译镜像中“自我”与“他者”形象的建构过程，考察冷战时期的政治意识形态对译者及其文学翻译活动的影响和规约，揭示翻译文本背后的赞助人、政治意识形态以及权力关系等各种社会文化因素之间错综复杂的博弈关系。

1. 文学翻译镜像中英雄形象的正向加强

在《翻译、改写和文学名声的操纵》（*Translation*,

① L. van Doorslaer, P. Flynn, and J. Leerssen, *Interconnecting Translation Studies and Imagology*. Amsterdam & Philadelphia: John Benjamins Publishing Company, 2016, p. 4.

Rewriting and the Manipulation of Literary Fame）一书中，西方翻译学者勒菲弗尔从系统论角度深入分析了文学系统控制机制的两个要素：意识形态和诗学。意识形态的背后一般是赞助人，赞助人通常代表了主流价值观的意志；诗学的背后则是批评家、翻译家、教授等专业人士，他们则是本土文化的传统诗学取向的代言人。译者的文本和语言选择均受这两个要素所操纵，但在这两个要素发生冲突时，则往往是意识形态胜出。在20世纪的冷战时期，巴恩斯应我国外文出版社的邀约，积极开展《红日》的国家翻译实践。在翻译《红日》时，他自觉遵守源语社会的主流意识形态规范，对于一些有损正面人物形象的词语或句子有意识地进行略译或删减，通过翻译操纵手段弱化有损英雄形象的描写，积极建构正面的新中国形象。例如：

【原文】刘胜却仿佛没有看见他们，向干部们庄严地兴奋地宣布道：

“七十四师，这个敌人！给我们兄弟部队钳住了！压缩在沂蒙山区的孟良崮一带。”他从陈坚手里拿过电报来，瞟了一眼，提高嗓子，接着说下去：

“野战军首长陈司令、粟副司令、谭副政委的紧急命令，叫我们这个军飞兵前进！飞！懂吗？叫我们长翅膀飞，叫我们变成老鹰！我们团的位置在军的最前面，离孟良崮最近，是鹰头鹰嘴！”说到这里，他把两个臂膀抬起，抖动一下，头向前面伸着，做成飞鹰的形状。[①]

【译文】But Liu Sheng appeared not to notice them as

---

① 吴强：《红日》，北京：人民文学出版社1958年版，第355页。

he announced to the assembled cadres in an excited yet impressive voice:

"Our enemy, the 74th Division, has been blocked by brother units of ours! They're hemmed in around Mengliangku in the Yi-Meng Mountain Area." He took the signal from Chen Chien, glanced at it, then went on in a louder voice:

"The orders of Field Army Command-Commander-in-Chief Chen, Deputy Commander Su and Deputy Political Commissar Tan are that our Army shall fly there! Fly! Got that? They want us to grow wings and fly there! Our regiment's position will be at the extreme front of the army, the closest to Mengliangku, the hawk's head and beak!" As he said this he raised his arms and gave them a shake, his head thrust forward, in imitation of a hawk in flight.①

上例中巴恩斯的英译文对小说原文非常忠实，却有意识地省略翻译了“叫我们变成老鹰!”这一句，对影响人民解放军正面形象的话语进行了一定的弱化，对外展现了人民解放军意气风发的革命英雄形象。团长刘胜是我军基层指挥员的典型代表，对党和革命事业忠心耿耿，在战斗中英勇杀敌，永远冲在最前线。虽然他身上有些小毛病，求战邀功心切，却能襟怀坦白，在战斗中不断锻炼和进步，逐步成长为一位真正的革命英雄。在孟良崮战役的火线上，刘胜不幸中弹牺牲，即使在弥留之际，仍然惦念着孟良崮的战斗，不禁令人泪目，感人至极。

---

① Wu Chiang, *Red Sun*, trans. by A. C. Barnes. Peking: Foreign Languages Press, 1961, pp. 485-486.

【原文】濒于弥留的刘胜，突然镇静下来。他缓缓地弯过手臂，在他的手腕上摸索着，取下那只不锈钢的手表，接着又在胸口摸索着取下粗大的金星钢笔，再接着，又把一只手探进怀里，摸索了许久，取出一个小皮夹，从小皮夹里取出一个小纸包，再从小纸包里取出了一张第二次国内革命战争时期苏维埃银行的一元票券。他把这三样东西握在一只手里，哆嗦着递给邓海，声音微弱但是清晰明朗地说：

“交到组织部去！这张票子…… 是我 …… 参加红军那一天，事务长……发给我的……十五年了……是个纪念品。……”邓海的眼泪川流下来，握着表、钢笔和苏维埃银行票券的手，剧烈地颤抖着，头埋在刘胜的怀里，叫着：

“团长！团长!”

“打得……怎么样？孟良崮……打下来没有?”刘胜低沉缓慢地问道。

“打下来了！张灵甫捉到了!”邓海为着宽慰他的团长，脸挨着团长的脸，颤声地回答说。

“‘小凳子’！…… 好好干！……听党的话！……革命到底!”①

【译文】Hovering on the brink of death, Liu Sheng suddenly became calm. He slowly bent his arm, felt for his wrist and took off his stainless steel watch; next he felt for his breast pocket and took out his large, thick Gold Star

① 吴强：《红日》，北京：人民文学出版社 1958 年版，第 457－458 页。

pen; then he slid his hand inside his jacket and after groping for some time produced a small wallet, extracted a small paper package from the wallet and took from the package a bank-note for one dollar on the Soviet Bank from the period of the Second Revolutionary Civil War. He clutched these three things in his trembling hand for a moment, then threw them to Teng Hai and said in a voice that was weak yet clear and resonant:

"Give these to the organization department. This note ... was issued to me...by the quartermaster on the day I...joined the Red Army... That was fifteen years ago... a souvenir..."

Teng Hai's tears streamed down and the hand that held the watch, the pen and the souvenir bank-note trembled violently as he cried out "Comrade Commander! Comrade Commander!" with his head buried on Liu Sheng's chest.

"How's the ... fighting going?" Liu Sheng asked in a low, dragging voice. "Has Mengliangku ...been captured yet?"

"Yes, and Chang Ling-fu's been taken prisoner," Teng Hai told his commander in an attempt to comfort him, his cheek against the regimental commander's.

"Hsiao Teng! ..." he said, stroking Teng Hai's face. "Fight a good fight! ... Be loyal to the Party ... See the revolution through to the end!"①

吴强在谈及《红日》小说的创作时曾说过，"透过这血

① Wu Chiang, *Red Sun*, trans. by A. C. Barnes. Peking: Foreign Languages Press, 1961, p. 626.

火斗争的史迹，描写、雕塑人物，既可以有所依托，又能够同时得到两个效果：写了光彩的战斗历程，又写了人物……战史仿佛是作品的基地似的，作品的许多具体内容、情节、人物活动，是在这个基地上建树、生长起来的”[①]。刘胜团长在孟良崮战役牺牲前，把手表、钢笔以及珍藏了十五年的苏维埃银行票券都交给了组织，还鼓励战士邓海要“好好干”“听党的话”“革命到底!”，集中体现了这位无产阶级英雄的崇高情怀。巴恩斯的英译文非常忠于小说原文的精神，正向强化了刘胜的革命英雄形象。他在忠实小说原文的基础上，发挥了一定的主观能动性，灵活地把刘胜的临终叮嘱“听党的话”这一句改译为“Be loyal to the Party”（忠诚于党），努力彰显源语国家的政治意识形态，成功地重塑了人民解放军指战员光辉的革命英雄形象。

此外，巴恩斯在忠于小说原文的基础上，还灵活地采用了增译、引申等各种翻译方法进行翻译操控，有意识地正向加强英雄人物形象的建构，使英雄形象愈加“完美化”。例如，在《红日》中文小说中，英雄连长石东根的外号是“石头块子”，脾气有点火性子，鲁莽急躁，被战士批评有“火烧屁股”的毛病。在莱芜大捷后，他被胜利冲昏了头脑，在山前大道上醉酒纵马，这具有戏剧性的一幕场景反映了石东根粗犷豪放、不拘小节的性格，同时也暴露了他身上所具有的落后的、狭隘的农民意识。但是，石东根被军长训斥后，知错就改，发誓戒酒。小说成功塑造了一位个性鲜明、血肉丰满的英雄连长形象。

① 吴强：《修订本序言》，载《红日》（修订版），北京：中国青年出版社1959年第2版，第2页。

【原文】“占领那个山洞!”石东根喊叫着发出命令。

一颗硫磺弹在他的身边爆裂，茅草燃烧起来，小柏树跟着燃烧起来，但他还是死命地抓住燃烧着的小柏树，跃上了悬崖上面的平石。他的帽子着了火，头发烧焦了半边，他摔去着了火的帽子；火在他的周身蛇一样地盘绕着，吐着青烟，他扑着火，撕裂着衣裳，抛弃了正在燃烧着的破碎的布片。他的上身几乎是赤膊了，短袖衬衫敞开了胸口，裸露着两只粗黑的臂膀和黑毛茸茸的胸脯，更顽强地继续战斗着。[①]

【译文】“Occupy that cave!” Shih Tung-ken ordered at the top of his voice.

An incendiary shell exploded beside him, setting fire to a patch of feather-grass; the small cypress-tree also caught fire but he still hung on desperately to the burning tree, then sprang up on to the flat rocks at the top of the cliff. His cap was alight and the hair on one side of his head had been scorched; he tore off the burning cap but the flames were now writhing all round him like snakes in a cloud of blue smoke; he beat at the fire and tore at his clothes, scattering round him burning scraps of cloth. When he was almost stripped bare to the waist he fought on with great determination than ever in his short-sleeved, open-necked vest, which left bare his brawny brown arms and his chest

① 吴强:《红日》，北京：人民文学出版社 1958 年版，第 447 页。

with its tangle of black hair. ①

在孟良崮总攻击战中，英雄连长石东根骁勇善战、奋勇杀敌，总是带领战士们冲锋陷阵在最前线。作为部队的基层指挥员，他总是以斗志高昂的情绪大声或高声地下达作战命令。在翻译“石东根喊叫着发出命令”这一句为英文时，巴恩斯特地增译了“at the top of his voice”（声嘶力竭，尽最大的声音），充分表现出石东根不畏牺牲、奋勇杀敌的战斗英雄本色。在重构石东根在孟良崮战场上的形象时，巴恩斯还采用“brawny brown arms”（健壮结实的棕色臂膀）这具有头韵的英文词组来翻译石东根“两只粗黑的臂膀”，从健壮的体格上展现了石东根身上具有的强大战斗力，正向美化了石东根高大的革命英雄形象，使“崇高的变得更加崇高”。

《红日》小说塑造了人民军队一系列光辉的英雄人物形象，各自都具有鲜明的个性特征。沈振新军长是一个出色的高级军事指挥员形象，有着丰富的战斗经验，以沉着坚毅的品质、高超的军事指挥才能和领导水平在众多的英雄群像中显得出类拔萃。沈振新在小说的第一次出场亮相，是通过战士秦守本的视角对军长的外貌展开描写的：

【原文】军长的名字叫沈振新，是个中等身材的人，乌光闪闪的眼睛上面的两道浓眉，稍稍上竖，额头有些前迎，虽然在额头和眼角上已经显出几道浅淡的皱纹，

① Wu Chiang, *Red Sun*, trans. by A. C. Barnes. Peking: Foreign Languages Press, 1961, pp. 611 – 612.

却并没有减煞他的英武的神采。[①]

【译文】The army commander, Shen Chen-hsin, was a man of medium height whose thick eyebrows were slightly tilted above his flashing dark eyes; his forehead was rather prominent and although a few faint wrinkles had already appeared on his forehead and at the corners of his eyes they in no way detracted from his soldierly air. [②]

巴恩斯的英译文非常忠实流畅，例如，他把“乌光闪闪的眼睛”译为“his flashing dark eyes”；把“几道浅淡的皱纹”译为“a few faint wrinkles”；将“他的英武的神采”译为“his soldierly air”（他的军人风度），栩栩如生地再现了沈振新这位英勇威武、身经百战的人民军队首长形象。他以运筹帷幄、决胜千里的气势和高超的军事指挥才能引领将士们获得了解放战争的胜利。

《红日》的英译本生动地再现了从人民解放军高级将领到普通战士一系列光辉夺目的英雄人物形象，成功地完成了群像式翻译叙事。尤其在小说的最后一幕，英雄集体群像的规模与高度甚为壮观，令人震撼。作为国家翻译实践中的制度化译者，巴恩斯严格遵循了国家机构和主流意识形态的规范，在英译文中栩栩如生地再现了这一幅英雄集体群像，对外展现了积极向上的新中国形象。

---

① 吴强：《红日》，北京：人民文学出版社 1958 年版，第 382 页。

② Wu Chiang, *Red Sun*, trans. by A. C. Barnes. Peking: Foreign Languages Press, 1961, p. 19.

【原文】军首长们，许多指挥员们，红旗排、红旗班的英雄战士们，屹立在巍然独立的沂蒙山孟良崮峰巅的最高处，睁大着他们鹰一样的光亮炯炯的眼睛，俯瞰着群山四野，构成了一个伟大的、崇高的、集体的英雄形象。

【译文】As the army commander and political commissar, many of the unit commanders, and the heroic fighters of the Red Flag Platoons and the Red Flag Sections stood erect on the highest point of the summit of Mengliangku, towering in magnificent isolation in the Yi-Meng Mountains, and looked down at the hills spread at their feet with wide eyes that flashed like the eyes of a hawk, they made a brave picture of greatness and nobility and unity.

2. 文学翻译镜像中敌军形象的反向丑化

毛泽东《在延安文艺座谈会上的讲话》曾指出，“苏联在社会主义建设时期的文学就是以写光明为主。他们也写工作中的缺点，也写反面的人物，但是这种描写只能成为整个光明的陪衬”[①]。1953 年，茅盾在谈到文艺创作的新任务时也认为，“应该深刻地来描写那些反面的、敌对的人物中的形象，引起人们对他们的仇恨和警惕”[②]。因此，新中国红色经典小说中正面的革命英雄人物代表了时代的精神，符合国家意志和主流意识形态，在文本中处于绝对的支配地位，而反面人物则是被丑化的对象，其出现仅仅是作为正面英雄

---

① 毛泽东：《在延安文艺座谈会上的讲话》，载《毛泽东选集》（第三卷），北京：人民出版社 1991 年版，第 871 页。

② 茅盾：《新的现实和新的任务》，载《人民文学》1953 年第 11 期。

人物的陪衬，以反面人物的假、恶、丑来彰显正面人物的真、善、美。

在“十七年”时期以意识形态为主导的政治文化语境里，《红日》不仅浓墨重彩地塑造了沈振新、刘胜、石东根、张德来等一系列光辉的革命英雄人物，而且也真实细腻地刻画了张灵甫、张小甫、李仙洲、何莽等众多凶狠残暴、色厉内荏的反面人物形象。他们作为正面人物对立面的“他者”，是革命道路上的一切阻碍，也是被改造和消灭的对象。在《红日》的修订本序言中，吴强写道，“多年的战争历史教育了我们：对于我们的敌人，应当蔑视却又必须重视。我想，在我们的作品里，一旦要他们出现，就要对他们着意地真实地描写，把他们当作活人，挖掘他们的内心世界，绝不能将他们轻轻放过”①。这里不妨以敌军师长何莽在小说中的形象建构为例：

【原文】何莽对于他的罪恶手段的效果，很是满意。当他听到阵地上的枪声剧烈起来，打退对方的一次进攻，按照他的命令举行出击的时候，他的长满了黑毛的手，便抓过一瓶没吃完的啤酒，把嘴巴套在瓶口上，咕噜咕噜地喝起来。副官用刺刀撬开牛肉罐头，送到他的面前，他抓了一块卤淋淋的牛肉，扔到嘴里。②

【译文】Ho Mang was very pleased with the results of his atrocities. When he heard the rifle-fire increase in

① 吴强：《修订本序言》，载《红日》（修订版），北京：中国青年出版社 1959 年第 2 版，第 4 页。

② 吴强：《红日》，北京：人民文学出版社 1958 年版，第 141 页。

> intensity as his men repulsed an enemy attack and began making a sortie themselves as he had ordered, he reached out a hand covered with a growth of black hair, seized a bottle of beer that he had not finished drinking, fitted the neck of it to his lips and let the beer gurgle down his throat. His adjutant opened a tin of beef with a bayonet and put it in front of him; he snatched up a chunk of beef dripping with brine and tossed it into his mouth. ①

在吐丝口战役中，由于国民党军队的重伤兵过多，躺在战壕里呻吟叫唤，影响“士气”，国民党新编三十六师何莽命令把这些还没死的重伤兵拖去秘密活埋。这一惨无人道的暴行突出表现了何莽残酷暴戾的性格特点，也深刻揭示了国民党军队矛盾尖锐的官兵关系。在小说原文中，“他的长满了黑毛的手”“把嘴巴套在瓶口上”“咕噜咕噜地喝起来”“他抓了一块卤淋淋的牛肉，扔到嘴里”等细节描写，无一不反映了何莽为人的粗鄙与残暴，甚至还带着些许原始的兽性。在20世纪中叶的冷战时期，巴恩斯应我国外文出版社的邀请，欣然参与到《红日》的国家翻译实践中。由于受到赞助人和主流意识形态的严格规范，他也有意识选择具有负面色彩的英文词汇来重构小说反面人物的形象。在《红日》的英文版中，巴恩斯将“他的罪恶手段”译为“his atrocities”（他的残暴行为），准确地传达了作家的创作意图。此外，巴恩斯非常重视小说细节描写的翻译，反向强化丑陋的国民党匪军形象，使“卑劣的更加卑劣”，例如，把

① Wu Chiang, *Red Sun*, trans. by A. C. Barnes. Peking: Foreign Languages Press, 1961, p. 191.

“他的长满了黑毛的手”译为“a hand covered with a growth of black hair”；把“把嘴巴套在瓶口上”译为“fitted the neck of it to his lips”；把“他抓了一块卤淋淋的牛肉，扔到嘴里”译为“he snatched up a chunk of beef dripping with brine and tossed it into his mouth”，真实地再现了何莽这位阴险狠毒、色厉内荏的反面人物形象，同时也揭示了国民党敌对势力的非正义性本质。

在小说《红日》中，人民解放军经历涟水、莱芜、孟良崮战役，先后歼灭了国民党新编三十六师师长何莽、李仙洲兵团、整编七十四师师长张灵甫等一众蒋介石军队。在这三次战役中，孟良崮战役最为著名，其中最难对付的张灵甫也自然成了臭名昭著的“头号敌人”。吴强取材史实，以革命现实主义和革命浪漫主义相结合的创作方法为我们塑造了张灵甫这位国民党高级将领的反面人物形象。张灵甫在小说的第十四章中刚出场时，关于他的外貌有这样一段描述：

> 【原文】他的身材魁梧，生一副大长方脸，嘴巴阔大，肌肤呈着紫檀色。因为没有蓄发，脑袋显得特别大，眼珠发着绿里带黄的颜色，放射着使他的部属不寒而栗的凶光。从他的全身、全相综合起来看，使人觉得他有些蠢笨而又阴险可怕，是一个国民党军队有气派的典型军官。①
>
> 【译文】He was a giant of a man with a long square face, a wide mouth and a complexion suffused with the colour of red sandalwood. Since he kept his hair short his

① 吴强：《红日》，北京：人民文学出版社 1958 年版，第 385 - 386 页。

head seemed particularly large. His hazel eyes gleamed with a fierce light that made his subordinates shiver. Although he gave one the impression of being stupid and fearsome when one looked at his general appearance as a whole, he was nevertheless a man of mettle and a capable one. [①]

我国当代学者黄子平在《“灰阑”中的叙述》里指出，革命历史小说作品是“在既定意识形态的规限内讲述既定的历史题材，以达成既定的意识形态目的。它们承担了将刚刚过去的‘革命历史’经典化的功能，讲述革命的起源神话、英雄传奇和终极承诺，以此维系当代国人的大希望与大恐惧，证明当代现实的合理性；通过全国范围内的讲述与阅读实践，建构国人在这革命所建立的新秩序中的主体意识”[②]。由于受到当时“脸谱化”的人物形象塑造方式的影响，《红日》小说中的绝大多数国民党匪军都是长相丑陋、凶狠残暴的，在这一点上，张灵甫也不例外。在《红日》的修订本序言中，吴强曾写道，“为了传之后世和警顽惩恶，让大家记住这个反动人物的丑恶面貌，我在他的身上，特意地多费了一些笔墨”[③]。作为“光明的陪衬”，张灵甫的外貌描写被赋予了更多的反面人物特征，被最大限度地加以夸张和扭曲，具有明显的丑化意味。例如，“没有蓄发，脑袋显得特别

---

① Wu Chiang, *Red Sun*, trans. by A. C. Barnes. Peking: Foreign Languages Press, 1961, p. 527.

② 黄子平：《“灰阑”中的叙述》，上海：上海文艺出版社 2001 年版，第 2 页。

③ 吴强：《修订本序言》，载《红日》（修订版），北京：中国青年出版社 1959 年第 2 版，第 4 页。

大”，“眼珠发着绿里带黄的颜色，放射着使他的部属不寒而栗的凶光”，寥寥几笔便勾勒出了一个丑陋愚笨、阴险狠毒的国民党高级军官形象。巴恩斯在开展《红日》的国家翻译实践时，也有意识选择具有贬义色彩的英文词汇来再现匪军的反面人物形象，以便符合源语社会的主流意识形态规范。例如，巴恩斯在英译文采用诸如“a fierce light”“being stupid”“fearsome”等具有负面色彩的英文词汇来翻译小说原文中的“凶光”“蠢笨”“阴险可怕”等人物描写话语，有力彰显了张灵甫作为反面人物丑陋而黑暗的一面。通过翻译话语的修辞建构和操控，《红日》的英译文在一定程度上强化了反面人物的匪军形象，从而有力地衬托了正面英雄人物的高大形象，深刻揭示了中国共产党领导的“正义之师”在民族解放事业中取得最终胜利的历史必然性。

第六章 中国红色经典英译本中的农村叙事与国家形象建构

第一节 中国红色经典中的农村题材小说及其国家翻译实践

在中国红色经典文学作品的整体构成中，农村题材小说无论在作家人数还是作品数量上都占据着相当重要的位置。它“脱胎”于“五四”以来的乡土文学传统，在延安解放区文学时期不断地“裂变”更新。在1942年毛泽东《在延安文艺座谈会上的讲话》发表之后，先后涌现出了一批以乡村生活和农村变革为题材的优秀文学作品，例如赵树理的《小二黑结婚》《李有才板话》，周立波的《暴风骤雨》，丁玲的《太阳照在桑干河上》等红色经典小说。新中国成立之后，农村题材小说在社会主义三大改造和农村经济建设等国家整体性规划中得到确立与重视，继续开掘自身的意识形态功能，表达新政权在农村现实问题上的政治诉求，构建社会主义时期农村的光明远景，积极参与这一时期文学风貌、审美特性、艺术形态的建构，成为现实意义秩序构筑和文学审美表达的重要题材类型，与革命历史题材小说一道为“十七年”文学图景写下浓墨重彩的一笔。

“中国现代性的民族国家想象是从土地革命展开的，中国革命的主体就是农民，社会主义文化的根基就是农民文化。社会主义革命文学从延安解放区发展而来这一事实，不仅使它有了一个革命文学的队伍，更重要的是使它找到了自己的精神起源，那就是扎根于农村大地。”[①] 在新中国成立“十七年”期间，农村题材小说作家继续坚持和实践毛泽东《在延安文艺座谈会上的讲话》的精神，紧跟时代的步伐，对中国农村社会变革的历史做了详尽如实的再现。20 世纪 50 年代兴起的农业合作化运动是继土地改革运动之后中国农村出现的一次规模浩大的社会主义改造运动，逐步将土地私有制转化为土地集体所有制。随着农业合作化运动的全面展开，鼓励农民走社会主义集体化道路成为国家政治中心议题。反映农村合作化运动成为当时几乎所有文学艺术作品的主题，为新中国农村的社会主义改造和建设提供形象的依据和解释成为文艺创作的主要任务。农村题材小说紧密地配合了这个重要政治事件，以文学作品的形式证明走社会主义集体化道路的合理性和必要性，讴歌了在农业合作化运动过程中涌现的新人新事。例如，以赵树理的《三里湾》、柳青的《创业史》、周立波的《山乡巨变》和浩然的《艳阳天》等为代表的农村题材长篇小说从不同的侧面生动地描述了新中国农村社会主义改革的历史发展进程，多方位地展现了我国农村在从土地私有制到公有制的历史性变革中的新生活和新风貌，构成了中国红色经典小说的重要组成部分。此外，李

① 陈晓明：《中国当代文学主潮》，北京：北京大学出版社 2009 年版，第 94 页。

准的《李双双小传》，马烽的《三年早知道》，周立波的《张满贞》、《山那面人家》，王汶石的《风雪之夜》等中短篇小说也都喷涌而出，成为歌颂农村社会主义新生活、新气象的精彩篇章。“这些作品虽然在创作背景上保持了强烈的时代共鸣，内容构思和人物塑造也都含有明显的政治宣传意图，但作家们凭着对农村生活的丰厚经验和美好感情，在文学创作的各个层面上或强或弱地体现出民间文化艺术的魅力，终于使作品保持了动人的创作情感和活泼的艺术魅力。”[①]

“建国后‘十七年’主流文学作品的共同使命就是在新的政治文化中阐释‘中国形象’，具体到乡村题材的作品来看便是要说明合作化运动胜利的历史必然规律，描绘共产主义社会的美好图景。”[②] 因此，农村题材小说附着强烈的政治话语特征和叙述的规范性要求，其目的在于为农村的社会主义改造和走集体化道路的合法性和必然趋势做出解释和证明，从而深化对农村新变革和新精神风貌的认同，为农村的“现实生活和斗争”服务。作为一种承前启后的文学形态，农村题材小说运用社会主义现实主义的创作方法，描绘农村社会主义新生活、新风貌的文学蓝图，通过文学创作的形式参与国家意识形态方面的思想文化建设，致力建构农村社会崭新的意义秩序。例如，赵树理的《三里湾》通过扩社、开渠，开展农业革新，描绘未来远景，充满对社会主义新农村

① 陈思和：《中国当代文学史教程》，上海：复旦大学出版社1999年版，第36页。

② 王文胜：《论建国后乡村题材作品的非乡土化特征》，载吴秀明主编：《“十七年”文学历史评价与人文阐释》，杭州：浙江大学出版社2007年版，第313－314页。

生活的向往；柳青的《创业史》把农业合作化运动中的各种矛盾勾勒、展现出来，说明带领农民走“创业”、致富之路是农业合作化运动的终极目标，要建设美好的社会主义新农村，就必须改革农村，走农业“合作化”之路是唯一的选择；周立波的《山乡巨变》在体现合作化运动对农民个人生活产生巨大冲击的同时，描绘了一幅幅生动活泼、情趣盎然的乡村民俗风情，展现了社会主义农村生活的新风尚。这些影响深远的农村题材红色经典小说通过书写和表现中国农村焕然一新的景象，歌颂了新农村生活，塑造了一批作为社会主义农村建设“新人”的农民形象，其崭新的主题和奋发进取的思想与时代政治求“新”的价值目标达到了前所未有的一致，例如《三里湾》的王金生、《李双双小传》的李双双、《山乡巨变》的刘雨生、《创业史》中的梁生宝、《艳阳天》的萧长春等。与过去农村题材作品中的农民形象相比，他们朝气蓬勃，激情四溢，勇于摆脱私有制的物质和精神枷锁，具有社会主义品格和理想，汇聚了新时代的审美理想、文化理想和高尚的品德，成为社会主义新型农民的典型代表。

作为我国对外宣传的国家机构，外文出版社在新中国成立“十七年”期间积极组织开展国家翻译实践，对外出版和发行了大量的农村题材红色经典小说英译本，积极促进我国红色文化的传播。例如，外文出版社在1953年10月出版了戴乃迭翻译的赵树理小说《李家庄的变迁》英译本 *Changes in Li Village*；1954年先后出版了戴乃迭翻译的丁玲小说《太阳照在桑干河上》英译本 *The Sun Shines over the Sanggan River*，和沙博理翻译的赵树理小说《李有才板话与其他故事》英译本 *Rhymes of Li Yu-tsai and Other Stories*，以及杨宪益和戴乃迭伉俪合作翻译的《白毛女》英译本 *The White-*

haired Girl；1955 年翻译出版了周立波的长篇小说《暴风骤雨》英译本 *The Hurricane*，译者为许孟雄。除了这些深刻反映土地改革运动的农村题材小说，外文出版社还组织翻译和出版了大量反映农业合作化运动的中长篇小说。例如，1957 年出版了戴乃迭翻译的赵树理小说《三里湾》英译本 *Sanliwan Village*、欧阳山的小说《高干大》英译本 *Uncle Kao*；1958 年出版了欧阳山的小说《前程似锦》英译本 *The Bright Future*，译者为唐笙；1961 年出版了周立波的小说《山乡巨变》英译本 *Great Changes in a Mountain Village*，译者为班以安（Derek Bryan）；1964 年出版了柳青的长篇小说《创业史》（第一部）的英译本 *The Builders*，译者为沙博理。这些农业合作化题材小说的英译本从不同方面反映了我国广大农村在社会主义革命和建设中所取得的重要成就，对外展现了西方读者不了解或知之甚少的中国农村社会生活的新面貌。此外，还有以农村生活和农村变革为题材的短篇小说故事集也纷纷被翻译为英文版向海外发行和传播。例如，外文出版社在 1957 年 4 月出版了秦兆阳的短篇小说选集《农村散记》英文版 *Village Sketches*；1960 年出版了马烽的短篇小说选集《三年早知道及其他故事》英文版 *I Knew All Along and Other Stories*；1961 年出版了马烽的短篇小说选集《太阳刚刚出山》英文版 *The Sun Has Risen*，康濯的短篇小说选集《太阳初升的时候》英文版 *When the Sun Comes Up*，以及王汶石的短篇小说选集《风雪之夜》英文版 *The Night of the Snowstorm*；1962 年出版了李准的短篇小说选集《不能走那条路及其他故事》英文版 *Not That Road and Other Stories* 等作品。外文出版社所组织翻译和出版的这些农村题材红色经典小说英译本特色鲜明，富有时代特征，全面展示了新中国社会主义农村发生的日新月异的历史性变化，成功地塑造了

一批干劲冲天的社会主义“新人”形象，表现了中国人民在推进社会主义建设事业中的巨大热情，为西方读者多维度地展现了中国社会主义农村生活的新风貌。

自1951年10月创刊之后，外文出版社属下的《中国文学》英文版杂志作为新中国文学对外翻译和传播的官方外宣媒体，紧跟新中国时代文学的潮流，译介了大量反映农村土地改革和农业合作化运动题材的红色经典小说，重点对外宣传中国人民在社会主义革命和建设中所取得的成就，展现了新中国农村社会的新生活、新人物和新气象。例如，周立波的长篇小说《暴风骤雨》、丁玲的《太阳照在桑干河上》，以及贺敬之、丁毅等集体创作的《白毛女》这三部农村题材作品荣获了1951年度的“斯大林文学奖”，享有较高的国际声誉。《中国文学》英文版立即紧跟时代的步伐，在1953年春季第1期刊载了丁玲的《太阳照在桑干河上》（*Sun Over the Sangkan River*）的英译文；在1953年第2期译介了贺敬之等的《白毛女》（*The White-haired Girl*）；在1954年第1期译介了周立波的长篇小说《暴风骤雨》（*Hurricane*）节选，包括小说上卷的第7至17章。这些农村题材作品的译介对外展现了中国农民在共产党领导下开展的解放区农村土地改革运动，彻底消灭了封建土地所有制，使中国农村出现了前所未有的新面貌。随着20世纪50年代农村合作化运动的全面展开，《中国文学》英文版在1957第3期刊载了赵树理的《三里湾》（*Sanliwan Village*）的英译文节选；1959年第10期刊载了周立波的《山乡巨变》（*Great Changes in the Mountain Village*）部分章节，包括第8、19、20章；1960年第10期至第12期、1964年第2期至第3期刊载了柳青的长篇小说《创业史》（*The Builders*）的英译文节选，深刻反映了中国农村社会主义革命运动在广大农村所产生的巨大影响。此外，《中国文学》的英文版还译介了大量反映农村生活和农村变革的中短篇小说和诗歌。例如，《中国文学》的英文版在1951年的创刊号刊载了李季的长篇叙事诗《王贵与李香香》的英译文；1952年刊载了赵树理的短篇小说《登记》的英译文 *Registration*；1958年第5期刊载了王汶石的短篇小说《大木匠》的英译文 *The Master Carpenter*；1959年第7期刊载了马烽的短篇小说《三年早知道》的英译文 *I Knew All Along*；1960年第2期刊载了马烽的短篇小说《太阳刚刚出山》的英译文 *The Sun Has Risen*；1960年第6期刊载了李准的短篇小说《李双双小传》的英译文 *The Story of Li Shuang-shuang*；1961年第1期刊载了李准的短篇小说《耕云记》的英译文 *Sowing the Clouds* 等作品，积极对外宣传中国广大农村社会出现的新生活和新风貌，彰显社会主义制度的优越性，充分展现了作为农村社会主义建设者的新一代农民形象。

第二节　《三里湾》英译本中的农村叙事与民间文化生态重构

一、《三里湾》的乡村故事与国家译介行为

在我国当代文学史上，赵树理的《三里湾》是新中国成立后第一部反映农业合作化运动的长篇小说，也被认为是“我国最早和较大规模地反映农业社会主义改造的一部优秀作品”[①]。1955年1月，《三里湾》开始在《人民文学》杂

① 中国科学院文学研究所《十年来的新中国文学》编写组：《十年来的新中国文学》，北京：作家出版社1963年版，第45页。

志上连载。同年5月，通俗读物出版社出版了《三里湾》的小说单行本。《三里湾》这部作品主要围绕着三里湾合作社的秋收、扩社、整社、开渠等事件，叙述了四户农民家庭内部存在的思想分歧和生活观念方面的矛盾与冲突，生动表现了农村所有制变革带给广大农民思想和生活上的深刻影响，反映了农业合作化运动给我国农村带来的历史性变革，揭示了乡土中国正在发生的巨大变化及其深远意义。作为“山药蛋派”的创始人，赵树理善于借鉴和运用我国传统的民间说书方法并加以改造，把情景描写、人物塑造融入故事情节之中，通过完整连贯的故事情节来反映我国社会主义农村生活的新风貌。因此，《三里湾》这部小说结构严谨，语言幽默风趣，具有独到的民族化、大众化表现手法和艺术风格，被誉为“一部新鲜活泼的、为人们所喜闻乐见的、具有中国作风和中国气派的作品”①。

由于对新中国政权的敌视和对新中国文学的偏见，冷战时期欧美国家很少对新中国的文学作品进行译介与传播，但西方读者对当代中国的社会文化生活又抱有一种迫切想了解的心理。作为我国第一部在较大规模上反映农业合作化运动的长篇小说，赵树理的《三里湾》热情颂扬集体互助、共同富裕的农业合作化道路，抵制和批评自私自利、只顾个人发家的自发资本主义思想倾向，具有深刻的现实主义精神，符合当时的国家意志和主流意识形态。为了反映新中国的时代主旋律，《中国文学》英文版在1957年的第3期发表了戴乃迭翻译的《三里湾》英译文节选（*Sanliwan Village*），积极对外宣传新中国的社会主义农村新风貌，以便让西方社会能

① 中国科学院文学研究所《十年来的新中国文学》编写组：《十年来的新中国文学》，北京：作家出版社1963年版，第46页。

够了解和认识一个“真实的中国”。同年9月，我国外文出版社正式出版了戴乃迭翻译的《三里湾》（*Sanliwan Village*）英文版的小说单行本，发行册数为9700册，曾经重印两次。戴乃迭女士是我国外文出版社的英籍专家，也是在国际上享有崇高声誉的翻译家和中外文化交流活动家，在《三里湾》这部红色经典小说的国家译介与传播过程中扮演了不可忽视的重要角色。因此，本节将以戴乃迭《三里湾》英译本为研究中心，从多维视角分析制度化译者如何在英译本中重构《三里湾》小说中的乡村叙事和民间语言、文化生态，再现赵树理文学作品的民族特色和乡土气息，通过文学翻译有效实现国家译介行为的政治价值和战略意图，积极建构一个朝气蓬勃、欣欣向荣的社会主义新中国形象。

二、《三里湾》英译本中的乡村叙事重构策略研究

《三里湾》作为第一部反映农业合作化运动的长篇叙事小说，尝试思考和探讨中国农村在社会主义建设和改造的政治语境下发展路向的问题，具有丰富的社会文化内蕴。赵树理在这部作品中，“以他特有的关于农村的丰富知识，热情和幽默，真实地描写了农村中社会主义先进力量和落后力量之间的斗争，农民在生产关系、家庭关系和恋爱关系上的种种矛盾冲突，显示了农村新生活的风光”[1]。在1957年，我国著名的翻译家戴乃迭女士将《三里湾》这部小说翻译成英文，由外文出版社正式出版和对外发行。西方翻译学者蒙娜·贝克认为，叙事视角下的翻译可视为一种建构性的复叙

[1] 周扬：《建设社会主义文学的任务——在中国作家协会第二次理事会议（扩大）上的报告》，载《文艺报》1956年第5、6期。

事（re-narration），是译者利用建构策略在社会现实中斡旋的一种行为[①]。本节将采用翻译叙事学的理论框架，基于文本细读和语篇分析深入研究戴乃迭《三里湾》的英译本如何运用标示式建构、文本素材的选择性采用建构，以及对人物事件的重新定位等策略来重构赵树理的农村合作化小说叙事，对外展现我国社会主义农村生活的新风貌，积极传播社会主义价值观，树立崭新的社会主义国家形象。

1. 翻译中的标示式建构

西方翻译学者蒙娜·贝克在《翻译与冲突：叙事性阐释》中指出，译者通过使用与原文有所区别的词汇、用语或短语来识别人物、地点、群体、事件以及叙事中的其他关键元素，这样的话语过程被称为标示式建构[②]。在《三里湾》这部长篇小说中，赵树理善于书写自己所熟悉的农村生活，从大众化、通俗化的民间立场出发，用鲜活的语言刻画了一系列性格鲜明、血肉丰满的农民人物形象，例如，“万宝全”“糊涂涂”“常有理”“铁算盘”“惹不起”等。赵树理的绰号叙事用最简短的文字直接涵盖了人物的核心特征，不仅具有指称人物的作用，还具有塑造人物性格的价值，反映了农村合作化运动社会主义和资本主义两条道路的激烈斗争。因此，《三里湾》的英译本如何对这些富有特色的人物外号进行标示式建构，有必要进行深入的探讨。

赵树理小说的人物外号，总是抓住人物最有代表性的某

---

① M. Baker, “Translation as Re-narration”, in Juliane House. (ed.), *Translation: A Multidisciplinary Approach*. New York: Springer Publishing Company, 2014, pp. 158 – 159.

② ［英］Mona Baker:《翻译与冲突：叙事性阐释》，赵文静主译，北京：北京大学出版社2011年版，第187页。

些特征加以夸张概括而成，犹如漫画家勾勒人物形象一样，构思独特风趣，褒贬色彩鲜明，从中体现了作者对人物的爱憎感情。在《三里湾》的小说中，表示褒义的人物绰号，主要有“万宝全”“使不得”“黄大牛”等。“万宝全”和“使不得”是三里湾的两位能人。“万宝全”本名叫王宝全，农业活儿样样会，就是木匠、石匠、铁匠的活儿也能插上手。人们为了表示对他的钦佩，便叫他“万宝全”。“使不得”本名叫王申，会干一手好农活儿，个性又特别认真负责、一丝不苟，对有些人干的活儿老感到不合乎标准。一遇到这种情况，总是不满意地说“使不得!，使不得!”因此，人们给他送了个外号叫“使不得”。在《三里湾》的英译本中，戴乃迭把两个老农民的外号分别译为“The Handy Man”和“No Good”，彰显了他们高尚纯朴的思想情操和勤劳善良的性格品质。黄大年是个大力士，干活舍得出力流汗，就像任劳负重的大黄牛，被人们亲切地叫作“黄大牛”。译者把“黄大牛”直译为“Big Ox”，不仅颂扬了黄大年的“老黄牛”精神，也反映了广大农民在社会主义建设事业中的热情干劲。通过标示式建构策略，戴乃迭在英译本中重塑甚至强化了这几位农民人物的积极正面形象。

在谈论赵树理的《三里湾》时，王中青曾指出，“赵树理同志根据党的农业合作化政策，运用阶级分析的观点，紧紧抓住了合作化运动中两条道路的斗争，通过秋收、扩社、整社、开渠的中心工作，使这一斗争生动而曲折地展开。他一方面以坚定的党的政策立场和无产阶级的思想情感歌颂了贫雇农、新中农、下中农的社会主义积极性；另一方面，他又以生动的笔触辛辣地揭露和批判了党内外具有资本主义思想倾向的人们”[①]。《三里湾》小说里的重要人物和事件基本都是围绕着两种思想、两条道路的正面冲突而展开的。一方是代表着新兴的、坚持走社会主义道路的先进群体，另一方则是代表着农村中根深蒂固的自发思想的落后群体。在《三里湾》中，表示贬义的人物绰号有“翻得高”“糊涂涂”“常有理”“铁算盘”“惹不起”“能不够”等，这些都是农村中具有代表性的落后分子。例如，“翻得高”这个外号与他的本名“范登高”谐音。他在土改中分得了好土地，一心想着自己发家致富，而对村里互助合作社的发展漠不关心，甚至变相阻挠。在《三里湾》的英译本中，戴乃迭把“翻得高”这个外号译为“Flying High”，既生动形象，又讥刺辛辣。马多寿的外号是“糊涂涂”，貌似糊涂实则精明；他老婆的外号是“常有理”，实则蛮不讲理，耍赖撒泼；大儿子马有余是“铁算盘”，自私自利，精于算计；大儿媳是“惹不起”，尖酸刻薄，骄横跋扈。在赵树理的笔下，马家属于一个典型的封建落后家庭，大部分家庭成员在思想上比较顽固保守，坚持走自发道路，不愿接受新型的生产方式和生产关系。根据这些人物鲜明的性格特征，戴乃迭在翻译的过程中灵活地运用命名建构策略，把这四个人的外号分别译为“Muddlehead”“Always Right”“Skinflint”和“Spitfire”，而且有意识地在英译文中直接用这些外号来指代人物，强化了这些人物落后的思想意识和行为特征，突显了农业合作化叙事主题中“新”（新人、新事物、新思想）与“旧”（旧人、旧事物、旧思想）之间的矛盾与冲突。表5列出了《三里湾》中人物的外号及其翻译。

① 王中青：《谈赵树理的〈三里湾〉》，上海：上海文艺出版社1959年版，第4页。

表5　《三里湾》的人物外号翻译

人物姓名	人物外号	英文翻译
王宝全	万宝全	The Handy Man
王申	使不得	No Good
黄大年	黄大牛	Big Ox
王满喜	一阵风	Moody
马东方	老方	Old Hard-and-Fast
范登高	翻得高	Flying High
范登高老婆	冬夏常青	Evergreen
马多寿	糊涂涂	Muddlehead
马多寿老婆	常有理	Always Right
马有余	铁算盘	Skinflint
马有余老婆	惹不起	Spitfire
袁天成老婆	能不够	Mistress Sly
袁丁未	小反倒	Shilly-shally

2. 翻译中的选择性采用建构

根据贝克的翻译叙事学理论，文本素材的选择性采用建构是指译者有意识地通过省略或者添加的翻译方法，在译文中抑制、强调或者铺陈原文中隐含的叙事或更高一层的叙事的某些方面，使其符合特定的叙事立场[①]。这一建构策略通常表现为译文的文本内部有迹可循的种种省略和添加。在《三里湾》的国家翻译实践中，戴乃迭有意识地通过省略或

① ［英］Mona Baker：《翻译与冲突：叙事性阐释》，赵文静主译，北京：北京大学出版社2011年版，第173页。

删减的翻译方法，对小说的文本素材进行选择性采用，以符合国家叙事和主流意识形态的要求，更好地展现社会主义农村建设和发展的新风貌。例如：

【原文】玉梅见金生把事情说大了，也无心再追问，就把本子和纸单儿都还给金生。金生正要走，金生媳妇顺便和他开玩笑说："玉梅说上边还写着什么'公畜欠配合'是什么意思？难道母畜就不欠配合吗？"金生说："没有！谁写着什么'公畜欠配合'？"玉梅说："你再看看你的单子不是那么写着的吗？"金生又取出他才夹回本子里去的那张纸单一看，连他自己也笑了。他说："那不是叫连起来念的！'公'是公积金问题，'畜'是新社员的牲口入社问题，'欠'是社里欠外债的问题，'配'是分配问题，'合'是社内外合伙搞建设的问题。哪里是什么'公畜''母畜'的问题！"说罢三个人都大笑了一阵，连三岁的大胜也糊里糊涂笑起来。金生便取了他的笔记本走了。[①]

【译文】When Chin-sheng told her this was not her business, Yu-mei stopped pressing for an answer and returned him his notebook and paper. He pocketed them and left. [②]

《三里湾》的第三章主要围绕"奇怪的笔记本"展开小

① 赵树理：《三里湾》，北京：人民文学出版社1964年第2版，第13－14页。

② Chao Shu-Li, *Sanliwan Village*, trans. by Gladys Yang. Peking: Foreign Languages Press, 1957, p. 20.

说的乡村叙事。在翻译这一章时，戴乃迭有意识地屏蔽了原文中一些粗俗的民间玩笑，对涉及粗俗语言的叙事话语进行了比较大幅度的删减和重写，以便去俗存雅，达到“净化”原文叙事的效果，使英译文变得更加简洁流畅，以便有效实现社会主义国家叙事的对外宣传和形象塑造目的。再如：

【原文】斗过了外号，灵芝问她妈妈说：“妈！有些外号我就不懂为什么要那么叫。像老多寿伯伯，心眼儿那么多，为什么叫‘糊涂涂’呢?”范登高老婆说：“他这个外号起过两回：第一回是在他年轻的时候有人给他起的。咱们村里的年轻人在地里做活，嘴里都好唱几句戏，他不会，后来不知道跟谁学了一句戏，隔一会唱一遍。这句戏是‘糊涂涂来在你家门’。”灵芝打断她的话说：“所以就叫成‘糊涂涂’了吧?”范登高老婆说：“不！还有！有一次，他在刀把上犁地，起先是犁一垄唱两遍，后来因为那块地北头窄南头宽，越犁越短，犁着犁着就只能唱一遍，最后地垄更短了，一遍唱不完就得吆喝牲口回头，只听见他唱‘糊涂涂——回来’‘糊涂涂——回来’，从那时候起，就有人叫他‘糊涂涂’。”灵芝问：“这算一回。你不是说起过两回吗?”范登高老婆说：“这是第一回。这时候，这个外号虽说起下了，可是还没有多少人叫。第二回是在斗争刘老五那一年。”又面向着有翼说：“你们家里，自古就和刘家有点来往，后来刘老五当了汉奸，你爹怕连累了自己，就赶紧说进步话。那时候，上级才号召组织互助组，你爹就在动员大会上和干部说要参加。干部们问他要参加什么，他一时说不出‘互助组’这个名字来，说成了‘胡锄锄’；有人和他开玩笑说‘胡锄锄除不尽草'，他又改成'胡做做'。"又面向着灵芝说："你爹那时候是农会主席，见他说了两遍都说得很可笑，就跟他说：'你还不如干脆唱你的糊涂涂！'说得满场人都笑起来。从那时候起，连青年人们见了他也叫起糊涂涂来了。那时候你们都十来岁了，也该记得一点吧？"有翼说："好像也听我爹自己说过，可是那时候没有弄清楚是什么意思。"灵芝说："不过这一次不能算起，只能算是这个外号的巩固和发展。你爹的外号不简单，有形成阶段，还有巩固和发展阶段。"有翼说："你爹的外号却很简单，就是因为翻身翻得太高了，人家才叫他翻得高！"①

【译文】After this exchange of nicknames, Ling-chih said: "I can't understand the reason for certain names, ma. Take Yu-yi's dad for instance. Why should anyone so sharp be called Muddlehead?"

"Your dad's name is easy to understand," pointed out Yu-yi. "It's because he got so much in the land reform!"②

在《三里湾》的第八章，范灵芝与马有翼两个年轻人在家里谈笑闲聊，互相斗外号。灵芝的妈妈"冬夏常青"给他俩详细地讲述了马有翼老爹"糊涂涂"的外号渊源故事，追溯了"糊涂涂"这个外号的历史缘起和发展历程。她从马有翼爹年轻时候学戏唱歌词开始讲起，一直讲到了后来农村土

① 赵树理：《三里湾》，北京：人民文学出版社1964年第2版，第44-45页。

② Chao Shu-Li, *Sanliwan Village*, trans. by Gladys Yang. Peking: Foreign Languages Press, 1957, p. 58.

改斗地主刘老五，组织成立互助组，他将互助组说成“胡锄锄”，后来就被人取笑为“糊涂涂”。由于本章的主要内容是“治病竞赛”，范灵芝与马有翼两位共青团员想展开竞赛，看谁先治好自家父母的落后毛病，帮助他们思想进步，争取早日加入农业生产合作社。因此，戴乃迭在《三里湾》的英译本中把“糊涂涂”外号的故事情节进行大幅度的删减，有意识地淡化了“糊涂涂”的人物形象，以免读者阅读时分散注意力，或转移到非章节聚焦人物的身上。译者通过文本素材的选择性采用，删减次要人物和事件的细节描写，突显原文的主要人物和故事情节，不仅使小说的叙事更为集中紧凑，有利于农村社会主义革命的国家叙事重构，而且也增强了小说译作的文学品质和阅读效果。

3. 翻译中的人物事件再定位

人物事件再定位的建构策略是指译者通过灵活运用表示时间、空间、指示、方言、语域、特征词以及各种识别自我和他人的语言手段，改变翻译活动的参与者之间以及他们和读者或听众之间的位置关系[①]。在《三里湾》的翻译过程中，戴乃迭多处进行了文本或话语内的再定位，积极参与我国农村合作化叙事的重新建构。例如：

【原文】“旗杆”这东西现在已经不多了，有些地方的年轻人，恐怕就没有赶上看见过。[②]

【译文】You won’t find many flagstaff like this

① ［英］Mona Baker：《翻译与冲突：叙事性阐释》，赵文静主译，北京：北京大学出版社2011年版，第202页。

② 赵树理：《三里湾》，北京：人民文学出版社1964年第2版，第1页。

nowadays, and some young folk may never have seen them. ①

贝克认为，在翻译过程中，几乎所有的文本特征都可以在微观或宏观层面上重新调整，以重新定位原文叙事内外的参与者之间的关系②。《三里湾》的开篇楔子“从旗杆院说起”介绍了“旗杆院”名称的历史缘由及其象征意义。在上例中，戴乃迭在英译文中添加了人称代词“you”，用来指称真实/隐含的读者个体或读者群体。通过改变和调整叙述人称，译者重新定位了读者与原文叙事中的事件和当事人之间的关系，无形中拉近了译作和读者之间的距离，叙述者与读者仿佛在进行面对面的对话和交流，从而奠定了小说英译本那种亲切自然的叙述基调。再如：

【原文】有些人听汉奸刘老五说过，从刘家的家谱上查起来，从他本人往上数，“举人”比他长十一辈，可是这家谱，除了刘老五，刘家户下的人谁也没有见过，后来刘老五当了日军的维持会长，叫政府捉住枪毙了，别人也再无心去细查这事。③

【译文】Liu Lao-wu, who worked for Japanese, did say the Liu family records showed that the provincial

① Chao Shu-Li, *Sanliwan Village*, trans. by Gladys Yang. Peking: Foreign Languages Press, 1957, p. 5.

② ［英］Mona Baker:《翻译与冲突：叙事性阐释》，赵文静主译，北京：北京大学出版社 2011 年版，第 205 页。

③ 赵树理：《三里湾》，北京：人民文学出版社 1964 年第 2 版，第 1 页。

graduate came eleven generations before him. But no one else in the family had seen those records, and after Liu was seized and shot for helping the enemy no further interest was taken in the matter. ①

在上例的原文中，作者在字里行间表现出对日军强烈憎恨的感情色彩和鲜明的爱国立场。但是，译者把“汉奸”“日军的维持会长”“枪毙”等汉语短语分别改译为具有政治中立性特征的英文表达，例如把“汉奸”译为“为日本人工作”（who worked for the Japanese），把“日军的维持会长”译为“帮助日本人办事”（helping the enemy），把“枪毙”译为“用枪打死”（was shot）。虽然作者关于历史和民族斗争的小说叙事具有鲜明的爱国立场，但是译者在翻译的过程中进行了话语内的重新定位，在一定程度上淡化了原文的政治和意识形态话语色彩，翻译叙事的政治立场也因此发生了微妙的调整和变化。再如：

【原文】菊英说：“…… 到了五〇年，美国鬼子打到朝鲜来了，学校停了几天课，老师领着学生们到城外各村宣传抗美援朝，动员人们参加志愿军 ……到去年（一九五一年）秋天，美国鬼子一面假意讲和，一面准备进攻，学生们又到城外各村宣传……”②

【译文】“...In ’50 the Americans started the war in

① Chao Shu-Li, *Sanliwan Village*, trans. by Gladys Yang. Peking: Foreign Languages Press, 1957, p. 5.

② 赵树理：《三里湾》，北京：人民文学出版社 1964 年第 2 版，第 87 页。

Korea, and classes stopped for several days so that the teachers could take the students round the villages to explain about resisting America and aiding Korea; and encourage men to volunteer. ... By autumn last year—'51—the Americans were preparing another offensive while pretending to talk peace, and the students went out to do propaganda work in the villages again ... "①

在《三里湾》的第十六章，菊英与金生媳妇唠家常，倾诉了自己的苦处，有两处提到了“美国鬼子”。小说的故事背景是抗美援朝战争爆发后，菊英的丈夫响应国家的号召，报名参加了中国人民志愿军。由于丈夫不在家，菊英在马家经常受到欺负，因此她坚持要求分家入社。菊英口中“美国鬼子”的称谓语体现了人民群众对美国军队的侵略战争行径的强烈愤恨，但是译者把人物对话中出现的两处“美国鬼子”都翻译为了具有政治中立性特征的英文表达“the Americans”。通过翻译话语内的重新定位，原文的政治和意识形态话语色彩在一定程度上被弱化了。再如：

【原文】老刘同志才听了他这两句，就插话说：“我插句话：今天的会，主要的就是要范登高、袁天成两位同志带头来检查自己的严重的资本主义思想！……”②

---

① Chao Shu-Li, *Sanliwan Village*, trans. by Gladys Yang. Peking: Foreign Languages Press, 1957, p. 112.

② 赵树理:《三里湾》，北京：人民文学出版社 1964 年第 2 版，第 140 页。

【译文】 "Let me put in a word!" interjected Liu. "The main purpose of this meeting is to provide Comrades Fan Teng-kao and Yuan Tian-cheng with a chance to examine their harmful capitalist outlook! ..."①

在《三里湾》的第二十三章"还得参加支部会"，绰号"翻得高"的村长范登高虽然身为党员，在土改后却一心只想发家致富，每天盘算着雇工跑买卖，走资本主义的自发道路。袁天成也是个老党员，但总是听从老婆"能不够"的摆布，并以欺骗的手段多留自留地。县委会的刘副书记在支部会议上严肃批评了两位党员严重的资本主义思想倾向。在翻译这一章的过程中，戴乃迭把"严重的资本主义思想"译为了"harmful capitalist outlook"。通过对文本内的语言参数进行微妙的调整，译者对错误的资本主义思想倾向进行重新定位和批判，强化和突显了农业合作化运动中两种思想、两条道路的激烈斗争状态。

除了文本或话语内的再定位之外，英译者还通过副文本的重新定位，参与翻译叙事的重新建构。例如，在《三里湾》的开篇楔子，译者在介绍"旗杆院"这一名称的历史渊源和象征意义时，不仅把原文的"举人"译为"a provincial graduate"，还特地添加一条脚注说明"One of the ranks in the imperial civil-service examinations"，解释这是封建时代科举考试制度的一个等级，便于西方读者更好地理解小说中的乡村叙事。此外，《三里湾》的英文版在小说的开篇，以及第四章、第九章、第十章、第二十四章和第三十章还插

① Chao Shu-Li, *Sanliwan Village*, trans. by Gladys Yang. Peking: Foreign Languages Press, 1957, p. 180.

入了六张具有中国传统乡村风情色彩的图画，不仅增添了小说故事的趣味性，而且有助于英文读者建构起中国乡村叙事的想象空间，积极促进西方社会对我国农村社会主义革命运动的认识和了解。

三、《三里湾》英译本中的民间语言文化生态再现

在《反对党八股》中，毛泽东曾经一再强调，“洋八股必须废止，空洞抽象的调头必须少唱，教条主义必须休息，而代之以新鲜活泼的、为中国老百姓所喜闻乐见的中国作风和中国气派”[①]。在《三里湾》的小说创作中，赵树理自觉地运用了山西农村方言词汇、民间谚语、歇后语和惯用语等，积极推动文艺民族化和大众化的发展。由于这些民间因素的渗入，《三里湾》这部乡土小说充满了民间语言文化艺术的活力，具有为广大农民群众所喜闻乐见的“中国作风”和“中国气派”。在这一小节中，我们将基于生态翻译学的理论框架对戴乃迭的《三里湾》英译本展开深入的研究，从语言维、文化维和交际维三个层面分析译者对《三里湾》小说中的民间语言文化形态的适应性选择转换，再现赵树理小说的民族特色和乡土气息，积极推动中国红色经典文学在英语世界的译介与传播。

1. 生态翻译学的“三维转换”

在全球性生态理论热潮的语境下，生态翻译学是一种从生态学视角对翻译学进行综观的研究范式，立足翻译生态与

---

① 毛泽东：《反对党八股》，载《毛泽东选集》（第三卷），北京：人民出版社1991年版，第844页。

自然生态系统特征的同构隐喻，致力于从生态视角对翻译生态整体和翻译理论本体（翻译本质、过程、标准、原则和方法，以及翻译现象）进行综观和描述[①]。生态翻译学的核心概念和术语主要是在胡庚申教授的“翻译适应选择论”的理论基础上不断发展而来的。在“翻译适应选择论”的基础上，生态翻译学将翻译定义为“以译者为主导，以文本为依托，以跨文化信息转换为宗旨，翻译是译者适应翻译生态环境而对文本进行移植的选择活动”[②]。该理论移植和类比了自然生态中“适者生存”的基本原理，将这种原理嵌入翻译生态系统，认为翻译如同生物进化一样，是“一种复杂的适应/选择活动”[③]。译者根据翻译生态环境的不同或者变化选取与之相适应的翻译策略和方法。在“多维度适应及适应性选择”的原则下，相对地集中于语言维、文化维和交际维的适应性选择转换[④]。其中，“语言维的适应性选择转换”主要是指译者在翻译过程中针对语言因素的选择与适应；“文化维的适应性选择转换”是指译者在翻译过程中需要关注原语文化与目标语文化之间存在的各种差异，力图清除文化交流上的障碍，最终达到双语文化内涵的传递，避免因文化差异造成“文化误读”等现象；“交际维的适应性选择转换”则是指译者除语言信息和文化内涵的转换之外，还需要把选择

① 胡庚申：《生态翻译学：建构与阐释》，北京：商务印书局2013年版，第11－12页。

② 胡庚申：《生态翻译学：建构与阐释》，北京：商务印书局2013年版，第17页。

③ 胡庚申：《翻译适应选择论》，武汉：湖北教育出版社2004年版，第142页。

④ 胡庚申：《翻译适应选择论》，武汉：湖北教育出版社2004年版，第133页。

转换的侧重点放在交际的层面上，关注原文中的交际意图是否在译文中得以体现[①]。

2. 语言维的适应性选择转换

乡土色彩是赵树理小说语言艺术风格的显著特征之一。作为人民的“语言艺术大师”，赵树理的语言真实生动，质朴无华，具有浓郁的生活气息和乡土色彩。由于他的小说题材多是关于农村生活，描写的人物对象又都是农民，方言土语的使用在无形中增添了小说作品的地域色彩和泥土气息。关于方言与通俗化问题，赵树理坚持认为，“不可采用过‘土’的土话”，因为“这些既没有特别的优点，又为他处人所不懂，就是应该避免的”[②]。若是全用山西方言写作，其他地方的读者群众也许会看不懂，但是适当运用方言却可以使文学作品添加一层地方色彩。因此，赵树理在《三里湾》中尽量避免使用“过土的土话”，但是仍然留有若隐若现的山西方言印迹。在翻译的过程中，“译者对语言维（即语言形式）的适应性选择是在不同方面、不同层次上进行的”[③]。例如：

【原文】玉梅向有翼说：“有翼哥！你不能帮忙回家里商量一下?”有翼说：“咱不行！你不知道我妈那脾气?”灵芝说：“这话像个团员说的吗?”另一个青年

① 胡庚申：《翻译适应选择论》，武汉：湖北教育出版社2004年版，第138页。

② 赵树理：《通俗化与“拖住”》，载董大中主编：《赵树理全集》(4)，太原：北岳文艺出版社2019年版，第176页。

③ 胡庚申：《翻译适应选择论》，武汉：湖北教育出版社2004年版，第134页。

说："叫他去说呀，管保说不到三句话，他妈就用一大堆'烧锅子'骂得他闭上嘴！"①

【译文】"Yu-yi!" exclaimed Yu-mei. "Can't you help out by going home and talking to her?"

"Not I! Don't you know ma's temper?"

"Is that the way Youth Leaguers talk?" chided Ling-chih.

"If you make him go," said another lad, "I bet he won't finish three sentences before his ma stops his mouth with a string of cuss-words!"②

上例出自《三里湾》的第一章"放假"。灵芝与有翼都是农村扫盲夜校的文化教员。为了解决下乡干部的住宿问题，灵芝建议有翼帮忙回家和他妈妈商量一下。另一个青年人所说的"烧锅子"属于带有地方色彩的山西方言，意思是叽哩呱啦的斥骂声，或者生硬难听的骂人话。根据特定的翻译生态环境，译者把"烧锅子"适应性选择转换为"a string of cuss-words"，不仅准确地传递了这一方言词汇的意思，而且也生动刻画了有翼妈妈"常有理"那种无理取闹、耍赖撒泼的农村悍妇形象。再如：

【原文】常有理喊叫大儿媳说："大伙家！去帮满喜打扫打扫东房！"惹不起说："孩子还没有睡哩！"常

---

① 赵树理：《三里湾》，北京：人民文学出版社1964年第2版，第5页。

② Chao Shu-Li, *Sanliwan Village*, trans. by Gladys Yang. Peking: Foreign Languages Press, 1957, p. 11.

有理又喊叫三儿媳说："三伙家！大伙家的孩子还没有睡，你就去吧！"陈菊英就放下玲玲的鞋底子走出来。[①]

【译文】"First Son's Wife!" Always Right called to Spitfire. "Go and help Man-hsi sweep the east wing!"

"Baby's not asleep yet!" was the reply.

"Third Son's Wife! You go!" Always Right shouted for Chu-ying. "Your sister-in-law's baby isn't asleep yet."

Chu-ying put down the shoe she was working on, and came out.[②]

上例中的"大伙家"是农村婆婆对大儿媳的方言俗称。按照当地的风俗，婆婆从不直呼儿媳名字，而是先按排行顺序把儿子叫做"大伙子""二伙子""三伙子"等，然后再依次把各自的媳妇叫做"大伙家""二伙家""三伙家"。赵树理在使用"伙家"方言词汇时，不仅在小说故事中有所交代，而且在叙事行文中点出了"伙家"的意思，便于读者的理解，同时也符合说话人的习惯和文化教养，塑造了真实可信的农民人物形象。为了适应翻译生态环境，戴乃迭在翻译《三里湾》时，选用了鲜活地道的英语口语表达再现小说原文中的乡言土语，把"大伙家""三伙家"选择转换为"First Son's Wife"，"Third Son's Wife"，较好地保留了赵树理的语言表达风格，生动再现了色彩斑斓的民间语言生态。

除了乡土色彩，口语化也是赵树理小说语言艺术风格的

① 赵树理：《三里湾》，北京：人民文学出版社1964年第2版，第33页。

② Chao Shu-Li, *Sanliwan Village*, trans. by Gladys Yang. Peking: Foreign Languages Press, 1957, p. 46.

鲜明特征。周扬曾高度评价了赵树理在语言上的创造性工作，指出“他在他的作品中那么熟悉地丰富地运用了群众的语言，显示了他的口语化的卓越的能力；不但在人物对话上，而且在一般叙述的描写上，都是口语化……他的语言是群众的活的语言”①。赵树理善于吸取“活在群众口头上的语言”，非常注重人物语言的口语化、大众化和通俗化，体现出了对中国民间文艺口语传统的继承和发展。例如：

【原文】天成接着说：“你鼻子、嘴都不跟我通一通风，和你那常有理姐姐，用三十年前的老臭办法给孩子们包揽亲事，如今话也展直了，礼物也过了，风声也传出去了，可是人家有翼顶回来了，我看你把你的老脸钻到哪个老鼠窟窿去？”能不够说：“我的爹！你少说几句好不好？对着人家满喜尽说这些事干吗呀？”②

【译文】“Without a word to me,” went on Yuan, “you and your sister Always Right arrange this rotten marriage for the children — why, you're thirty years out of date! You fix it up, they send presents and the word gets round, but Yu-yi turns it down! Can't you find a rat-hole to hide your ugly face in?”

“Don't go over all that, dad!” pleaded Mistress Sly.

---

① 周扬：《论赵树理的创作》，载《中国当代文学研究资料·赵树理专集》，上海：复旦大学出版社1981年版，第187页。

② 赵树理：《三里湾》，北京：人民文学出版社1964年第2版，第185－186页。

"Why drag all that up in front of Man-hsi?"①

上例出自《三里湾》的第二十九章"天成革命"。以"妻管严"出名的袁天成老汉与他当家的媳妇"能不够"发生了严重的争执，要开始进行家庭革命了。在翻译《三里湾》小说中的人物对话时，戴乃迭为了适应原文的民间语言生态环境，有意识地采用了许多通俗的口语化英文表达，例如，译者把"我看你把你的老脸钻到哪个老鼠窟窿去?"适应性地选择转换为"Can't you find a rat-hole to hide your ugly face in?"，把"你少说几句好不好?"转换为"Don't go over all that"等，不仅生动地再现了天成老汉与"能不够"两人之间的矛盾和冲突，而且也向西方读者展现了我国农村普通家庭的日常生活场景。

《三里湾》的小说叙事主要采用了口语化、大众化和通俗化语言，然而在第二十二章中却出现了一份用古雅文言撰写的民间分家合同。这是"糊涂涂"马多寿为了避免四个儿子为分财产起纷争而请人起草的一份分家合同，内容包括：分家合同的户主、发起人及如何分家的问题；分家清单；分家合同的当事人、中间人及公证人等。分家合同采用了比较正式的书面文言文体，语言晦涩艰深、佶屈聱牙，与小说通篇叙事的整体语言和文体风格截然不同，构成"陌生化"的语言文体和叙事效果。例如：

【原文】灵芝说："我看过了。这位老古董写的疙瘩文我也不全懂，好在字还认得，让我念给大家听听!"接着她就念出以下的文章来："尝闻兄弟阋墙，每为孔

① Chao Shu-Li, *Sanliwan Village*, trans. by Gladys Yang. Peking: Foreign Languages Press, 1957, pp. 234 – 235.

方作祟；戈操同室，常因财产纠纷。欲抽薪去火，防患未然，莫若早事规划财产权益，用特邀同表兄于鸿文、眷弟李林虎，秉公评议，将吾财产析为四份，分归四子所有。嗣后如兄弟怡然，自不妨一堂欢聚；偶生龃龉，便可以各守封疆。于每份中抽出养老地四亩，俾吾二老得养残年，待吾等百年之后，依旧各归本人。恐后无凭，书此分付四子存据。三子有喜应得产业如下："①

【译文】"I've seen it," replied Ling-chih. "I don't understand all this queer, fusty language either, though I know all the characters. Suppose I read it to the meeting?"

She thereupon read as follows:

"Whereas it has come to our ears that dissension between brothers arises perpetually over lucre, and inasmuch as strife within a household springs frequently from disputes over the estate, to remove all cause for discord and forestall disaster, therefore, it seems expedient to make a settlement of the property. I have accordingly asked my cousin Yu Hung-wen and my wife's younger brother Li Lin-hu to divide my estate into four equal parts for our four sons, that henceforward, if they enjoy brotherly happiness, they may live together in harmony, but if bickering starts each can withdraw to his own property. From each share four *mou* are deducted to support us old folk in our declining years; but once our span of life is done, these portions will revert to their rightful owners. As testimony thereto, four deeds of

① 赵树理：《三里湾》，北京：人民文学出版社 1964 年第 2 版，第 134 页。

settlement have been drawn up. The share of our third son Ma Yu-hsi is as follows."①

在翻译这份民间合同时，戴乃迭在语言维度上适应性选择使用了正式的书面词汇和句式，尤其是正式的法律词汇和句式。除了词汇和句式之外，谓语动词时态的适应性选择也非常重要。与小说乡村叙事的过去式表达不同，译者选择使用了一般现在时来翻译这份分家合同，突显了这份合同文书具有恒久的法律效力。根据原文的翻译生态环境，译者不仅有意识地使用正式的英文法律词汇和句式，还采用了比较规范的英文法律合同格式。通过语言维上的适应性选择转换，英译文突显了“糊涂涂”马多寿因循守旧、迂腐顽固的落后思想和观念，使小说的人物性格和形象变得更加真实自然。

3. 文化维的适应性选择转换

作为人民艺术家，赵树理在《三里湾》的小说创作中注重吸取民间文化元素，描写了大量的民俗现象，生动地反映了山西农村的民俗文化与乡土风情，集中地体现了赵树理文学作品的民族化特色。“由于原语文化和译语文化在性质上和内容上往往存在着差异，为了避免从译语文化观点出发曲解原文，译者不仅需要注重原语的语言转换，还需要适应该语言所属的整个文化系统，并在翻译过程中关注双语文化内涵的传递”②。例如：

---

① Chao Shu-Li, *Sanliwan Village*, trans. by Gladys Yang. Peking: Foreign Languages Press, 1957, pp. 171-172.

② 胡庚申：《翻译适应选择论》，武汉：湖北教育出版社2004年版，第136页。

【原文】这天午饭吃的是什么，糊涂涂老婆的说法和满喜的说法就不太一致——照糊涂涂老婆常有理说是“每个人两个黄蒸，汤面管饱”，照满喜的说法是“每个人两个黄蒸，面汤管饱”，字数一样，只是把“汤面”改说成“面汤”。①

【译文】And his account of their midday meal was not quite consistent with Always Right's. According to her, they had "two millet dumplings apiece, and any amount of noodles." According to him, they had "two millet dumplings apiece, and any amount of noodle soup."②

上例中的“黄蒸”是指山西晋东南的一种特色食物，一般采用黍、小米或玉米面等原材料制作而成，主产于山西沁县等地。由于中西饮食文化存在着巨大的差异，译者需要克服文化差异造成的障碍，以便构建和谐平衡的文化生态环境。所谓文化维的适应性选择转换，就是指“译者在翻译过程中要有文化意识，认识到翻译是跨越语言、跨越文化的交流过程，注意克服由于文化差异造成的障碍，以保证信息交流的顺利实现”③。在《三里湾》的英文版中，戴乃迭把“黄蒸”这种特色食物巧妙地翻译为“millet dumplings”，使西方英文读者能够大致了解到“黄蒸”这种特色食物的原材

① 赵树理：《三里湾》，北京：人民文学出版社1964年第2版，第93页。

② Chao Shu-Li, *Sanliwan Village*, trans. by Gladys Yang. Peking: Foreign Languages Press, 1957, p. 120.

③ 胡庚申：《翻译适应选择论》，武汉：湖北教育出版社2004年版，第137页。

料和基本制作工艺，感受到中国地方特色的民俗文化，而且准确地传递了源语文本要表达的文化内涵，成功地将本民族文化特色融入到目标语体系中，而且保证了文化信息交流的顺利实现。再如：

> 【原文】马家的规矩，凡是以为有人中了邪，先要给灶王爷和祖宗牌位烧个香，然后用三张黄表纸在病人身上晃三晃，送到大门外烧了，再把大门头上吊上一块红布条子，不等病人好了，不让生人到院里来。①
>
> 【译文】The rule on such occasions was first to burn incense to the kitchen god and the ancestors, then to wave three sheets of yellow paper over the patient three times, and burn them outside the gate. They also hung a strip of red cloth on the gate to keep all strangers out till the illness was cured. ②

在《三里湾》的第二十六章中，马有翼极力反对父母的包办婚姻，又哭又笑。常有理以为有翼是中了邪，按照民间风俗给他治病。在小说原文的农村民俗描写中，出现了“中邪”“灶王爷”“祖宗牌子”“烧香”“黄表纸”等词汇，具有浓郁的地方民俗文化色彩。根据原文的翻译生态环境，戴乃迭在翻译时对这些词汇都进行适应性转换，例如把“灶王爷”译为“the kitchen god”，把“烧香”译为“burn incense”等，对外展现了我国传统乡村丰富驳杂的民俗文化生态。

---

① 赵树理：《三里湾》，北京：人民文学出版社 1964 年第 2 版，第 162 页。

② Chao Shu-Li, *Sanliwan Village*, trans. by Gladys Yang. Peking: Foreign Languages Press, 1957, p. 206.

赵树理在《三里湾》中灵活地使用了大量的民间俗语，包括农村谚语、歇后语和惯用语等，例如："一亩园十亩田"；"十根指头不能一般齐"；"一头抹了，一头脱了"；"黄狗吃了米，逮住黑狗剁尾"；"老头吃糖，越扯越长"；"茶馆里不要了的伙计——哪一壶不开你偏要提哪一壶"等。这些民间俗语都是人民群众创造的，并通过群众世代口耳相传而流传开来，不仅是人民群众生活智慧的结晶，也是民间文化的重要组成部分。赵树理非常重视这些来自民间的传统文化精粹，把许多富有哲理的民间俗语巧妙地编织在他的小说中，体现了朴实无华的大众化风格色彩。例如，在《三里湾》的第十六章，菊英与金生媳妇在一起磨面时闲聊，谈起了"家长里短"的日常琐事。

【原文】金生媳妇说："也不要那么想！十根指头不能一般齐！你说了我家那么多的好，一个小俊就能搅得人每天不得安生。谁家的锅碗还能没有个厮碰的时候？……"菊英说："远水不能解近渴。这些人没有一个在家里掌权的，掌权的人还是按照祖辈相传的老古规办事。……"①

【译文】"It's no good saying that," replied Chin-sheng's wife. "Ten fingers can't all be the same length. You envy our family, but one Hsai-chun was enough to lead us a dance every day. Show me the house where the pans never knocks into the bowls! ..."

"A far-off well is no good to a thirsty man. None of

① 赵树理：《三里湾》，北京：人民文学出版社 1964 年第 2 版，第 85 页。

them has any say at home, and those with a say still run things the way our ancestors did ..."[1]

民间俗语带有极为浓郁的地方文化特色，渗透其中的传统文化因素和生活智慧根植于人民群众当中。在上例中，金生媳妇用了“十根指头不能一般齐”这句民间俗语，告诉菊英任何事物之间都存在着差别，不可能都一样的道理。为了说服菊英，她又用了“谁家的锅碗没有个断碰”这句俗语，让她正确看待马家院里的家庭矛盾冲突。菊英回答说“远水不能解近渴”，表示自己丈夫不在身边，不能帮助自己解决家庭问题。这些点缀在人物对话中的民间俗语不仅能把深奥的道理说得清楚透彻，通俗易懂，而且听起来使人感到自然亲切。

在翻译金生媳妇与菊英这段人物对话时，戴乃迭把“十根指头不能一般齐”译为“Ten fingers can't all be the same length”，把“谁家的锅碗还能没有个断碰的时候”译为“Show me the house where the pans never knocks into the bowls!”，把“远水不能解近渴”译为“A far-off well is no good to a thirsty man”，准确地传递了这些民间俗语的源语文化内涵。作为制度化的机构译者，戴乃迭倾向于采用直译的策略和方法，尽量保留这些民间俗语中的修辞格和文化意象，注重反映人物语言的口语化、大众化和通俗化特征，成功地再现了小说原文的乡村日常生活场景。再如，在《三里湾》的第四章，小俊妈“能不够”向女儿传授自创的一套“媳妇经”时，也使用了较多的民间俗语。

---

① Chao Shu-Li, *Sanliwan Village*, trans. by Gladys Yang. Peking: Foreign Languages Press, 1957, p. 110.

【原文】天成老婆外号“能不够”，跟本村“糊涂涂”老婆是姊妹，都是临河镇一个祖传牙行家的姑娘。当她初嫁到袁天成家的时候，因为袁天成家是个下降的中农户，她便对袁家全家的人都看不起，成天闹气，村里人对她的评论是“骂死公公缠死婆，拉着丈夫跳大河”。到小俊初结了婚的时候，她把她做媳妇的经验总结成一套理论讲给小俊。她说：“对家里人要尖，对外边人要圆——在家里半点亏也不要吃，总得叫家里大小人觉着你不是好说话的；对外边人说话要圆滑一点，叫人人觉得你是个好心肠的人。”她说：“对男人要先折磨得他哭笑不得，以后他才能好好听你的话。”从前那些爱使刁的女人们常用的“一哭二饿三上吊”的办法她不完全赞成。[①]

【译文】Her nickname was Mistress Sly, and she was the sister of Muddlehead's wife—their people had been brokers at Linhochen for several generations. When Mistress Sly married Tien-cheng, she despised all his relations because they had come down in the world and were living in a poor way. She kept flying into a temper, till the villagers said of her:

Her father-in-law died of anger,
Her mother-in-law of vexation;
Her husband will run to the river
And drown himself in desperation!

---

① 赵树理：《三里湾》，北京：人民文学出版社 1964 年第 2 版，第 18 页。

When her daughter married, Mistress Sly gave Hsiao-chun the benefit of her own experience as a wife.

"Be sharp to your in-laws," she said, "but pleasant to everyone else. Don't let them take advantage of you in any way. You must show all your husband's family that you're a difficult customer. But speak nicely to all the neighbors, so that they think you easy-going."

Another of her precepts was: "Make your man knuckle under. That's the only way to get him to listen to you."

She did not altogether approve of the traditional virago's tactics for bringing a husband to heel — namely, tears, hunger-strikes, and hanging. ①

在上例中的乡村叙事中，袁天成老婆“能不够”向女儿袁小俊传授她做媳妇的经验，先后使用了“骂死公公缠死婆，拉着丈夫跳大河”“对家里人要尖，对外边人要圆”“一哭二饿三上吊”等民间俗语。文化维的适应性选择转换要求译者对原语文化中的特色语言等进行相应的处理，避免那些容易引起读者产生误解或使读者用目标语文化的视角曲解原文想要传递的文化内涵的表达。在翻译“骂死公公缠死婆，拉着丈夫跳大河”这句民间俗语时，戴乃迭在形式、音韵和节奏上都进行了适应性转换。首先，她在形式上将原文的2句拆分为4句，而且采用分行排列，整齐对称，以英文打油诗的形式呈现出来，同时也注意在英译文中再现这句民间俗语朗朗上口的韵律和节奏，惟妙惟肖地刻画了“能不

① Chao Shu-Li, *Sanliwan Village*, trans. by Gladys Yang. Peking: Foreign Languages Press, 1957, pp. 25 – 26.

够”那种蛮不讲理、飞扬跋扈的农村泼妇形象。“能不够”把她做媳妇的经验总结成一套理论，亲自传授给刚结婚的女儿。在翻译《三里湾》这部小说中，戴乃迭把“对家里人要尖，对外边人要圆”这句俗语中的“尖”和“圆”适应性选择转换为“be sharp”和“be pleasant”，把“一哭二饿三上吊”转换为“tears，hunger-strikes，and hanging”，最终产生了“整合适应选择度”较高的英译文，准确地传递了这些民间俗语的文化内涵。

4. 交际维的适应性选择转换

幽默风趣是赵树理语言风格的突出特征，也是他文学作品的重要组成部分。在《三里湾》小说中，民间幽默常用的表现手法有谐音成趣、语义双关等，反映出赵树理独特的民族语言艺术风采。在翻译过程中，译者需要将源语的交际意图表述清楚，以实现目标语读者对源语文本主旨及交际目标的认知和理解。例如：

【原文】马有翼爱和灵芝接近也爱和玉梅接近，所以趁着乙班还没有来人的时候，先溜到甲班教室来玩。玉梅要他帮忙搬桌子板凳，他便进来帮着搬。他见玉梅拿着桌子板凳抢来抢去，便很小心地躲着空子走，很怕碰破了他的头。玉梅说：“你还是去教你的‘哥渴我喝’去吧！”①

【译文】Since Yu-yi enjoyed Ling-chih and Yu-mei’s company，he had slipped over to their classroom before his

① 赵树理：《三里湾》，北京：人民文学出版社 1964 年第 2 版，第 3 – 4 页。

own students arrived; and now that his help was asked with the desks, he came in. But Yu-mei was moving so fast he took care to keep out of her way to avoid a cracked skull.

"Better go and teach your phonetics!" she twitted him.[①]

在上例中，马有翼是三里湾村扫盲学校的教员，玉梅是与有翼年龄相仿的团员，也是农村扫盲夜校的积极学习分子。"哥渴我喝"是指解放初期农村扫盲学校教汉语拼音字母中的一组舌根音。玉梅说的"你还是去教你的'哥渴我喝'去吧"这句玩笑话，意思是说有翼什么也干不了，只会教书。赵树理匠心独运地选用了"哥渴我喝"四个谐音汉字，它不仅代替了汉语拼音字母，同时连起来又可以牵强附会成"哥（哥）渴我（来）喝"的谐音说法，令人忍俊不禁，富有生活气息。然而，由于英汉语言之间的差异，小说原文中的这种民间幽默也许无法为英文读者所理解和欣赏。因此，为了能够准确地传递原文的交际意图，戴乃迭把"哥渴我喝"适应性选择转换为英文读者更为熟悉的"phonetics"（语音学，发音学），并把玉梅开的玩笑译为"Better go and teach your phonetics!"（字面意思是"你还是去教你的拼音去吧"），生动地再现了原文特有的幽默诙谐效果。再如：

【原文】忙时候总是忙时候，等了很久，甲班来了五个人，乙班只来了四个人。大家等得发了急，都又到大门外的石墩子上去瞭望。一会，又来了一个人。……另一个青年说："我们的人到齐了！"大家问："怎么能

① Chao Shu-Li, *Sanliwan Village*, trans. by Gladys Yang. Peking: Foreign Languages Press, 1957, p. 8.

说是‘齐’了?”这个青年说:“甲班来了五个乙班也来了五个，两班的人数不是齐了吗!”大家听了都笑起来。①

【译文】When there’s work, it has to be done. Though they waited a long time, only five of Class A turned up and four of Class B. Finally losing patience, they went to the gate and climbed on the stone slabs to see if anyone was coming. Presently Yu-mei’s cousin Wang Man-hsi arrived …

“That’s all then!” said one young fellow.

“What do you mean by ‘that’s all’?” demanded the others.

“Five of Class A and five of Class B— five all!”

They laughed. ②

这个例子也是出自《三里湾》的第一章。“齐”是个多义词，不仅可以表示“齐全”“完全”之义，还可表示“相等”“一样”的意思。当青年人说“我们的人到齐了”，人们都以为乙班的人都“到齐”了；实际上他是说乙班来的人数跟甲班的人数“齐”了。这是利用词的多义性搞的一个即景双关，使扫盲班的学习气氛瞬间变得轻松活跃起来了。在翻译这句语义双关的民间幽默时，戴乃迭把“我们的人都到齐了”适应性选择转换为“That’s all then!”，再把“两班的人数不是齐了吗”转换为“five all”，有效地传递了小说原

① 赵树理:《三里湾》，北京：人民文学出版社1964年第2版，第5页。

② Chao Shu-Li, *Sanliwan Village*, trans. by Gladys Yang. Peking: Foreign Languages Press, 1957, p. 10.

文诙谐风趣的交际意图。利用语义双关的民间幽默在《三里湾》的字里行间中随处可见，例如：

【原文】一会，社场上卸了骡子，二十来个社员七手八脚忙起来。有个社员不知道玉梅和灵芝换工的事，看见玉梅在西场的麦秸垛下歇着，便喊她说："玉梅！不要歇着了！该动作了！"从武装组调来的小青年袁小旦嚷着说："不要喊玉梅了！玉梅已经成了人家的人了！"玉梅从麦秸垛下站起来向他还口说："等一会我揍你这个小圆蛋蛋！"①

【译文】Soon the mules were unharnessed at the co-op threshing-floor, and over a score of people pitched in to work. Some of them did not know that Yu-mei had changed places with Ling-chih.

"Yu-mei!" called one of these, when he saw her resting by the next threshing-floor. "Why are you sitting there? Come back to work!"

"Don't call Yu-mei!" bawled young Yuan of the militia. "Yu-mei belongs to them now!"

Yu-mei jumped to her feet by the rick.

"Wait till I slap your little egg-face!" she shouted back. ②

---

① 赵树理：《三里湾》，北京：人民文学出版社1964年第2版，第92页。

② Chao Shu-Li, *Sanliwan Village*, trans. by Gladys Yang. Peking: Foreign Languages Press, 1957, p. 119.

赵树理在《三里湾》指出，“按习惯，‘已经成了人家的人’这话，是说明姑娘已经出嫁了的时候才用的。袁小旦知道玉梅爱和有翼接近，故意用了这么一句两面都可以解释的话，才招得玉梅向他还口”。由此可见，袁小旦所说的这句话“玉梅已经成了人家的人”，具有一定的语义双关性，既可指玉梅和灵芝换工的事情，亦可指玉梅和有翼两位年轻人之间说不清道不明的暧昧关系，为三里湾的乡村故事增添了无限的风趣。根据原文的翻译生态环境，戴乃迭把袁小旦的这句双关语适应性选择转换为“Yu-mei belongs to them now!”。这句英译文较好地保留了语义双关性，用赵树理的话说，就是“两面都可以解释”，从而有效地实现了小说原文的交际意图。通过译者在语言、文化和交际等多维度的适应性选择转换，《三里湾》的英译文成功地再现了中国传统乡村丰富多样的民间语言和文化生态，多方位地展示了社会主义农村的新生活和新风貌。

第三节　《创业史》英译本中的革命叙事话语与乡土文化重构

一、《创业史》的史诗性追求与国家译介行为

《创业史》是一部反映中国农村社会主义革命的史诗性著作，主要以梁生宝领导的下堡乡蛤蟆滩的互助组发展历史为线索，通过对蛤蟆滩各个阶层人物之间复杂阶级斗争的描写，深刻地概括了我国农业合作化运动初期的各种社会矛盾冲突，着重表现了中国农民在这场变私有制为公有制革命中所经历的社会、经济、思想、心理等各方面的巨大变化过

程。这部史诗巨著以宏阔的视野展现20世纪50年代初期中国农村合作化运动发生的历程，将农业合作化运动置于中国当代社会变革的历史背景中来表现，重点描写土地改革之后成立互助合作组到农业生产初级合作社这一阶段中国广大农村和农民发生的深刻而复杂的历史性变化，深刻反映了社会主义创业初期的农村社会风貌。在1960年召开的第三次全国“文代会”的报告中，时任中央宣传部副部长的周扬将《创业史》与已经成为红色经典的《红旗谱》《青春之歌》《红日》《林海雪原》《山乡巨变》《三里湾》等小说作品并列，从而确定了《创业史》的文学经典地位。周扬认为，“《创业史》深刻地描写了农村合作化过程中激烈的阶级斗争和农村各个阶层人物的不同面貌，塑造了一个坚决走社会主义道路的青年革命农民梁生宝的真实形象”[①]。茅盾在第三次“文代会”上作了《反映社会主义跃进的时代，推动社会主义时代的跃进》的主题报告，把《创业史》作为“通过艺术形式反映出来的真实的生活”的典型予以表扬。文学评论家冯牧对《创业史》给予了高度的评价，认为这部小说“是一部深刻而完整地反映了我国广大农民的历史命运和生活道路的作品，是一部真实地纪录了我国广大农村在土地改革和消灭封建所有制以后所发生的一场无比深刻、无比尖锐的社会主义革命运动的作品”[②]。

1952年5月，作为《中国青年报》副刊主编的柳青离开北京，到陕西省长安县的皇甫村落户，长期扎根农村基层，与农民同吃、同住、同劳动，亲身经历了合作化运动的

① 周扬：《我国社会主义文学艺术的道路》，载《文艺报》1960年第13、14期合刊。

② 冯牧：《初读〈创业史〉》，载《文艺报》1960年第1期。

过程，亲眼目睹了中国农村的社会主义变革这场历史巨变。柳青前后用了六年的时间最后创作完成了30多万字的《创业史》第一部的初稿。1959年4月，《创业史》（第一部）在《延河》杂志上连载。1960年6月，中国青年出版社重点推出了柳青《创业史》（第一部）的单行本，首印10万册，在社会上引起了巨大的反响，曾经一度供不应求。按照柳青的写作计划，《创业史》的全书拟定为四部："第一部写互助组阶段；第二部写农业生产合作社的巩固和发展；第三部写农业合作化运动高潮；第四部写全民整风和大跃进，至农村人民公社建立"[①]。1977年6月，中国青年出版社出版了柳青《创业史》（第二部）的上卷；1979年6月又出版了《创业史》（第二部）的下卷。由于政治和历史的原因，其余两部成为未竟之作，柳青最终没有完成原定的写作计划。《创业史》目前共出版了两部三卷，最有影响力的当属第一部。由于柳青长期生活在农村基层，对农业合作化运动的整个过程有深入的了解，因此《创业史》（第一部）的思想和艺术成就都远远超过了这一时期其他同类题材的作品，在相当长的时间内被认为"代表了'十七年文学'中农村题材长篇小说的最高成就"[②]。

《创业史》这部小说在叙事结构上采取了多卷式的布局。位居篇首的"题叙"叙述了梁三老汉一家三代在旧社会满含血泪的创业史。梁家祖孙三代的创业史，也就是整个中国贫苦农民的创业史。"题叙"上溯历史渊源，将叙事延伸向历史的深处，使《创业史》所描写的当代社会主义革命和中国

① 见《创业史》第一部"出版说明"。

② 张炯等主编：《中华文学通史》第九卷，北京：华艺出版社1997年版，第65页。

农民的历史联接起来，为即将开始的农村里的各种斗争提供和铺染了宏大的背景，增强了作品的历史感。“结局”交待清楚了故事情节的来龙去脉，同时又在第一部作品与第二部之间起了承前启后的作用。《创业史》前有“题叙”，后有“结局”，使小说产生了巨大的叙事张力，不仅是一个独立的艺术整体，同时也是历史长河中一个还要发展的生活阶段，历史的广度与深度在严谨的结构安排上得到了落实与发展，给人以生活的纵深感，从而强化了作品的史诗效果。在谈到《创业史》这部小说的创作动机时，柳青曾表示，他之所以写这部小说，主要是为了向读者说明和解释“中国农村为什么会发生社会主义革命和这次革命是怎样进行的。回答是通过一个村庄的各阶级人物在合作化运动中的行动、思想和心理的变化过程表现出来，这个主题思想和这个题材范围的统一，构成了这部小说的具体内容”①。《创业史》（第一部）主要通过社会主义“新人”梁生宝领导的互助组的创立和发展，描述了农业合作化运动中两条路线、两种思想的激烈矛盾和斗争，生动地展现了一幅波澜壮阔的新中国农村社会主义革命和建设的历史画卷。在这一农业合作化运动过程中，以梁生宝、高增福等为代表的贫雇农积极响应党的号召，拥护农业合作化运动，坚定不移地走共同富裕道路，坚决和以姚士杰、郭世富、郭振山为代表反对农业合作化运动的富农以及富裕中农进行不懈的斗争。在这场两种势力的较量中，以依靠、团结、教育农民群众为主的梁生宝互助组，在中国共产党的正确领导下，在蛤蟆滩的各项斗争中，最终取得了胜利。《创业史》这部小说通过描写社会主义力量和自发势

① 柳青：《提出几个问题来讨论》，《延河》1963 年第 8 期，第 60 页。

力的初步较量，深刻地表现了我国农村社会在农业合作化运动中发生的巨大变革，形象地说明了在中国农业社会里农民只有在中国共产党的领导下，坚定不移地走农业合作化的道路，才能真正过上幸福美好的日子，才会有光辉灿烂的未来，这才是真正的创业史。

作为一部反映中国农业合作化运动的史诗巨著，《创业史》的小说内容符合当时的国家意志和主流意识形态，因此在《创业史》中文版问世不久，外文出版社紧跟时代文学的潮流，迅速组织开展国家翻译实践，将《创业史》这部小说翻译为英、日、德、西班牙和缅甸等多种语言文字对外出版和传播。《中国文学》英文版先后在1960年第10期至第12期、1964年第2期至第3期连载了沙博理翻译的《创业史》（*The Builders*）第一部的英译文。1964年，外文出版社以单行本的形式出版了沙博理翻译的《创业史》（第一部）的英译本，英文书名为 *The Builders*（建设者），而且附有生动传神的黑白素描插图。1977年，外文出版社在第一版的基础上进行修订，出版了沙博理《创业史》英译本的第二版。应作者的请求，再版的《创业史》英译本书名改为 *Builders of a New Life*（新生活的建设者），更加准确地反映了《创业史》的史诗构思和故事主旨。沙博理《创业史》英译本的相继出版，使西方读者能够及时了解新中国波澜壮阔的农村社会主义变革和农村新风貌，对外展现了新中国农村合作化运动的历史性变化，而且也彰显了社会主义制度的优越性。

二、《创业史》英译本中的革命叙事话语与农民形象重塑

《创业史》作为“十七年”农村题材的社会主义现实主义代表作，真实地描绘了社会主义过渡时期中国农村社会

的巨大变化，深刻地揭示了土地改革以后中国农村的两条道路的尖锐斗争，成为“我国社会主义革命的一面镜子”。《创业史》的创作构思，用柳青的话来讲是反映“中国农村社会主义改造的过程”[①]。柳青认为，“我们这个制度，是人类历史上最先进的社会制度。…… 我写这本书就是写这个制度的新生活，《创业史》就是写这个制度的诞生的”[②]。柳青自觉地将小说创作视为建设社会主义意识形态工程的一种使命，着重表现我国社会主义改造进程中农民的革命积极性，满腔热情地讴歌社会主义制度的优越性。

中国的社会主义革命本质上是农民革命。农民作为中国社会主义革命文学的主角，占据了文学艺术作品表现的中心位置[③]。这部文学经典塑造了一系列富有现实意义的各阶级农民的人物形象，例如，勤恳踏实、能干公道的梁生宝，率真莽撞的冯有万，沉默坚定的高增福，纯真稚气的欢喜，阴险狠毒的富农姚士杰，表面上装得迟钝而心中极有算计的富裕中农郭世富，热衷于自发道路而又居功自傲的代表主任郭振山，勤劳苦干、终日梦想着当三合院长者的梁三老汉等，为我们展现了一幅色彩斑斓的农村革命斗争的生活画卷。

1. 革命叙事话语的翻译

作为中国社会主义革命文学的重要组成部分，农村题材

---

① 李杨：《抗争宿命之路：“社会主义现实主义”（1942—1976）研究》，长春：时代文艺出版社 1993 年版，第 124 页。

② 柳青：《在陕西省出版局召开的业余作者创作座谈会上的讲话》，载《柳青文集》（下），北京：人民文学出版社 1991 年版，第 807 – 808 页。

③ 陈晓明：《中国当代文学主潮》，北京：北京大学出版社 2009 年版，第 88 页。

小说与“五四”时期的乡土文学截然不同，对乡村生活不再是充满温情脉脉的怀旧回忆和想象，而是将其提升到革命叙述的范畴，把阶级斗争和路线斗争纳入乡村革命叙事之中，积极塑造社会主义“新人”的光辉形象。关于《创业史》的叙事话语，柳青曾说：“《创业史》第一部试用了一种新的手法，即将作者的叙述与人物的内心独白（心理描写），揉在一起了。内心独白未加引号，作为情节进展的行动部分；两者都力求给读者动的感觉，力戒平铺直叙、细节罗列。我想使作者叙述的文学语言和人物内心独白的群众语言，尽可能地接近和协调，但我的功夫还不够。为了使读者不至于模糊了作者的观点，只好在适当的地方加上作者的评论，使思想内容更明显、更强烈一些。”① 由此可见，《创业史》的小说叙事采用了两种不同的话语形态，分别是“作者叙述的文学语言”和“人物内心独白的群众语言”。柳青的叙述语言使用了革命知识分子的书面话语，表现为比较文雅的正式文体；而人物语言多选用农民的方言俗语，表现为非正式的民间话语。换言之，《创业史》不仅存在大量的民间话语和声音，而且还有革命知识分子的书面话语和国家政党的权力话语等，例如第九章关于“私有制”的议论、第十五章关于“人生道路”的议论和抒情等。那么，如何在英译文中再现小说的这些革命叙事话语和声音，以符合主流意识形态的叙事规范？这无疑给英译者构成了一定程度的挑战和困难。例如：

【原文】他在春雨中踩着泥路走着。在他的脑子里，

① 柳青：《美学笔记》，载《柳青文集》（下），北京：人民文学出版社 1991 年版，第 804 页。

稻种代替了改霞，好像昨晚在车站票房里根本没做桃色的遐想。

春雨的旷野里，天气是凉的，但生宝心中是热的。

他心中燃烧着熊熊的热火——不是恋爱的热火，而是理想的热火。年轻的庄稼人啊，一旦燃起了这种内心的热火，他们就成为不顾一切的入迷人物。除了他们的理想，他们觉得人类其他的生活简直没有趣味。为了理想，他们忘记吃饭，没有瞌睡，对女性的温存淡漠，失掉吃苦的感觉，和娘老子闹翻，甚至生命本身也不是那么值得吝惜的了。[①]

【译文】As he walked along the muddy road through the rain, the rice seed had replaced Kai-hsia in his mind. It was as if his rosy vision of her the night before in the railway ticket office had never occurred. His heart was burning — not with the flames of love, but with the fire of an ideal.

Ah, you young peasants, when your hearts are enkindled you become enchanted. Nothing matters but your ideal. You forget to eat, you forget to sleep. Girls lose their attraction. No hardship daunts you. For the sake of your ideal, breaking off from your parents, even giving up life itself, doesn't seem too much of a sacrifice. [②]

在第五章，小说以全知全能的视角叙述了梁生宝冒着春

① 柳青：《创业史》（第一部），北京：中国青年出版社 2009 年版，第 81 页。

② Liu Ching, *The Builders*, trans. by Sidney Shapiro. Peking: Foreign Languages Press, 1964, p. 101.

雨到郭县为互助组买优良稻种的心理活动。在寒冷饥饿的雨夜，勤劳纯朴的梁生宝省吃俭用，夜宿在车站票房。当爱情和革命之火在内心闪烁时，梁生宝毫不犹豫地选择革命理想，对革命事业充满了无限的忠诚和热情。小说原文的叙述话语多为革命知识分子的书面话语表达，如“熊熊的热火”“理想的热火”“值得吝惜”“对女性的温存淡漠”等，其中也夹杂有少量的农民口语，如“忘记吃饭”“没有瞌睡”“失掉吃苦的感觉，和娘老子闹翻”等。柳青将革命叙事话语和农民口语巧妙地融合起来，使两者“尽可能地接近和协调”，来塑造梁生宝作为社会主义“新人”的农民形象。

作为国家翻译实践的外来译者，沙博理对各种文体语言有深刻的认知和理解，出色翻译了原文雅俗共赏的各种文体，如对主人公梁生宝的革命理想话语及对农民粗俗口语或“原汁原味”或“雅化”的翻译。在上例中，沙博理通过运用一系列英文书面词汇和特殊句式，如 replaced，enkindled，enchanted，daunt，sacrifice 等英文词汇，以及强调句（Nothing matters but your ideal）、排比句（You forget to eat，you forget to sleep）等英文句式，生动地再现了原文的革命叙事话语及其蕴含的革命激情，彰显了作者鲜明的革命知识分子立场和情怀。此外，沙博理对英译文进行了逻辑调整，依据叙述者的叙事话语和抒情议论重新进行分段。若将译文与原文仔细比较，我们可以发现沙博理的英译文把“春雨的旷野里，天气是凉的，但生宝心中是热的”这一句省略删减了，而且叙事视角在英译文中也发生了一定的转变，从最初第三人称的全知全能叙述视角，转为了后来的第二人称的叙述视角。通过叙事视角的转变，叙述者和读者的距离在英译文中被拉近了，便于叙述者的直接抒情和议论，也使目标语读者更容易被梁生宝心中澎湃的革命激情所感染。

2. “新人”农民形象的重塑

柳青曾写道，“毛泽东同志《在延安文艺座谈会上的讲话》给我们规定的任务是熟悉新人物，描写新人物。就是说要我们从事人们新的思想、意识、心理、感情、意志、性格……的建设工作，用新品质和新道德教育人民群众”①。在《创业史》的小说创作中，柳青一直自觉遵守着国家意志对文艺的要求，着重塑造了社会主义农村“新人”梁生宝的理想形象。这个“新人”形象不同于鲁迅、茅盾等作家笔下的麻木、愚昧、贫困、愁苦的旧式农民形象，也不同于赵树理笔下的小二黑、小芹、李有才等民间新人形象。梁生宝是柳青经过高度的艺术加工创造出来的一个备受称赞的农业合作化运动的带头人。他对新中国、新社会、新制度的认同几乎是与生俱来的。他坚信，只有中国共产党领导下的道路才是农民创业致富的唯一正确道路，因而他就矢志不渝地坚持走农业合作化的道路。梁生宝通过高产稻种增产丰收，无言地证实了集体生产的优越性，证实了社会主义道路的优越性。作家为他设定了重重困难：他要度过春荒、要提高种植技术、要同自发势力歪风斗争、要团结中农、要规劝没有觉悟的继父 …… 但一切都难不倒梁生宝。在解决一个个矛盾的过程中，《创业史》完成了对中国新型农民的想象性建构和本质化书写②。

我国学者李杨认为，“‘社会主义现实主义’叙事的意义，在于将现代性组织现代民族国家的过程自然化、客观

---

① 蒙万夫等编：《柳青写作生涯》，天津：百花文艺出版社 1985 年版，第 29 页。

② 孟繁华、程光炜：《中国当代文学发展史》（修订版），北京：北京大学出版社 2011 年版，第 159 页。

化、历史逻辑化，要达到这个目的，它就必须通过典型化的方法 —— 主要是通过新人的典型塑造，将外来的理性话语与人物感情自然统一起来”[①]。因此，柳青在《创业史》的小说创作中几乎调动了一切艺术手段来塑造具有社会主义“新人”特征的农民形象梁生宝，并将其置于文学结构的核心位置。“梁生宝占有如此重要的地位，是与他作为‘国家本质’的象征的意义有关的。在中国农民形象历史画廊中，这的确是一个全新的人物”[②]。他身上不仅汇集了中国传统农民的所有美德，也同时拥有新时代农民成长的全部成长因素。那么，这个理想化的社会主义“新人”形象在英译文如何重塑和再现呢？这里再次以“梁生宝买稻种”为例：

【原文】他头上顶着一条麻袋，背上披着一条麻袋，抱着被窝卷儿，高兴得满脸笑容，走进一家小饭铺里，他要了五分钱的一碗面，喝了两碗面汤，吃了他妈给他烙的馍。他打着饱嗝，棉袄口袋上的锁针用嘴唇夹住，掏出一个红布小包来。他在饭桌上很仔细地打开红布小包，又打开他妹子秀兰写过大字的一层纸，才取出那些七凑八凑起来的，用指头捅鸡屁股、锥鞋底子挣来的人民币来，拣出最破的一张五分票，付了汤面钱。这五分票再装下去，就要烂在他手里了。……

尽管饭铺的堂倌和管账先生一直嘲笑地盯他，他毫不局促地用不花钱的面汤，把风干的馍送进肚里去了。

① 李杨：《抗争宿命之路：“社会主义现实主义”（1942—1976）研究》，长春：时代文艺出版社1993年版，第117页。

② 李杨：《抗争宿命之路：“社会主义现实主义”（1942—1976）研究》，长春：时代文艺出版社1993年版，第125页。

他更不因为人们笑他庄稼人带钱的方式，显得匆忙。相反，他在脑子里时刻警惕自己：出了门要拿稳，甭慌，免得差错和丢失东西。办不好事情，会失党的威信哩！①

【译文】A piece of gunny sack covering his head, another across his shoulders, a third protecting his bed roll, he walked into a small restaurant, a cheerful smile on his face. He ordered a five-cent bowl of noodles, then drank two bowls of the water in which the noodles had been cooked — there was no charge for this — to wash down one of the griddle cakes his mother had prepared for him. Unpinning the pocket flap of his padded jacket, he held the pin in his lips as he fished out a small red cloth packet. Inside this, wrapped in an old exercise sheet of his sister Hsiu-lan, were the worn bills he had collected from the hard-working members of his mutual-aid team. Sheng-pao selected a five-cent note, so tattered that it was in imminent danger of falling apart, and paid for the noodles.

Although both the restaurant waiter and cashier watched him with derisive smiles, he calmly consumed his dried-out griddle cakes with the aid of the free noodle-water. The fact that others laughed at his frugal peasant ways didn't upset him in the least. On the contrary, he kept reminding himself: When you're away from home, you've got to be cool and careful; otherwise you're liable to make mistakes or lose

① 柳青：《创业史》（第一部），北京：中国青年出版社 2009 年版，第 76－77 页。

things. If you fail on this trip, you'll hurt the Party's prestige. ①

作为一名中共预备党员，梁生宝不仅从父辈那里继承了勤劳俭朴、吃苦耐劳的优秀品质，同时他也是一个有高度政治觉悟和革命理想的新型农民代表。为了给互助组买到优良稻种，梁生宝一路上尽量省吃俭用，每笔开销都精打细算。他在小饭铺里只“要了五分钱的一碗面，喝了两碗面汤，吃了他妈给他烙的馍”。沙博理在翻译时通过大量的动作细节重塑了梁生宝这位社会主义“新人”的农民形象。例如，“He ordered a five-cent bowl of noodles, then drank two bowls of the water in which the noodles had been cooked — there was no charge for this — to wash down one of the griddle cakes his mother had prepared for him.”。而且，沙博理还特地在英译文添加说明，解释面汤是免费的，更加彰显了梁生宝勤俭节约、艰苦奋斗、一心为公、以苦为乐的优秀品格，也闪耀着他忠于党的事业的崇高品质。“在梁生宝身上，我们可以看到：一种崭新的性格，一种完全是建立在新的社会制度和生活土壤上面的共产主义性格正在生长和发展。”② 此外，为了符合主流意识形态的规范，沙博理对小说的文本素材进行了一定的选择性采用建构，删减了“打着饱嗝”，“七凑八凑起来的，用指头捅鸡屁股、锥鞋底子挣来”等相关词句，以便更好地对外展现中国社会主义新农村生活的风貌，重塑崭新的现代民族国家形象。再如，小说透过技术员韩培生的

① Liu Ching, *The Builders*, trans by Sidney Shapiro. Peking: Foreign Languages Press, 1964, p. 95.

② 冯牧：《初读〈创业史〉》，载《文艺报》1960年第1期。

视角，描绘了梁生宝带领村民从终南山割竹子归来的光辉形象。

【原文】韩培生仔细看时，他完全惊呆了。站在他面前的这人，就是梁生宝吗？出山后解下的毛裹缠夹在腰带里，赤脚穿着麻鞋，浑身上下，衣裳被山里的灌木刺扯得稀烂，完全是一个破了产的山民打扮。生宝的红糖糖的脸盘，消瘦而有精神，被灌木刺和树枝划下的血印，一道一道、横横竖竖散布在额颅上、脸颊上、耳朵上，甚至于眼皮上。韩培生没进过终南山，一下子就像进过一样，可以想象到那里的生活了，

韩培生从来没有像现在这样激动过。他的心在胸腔里蛮翻腾，他的眼睛湿润了。共产党员为了人民事业，就是这大的劲啊！[1]

【译文】Looking him over, Han was astonished. Could this be Sheng-pao? His felt leggings hanging from his belt, his bare feet in sandals, his clothes torn to shreds by the brambles, he was the picture of an impoverished mountaineer. His thin but animated ruddy face had been badly scratched by thorns and branches — his forehead, his cheeks, his ears, even his eyelids, bore cuts. Although Han had never been to Mount Chungnan, seeing Sheng-pao, he could imagine what it must be like.

Han had never been so moved. His heart pounded in his chest, moisture filled his eyes. For the sake of the people,

① 柳青：《创业史》（第一部），北京：中国青年出版社2009年版，第390页。

that was how a Communist threw himself into his work. ①

冯牧认为，梁生宝作为社会主义“新人”的农民形象，“应当被看作是十年来我们文学创作在正面人物塑造方面的重要收获”②。“在他身上，既继承了老一辈农民忠诚厚道、勤劳俭朴、坚韧不拔的传统美德，又增添了目光远大、朝气蓬勃、聪明能干、克己奉公、富于自我牺牲精神，带领广大农民摆脱贫困，走社会主义道路的时代色彩”③。沙博理作为国家翻译机构的制度化译者，于 1963 年 8 月正式加入中国国籍，对中国社会和文化有了更深入的认识和了解。由于文化身份和立场的转变，他在翻译《创业史》时，没有像早期翻译生涯中那样采用萃译策略，大幅度地删减中文小说的文本素材，而是尽量采用直译的翻译方法。例如，沙博理把“生宝的红糖糖的脸盘，消瘦而有精神，被灌木刺和树枝划下的血印，一道一道、横横竖竖散布在额颅上、脸颊上、耳朵上，甚至于眼皮上”这一句准确地译为“His thin but animated ruddy face had been badly scratched by thorns and branches — his forehead, his cheeks, his ears, even his eyelids, bore cuts”；还有把“共产党员为了人民事业，就是这大的劲啊！”译为“For the sake of the people, that was how a Communist threw himself into his work”等。沙博理的英译文生动地刻画了梁生宝吃苦耐劳、勤劳俭朴的优良品格，展现

① Liu Ching. *The Builders*, trans. by Sidney Shapiro. Peking: Foreign Languages Press, 1964, pp. 498 – 499.

② 冯牧：《初读〈创业史〉》，载《文艺报》1960 年第 1 期。

③ 汪名凡：《中国当代小说史》，南宁：广西人民出版社 1991 年版，第 143 页。

了他对党的无限忠诚和大公无私的自我牺牲精神，英译文成功重塑了农村共产党员梁生宝的光辉形象，也闪耀着“我们整个国家的形象”的光彩[①]。

3. “旧人”农民形象的重塑

《创业史》犹如一座丰富多彩的农民群像画廊，栩栩如生地刻画了来自不同阶级和阶层的农民人物形象。我国学者郭冰茹认为，“社会主义改造题材”中的人物有两个基本类型：体现社会主义新道德的“新人”和需要改造的“旧人”。“新人”的核心品质是大公无私、公而忘私，是社会主义改造工作的领导者和模范；“旧人”则自私自利，虽然勤劳节俭，但只想个人发家，“旧人”最终接受了社会主义道德标准的改造[②]。在《创业史》的人物画廊中，梁生宝无疑是真正具有社会主义本质的“新人”，坚决领导农民走合作化道路，体现了社会主义的新道德；而其他“旧人”与“新人”之间不可避免地存在着农业合作化运动中两条道路、两种思想的矛盾和斗争，例如，狭隘保守的梁三老汉、固执倔强的王二直杠，以及“蛤蟆滩三大能人”，即阴险狡猾的富农姚士杰、精打细算的富裕中农郭世富、徘徊在集体事业和个人发家歧路上的新中农郭振山。这些“旧人”都需要进

① 中共中央办公厅：《中国农村的社会主义高潮》，北京：人民出版社1956年版，第5页。毛泽东在该书的按语中曾指出：“遵化县的合作化运动中，有一个王国藩合作社，二十三户贫农只有三条驴腿，被人称为‘穷棒子社’。他们用自己的努力，在三年时间内，‘从山上取来’了大批的生产资料，使得有些参观的人感动得下泪，我看这就是我们整个国家的形象。”

② 郭冰茹：《论“十七年小说”的叙事张力》，载《当代作家评论》2006年第5期，第148页。

行社会主义的教育和改造。

柳青曾说，“《创业史》简单地说，就是写新旧事物的矛盾。蛤蟆滩过去没有影响的人有影响了，过去有影响的人没有影响了。旧的让位了，新的占领了历史舞台”[①]。梁三老汉是一位历尽苦难、饱含辛酸、带着沉重的因袭观念走进新社会的老一辈贫苦农民形象。通过对这个旧中国社会农民的刻画，《创业史》真实地反映了我国农民在这场轰轰烈烈的放弃私有制、接受公有制的历史过程中的深刻变化。作为旧中国农民的典型形象，梁三老汉无法轻易放弃中国农民在几千年的私有制中形成的生活与伦理观念。因此，梁三老汉与梁生宝坚决抛弃自发道路而致力于农业合作化的想法之间的矛盾是必然的。正如小说的“题叙”最后一段指出的那样，“于是梁三老汉草棚院里的矛盾和统一，与下堡乡第五村（即蛤蟆滩）的矛盾和统一，在社会主义革命的头几年里纠缠在一起，就构成了这部‘生活故事’的内容。”

作为老一辈贫苦农民的形象，梁三老汉勤劳善良，朴实耿直，但是他同时也无法摆脱心胸狭隘、目光短浅、专注于眼前利益的守旧思想和毛病。小农经济的生活方式严重地限制了梁三老汉的眼界。作为一个小农生产者，旧社会给他带来的自私、愚昧、落后、保守等精神负担根深蒂固。“自私自利是精明，弄虚作假是能人，大公无私却是愚蠢。”这是梁三老汉的做人标准，也是他为人处世的经验概括，更是他背负着几千年私有制观念因袭重担的农民保守意识的再现，这就使得他与梁生宝全身心致力于合作化、抵制自发道路的

① 柳青：《在陕西省出版局召开的业余作者创作座谈会上的讲话》，载《柳青文集》（下），北京：人民文学出版社 1991 年版，第 810 页。

想法产生了必然的矛盾。例如，梁生宝分发稻种先人后己，结果弄得自己不够了，梁三老汉对此非常不满：

【原文】梁三老汉在磨棚子里磨玉米面，听见发生了什么事儿。他本来已经下定决心对“梁伟人”的事，采取不闻不问的态度了。但听见这事，心在他胸膛里蛮翻腾。他忍耐不住，颠出磨棚，站在院里。罗面把他弄得头发、眉毛、胡子一片粉白。他用非常丧气的目光，灰心地盯着生宝，袖子和瘪瘦的手上，落着一层玉米面粉，指着生宝说：

“你呀！你太能了！能上天！你给互助组买稻种嘛，你给大伙夸稻种这好那好做啥？这阵弄得自家也不够了！好！好！精明人！”①

【译文】Liang the Third, grinding corn meal in the mill shed, heard what had occurred. He had made up his mind to ignore “the great man,” to hear nothing and ask nothing. But his brain seethed when Sheng-pao revealed that he had given away too much seed. Liang stamped out of the mill shed and stood in the courtyard, his hair, eyebrows and beard white with corn flour. Meal adhering to his sleeve and bony hand, he pointed at Sheng-pao and said gloomily:

“You're too capable for your own good. Why did you have to praise the new seed to everyone so? The result is that

① 柳青：《创业史》（第一部），北京：中国青年出版社2009年版，第100页。

we're short of seed. Very clever. Very clever. "[1]

梁三老汉认为，梁生宝出力跑腿给大家买稻种，就已经是吃亏了；出了力，操了心，反倒落了个自家也不够了，则更是亏上加亏。他曾十分气愤地质问生宝妈："他为人民服务！谁为我服务?" 一语道破了两种不同人生观的分界。严家炎认为，"作为艺术形象，《创业史》里最成功的不是别个而是梁三老汉"，梁三老汉是"全书中一个最有深度，概括了相当深广的社会主义历史内容的人物"[2]。因此，沙博理尽量采用直译的翻译方法来再现梁三老汉走上社会主义道路的艰难曲折的历程。例如，在上文中，梁三老汉带有讽刺的意味把继子梁生宝称呼为"梁伟人"。沙博理把这一绰号直接译为"the great man"。在心胸狭隘的梁三老汉看来，梁生宝放着自己的家业不创，却去带头搞互助组，是十足的"傻瓜"，因此和梁生宝不断发生冲突。沙博理也运用自然流畅的英文惟妙惟肖地再现了梁三老汉和梁生宝这一对父子之间的矛盾冲突过程，成功地重塑了梁三老汉这位具有普遍意义的"旧农民"形象。

在《创业史》中，快奔八十的王二瞎子老汉也是一位具有典型意义的"旧农民"形象。"他是蛤蟆滩公认的死角，什么风也吹不动他"[3]。王二的头顶上仍然还保留着清朝的

---

① Liu Ching, *The Builders*, trans. by Sidney Shapiro. Peking: Foreign Languages Press, 1964, p. 124.

② 严家炎：《关于"写中间人物"的材料》，载《文艺报》1964年第8、9期合刊。

③ 柳青：《创业史》（第一部），北京：中国青年出版社2009年版，第237页。

小辫子，他留恋旧的东西，抵制新的事物，这个形象集中体现了千百年来封建落后势力在闭塞愚昧的小生产者身上所打下的深深的奴性烙印。对于剥削压迫他的财东或官府衙门，他俯首听命，绝对不敢道半个不字，而对于比他还弱小的人，他却骄横恣肆、蛮不讲理，因此外号“直杠王老二”，或“王二直杠”。例如：

【原文】瞎眼舅爷说着说着，生气了。歪起牙巴子，厉声地说：

“你小子指教我来哩？我快八十的人了，啥事我不清底？光绪年、宣统年、民国年 …… 啥事我没经过？你小子指教我，太小哩！你爸活着，也还靠我给他租地种哩！”

欢喜气得说不出话了，他一拧身子就走。[①]

【译文】Blind Wang was angry. Twisting his jaw, he said harshly: “Where do you come off to try and teach me, boy? I'm nearly eighty. Is there anything I don't understand? The reign of the Ching dynasty emperors, the years of the republic — haven't I been through them all? You're too young to be giving me instructions, young fellow. When your father was alive he wouldn't have had any land to plant if I hadn't rented it for him.”

Speechless with rage, Huan-hsi turned to leave. [②]

---

① 柳青：《创业史》（第一部），北京：中国青年出版社 2009 年版，第 248 页。

② Liu Ching. *The Builders*, trans. by Sidney Shapiro. Peking: Foreign Languages Press, 1964, pp. 323 – 324.

王二瞎子老汉前几年由于染上一场严重的伤寒病症，双目失明了。沙博理在英译文中把“瞎眼舅爷”的称谓译为“Blind Wang”，不仅表明了王二老汉是一个瞎子，双眼看不见东西，而且也暗示着王二老汉“缺乏理性及判断力”，对这位“旧人”字里行间隐含着贬义。年轻的欢喜好言相劝王二舅爷不要同意素芳婶子去富农姚士杰家帮忙干活，但是这位瞎眼舅爷竟然把欢喜的好意当成恶意，歪起嘴巴，开口光绪，闭口民国，严厉地教训起后生小子来了。人物口语中的一连串“哩”字结尾的感叹词加重了语气，体现了关中方言独具神韵的鲜明特色。对于王二瞎眼舅爷教训欢喜这段富有戏剧性色彩的对话，沙博理灵活地采用了意译的翻译方法，以便将源语的交际意图表述清楚，实现目标语读者对源语文本主旨及交际目标的认知。例如，他把“你小子指教我来哩?”译为“Where do you come off to try and teach me, boy?”，把“光绪年、宣统年、民国年”译为“The reign of the Ching dynasty emperors, the years of the republic”，把“啥事我不清底?”译为“Is there anything I don’t understand?”等。虽然英译文无法成功地全面再现关中方言的地方风采，却绘声绘色地再现了王二瞎子老汉蛮不讲理、盲目自信的性格特征，生动地重塑了一个封建愚昧、顽固落后的“旧农民”典型形象。

在《创业史》的小说中，不少人物因自身的特点或姓名的谐音而被取外号。通过这些极富个性的人物绰号，塑造出了许多形神兼备的“旧农民”形象。例如，梁三老汉——“白铁刀”，展现了他嘴硬心软的个性；王二——“直杠王老二”，描绘了他固执倔强的脾气；郭振山——“轰炸机”，展示了他富于战斗的性格；姚世杰爹——“铁爪子”，表明他剥削人残忍；吕二财东——“吕二细鬼”，形容他为人精明善算计。正是通过这些反映人物特征的绰号或称谓，下堡乡新旧势力相抗争的社会风貌也被清晰地展现在读者的眼前。

根据翻译叙事学的理论阐释，命名是一种非常有力的建构手段，具有一定的叙事效果。小说人物的命名翻译承载着译者对人物形象的价值判断与情感选择。例如，在《创业史》中，王二老汉的外号是“直杠王老二”，也有人叫他“王二直杠”。由于双目失明，王二在小说中也经常被称为“王瞎子”。沙博理根据不同的语境，分别把王二老汉的外号翻译为“Quarrelsome Old Wang”和“Surly Wang”。此外，他还把称谓语“王瞎子”译为“Blind Wang”。通过选择不同的英文形容词，这些人物绰号或称谓语的翻译有意识地强化了王二老汉固执保守、冥顽不化、愚昧落后的“旧农民”形象。再如，沙博理把下堡乡两位财东的绰号“杨大剥皮”和“吕二细鬼”分别译为“Yang the Tennant-skinner”和“Lu the Miser”。通过运用命名建构策略，沙博理在翻译中强调了这些旧势力对劳动人民的残酷剥削和压迫，突出了农业合作化运动中两条路线、两种思想的激烈矛盾和斗争，从而实现了小说的叙事重构效果。小说中人物绰号的翻译见表6。

表6 《创业史》的人物绰号翻译

人物姓名	人物绰号	英文翻译
梁三	白铁刀	Tin Knife
王二	直杠王老二	Quarrelsome Old Wang / Surly Wang
孙志明	水嘴	Blabbermouth
郭振山	轰炸机	The Dive Bomber

续表

人物姓名	人物绰号	英文翻译
郭庆喜	铁人	Iron Man
姚士杰爹	铁爪子	Iron Claw
吕二财东	吕二细鬼	Lu the Miser / Miser Lu
杨大财东	杨大剥皮	Yang the Tenant-skinner / Tenant-skinner Yang

三、《创业史》英译本中的“乡土中国”与民间话语重构

乡土性是文学民族化的显著标志之一，也是革命现实主义创作的重要组成部分。柳青的《创业史》作为社会主义现实主义文学的典范之作，通过成功地运用乡村的民间话语，描绘了陕西关中地区广阔博大的农村生活风貌，具有鲜明的地域文化特色。正如阎纲所指出的那样，“《创业史》里人物活动的细节和场面，充满着当地特有的泥土气息和生活色彩。请看一看书中关于民国十八年大饥荒的描写，架梁请客的描写，上山割竹的描写，粮食集市的描写，‘闲话站’的描写，王二丧礼的描写，杨副书记进草棚院的描写，合作社成立大会的描写等等，那简直就是一幅幅使人叹为观止的民俗画、风俗画。它是那样的富有诗情画意，那样的活画出当地农民浓厚的地方心理和地方习俗!”①

柳青在《创业史》中以细腻传神的手法，将陕西关中地

① 阎纲:《〈创业史〉与小说艺术》，上海：上海文艺出版社1981年版，第48页。

区的山川景物、民情风俗与现实世界中社会的变迁、人物的命运等巧妙地编织在一起，构成了一幅波澜壮阔的历史画卷，艺术地展现了20世纪50年代我国农村一场伟大的历史性变革，呈现出西北农村浓郁的乡土文化风情。本节主要从文化翻译的多维视角深入分析译者沙博理所采用的翻译策略和方法，着重探讨《创业史》英译本对乡土文化与民间话语的再现与重构，对外展现了柳青这部文学经典作品的独特神韵和文化内涵，彰显了中国当代乡土小说的艺术风采和审美品格，同时也塑造了朝气蓬勃、欣欣向荣的新中国形象。

1. 乡村自然景色的翻译

文学作品的乡土特色，首先蕴含于自然景物风光的描写之中。柳青出生于陕西农民家庭，参加革命后又长期生活在农村。因此，他的作品始终充溢着纯朴的乡村气息。在《创业史》的乡村自然景色描写方面，柳青笔下的陕西农村既不同于赵树理笔下山西农村的古朴素净，也与周立波笔下南国山乡的明媚清丽及孙犁笔下荷花淀的俊秀淡雅迥然相异。在柳青的艺术笔触下，那巍峨的终南山，苍莽的渭河平原，白雪皑皑的秦岭奇峰，碧波荡漾的汤河流水，蛤蟆滩的茂林渠岸、鸡鸣鸟啼、泥墙茅舍，处处呈现出八百里秦川特有的雄浑壮观，而独具特色的关中自然风光使这幅国画长卷呈现出鲜明浓郁的地方色彩。这些自然风光随着时序更替变换它的色彩，而且也随着时代风云的变迁、人物心理的变化，呈现出不同的情调。例如，开篇“题叙”，第一段展现在读者面前的是一幅旧社会的饥民逃荒图，色彩是暗淡的，基调是低沉的。但是，从《创业史》小说正文的第一章开始，秦川风光却呈现出一派春潮激荡、万木峥嵘的景象，字里行间闪耀着解放初期百废俱兴、蓬勃兴旺的乐观情调，倾注着作者对新农村的赞美和对劳动者的颂扬。作者以欢快舒展的笔势，精心描绘了一幅绚丽妩媚、生机盎然的“早春乡村晨景图”。

【原文】早春的清晨，汤河上的庄稼人还没睡醒以前，因为终南山里普遍开始解冻，可以听见汤河涨水的呜呜声。在河的两岸，在下堡村、黄堡镇和北原边上的马家堡、葛家堡，在苍苍茫茫的稻地野滩的草棚院里，雄鸡的啼声互相呼应着。在大平原的道路上听起来，河水声和鸡啼声是那么幽雅，更加渲染出这黎明前的宁静。

空气是这样的清香，使人胸脯里感到分外凉爽、舒畅。

繁星一批接着一批，从浮着云片的蓝天上消失了，独独留下农历正月底残余的下弦月。在太阳从黄堡镇那边的东原上升起来以前，东方首先发出了鱼肚白。接着，霞光辉映着朵朵的云片，辉映着终南山还没有消雪的奇形怪状的巅峰。现在，已经可以看清楚在刚锄过草的麦苗上，在稻地里复种的青稞绿叶上，在河边、路旁和渠岸刚刚发出嫩芽尖的春草上，露珠摇摇欲坠地闪着光了。[1]

【译文】Early one spring morning before the peasants living along the Tang Stream wakened from their slumbers, the sound of the rising waters became audible; the ice and snow on Mount Chungnan were beginning to thaw. On both banks of the stream, in Hsiapao Village, in Huangpao

① 柳青：《创业史》（第一部），北京：中国青年出版社 2009 年版，第 24 页。

Town, in the near hamlets on the northern plain, roosters in thatched cottage compounds amid the misty paddy fields greeted each other and the dawn. Heard from the road winding across the plain, the gurgling of the stream and the crowing of the roosters had a soft elegance which enhanced the hush that falls shortly before daybreak.

The air was fresh and fragrant; it gave a feeling of exceptional coolness and ease.

Stars faded from the deep blue sky, seen through idly drifting clouds, leaving only the crescent of the waning moon. According to the old lunar calendar it was the end of the first month. Before the sun rose from the plain around Huangpao Town, the east turned a fishbelly white. Then the morning clouds were encrimsoned, and their hues reflected on the yet unmelted snows draping the weird-shaped peaks of Mount Chungnan. On the wheat shoots, which had recently been hoed, on the green leaves of the young barley in the rice fields, on the tender grass just emerging along the roadside, on the banks of the river and stream, dewdrops glistened. ①

这幅“早春汤河晨景图”，上至辽阔的苍穹、山峦、日月星云，下至晶莹剔透的露珠，笔触细致，脉络分明。作者柳青使用了比较诗化的叙述语言和排比句式来描写早春乡村的自然美景，散发着浓郁的泥土芳馨，具有强烈的抒情意

① Liu Ching, *The Builders*, trans. by Sidney Shapiro. Peking: Foreign Languages Press, 1964, p. 29.

味，字里行间都流露出作者对乡村生活的深厚感情。在翻译《创业史》时，沙博理以同样生动丰富的英语词汇和句式重构了中文原作中的听觉、视觉、嗅觉等直观体验和描写，例如，汤河的流水、雄鸡的晨啼、空气的清香、消失的繁星和明月、霞光和积雪的山峰、麦苗和青稞的绿叶、春草上的露珠等。英译文栩栩如生地再现了柳青笔下那一幅色彩斑斓的“早春乡村晨景图”，展现了和煦明媚的新农村风貌。沙博理在叙述语言上有意识地使用了诸如 stars faded，deep blue sky，waning moon，fishbelly white，unmelted snows，green leaves，dewdrops glistened 等比较诗化的英语词汇。此外，柳青的原文出现了一些具有欧化特色的复杂长句，例如，“在刚锄过草的麦苗上，在稻地里复种的青稞绿叶上，在河边、路旁和渠岸刚刚发出嫩芽尖的春草上，露珠摇摇欲坠地闪着光了”。沙博理也采用了与原文形似的英文排比句式，将这一句子译为“On the wheat shoots，which had recently been hoed，on the green leaves of the young barley in the rice fields，on the tender grass just emerging along the roadside，on the banks of the river and stream，dewdrops glistened”，传神地再现了乡村早春的自然景色，真实地反映了作者对这片秦川土地的无比热爱与眷恋之情。

在《创业史》的第五章中，主人公梁生宝从渭河下游坐了几百里火车到郭县为互助组买优良稻种，小说对渭河平原的自然景色也有了更多生动传神的描写。柳青像一位高明的画家，善于捕捉富有地方特征的自然风貌，把画面的写意性和抒情性相结合，寥寥数笔就勾勒了一幅素雅明静的“渭河平原春雨图”。

【原文】春雨刷刷地下着。透过外面淌着雨水的玻璃车窗，看见秦岭西部太白山的远峰、松坡，渭河上游的平原、竹林、乡村和市镇，百里烟波，都笼罩在白茫茫的春雨之中。①

【译文】Spring rain came hissing down. Through the rain-spattered window of the railway carriage Sheng-pao could see in the western part of the Chinling Range the pine-covered slopes of Taipo Mountain, and on the plain of the upper reaches of the Wei bamboo groves, farmland and towns — all shrouded in a misty white rain that extended over hundreds of *li*. ②

在渭河春汛的鸣哨声中，随着列车奔驰的脚步，苍茫的秦川大地笼罩在一片飘飘洒洒的春雨之中。译者沙博理紧贴小说原文进行翻译，形象地再现了一幅色调淡雅却极富诗意的“渭河平原春雨图”，栩栩如生地展现了梁生宝开创农村社会主义改革的自然环境和氛围。此外，《创业史》的小说叙事中还有多处关于秦川乡土自然风貌的生动描写。这里以第二十二章写梁生宝带领乡亲们进入终南山割竹子为例。柳青将主人公置身于千姿百态的秦岭丛林之中，饱含着浓郁的诗情，泼洒文字丹青，诗与画、情与景、抒情与叙事溶为一体，描绘了一幅瑰丽多姿的“秦岭早春图”。

【原文】秦岭里的丛林——这谜一样的地方啊！山

---

① 柳青：《创业史》（第一部），北京：中国青年出版社2009年版，第74页。

② Liu Ching, *The Builders*, trans. by Sidney Shapiro. *Peking*: *Foreign Languages Press*, 1964, *p*. 92.

外的平原上，过了清明节，已经是一片葱绿的田野和浓荫的树丛了；而这里，漫山遍野的杜黎树、缠皮桃、杨树、桦树、椴树、葛藤……还有许许多多叫不起名字的灌木丛，蓓蕾鼓胀起来了，为什么还不发芽呢？啊啊！高山的岩石上，还挂着未融化的冰溜子哩。生宝走着走着，不断地听见掉下来的冰块在沟壑里打碎的声音，惊得山坡上的野鸡到处飞。听见脚底下淙淙的流水声，却看不见水。啊啊！溪水在堆积着枯枝败叶的冰层下边流哩。①

【译文】How strange were the wooded Chinling Mountains! On the plain, by the time spring's Clear and Bright festival day had passed, the fields were onion green and the trees were shady. But here, although the many different kinds of trees and shrubs were burgeoning, they had not yet leafed. *Aiya*! Long icicles still hung on the high cliff faces. As he trudged along, Sheng-pao kept hearing chunks of ice drop off and crash into the ravines, startling the pheasants on the slopes into flight. Though he could hear water gurgling beneath his feet, he couldn't see it. Aha! The stream was flowing under a layer of thick ice that was covered by twigs and leaves. ②

沙博理采用直译的翻译方法将“清明节”译为“Clear and Bright festival day”，将“葱绿”译为“onion green”，将

① 柳青：《创业史》（第一部），北京：中国青年出版社 2009 年版，第 306 页。

② Liu Ching, *The Builders*, trans. by Sidney Shapiro. Peking: Foreign Languages Press, 1964, p. 397.

“脚底下淙淙的流水声”译为“water gurgling beneath his feet”等，原生态地再现了秦岭丛林中冰化雪消、春回大地的自然风光，而且借秦岭惊险奇特的自然景色烘托出主人公梁生宝在坚冰沟壑、荆棘蒺藜中迈步挺进的豪迈英姿，颂扬了社会主义“新人”梁生宝带领乡亲们披荆斩棘、艰苦创业的奋斗精神，成功地在英译文中重构了这幅生机勃勃的“秦岭早春图”。

2. 乡村民俗风情的翻译

所谓“十里不同风，百里不同俗”，我国各地都有自己独特的传统民俗风情。柳青的《创业史》立足于广袤的秦川大地，将乡村叙事的发展与当地的民俗风情描写紧密结合，真实记录了陕西关中地区劳动人民的衣食住行、节日风俗、婚丧嫁娶仪式等传统民俗风情，具有鲜明的地域民俗文化色彩。例如，郭世富家盖新房架梁的喜庆场面，梁三在河滩旁边请人立婚书，汤河流域庄稼人上坟，以及王二直杠隆重的葬礼和黄堡镇喧闹的集市等，都在柳青细腻的笔触下栩栩如生地展现在读者的眼前。

《创业史》的乡村叙事寓政治风云于民俗风情的画面之中，借风土人情揭示历史前进的轨迹和人物命运的变化，呈现出乡村民俗文化的原生状态。例如，在《创业史》小说正文的第一章，出现在读者面前的就是一幅极有象征性的中国乡村风俗画。富裕中农郭世富新房上梁的鞭炮声，吸引了蛤蟆滩的庄稼人。在农民的心目中，盖新房是一件大事。尤其是像郭世富这样的富裕中农，解放后第一个在蛤蟆滩盖起了新楼房，更是引人注目。小说开头的这幅乡村风俗画面，以真实生动的艺术力量，展示了解放后农村的阶级斗争状况和农村阶级力量的对比，起到统摄全书矛盾冲突的作用。

【原文】啊呀！多少人在这里帮忙！多少人在这里看热闹！新刨过的白晃晃的木料支起的房架子上，帮助架梁的人，一个两个地正在从梯子上下地，木匠们还在新架的梁上用斧头这里捣捣、那里捣捣，把接缝的地方弄得更合窍些。中梁上挂着太极图，东西梁上挂满了郭世富的亲戚们送来的红绸子。中梁两边的梁柱上，贴着红腾腾的对联，写道："上梁恰逢紫微星，立柱正值黄道日"，横楣是："太公在此"。这太极图、红绸子和红对联，贴挂在新木料房架上，是多么惹眼，多么堂皇啊！戴着毡帽的中年人和老年人的脑袋，戴着黑制帽和包头巾的年轻人的脑袋，还有留发髻的、剪短发的和梳两条辫的女人们的脑袋，一大片统统地仰天看着这楼房的房架。①

【译文】Oh! What a lot of people were helping! The whole Flat seemed to have turned out. Now the helpers were coming down the ladders while the carpenters gave final raps here and there with their hammers to make the roof frame of white freshly planed beams and struts fit more snugly. The beams were decorated with auspicious phrases inscribed on red paper. The felt-capped heads of middle-aged and elderly men, the black-hatted and towel-covered heads of the young fellows, the bun-in-the-back, long-braided and short-bobbed heads of the girls and women, were all tipped back

① 柳青：《创业史》（第一部），北京：中国青年出版社 2009 年版，第 32 页。

as their owners gazed up at the new roof. [①]

这幢新盖的楼房成了人们羡慕的对象和奋斗的目标，把人们的目光引向个人发家的道路。这一引人注目的事件揭示了土地改革以后农村自发势力的活跃，以及农村社会主义改革发展道路上所面临的困难和挑战。沙博理在英译文中生动地重构了郭世富家盖新屋上梁的风俗画。虽然他对小说文本素材进行选择性采用，把贴挂在新木料房架上的太极图、红绸子和红对联等多处细节省略，没有翻译为英文，但是在整体而言还是比较忠实地再现了北方农村盖新房架梁的民间风俗画，真实展现了新中国成立初期中国农村生活的新面貌。

在人们的社会生活中，婚丧嫁娶活动是最能反映民俗文化的生活事件，也是人物命运的集中反映。以《创业史》的“题叙”中对于梁三老汉娶妻的民俗描写为例。按照关中地区的传统习俗，中年丧妻的梁三老汉与寡妇王氏结婚需要按照当时民间既定的一套婚俗规约行礼，诸如白天准备喜饭、晚上立婚书、立婚书后各方签字、请人吃素饭等流程。小说浓墨重彩地描写了梁三老汉请人写婚书的场景，展现了独特的乡土民俗风情。天黑之后，梁三老汉在众位乡亲面前小心翼翼地捧着一尺红标布，让那位穷学究俯身在河滩旁边一块磨盘大的石头上严肃地写下一份庄重的婚书。虽然这古老的民间习俗带着一种迷信色彩，但是梁三老汉与寡妇王氏这对患难夫妻在饥荒岁月的结合，却产生了一种震撼人心的艺术感染力。正是通过这幅寡妇改嫁的民俗风情画，折射出了旧社会贫苦农民的悲惨遭遇，同时也彰显了梁三老汉善良质朴

---

① Liu Ching, *The Builders*, trans. by Sidney Shapiro. Peking: Foreign Languages Press, 1964, p. 40.

的美好品格。

【原文】于是，下堡村那位整个冬天忙于给人们写卖地契约的穷学究，戴起他的老花眼镜了。他俯身在一块磨盘大的石头上，把那块红标布铺展开来了。梁三在一旁恭恭敬敬地端着灯笼，其余的男人蹲在周围。大伙眼盯着毛笔尖在红标布上移动。

把毛笔插进了铜笔帽里，戴眼镜的穷学究严肃地用双手捧起写满了字的红标布，从头至尾，一句一顿地念了起来：

> 立婚书人王氏，原籍富平南刘村人氏。皆因本夫夭亡，兼遭灾荒，母子流落在外，无人抚养，兹值饥寒交迫，性命难保之际，情愿改嫁于恩人梁永清名下为妻，自嫁本身，与他人无干。本人日后亦永无反悔。随带男孩乳名宝娃，为逃活命，长大成人后，随继父姓。空口无凭，立婚书为证。

当念毕“空口无凭，立婚书为证”的时候，人们的眼光，不约而同地都集中到宝娃他妈沉思细听的瘦长脸上了。

“行吧?”代笔人问。

“行。”王氏用外乡口音低低答应。[①]

【译文】Then the poor scholar, who was busy all winter writing deeds for people who had to sell their land,

① 柳青：《创业史》（第一部），北京：中国青年出版社2009年版，第7页。

put on his spectacles. He spread the red cloth on a flat rock as large as a millstone. According to local superstition not even grass would grow on a spot where a contract for the remarriage of a widow was written. That was why the sandy bank of the stream, already barren, was chosen for this ceremony. Liang the Third cautiously held the lamp while the other men squatted down in a circle, their eyes fixed on the brush pen moving over the red cloth.

After the brush pen was capped in its slim bronze tube, the bespectacled scholar solemnly raised the red cloth with both hands and read slowly the words he had inscribed:

> *The contractor of this marriage covenant, née Wang, was a native of Liu Village south of Fuping. Because her first husband died and her village was stricken by famine, mother and son were forced to wander from home, with no means of support. Today, plagued by hunger and cold and in danger of losing her life, she is willing to remarry and become the wife of her benefactor, Liang Yung-ching. She makes this contract of her own free will, with no obligations to any third party, and will never revoke it. The male child she has brought with her, known by the infancy name of Little Treasure, also a famine refugee, shall use the surname of his step-father when he grows up. Word of mouth being unreliable, this*

covenant is made as written proof of the marriage.

As these final words were intoned, all eyes turned to the long thin face of Little Treasure's Ma, who was listening carefully.

"Agreed?" asked the scribe.

"Agreed," she said quietly, in her up-country accent.①

在翻译乡土文学作品时，译者需要认真分析原文涉及的民俗文化内容，并将之进行“文化传真”给异域的读者，再现当地的风土人情和生活方式，以便增进不同民族、国家和文化之间的交流。根据关中地区的迷信说法，写过寡妇改嫁契约的地方会寸草不生。因此，整个冬天忙于给人们写卖地契约的穷学究才会选择在河滩的石头上为梁三和寡妇王氏订立婚书。小说原文添加脚注，用以解释当地的这种民间习俗。若将中英文相比较，就可以发现英译文并没有使用脚注，而是将原文的脚注内容全部译出，并巧妙融入正文之中。沙博理将“磨盘大的石头”直译为“a flat rock as large as a millstone”，接着又加上一句说明“According to local superstition not even grass would grow on a spot where a contract for the remarriage of a widow was written”，为前文提供了一定的社会文化语境，使西方读者能够更好地理解关中地区的传统民俗风情。所订立的一纸婚书郑重宣布了贫苦农民梁三和寡妇王氏这对患难夫妻的合法化。因此，在翻译梁三和王氏

① Liu Ching, *The Builders*, trans. by Sidney Shapiro. Peking: Foreign Languages Press, 1964, p. 9.

的婚书时，译者有意识地采用一些比较正式的词汇，诸如法语词汇以及法律合同的专业词汇和句式等，尽量忠实地再现西北山乡的婚礼程式和传统民间习俗。

3. 关中方言俗语的翻译

柳青善于从民间语言资源中积累和吸取文学写作素材，在《创业史》的小说叙事中使用了大量鲜活生动的关中乡村方言，例如，“婆娘”“牙客”“妗子”“屋里家”“福气疙瘩”等人物称谓，“碌碡”“担笼”“升子”等农具名称，还有其他如“老碗”“晌午”“脚地”“营生”“熬煎”“骚情”等许多词语，都具有浓厚的关中地方色彩，展现了一幅丰富真实的秦地乡村生活图景。然而，如何将《创业史》中的这些关中方言土语翻译为英文，与西方读者无障碍地进行跨文化的交流和沟通，是英译者面临的高难度翻译挑战。例如：

【原文】生宝他妈和他妹子秀兰，被中共预备党员惊人的深刻议论，吸引住了。她们用喜悦的眼光，盯着头上包头巾、手里端老碗的生宝——这个人在她们不知不觉中，变得出人意料的聪明和会说……①

【译文】Sheng-pao’s mother and sister, fascinated by his arguments, gazed at him in pleased surprise. When had their Sheng-pao — standing before them with his head bound in a towel cloth, his old rice bowl in his hand — when had he become so intelligent and eloquent?②

---

① 柳青：《创业史》（第一部），北京：中国青年出版社 2009 年版，第 103 页。

② Liu Ching, *The Builders*, trans. by Sidney Shapiro. Peking: Foreign Languages Press, 1964, p. 127.

在陕西关中地区的方言中，“老碗”一般用来指“近一尺的大碗”。此外，“老碗”也可以表示使用频率较高的碗。因此，沙博理按照字面意思，将“老碗”直译为“old rice bowl”，既忠实地保留了原文的形式，原生态地传播了关中地区特有的物质文化，同时也传递出了“老碗”的深层含义，暗示着梁生宝这位社会主义“新人”在不知不觉中已经变得成熟起来了。在描写小说的人物对话时，柳青也有意识地运用关中地区劳动人民日常生活中常见的方言俗语，生动地传达出人物口语的方言神韵。例如，在小说的第八章，当梁生宝与冯有万在草棚屋小炕上夜聊时，生宝第一次向有万倾诉了他与心上人徐改霞之间的秘密。

【原文】“家伙！真有福！”有万听得入了神，很羡慕。他又热心地说，“是这，赶紧下手吧！你那是前两年的事，改霞这阵手稠着哪！”

“咱不怕她手稠。”

“你甭吹！讨卦的人嘴拍多了，泥菩萨还给好卦哩，慢说一个闺女家。你知道吗？伸手的尽是知识分子啊！”①

【译文】“You're a lucky devil,” Yu-wan, who had been listening entranced, exclaimed. “But you'd better move fast. What you're telling me happened two years ago. Kai-hsia has plenty of suitors after her now.”

“I'm not afraid of them.”

---

① 柳青：《创业史》（第一部），北京：中国青年出版社2009年版，第109页。

"Don't be so sure! Even a clay idol can be moved by a slick talker, to say nothing of a young girl. They're all educated fellows."①

在上例的人物对话中，柳青自如地运用了诸如"手稠""讨卦""下手""伸手""见天""慢说"等关中方言，以及"哪""哩""啊"等感叹词，使人物口语生动传神，倍增风趣。沙博理在英译时采用了比较灵活的翻译方法和策略，尽量把这些关中方言的深层意思翻译出来。例如，对于"改霞这阵手稠着哪!"这一句方言俗语，沙博理准确地译为"Kai-hsia has plenty of suitors after her now"（现在改霞身边有很多的追求者）。冯有万所说的另一句民间俗语是"讨卦的人嘴拍多了，泥菩萨还给好卦哩"。他用这句俏皮幽默的俗语来提醒生宝赶紧采取行动，因为徐改霞也许无法抵挡众多追求者的花言巧语，可能会轻易答应嫁给他人。沙博理灵活地将这一句俗语译为"Even a clay idol can be moved by a slick talker"（即使是泥菩萨也会被能说会道的人打动），惟妙惟肖地再现了冯有万纯朴憨厚、率真风趣的个性特征。

此外，《创业史》中还出现了许多生动精辟的农村谚语和俚俗习语。例如，"一月缓苗，一月长，一月出穗，一月黄""谷雨下种小满栽""想吃大饼，又不愿累牙""吃人的嘴软，欠人的理短""拄棍要拄长的，结伴要结强的""逮雀儿也得舍一把米哩""甭坐了人家的没底轿""丈八高的灯台照远不照近""借得吃，打得还，跟上碌碡吃几天"，等。这些朴实无华的农村谚语和俚俗习语凝聚了劳动人民的

① Liu Ching, *The Builders*, trans. by Sidney Shapiro. Peking: Foreign Languages Press, 1964, pp. 137 – 138.

民间智慧，同时也承载了深厚的传统民俗文化，使《创业史》这部史诗性的巨著具有鲜明的时代特征和浓郁的乡土气息。因此，我们将对沙博理《创业史》英译本中的一些农村谚语和俚俗习语翻译方法和策略进行深入的研究。例如：

【原文】“百日黄嘛。听说从插秧到搭镰割稻子，只要一百天。”

“怪！自古常言：一月缓苗，一月长，一月出穗，一月黄。这‘百日黄’少二十天，差一个节气还多哩！”①

【译文】“It's called Hundred-Day Ripener. They say it takes only a hundred days from the time you transplant the seedlings to the time you harvest.”

“Very strange. We've always gone by the rule: ‘A month for the shoots to turn green, a month for them to grow, a month to put out grain heads, a month to ripen yellow.’ That Hundred-Day Ripener is quicker by twenty days.”②

农村谚语是农民世代传承下来的民间智慧结晶。上例中所引用的农村谚语“一月缓苗，一月长，一月出穗，一月黄”，采用了排比的修辞手法，比较详细地描述了稻种的生长周期。在小说原文，还特地对“缓苗”添加了一条脚注予以说明，意思是“关插秧后一个月内，秧苗由黄变绿”。沙

① 柳青：《创业史》（第一部），北京：中国青年出版社2009年版，第92－93页。

② Liu Ching, *The Builders*, trans. by Sidney Shapiro. Peking: Foreign Languages Press, 1964, p. 116.

博理在翻译时把这一脚注巧妙地融入了英译文之中，尽量保留了农谚原文的语言形式，将这句农村谚语翻译为“A month for the shoots to turn green，a month for them to grow，a month to put out grain heads，a month to ripen yellow”，具体形象地描述了水稻的生长情况，使西方读者能够更好地理解这句中国农村谚语的深层含义。再如：

【原文】“谷雨下种小满栽”—— 这是汤河流域稻地里庄稼人熟知的一句农谚。又说：“谷雨前五天不早，谷雨后五天不晚”。可见下稻种，就在这十来天里头哩。有些庄稼人早些，有些庄稼人晚些，还有些大庄稼院，下一部分早秧，下一部分晚秧，这样来防止栽到后来秧子长冒。①

【译文】“Sow at Grain Rains，transplant at Slight Fullness” — this rule was well-known to all the rice-raising peasants in the Tang Stream area. According to another aphorism：“Five days before Grain Rains is not too early，five days after is not too late.” In other words，there were about ten days within which the rice seed had to be sown. Some peasants preferred to sow early in the period，some to sow late. Those who had large holdings often put down part of their seed first，and the rest later on. In this way，they could ensure against the seedlings growing too big

① 柳青：《创业史》（第一部），北京：中国青年出版社 2009 年版，第 268 页。

for transplanting. ①

二十四节气准确地反映了自然节律的变化，对于我国农耕生产的指导发挥了极为重要的作用。“谷雨”节气是二十四节气中的第六个节气，蕴含着“雨生百谷”之意；而“小满”节气是二十四节气中的第八个节气，小麦籽粒开始饱满，但还没有成熟。对于小说原文中的农谚“谷雨下种小满栽”，沙博理根据字面意思采取了直译的翻译方法，将“谷雨”翻译为“Grain Rains”，将“小满”翻译为“Slight Fullness”，尽可能地保留了原文农谚的形式和意义，从而加深了西方读者对中华民族传统文化的理解和认识。在翻译《创业史》中的乡村俚俗习语时，沙博理也尽量采用直译的翻译策略，避免套用英文现有的固定习语，而且在使用英文习语时，也会进行语言的深加工和再创造，较好地保留了原文的个性化语言色彩，避免了小说人物语言的陈词滥调。例如：

【原文】梁三的一个树根一般粗糙的大巴掌，亲昵地抚摸着宝娃细长的脖子上的小脑袋。他亲爹似的喜欢宝娃。这娃子因面黄肌瘦，眉毛显得更黑，眼睛显得更大，那双眼里闪烁着儿童机灵的光芒。俗话说：“三岁就可以看出成年是啥样！”梁三挺满意他。②

【译文】With a big thick hand that was as roughly

① Liu Ching, *The Builders*, trans. by Sidney Shapiro. Peking: Foreign Languages Press, 1964, p. 349.

② 柳青：《创业史》（第一部），北京：中国青年出版社 2009 年版，第 4 页。

> calloused as the bark of a tree, he fondly patted the small head resting on the spindly neck. Liang the Third loved the child like a father. Because the boy's face was so thin and sallow, his brows seemed particularly dark and his eyes especial large; they fairly flashed with intelligence. As the old saying goes: "In a child of three, at one glance you can see what the adult will be." Liang was very pleased with the boy. ①

在饥荒岁月中，憨厚老实的梁三老汉将从外乡逃难来的寡妇王氏和宝娃领回家，组建了新的家庭。宝娃虽然年龄小，却长得很机灵，惹人喜爱。"三岁就可以看出成年是啥样!"，这句民间俗语真实描摹了梁三老汉对刚领回家的继子宝娃的内心想法。在翻译这句俗语时，沙博理没有轻易套用现成的英语习语"A child is the father of the man"，而是灵活地翻译为"In a child of three, at one glance you can see what the adult will be"，恰如其分地保留了小说原文中这句俗语的口语化色彩，使其更加符合小说人物的语言和心理活动。再如：

> 【原文】精细的郭世富得仔细调查一遍他家的农具和场具。该修补的修补，该添置的添置，决不可在这方面小气。我的天，过日子嘛，不摊点底儿还能行？逮雀

① Liu Ching, *The Builders*, trans. by Sidney Shapiro. Peking: Foreign Languages Press, 1964, p. 6.

儿也得舍一把米哩!①

【译文】The careful prosperous peasant also made a thorough inspection of his farm tools and equipment. He repaired what needed repair and added whatever was lacking. You couldn't be petty in matters like these. *Tien* Could you snare birds if you didn't spread a little rice as bait?②

沙博理采用直译的翻译方法，将“我的天”的感叹词直接音译为 *Tien*!。在这一基础上，他将“逮雀儿也得舍一把米”这句俗语准确地译为“Could you snare birds if you didn't spread a little rice as bait?”，生动传神地描摹出了郭世富在赶集买东西时候的内心独白，通过人物的心理活动折射出其精打细算过日子的性格。由此可见，作为国家翻译机构的制度化译者，沙博理在翻译《创业史》的农村谚语和俚俗习语时，尽量采用直译的翻译策略，尽可能保留这部乡土文学作品中原有的语言、文化和风格元素，让西方读者能够更好了解和认识“真实的中国”，有助于对外传播原生态的中国特色文化。对于一些无法直译的农村俚俗习语，沙博理也灵活地采用不同的翻译方法，促进跨文化交流和理解。例如：

【原文】“众位!”他开口说，为了庆祝上梁之喜，嘴唇的胡髭新近剪得很整齐。“唔！大伙拿眼睛能看见，

① 柳青:《创业史》(第一部)，北京：中国青年出版社 2009 年版，第 357 页。

② Liu Ching, *The Builders*, trans. by Sidney Shapiro. Peking: Foreign Languages Press, 1964, p. 458.

我今年盖了三间楼房。往年我有余粮，大伙说给穷乡党借几石就借几石。今年，实在说哩，我自家也把两条腿伸进一条裤脚里去了……"①

【译文】"Friends," he began. In honour of the roof raising on his new house, Shih-fu's moustache had been neatly trimmed. "As you all have seen, this year I'm building a three-room house. In the past, when I had extra grain and you told me to lend it to our poor neighbours, I always did. But this year, honestly, my family is hard up."②

民间有句常用的歇后语"两条腿穿一个裤脚——蹬打不开"，形象地比喻由于受到环境条件的限制，无法施展开来。在第三章"活跃借贷"的场景中，富裕中农郭世富借用"把两条腿伸进一条裤脚里去了"这句民间习语，来表示他无暇顾及和帮助其他贫农。他以此为托辞，推脱说由于盖新房，他自家也没有余粮可以借给乡党了。这里沙博理没有采用直译的翻译方法，以避免发生文化误读和误解。他根据语境灵活地改变翻译策略，将这句民间习语意译为"my family is hard up"（我的家庭很拮据）。虽然沙博理的翻译也许看起来没有很好地保留这句乡村俗语原有的民族文化形象和色彩，却淋漓尽致地再现了郭世富狡猾与自私的人物性格和心理活动，实现了有效的跨文化交流。

① 柳青：《创业史》（第一部），北京：中国青年出版社2009年版，第52页。

② Liu Ching, *The Builders*, trans. by Sidney Shapiro. Peking: Foreign Languages Press, 1964, pp. 63 – 64.

除了农村谚语和俚俗习语，《创业史》中还使用了一些比较粗俗的农民语言来描摹小说人物的个性特征和心理，或骂人诅咒，抑或发泄内心情绪等，例如，“把它的!”“他妈的!”“没脸!”“龟儿子”“少在我跟前装相!”等。在翻译小说人物的粗俗语言时，沙博理以俗译俗，尽量保留原文的粗俗化语言色彩，以增强人物形象的个性特征。例如：

【原文】他想：走到哪里黑了，随便什么地方不能滚一夜呢？没想到天时地势，就把他搁在这个车站上了。他站在破席棚底下，并不十分着急地思量着：

“把它的！这到哪里过一夜呢？……”①

【译文】“Any place will do to spend the night,” he had thought. He hadn't anticipated that the rain would strand him at the railway station. But he was only mildly disturbed.

“Damn the luck. Where can I go at this hour …”②

在《创业史》的第五章，梁生宝乘坐了几百里的火车去郭县为互助组买优良稻种。他到达郭县车站后已是暮色苍茫，偏偏又逢春雨连绵，面临着晚上去哪里过夜的问题。上例描写的正是梁生宝下了火车后的心理活动。“把它的!”是关中农民常用的粗俗口头禅，在面对无法解决的问题，或表示不满时，人们用它表示内心的感慨。在翻译《创业史》时，沙博理因地制宜地把这句比较粗俗的农民口语翻译为

① 柳青：《创业史》（第一部），北京：中国青年出版社 2009 年版，第 75 页。

② Liu Ching, *The Builders*, trans. by Sidney Shapiro. Peking: Foreign Languages Press, 1964, p. 93.

“Damn the luck”，符合梁生宝的农民身份和语言表达习惯，也生动地再现了他勤劳俭朴、忠诚厚道、克己为公的新农民形象和品格。再如：

【原文】现在，嘿，现在姚士杰连郭振山也不害怕了，还尿他白占魁做什么？[1]

【译文】Now, humph, now even Chen-shan didn’t scare him. Why should he worry about a piss-pot like Pai?[2]

“还尿他白占魁做什么？”这句农民粗话描述了富农姚士杰对兵痞二流子白占魁的内心看法。这里的“尿”表示“理睬”之意。而英文的押头韵俚语 a piss-pot，喻指令人讨厌的人。沙博理巧妙利用汉语原文的词语和英语的相似性，灵活地将这句农民粗话翻译为“Why should he worry about a piss-pot like Pai?”，较好地保留了原文的粗俗化语言色彩，真实地反映了土改之后富农姚士杰复杂的心理活动。然而，沙博理在翻译中也表现出一定的净化、甚至雅化语言的倾向，尽可能淡化原文的粗俗语言色彩，以便建构良好的民族形象。例如：

【原文】这些阴毒的行为，都涌到欢喜脑里来了。他下决心用刀子回击刀子！但十七岁的生活经历，还不足以给他提供一句刀子一般厉害的话来。一时情急脸

① 柳青：《创业史》（第一部），北京：中国青年出版社 2009 年版，第 133 页。

② Liu Ching, *The Builders*, trans. by Sidney Shapiro. Peking: Foreign Languages Press, 1964, p. 168.

红，他竟不再装大人，破口骂道："放你的屁！你放屁……"①

【译文】As the memory of these poisonous deeds surged into Huan-hsi's mind, he determined to return a knife for a knife. But his seventeen years' experience in life was not enough to provide him with a knife-sharp retort. His face flamed scarlet. He had to drop his role of the self-possessed adult. He cursed Shih-fu furiously. ②

富裕中农郭世富嘲笑穷苦农民任老三的儿子欢喜，年少的欢喜情急之下爆粗口回击。沙博理把欢喜骂郭世富的一连串粗口话都省略了，没有翻译为英文，而是采用解释性的翻译方法，根据语境译为了"He cursed Shih-fu furiously."（他愤怒地咒骂郭世富），淡化了原文的粗俗语言色彩。再如：

【原文】白占魁再也忍不住了。那经过操练的敏捷的身子一纵，站了起来。大伙以为他要和高增福干仗，他却冲出教室门走了。只听见他在院子里吐吐呐呐：

"鸡巴毛当头发！啥人民代……"以后的话被街门隔断了。③

【译文】The ex-corporal couldn't bear any more. He

① 柳青：《创业史》（第一部），北京：中国青年出版社 2009 年版，第 269 页。

② Liu Ching, Tha *Builders*, trans. by Sidney Shapiro. . Peking: Foreign Languages Press, 1977, p. 351.

③ 柳青：《创业史》（第一部），北京：中国青年出版社 2009 年版，第 125 页。

leaped to his feet with a quick move of his agile, well-trained body. Everyone thought he was going to lunge at Tseng-fu. Instead, he rushed out of the classroom door. They could hear him cursing in the courtyard:

"Any dirty beggar can become a cadre these days. A fine people's deputy." the slam of the compound gate cut off the rest of Pai's remarks.[①]

在发动活跃借贷的群众会上，兵痞二流子白占魁与下堡乡人民代表高增福发生语言冲突。显而易见，白占魁所说的“鸡巴毛当头发”是一句相当粗鄙的污言秽语。沙博理在英译文中也是选择把这句脏话省略不译，采用解释性的翻译方法，将这句脏话译为“Any dirty beggar can become a cadre these days.”（如今任何一个脏乞丐都可以成为干部），从而遮蔽小说原文中白占魁这句不堪入耳的污言秽语，在一定程度上表现出净化语言的翻译倾向。

4. 秦腔与秦地民歌的翻译

秦腔是关中地区非常重要的传统民间戏曲文化形式。“每每村里过红白丧喜之事，那必是要包一台秦腔的；生儿以秦腔迎接，送葬以秦腔致哀；似乎这个人生的世界，就是秦腔的舞台”[②]。因此，柳青将秦腔作为一种独特的文化符号恰如其分地点缀在《创业史》小说叙事之中，增强了这部乡土文学作品的地域特色。例如：

---

① Liu Ching, *The Builders*, trans. by Sidney Shapiro. Peking: Foreign Languages Press, 1964, pp. 157 – 158.

② 贾平凹：《秦腔》，载范培松编：《贾平凹散文选集》，天津：百花文艺出版社 2009 年版，第 104 页。

【原文】大伙都说：一斤酒装进十六两的瓶子里头了，正好！冯有万跑过来，学着秦腔里的姿态和道白说：

"元帅升帐，有何吩咐，小的遵命是了……"

大伙都哈哈大笑。连正为自己的问题苦恼的郭锁也笑了。[1]

【译文】Everyone said that would be perfect-exactly sixteen ounces of wine to the one-catty bottle. Yu-wan rushed forward and in the style of the classical opera intoned:

"The commander-in-chief has come to the front. What orders does he have for this humble officer?"

They all roared with laughter, including Kuo Suo who was still fretting over his personal problem.[2]

在高增福被选为互助组副组长以后，冯有万跑到高增福跟前，学着秦腔的姿态和道白说："元帅升帐，有何吩咐，小的遵命就是了。"他略带调皮的唱腔，将高增福当选为互助组副组长以后社员们的高兴表现得淋漓尽致。作为国家翻译实践的外来译者，沙博理努力在翻译中调和中西文化差异，积极对外传播秦腔的戏曲文化。他将冯有万说的秦腔道白"元帅升帐，有何吩咐，小的遵命就是了"翻译为英文"The commander-in-chief has come to the front. What orders does he have for this humble officer?"，生动再现了冯有万活泼俏皮、率真风趣的个性特征。

---

① 柳青：《创业史》（第一部），北京：中国青年出版社2009年版，第406页。

② Liu Ching, *The Builders*, trans. by Sidney Shapiro. Peking: Foreign Languages Press, 1964, p. 522.

再如：

【原文】“对！”水嘴畅快地答应。

手里拿着一张纸，晃晃荡荡走过土场，孙委员快乐地唱着秦腔：“老了老了实老了，十八年老了王宝钏……”①

【译文】“Right,” Blabbermouth assented cheerily. Carrying his sheet of paper, he strode jauntily from the threshing ground, singing a comic song. ②

在秦腔名段《寒窑》中，王宝钏与薛平贵分别十八年后，终于在寒窑相见。在端盆清水照看容颜时，她不禁发出“老了老了实老了，十八年老了王宝钏”的悲伤感慨。在小说中，担任民政委员的孙水嘴愉快地接受代表主任郭振山的命令，去询问高增福互助组的进展情况，一路上用欢快的调子随意哼着王宝钏那原本悲伤的秦腔唱词，深刻地揭露了他一副小人得志的丑陋嘴脸。在此处的英译文中，沙博理没有把秦腔唱词逐句地翻译出来，而是灵活地采用释义，传达原文的意思，促进跨文化交流。

除了秦腔以外，《创业史》还在小说叙事中穿插了秦岭丛林中流传的一首山歌，不仅增添了秦地民间歌曲的乡土韵味，而且也加强了乡土小说的艺术审美意蕴和感染力。

【原文】任老四说着，好像演戏一样，对大伙念出

① 柳青：《创业史》（第一部），北京：中国青年出版社 2009 年版，第 65 页。

② Liu Ching, *The Builders*, trans. by Sidney Shapiro. Peking: Foreign Languages Press, 1964, p. 81.

一段山民口歌来：

山里人们实可怜，
一年四季没个闲。
自从粮食种下地，
人一半来兽一半。
天天守，夜夜看，
眼熬红，嘴喊烂，
猪八斗来熊一石，
到头还是灾荒年。

"你看！人家山里人把嘴喊烂，还不惹它哩。咱山外人来拉个扫帚，惹它做啥？你嘴馋，不会照腮帮子响响亮亮摔几个巴掌吗？还说庆贺咱安家的喜事！口号倒挺响亮！"任老四教训趴在枯草坪上的冯有万，由愤怒说到后来，变成开玩笑了。[1]

【译文】Like an actor on the stage, Jen recited the words of a mountain song for everybody's benefit:

Pity, oh pity the mountain dweller poor,
His work for the year, oh, it never ends.
The result of the seed which he sows o'er the ground,
On heaven, on wild beasts, on them it depends.
Guarding his crops all day and all night,
His eyes go red, he shouts himself hoarse,
But harvest brings only a famine year,

① 柳青：《创业史》（第一部），北京：中国青年出版社2009年版，第310页。

One picul the bears steal and eight pint the boars.

"You see? The mountain folk shout themselves hoarse, but they never provoke them. Why should we outsiders? If you are such a glutton, better fatten your face with a few good resounding smacks. You have the nerve to talk about a celebration feast for our new home. Now there's a phrase that's really resounding." As he lectured Yu-wan, who was lying in the grass, Jen's anger cooled, and he ended up with a jest. ①

在《创业史》的第二十二章，梁生宝带领村民进入秦岭深山割竹子，以便增产增收，促进合作化发展。在小说的叙事中穿插的这段山歌音韵低沉、节奏匀称，反映出当时山民生活的艰辛和不易，也侧面说明了梁生宝一行人进入秦岭深山面临的各种危险，有利于渲染气氛，推动故事情节的进一步发展。沙博理在翻译时注重民歌的整体结构形式，歌词行文缩行，基本单独成行，而且通过调整顺序、采用不同的押韵形式进行翻译，尽量再现民歌原文的音韵效果，以符合民歌文体特征和小说人物的情感状态，使这段民歌的英译文尽可能达意传情，表达出对当地山民的艰辛贫苦生活的无限同情和悲叹，再现秦地民歌中特有的乡土韵味和文化意蕴。

---

① Liu Ching, *The Builders*, trans. by Sidney Shapiro. Peking: Foreign Languages Press, 1964, pp. 401 – 402.

第七章 结语

第一节 红色经典的新中国想象与翻译

新中国成立后，我国广大文艺工作者创作和出版了一批反映中国革命历史和社会主义建设成就的红色经典小说，包括“三红一创，青山保林”等，成为新中国的革命历史记忆与国家叙事不可或缺的重要组成部分。这些文学作品以革命历史题材为主，以歌颂中国共产党领导下的人民民主革命和社会主义建设为主要内容[1]，塑造了光彩夺目的革命英雄人物形象，建构了中华民族的红色记忆，不仅反映了共产党员与广大人民群众一起为新中国浴血奋战的历史过程，而且也表现了新中国想象对他们革命斗争的感召力和促进作用。例如，罗广斌、杨益言在《红岩》中写道：

“破坏一个旧中国，又建设一个新中国……”江姐

① 孟繁华、程光炜：《中国当代文学发展史》（修订版），北京：北京大学出版社2011年版，第152页。

荡漾的声音里，透出无限的向往，“改变贫穷、落后的面貌，建设一个崭新、富强的国家，这是多么壮丽的事业！人口众多，土地辽阔，强大的祖国，强大的党！我们的革命，对世界，对人类，将来应该作出更多的贡献啊。”①

改变旧中国积贫积弱的面貌，建设一个美丽富强的新中国，一直是中国共产党和广大人民群众的强烈愿望和奋斗目标。作为一种文学想象，“红色经典”描绘出了一个清晰可见的美好未来，赋予新中国的政治图景以具体可感的形象，给人民群众带来深切的情感认同和巨大的精神力量，促使人民群众行动起来，为实现这一政治图景而奋斗。例如，赵树理的《三里湾》描绘了远大而美好的社会主义新农村图景，充满了对社会主义新农村生活的向往；柳青的《创业史》生动地展现了一幅波澜壮阔的新中国农村社会主义革命和建设的历史画卷，形象地说明了在中国农业社会里农民只有在中国共产党的领导下，坚定不移地走农业合作化的道路，才能真正过上幸福美好的日子，才会有光辉灿烂的未来。这些红色经典文学作品中的新中国想象和图景，激发每个共产党人和广大人民群众为之奋斗，相信只要通过革命斗争，建设一个新中国，就能够改变民族的命运和自己的命运；只要坚持社会主义道路，在社会主义道路上阔步前进，就一定能够到达美好的共产主义社会。红色经典的新中国想象符合国家意志和主流意识形态，在中国革命和社会主义建设的启蒙和动员中扮演着不可或缺的重要角色，具有强大的感召力和推动

① 罗广斌，杨益言：《红岩》，北京：中国青年出版社 2000 年第 3 版，第 497 页。

作用。

由于现有研究对“红色经典”的文学翻译及其在国家形象建构中的重要作用关注不够，比较零散和碎片化，仍未形成系统化的研究，因此，本研究以中国红色经典的英译作品为考察中心，综合运用翻译学、比较文学形象学、叙事学以及文化研究等多学科的理论和方法，对中国红色经典的英译作品与中国形象的建构和传播进行较系统全面的研究，深入剖析“十七年”期间中国红色经典作品的翻译动机、翻译策略和方法，以展现中国红色经典文学英译中的革命历史图景和现代民族国家形象，揭示文学翻译在中国形象的建构和海外传播过程中发挥的重要作用和意义。

首先，我们简略地追溯了国家形象理论研究的历史渊源和发展脉络，剖析和厘清文学翻译与国家形象建构之间错综复杂的关系，探讨中国国家形象的历史建构与跨文化传播，从学理上深入研究国家形象在跨文化传播和交流中的多维互释与意义生成。国家形象是一个多维度的理论体系，既包括异质文化对某一个国家进行的整体评价和思考，也包括本国文化对自己国家进行的想象式的认知，以及对异质文化所建构起来的镜像进行的再度思考。

按照建构主体的差别，我们根据建构者的角色差异将国家形象的建构分为“自我”的建构和“他者”的建构。接着，在这一基础上，从“文化他者”的视角梳理和考察冷战时期欧美国家对于中国红色经典文学作品的译介、阐释和解读，及其对新中国国家形象的“他塑”“重塑”和“误塑”等多元化样态和图景，探讨这一历史时期欧美国家对中国红色经典的“他者想象”，及其对中国国家形象的塑造、传播等多维文化镜像。在当时西方主导的国际话语格局中，中国只能作为一个被表述和言说的“文化他者”而存在，这使中国形象处于“被塑造”的不利境地。

新中国成立后，我国政府通过外文出版社等国家机构有组织、有计划地开展国家翻译实践，主动对外翻译和出版中国红色经典文学作品，积极宣传我国社会主义建设的成就和革命经验，展现了崭新的现代民族国家形象。红色经典的对外翻译和海外传播，不仅改变了中国形象总是被动地由西方来表述和言说的局面，在一定程度上消除了西方人对中国的政治意识形态偏见和刻板形象，而且也促进了中国国家形象的“自我”塑造和建构。因此，我们深入考察“十七年”期间中国红色经典文学作品的对外翻译和海外传播历程，及其多样化的翻译效果，并选取《保卫延安》《红日》《三里湾》和《创业史》等红色经典长篇小说进行个案研究。基于对翻译作品的具体微观剖析和对翻译文本的取样性分析，本书着重研究红色经典小说英译本的翻译叙事建构策略和方法，及其与国家形象建构之间的话语互释与文化表征，探讨如何通过文学翻译解构中国在西方世界中的消极负面形象，重塑社会主义新中国的积极正面形象，增强中国的国际话语权，提高民族文化自觉和自信意识，用英文讲好中国“红色故事”，传承“红色基因”，赓续“红色血脉”，弘扬社会主义核心价值观，从而促进新时代具有中国特色的社会主义建设与发展。

第二节　从文化他者到文化自觉的转变

在《东方学》扉页中，后殖民主义文化思潮的领军人物萨义德曾引用卡尔·马克思在《路易·波拿巴的雾月十八日》中的一句话说，“他们无法表述自己，他们必须被别人表述”[1]。近现代以来，由于地理空间的距离和意识形态的遮蔽，西方视野里的中国国家形象成了一种关于文化“他者”的想象与表达，在复杂的国际话语体系中长期陷于“被表述”和“被塑造”的尴尬境地。在这种紧迫的国际形势下，中国需要通过“文化自觉”改变只能作为文化他者的处境，通过自身的主动性的言说来提供更为丰富的信息，消解外界对中国认知的刻板偏见，让自己的声音突显在国际话语框架中，积极彰显中国的文化身份和立场，从而在国际社会中自我建构一个良好的国家形象。

所谓“文化自觉”，按照我国著名的社会学家费孝通先生的解释，它是“生活在既定文化中的人对其文化有‘自知之明’，明白它的来历、形成的过程、所具有的特色和它发展的趋向。自知之明是为了加强对文化转型的自主能力，取得决定适应新环境、新时代文化选择的自主地位”[2]。“文化自觉”强调对自身文化的认知。如果对自身形象没有清晰、明确的认识，就会导致在进行国家形象建构和传播时无法形成统一连贯的风格。在国际舞台上，“文化自觉”则表现为一个国家以不卑不亢的姿态阐释和说明自我文化的价值和魅力，以求得世界范围内的普遍认同。在“十七年”期间，为了让世界更好地认识和了解新中国，外文出版社有组织、有计划地开展国家翻译实践，积极主动对外译介和出版了大量的中国红色经典文学作品，反映中国人民的革命斗争和社会主义的建设事业，重塑新中国积极正面的国家形象。《红日》

① ［美］萨义德：《东方学》（第3版），王宇根译，北京：生活·读书·新知三联书店2019年版，扉页。

② 费孝通：《费孝通论文化与文化自觉》，北京：群言出版社2007年版，第295页。

《红岩》《红旗谱》《创业史》《保卫延安》《林海雪原》《青春之歌》等红色经典记录了中国共产党领导下民族独立解放的历史进程，讲述了英雄人物的革命故事和光辉事迹，反映了中国革命和社会主义建设走向胜利的历史规律。这些文学作品被先后翻译成多种外国语言文字，广泛流传于海外，生动地塑造了中华儿女在共产党的领导下进行民族解放战争的英勇形象，而且也建构了新中国良好的国家形象。

从建构主义的理论视角来看，"十七年"期间中国红色经典的对外翻译是中国形象的自我言说，而不是西方他者的言说，提高了民族文化自觉和自信意识，对新中国形象的建构和传播发挥着积极的推动作用。文化自信是建立在文化自觉的基础之上的，因此，想要重塑中国的国家形象，必然要经历一个文化自觉的过程，这要求我们既要对自己的文化进行反思，明白它的起源、发展脉络和方向，树立起自身的文化认同感，同时要有博大的胸怀理解和接触多种文化，尊重其他民族和国家的文化和认知差异，这样才能促进各种文化和谐共存，在良好的文化氛围内使中国的国家形象得以对外传播。文化自觉和自信并不是要强化一种狭隘的民族主义观念，而是要在纷繁复杂的世界舞台上保持自己的独立性，通过自身文化的论述、历史的延续、价值的调适、观念的更新来完成自我身份的确立。唯有如此，中国才能确立在国际舞台中的主体性地位，摆脱只能作为文化他者的处境，提高民族文化自觉和自信意识，以"民族复兴"为叙事框架，积极主动地向世界译介和传播具有中国特色、蕴含中国智慧的优秀文化，增强中国的国际话语权，建构良好的中国国家形象。

第三节 反思与前瞻：建构良好的国家形象

国家形象是一个国家综合实力及国际地位的反映，也是国家文化“软实力”的重要组成部分与直观体现。在世界格局和国际形势发生了深刻变革的当今时代，如何向世界讲述好中国故事，传播好中国声音，如何塑造并传播中国的国家形象，如何增强中国的国际传播能力，让世界更好地了解中国，让中国全方位走向世界，已成为中国现代化进程中面临的极具紧迫性、挑战性且是战略性的重大课题。

2019 年 9 月，习近平总书记在致中国外文局成立 70 周年贺信中提到，在新形势下，中国同世界的联系日益紧密，应“坚持守正创新，加快融合发展，不断提升国际传播能力和水平，努力建设世界一流、具有强大综合实力的国际传播机构，更好向世界介绍新时代的中国，更好展现真实、立体、全面的中国，为中国走向世界、世界读懂中国作出新的更大的贡献”。2021 年 5 月，中共中央政治局就加强我国国际传播能力建设进行第三十次集体学习，指出“讲好中国故事，传播好中国声音，展示真实、立体、全面的中国，是加强我国国际传播能力建设的重要任务”。而 2022 年 11 月党的二十大报告里的相关表述更为系统和完整，提出要“加快构建中国话语和中国叙事体系，讲好中国故事、传播好中国声音，展现可信、可爱、可敬的中国形象。加强国际传播能力建设，全面提升国际传播效能，形成同我国综合国力和国际地位相匹配的国际话语权”。如今正值我国进入全面建设社会主义新时代，回顾“十七年”期间中国红色经典的文学翻译和海外传播历程，总结这一历史时期的红色经典国家翻译实践经验与得失，不仅具有重要的历史价值和意义，而且有助于促进新时代中国文学、文化的对外传播，提升国家文化“软实力”，增强中国的国际话语权，对当代中国国家形象的跨文化建构和传播同样具有积极的理论启示和现实意义。

红色经典作为中国新文艺发展史上的重要篇章，是中国革命和社会主义建设事业不可或缺的重要组成部分。在“十七年”期间，我国政府通过外文出版社有组织、有计划地开展国家翻译实践，对外译介了大量的中国红色经典文学作品，如《红日》《红岩》《红旗谱》《创业史》《保卫延安》《林海雪原》等，对新中国国家形象的自我建构发挥了至关重要的作用。这些英译作品为西方社会了解现当代中国文学、文化提供了一个窗口，也为新中国形象的建构和海外传播做出了独特的贡献。但不可否认的是，其中仍然存在着一系列的问题，例如政治宣传色彩比较浓厚，传播主体比较单一、传播内容不够丰富多彩、传播方式和途径不够多元化等，使得文学翻译对于中国形象建构的重要作用无法充分发挥出来。如果“用‘对内宣传’的思维和方法来进行‘对外传播’，那么信息在对外传播的过程中极难逾越‘意识形态差异’和‘文化差异’两道鸿沟，也就难以到达境外受众”[①]。而且，当代西方话语圈把对“宣传”的贬义理解转嫁到中国各种带有宣传色彩的社会文化实践中，迎合了他们对中国形象进行“污名化”思考的需要。

习近平总书记多次提及，要“多用外国民众听得到、听得懂、听得进的途径和方式，讲述好中国故事，传播好中国

① 李宇：《从宣到传：电视对外传播研究》，北京：北京大学出版社2013年版，第7页。

声音，让世界对中国多一分理解、多一分支持”[①]。因此，在新时代中国国家形象的跨文化建构过程中，我们应该以现代的传播意识取代既有的宣传意识，改变对官方机构单一主体的依赖，促进传播主体的多元化，增加传播内容的丰富性和多样性，拓展传播方式，推动传播符号的多模态化，注重传播过程的长期性和复杂性，向世界积极译介和传播新时代的中国文学、文化作品，提升中国在国际话语体系的重要地位，从而在国际社会中塑造和建构良好的中国国家形象。

从总体而言，本研究深入考察“十七年”期间中国红色经典的文学翻译和海外传播历程，总结这一历史时期的红色经典国家翻译实践经验与得失，从国家翻译实践的视角深入探讨红色经典英译作品对中国国家形象建构和传播的重要作用及其影响。在研究过程中，虽然笔者已经竭力对相关问题做出比较深入的分析和探讨，但是由于中国红色经典及其英译作品的数量繁多，而笔者时间却相对比较有限，因此在翻译个案的选取和分析研究方面难免会挂一漏万，存在一些疏忽和不足之处。而且，由于研究视角的规约，本研究着重于源语文本中的中国形象在目的语文本中的话语生成和建构研究，而对中国红色经典英译作品的海外传播、接受和影响研究不够深入细致，希望在未来能够继续充实和完善这方面的研究。

① 习近平：《习近平谈治国理政》（第一卷），北京：外文出版社 2014 年版，第 60 页。

参考文献

Baker, M. *Routledge Encyclopedia of Translation Studies* [M]. London & New York: Routledge, 1998.

Baker, M. *Critical Readings in Translation Studies* [M]. London & New York: Routledge, 2010.

Baker, M. "Translation as Re-narration" [A]. in Juliane House. (ed.). *Translation: A Multidisciplinary Approach*. Basingstoke: Palgrave Macmillan, 2014, pp. 158 – 177.

Baker, M. *Translation and Conflict: A Narrative Account* [M]. 2nd edition, New York: Routledge, 2019.

Beller, M. "Perception, Image, Imagology" [A]. in M. Beller and J. Leerssen (eds.). *Imagology: The Cultural Construction and Literary Representation of National Characters — A Critical Survey*. Amsterdam & New York: Rodopi, 2007, pp. 3 – 16.

Birch, C. (ed.). *Chinese Communist Literature* [M]. New York: Praeger, 1963.

Birch, C. "The Particle of Art" [J]. *The China Quarterly*, 1963, 13 (3): pp. 3 – 14.

Birch, C. "Chinese Communist Literature: The Persistence of Traditional Forms" [J]. *The China Quarterly*, 1963, 13 (3): pp. 74 – 91.

Boulding, K. E. "National Images and International Systems" [A]. *The Journal of Conflict Resolution*, 1959, 3 (2): pp. 120 – 131.

Chao, Shu-Li. *Sanliwan Village* [M]. trans. by Gladys Yang, Peking: Foreign Languages Press, 1957.

Chu, B. *Tracks in the Snowy Forest* [M]. trans. by Sidney Shapiro, Peking: Foreign Languages Press, 1962.

Delisle, J, Woodsworth, J. *Translators through History* [M]. Amsterdam & Philadelphia: John Benjamins Publishing Company, 2012.

Doorslaer, L. van, Flynn, P. & Leerssen, J. (eds.). *Interconnecting Translation Studies and Imagology* [M]. Amsterdam & Philadelphia: John Benjamins Publishing Company, 2016.

Du, Pengcheng. *Defend Yenan* [M]. trans. by Sidney Shapiro, Peking: Foreign Languages Press, 1958.

Fairbank, J. K. *The United States and China* [M]. Cambridge: Harvard University Press, 1983.

Gentzler, E. *Contemporary Translation Theories* [M]. London: Routledge, 1993.

Gentzler, E. *Translation and Identity in the Americas: New Directions in Translation Theory* [M]. London & New York: Routledge, 2008.

Gibbs, D. A. *Subject and Author Index to Chinese Literature Monthly (1951—1976)* [Z]. New Haven: Far Eastern

Publications, Yale University, 1978.

Glissant, É. *Poetics of Relation* [M]. trans. by Betsy Wing, Ann Arbor: The University of Michigan Press, 1997.

Gotz, M. L. *Images of the Worker in Contemporary Chinese Fiction: (1949—1964)* [D]. Unpublished PhD. Dissertation of University of California, Berkeley, 1977.

Hermans T. *Translation in Systems: Descriptive and System - oriented Approaches Explained* [M]. Manchester: St. Jerome Publishing, 1999.

Hsai, M. H. *The Construction of Positive Types in Chinese Contemporary Fiction* [D]. Unpublished PhD. Dissertation of University of California, Berkeley, 1975.

Hsai, M. H. *Contemporary Chinese Novels and Short Stories (1949—1974): An Annotated Bibliography* [M]. Cambridge: Harvard University Press, 1979.

Hsia, C. T. *History of Modern Chinese Fiction* [M]. New Haven: Yale University Press, 1961.

Hsia, C. T. "Residual Femininity: Women in Chinese Communist Fiction" [J]. *The China Quarterly*, 1963, 13 (3): pp. 158 - 179.

Hsia, T. A. "Twenty Years After the Yenan Forum" [J]. *The China Quarterly*, 1963, 13 (3): pp. 226 - 253.

Hsia, T. A. "Heroes and Hero - Worship in Chinese Communist Fiction" [J]. *The China Quarterly*, 1963, 13 (3): pp. 113 - 138.

Huang, J. C. "Villains, Victims and Morals in Contemporary Chinese Literature" [J]. *The China Quarterly*, 1971, vol. 46: pp. 331 - 349.

Huang, J. C. *Heroes and Villains in Communist China: The Contemporary Chinese Novel as a Reflection of Life* [M]. London: C. Hurst & Company, 1973.

Jenner, W. J. F. (ed.). *Modern Chinese Stories* [M]. London & New York: Oxford University Press, 1970.

Kaplowitz, N. "National Self-Images, Perception of Enemies, and Conflict Strategies: Psycho-political Dimensions of International Relations" [J]. *Political Psychology*, 1990, 11 (1): pp. 39 - 82.

Lambert, J. "The Language of University and the Idea of Language Management: Before and Beyond National Languages. A Position Paper" [A]. in A. Boonen & W. Van Petegem (eds.). *European Networking and Learning for the Future: The EuroPace Approach*, Antwerp. Garant, 2007, pp. 198 - 215.

Lefevere, A. *Translating Literature: Practice and Theory in a Comparative Literature Context* [M]. London & New York: Routledge, 1992.

Lefevere, A. *Translation, Rewriting and the Manipulation of Literary Fame* [M]. London: Routledge, 1992.

Leerssen, J. "Imagology: History and Method" [A]. in M. Beller and J. Leerssen (eds.). *Imagology: The Cultural Construction and Literary Representation of National Characters—A Critical Survey*. Amsterdam & New York: Rodopi, 2007, pp. 17 - 32.

Li, Chi. "Communist War Stories" [J]. *The China Quarterly*, 1963, 13 (3): pp. 139 - 157.

Liu Ching. *The Builders* [M]. 1st edition, Peking: Foreign

Languages Press, 1964.

Liu Ching. *Builders of a New Life* [M]. 2nd edition, Peking: Foreign Languages Press, 1977.

Liu, H. *China and the Shaping of Indonesia, 1949—1965* [M]. Singapore: NUS Press in association with Kyoto University Press, 2011.

Louie, K. & Edwards, L. *Bibliography of English Translations and Critiques of Contemporary Chinese Fiction, 1945—1992*. [Z]. Taipei: Center for Chinese Studies, 1993.

McDougall, B. S. *Translation Zones in Modern China: Authoritarian Command versus Gift Exchange* [M]. New York: Cambria Press, 2011.

McDougall, B. S. *Mao Zedong's "Talks at the Yan'an Conference on Literature and Art": A Translation of the 1943 Text with Commentary* [M]. Ann Arbor: University of Michigan Center for Chinese Studies, 1980.

Meserve, Walter J. & Meserve, Ruth I. *Modern Drama from Communist China* [M]. New York: New York University Press, 1970.

Munday, J. *Introducing Translation Studies: Theories and Applications* [M]. 3rd edition, New York: Routledge, 2012.

Niranjana, T. *Siting Translation: History, Poststructuralism, and the Colonial Context* [M]. Berkeley, CA: University of California Press, 1992.

Passin, H. *China's Cultural Diplomacy* [M]. New York: F. A. Praeger, 1963.

Pérez, M. C. *Apropos of Ideology: Translation Studies on Ideology: Ideologies in Translation Studies* [M]. Manchester: St. Jerome

Publishing, 2003.

Pym A. *Method in Translation History* [M]. Manchester: St. Jerome Publishing, 1998.

Roberts, R. & Li, L. *The Making and Remaking of China's "Red Classics": Politics, Aesthetics, and Mass Culture* [M]. Hong Kong: Hong Kong University Press, 2017.

Shi, C. W. "Co-operatives and Communes in Chinese Communist Fiction" [J]. *The China Quarterly*, 1963, 13 (3): pp. 195 - 211.

Toury, G. *Descriptive Translation Studies and Beyond* [M]. Amsterdam & Philadelphia: John Benjamins Publishing Company, 2012.

Van Fleit Hang, K. *Literature the People Love: Reading Chinese Texts from the Early Maoist Period (1949—1966)* [M]. New York: Palgrave Macmillan, 2013.

Venuti, L. *The Translator's Invisibility: A History of Translation* [M]. London & New York, Routledge, 1995.

Venuti, L. *The Scandals of Translation: Towards an Ethics of Difference* [M]. London & New York, Routledge, 1998.

Wu Chiang. *Red Sun* [M]. trans. by A. C. Barnes, Peking: Foreign Languages Press, 1961.

Yang, Richard F. S. "Industrial Works in Chinese Communist Fiction" [J]. *The China Quarterly*, 1963, 13 (3): pp. 212 - 225.

[美] 阿尔蒙德, [美] 鲍威尔. 比较政治学：体系、过程和政策 [M]. 曹沛霖等译. 上海：上海译文出版社，1987.

[美] 安德森. 想象的共同体：民族主义的起源与散布（增订版）[M]. 吴叡人译，上海：上海人民出版社，2016.

［苏］巴赫金. 陀思妥耶夫斯基诗学问题［M］. 白春仁、顾亚铃译，北京：生活 · 读书 · 新知三联书店，1988.
［法］巴特. 符号学原理［M］. 李幼蒸译，北京：生活 · 读书 · 新知三联书店，1988.
［德］本雅明：翻译者的任务［A］，载陈永国，马海良编：本雅明文选. 北京：中国社会科学出版社，1999.
陈吉荣. 翻译建构当代中国形象：澳大利亚现当代中国文学翻译研究［M］. 北京：中国社会科学出版社，2012.
陈日浓，王永福. 中国外文局五十年书刊对外宣传的理论与实践［M］. 北京：新星出版社，1999.
陈思和. 中国当代文学史教程［M］. 上海：复旦大学出版社，1999.
陈伟军. 传媒视域中的文学：新中国成立后十七年小说的生产机制与传播方式［M］. 桂林：广西师范大学出版社，2009.
陈晓明. 中国当代文学主潮［M］. 北京：北京大学出版社，2009.
戴延年，陈日浓. 中国外文局五十年大事记（1）［M］. 北京：新星出版社，1999.
［英］道森. 中国变色龙：对于欧洲中国文明观的分析［M］. 常绍民，明毅译，北京：中华书局，2016.
邓海丽. 杜博妮英译《在延安文艺座谈会上的讲话》的副文本研究［J］. 文学评论，2021（3）.
［德］狄泽林克. 比较文学形象学［J］. 方维规译，中国比较文学，2007（3）.
［德］狄泽林克：比较文学导论［M］. 方维规译，北京：北京师范大学出版社，2009.
杜鹏程. 保卫延安［M］. 第2版. 北京：人民文学出版社，

1956.

方长安，纪海龙. 1949—1966 年美英解读中国“十七年文学”的思想逻辑［J］. 河北学刊，2010（5）.

方长安. 冷战·民族·文学：新中国“十七年”中外文学关系研究［M］. 北京：中国社会科学出版社，2009.

费孝通. 乡土中国［M］. 北京：生活·读书·新知三联书店，1985.

费孝通. 费孝通论文化与文化自觉［M］. 北京：群言出版社，2007.

［美］费正清，费维凯. 剑桥中华民国史：1912—1949（下卷）［M］. 刘敬坤等译，北京：中国社会科学出版社，1993.

［荷］佛克马，易布斯. 二十世纪文学理论［M］. 林书武等译，北京：生活·读书·新知三联书店，1988.

［荷］佛克马. 中国文学与苏联影响（1956—1960）［M］. 季进，聂友军译，北京：北京大学出版社，2011.

［美］戈茨. 西方对中国现代文学研究的发展［J］. 尹慧珉译，中国现代文学研究丛刊，1983（1）.

管文虎. 国家形象论［M］. 成都：电子科技大学出版社，1999.

管永前，孙雪梅. 麦克法夸尔与《中国季刊》的创立［J］. 北京行政学院学报，2009（2）.

郭冰茹. 论“十七年小说”的叙事张力［J］. 当代作家评论，2006（5）.

郭冰茹. 十七年（1949—1966）小说的叙事张力［M］. 长沙：岳麓书社，2007.

韩颖琦. 中国传统小说叙事模式化的“红色经典”［M］. 北京：人民出版社，2011.

何明星. 新中国书刊海外发行传播 60 年（1949—2009）［M］. 北京：新华出版社，2010.
何明星. 中华人民共和国外文图书出版发行编年史（1949—1979）［M］. 北京：学习出版社，2013.
洪子诚，孟繁华. 当代文学关键词［M］. 桂林：广西师范大学出版社，2002.
洪子诚. 中国当代文学史（修订版）［M］. 北京：北京大学出版社，2007.
洪捷. 五十年心血译中国——翻译大家沙博理先生访谈录［J］. 中国翻译，2012（4）.
胡庚申. 翻译适应选择论［M］. 武汉：湖北教育出版社，2004.
胡庚申. 生态翻译学：建构与阐释［M］. 北京：商务印书局，2013.
惠雁冰. 红色经典导论［M］. 北京：高等教育出版社，2016.
黄子平. “灰阑”中的叙述［M］. 上海：上海文艺出版社，2001.
姜辉. 革命想像与叙事传统：“红色经典”的模式化叙事研究［M］. 北京：人民出版社，2012.
姜智芹. 文学想象与文化利用——英国文学中的中国形象［M］. 北京：中国社会科学出版社，2005.
姜智芹. 中国当代文学海外传播与中国形象塑造［J］. 小说评论，2014（3）.
姜智芹. 当代文学海外传播与中国形象传播［M］. 南昌：江西教育出版社，2020.
［美］金介甫. 中国文学（一九四九—一九九九）的英译本出版情况述评［J］. 查明建译，当代文学评论，2006（3）.

李茂民.“红色经典”的跨文本研究［M］. 北京：人民出版社，2023.

李杨. 抗争宿命之路：“社会主义现实主义”（1942—1976）研究［M］. 长春：时代文艺出版社，1993.

李杨. 50—70 年代中国文学经典再解读［M］. 北京：北京大学出版社，2018.

李宇. 从宣到传：电视对外传播研究［M］. 北京：北京大学出版社，2013.

李智. 中国国家形象——全球传播时代建构主义的解读［M］. 北京：新华出版社，2011.

梁志芳. 文学翻译与民族建构：形象学理论视角下的《大地》中译研究［M］. 武汉：武汉大学出版社，2017.

廖七一.“十七年”批评话语与翻译“红色经典”［J］. 中国比较文学，2017（3）.

柳青. 柳青文集［M］. 北京：人民文学出版社，1991.

柳青. 创业史［M］. 北京：中国青年出版社，2009.

罗广斌，杨益言. 红岩［M］. 3 版. 北京：中国青年出版社，2000。

马士奎，倪秀华. 塑造自我文化形象——中国对外文学翻译研究［M］. 北京：中国人民大学出版社，2017.

［美］芒迪. 翻译学导论：理论与应用［M］. 李德凤等译，北京：外语教学与研究出版社，2014.

毛泽东. 新民主主义论［M］. 长治：新华日报华北分馆，1940.

毛泽东. 在延安文艺座谈会上的讲话［M］. 延安：解放社，1949.

毛泽东. 毛泽东选集（第 1 卷）［M］. 北京：人民出版社，1991.

毛泽东. 毛泽东选集（第 2 卷）［M］. 北京：人民出版社，1991.
毛泽东. 毛泽东选集（第 3 卷）［M］. 北京：人民出版社，1991.
孟繁华. 众神狂欢：世纪之交的中国文化现象［M］. 北京：人民文学出版社，2017.
孟繁华，程光炜. 中国当代文学发展史（修订版）［M］. 北京：北京大学出版社，2011.
孟华. 比较文学形象学［M］. 北京：北京大学出版社，2001.
孟建，于嵩昕. 国家形象：历史、建构与比较［M］. 南京：江苏人民出版社，2019.
蒙万夫. 柳青写作生涯［M］. 天津：百花文艺出版社，1985.
蒙象飞. 中国国家形象与文化符号传播［M］. 北京：五洲传播出版社，2016.
［英］Mona Baker. 翻译与冲突：叙事性阐释［M］. 赵文静主译，北京：北京大学出版社，2011.
倪秀华. 新中国成立十七年外文出版社英中国文学作品考察［J］. 中国翻译，2012（5）.
倪秀华. 翻译新中国：《中国文学》英译中国文学考察（1951—1966）［J］. 天津外国语学院学报，2013（5）.
倪秀华. 国家翻译实践中的红色经典外译（1949—1966）［N］. 中国社会科学报，2020 年 9 月 11 日。
倪秀华，李启辉. 1949—1966 年红色经典的翻译与海外传播［J］，当代外语研究，2021（4）.
倪秀华. 中国文学对外翻译研究（1949—1966）［M］. 广州：广州出版社，2021.
倪秀华，焦琳. 国家翻译实践视域下的“十七年”红色经典小语种翻译［J］. 外语研究，2023（1）.

［苏］帕斯捷尔纳克. 日瓦戈医生［M］. 张秉衡译，北京：人民文学出版社，2016.
［捷］普实克. 中国现代文学史的根本问题——评夏志清的《中国现代小说史》［A］. 普实克中国现代文学论文集. 李燕乔等译，长沙：湖南文艺出版社，1987.
［美］乔治·莱考夫，马克·约翰逊. 我们赖以生存的隐喻［M］. 何文忠译，杭州：浙江大学出版社，2015.
任东升，高玉霞. 国家翻译实践初探［J］. 中国外语，2015（4）.
任东升. 从国家叙事视角看沙博理的翻译行为［J］. 外语研究，2017（2）.
任东升，闫莉平：中国当代乡土文学中乡土语言模因的传译——以三部长篇小说沙博理译本为例［J］. 外国语文研究，2018（4）.
任东升，连玉乐.《红岩》、《苦菜花》萃译比较研究［J］. 外语与翻译，2019（1）.
任东升，朱虹宇. 从认知叙事学看《平原烈火》沙博理英译本之萃译［J］. 解放军外国语学院学报，2021（4）.
任东升，李梦佳. 红色小说英译叙事重构对比研究——以创业史沙译本和山乡巨变班译本为例［J］. 外国语言与文化，2022（2）.
任东升，王芳等. 沙博理翻译艺术研究［M］. 北京：外文出版社，2022.
［美］萨义德. 东方学（第3版）［M］. 王宇根译，北京：生活·读书·新知三联书店，2019.
沙博理. 我的中国［M］. 宋蜀碧译，北京：北京十月文艺出版社，1998.
沙博理. 中国文学的英文翻译［J］. 中国翻译，1991（2）.

邵璐，黄丽敏. 认知文体学视域中《尘埃落定》的概念隐喻翻译［J］. 山东外语教学，2020（2）.

申丹. 叙述学与小说文体学研究［M］. 北京：北京大学出版社，1998.

孙有中. 国家形象的内涵及其功能［J］. 国际论坛，2002（3）.

谭载喜. 翻译与国家形象重构——以中国叙事的回译为例［J］. 外国语文，2018（1）.

谭载喜. 文学翻译中的民族形象重构：“中国叙事”与“文化回译”［J］. 中国翻译，2018（1）.

王本朝. 中国当代文学制度研究（1949—1976）［M］. 北京：新星出版社，2007.

王运鸿. 形象学与翻译研究［J］. 外国语，2018（4）.

王运鸿.《翻译研究与形象学》介评［J］. 北京第二外国语学院学报，2019（2）.

王运鸿. 形象学视角下的沙博理英译《水浒传》研究［J］. 外国语，2019（3）.

王宗峰. 凡圣之维：中国当代“红色经典”的跨媒介研究［M］. 合肥：安徽大学出版社，2013.

王中青. 谈赵树理的《三里湾》［M］. 上海：上海文艺出版社，1959.

汪名凡. 中国当代小说史［M］. 南宁：广西人民出版社，1991.

［美］韦努蒂. 翻译之耻：走向差异伦理［M］. 蒋童译，北京：商务印书馆，2019.

吴强. 红日［M］. 北京：人民文学出版社，1958.

吴秀明. “十七年”文学历史评价与人文阐释［M］. 杭州：浙江大学出版社，2007.

习近平. 习近平谈治国理政［M］. 北京：外文出版社，2014.

［美］夏志清. 中国现代小说史［M］. 刘绍铭等译，桂林：广西师范大学出版社，2014.

谢天振. 译介学［M］. 上海：复旦大学出版社，2007.

谢之君. 隐喻认知功能探索［M］. 上海：上海外语教育出版社，1999.

徐慎贵.《中国文学》对外传播的历史贡献［J］. 大众传播，2007（8）.

［美］亚历山大·温特著. 国际政治的社会理论［M］. 秦亚青译，上海：上海人民出版社，2008.

阎纲.《创业史》与小说艺术［M］. 上海：上海文艺出版社，1981.

阎浩岗. “红色经典”的文学价值［M］. 北京：人民出版社，2009.

［美］伊萨克斯. 美国的中国形象［M］. 于殿利，陆日宇译，北京：时事出版社，1999.

杨厚均. 革命历史图景与民族国家想象：新中国革命历史长篇小说再解读［M］. 武汉：湖北教育出版社，2005.

杨义. 二十世纪中国翻译文学史［M］. 天津：百花文艺出版社，2009.

［英］伊格尔顿. 当代西方文学理论［M］. 王逢振译，北京：中国社会科学出版社，1988.

袁亮主编. 中华人民共和国出版史料（一九五〇年）［M］. 北京：中国书籍出版社，1996.

袁亮主编. 中华人民共和国出版史料（一九五一年）［M］. 北京：中国书籍出版社，1996.

翟猛. 20 世纪 60 年代美国对中国当代文学的研究［J］. 华文文学，2017（5）.

赵树理. 三里湾［M］. 第2版. 北京：人民文学出版社，1964.
张弘. 中国文学在英国［M］. 广州：花城出版社，1992.
张昆. 国家形象传播［M］. 上海：复旦大学出版社，2005.
张炯. 论《在延安文艺座谈会上的讲话》的传播与影响［J］. 兰州学刊，2017（8）.
张培基. 英汉翻译教程［M］. 上海：上海外语教育出版社，1980.
张晓芸. 翻译研究的形象学视角——以凯鲁亚克《在路上》汉译为个案［M］. 上海：上海译文出版社，2011.
［美］张英进：五十年来海外中国现代文学的英文研究［J］. 文艺理论研究，2016（4）.
中共中央文献研究室. 建国以来重要文献选编［C］. 北京：中央文献出版社，1992.
中国翻译工作者协会翻译通讯编辑部编. 翻译研究论文集（1949—1983）［C］. 北京：外语教学与研究出版社，1984.
中国科学院文学研究所十年来的新中国文学编写组. 十年来的新中国文学［M］. 北京：作家出版社，1963.
中国国际图书贸易总公司史料编写组. 中国国际图书贸易总公司40周年纪念文集：史论集［M］. 北京：中国国际图书贸易总公司，1989.
郑晔. 国家译介行为论——英文版《中国文学》的翻译、出版与接受［M］. 天津：南开大学出版社，2021.
周东元，亓文公. 中国外文局五十年史料选编（1）［M］. 北京：新星出版社，1999.
周东元. 中国外文局五十年回忆录［M］. 北京：新星出版社，1999.
周恩来. 周恩来选集［M］. 北京：人民出版社，2004.

周立波. 山乡巨变 [M]. 北京：人民文学出版社，2002.

周宁. 天朝遥远——西方的中国形象研究 [M]. 北京：北京大学出版社，2006.

周扬. 坚决贯彻毛泽东文艺路线 [M]. 北京：人民文艺出版社，1952.

周扬. 新的人民的文艺 [M]. 北京：新华书店，1949.

周扬. 周扬文集（第 1 卷） [M]. 北京：人民文学出版社，1984.

周扬. 周扬文集（第 2 卷） [M]. 北京：人民文学出版社，1985.

朱立元. 当代西方文艺理论 [M]. 上海：华东师范大学出版社，1997.